AF398870

Impressum

Ein paar Worte zum Irischen

Das Irische (von den Iren selbst *Gaelge* genannt) ist nicht mit dem Englischen verwandt, sondern gehört zu den gälischen bzw. keltischen Sprachen. Die Ursprünge des Irischen liegen im Dunkeln; erst ab dem 3. Jahrhundert existieren erste Belege für das Vorkommen in Irland. Über die Jahrhunderte hinweg unterlag die irische Sprache der wechselvollen Geschichte der grünen Insel: Einflüsse des Britannischen, Norwegischen und Englischen veränderten die Sprache. Das Irische hatte vor allem in ländlichen Gebieten trotz der Besiedelung durch englische und schottische Farmer im 16. und 17. Jahrhundert noch lange Bestand. Doch mit der großen Hungersnot Mitte des 19. Jahrhunderts, die Tod oder Emigration fast eines Drittels der damaligen Bevölkerung Irlands zur Folge hatte, wurde das Irische mehr und mehr durch Englisch verdrängt.

Heute ist Irisch die offizielle Hauptamtssprache in Irland. Obwohl die Sprache Pflichtfach im Schulunterricht ist und der Erhalt der irischen Kultur gefördert wird, gibt es nur noch wenige, meist ältere Menschen, die ausschließlich Irisch sprechen. Diese findet man hauptsächlich in den *Gaeltacht* genannten Regionen Irlands. Unter anderem zählen Gebiete der Grafschaft Donegal dazu, wo dieser Roman spielt. Besonders hier werden die Wurzeln irischer Sprache, Musik und Literatur weiter gepflegt.

Die Aussprache des Irischen ist sehr kompliziert und wird noch dadurch erschwert, dass es keine standardisierte 'Hochsprache' gibt, sondern Begriffe und Aussprache je nach Dialekt variieren. Für den interessierten Leser habe ich hier ein paar im Roman vorkommende Wendungen und Namen aufgelistet. Der Einfachheit halber habe ich nicht die offiziellen phonetischen Zeichen, sondern die eingedeutschte Schreibweise verwendet.

Da Duit (Hallo) - dier gwit
Slainté (Prost) - slantje
Tà mé (ich bin) - o mei
Fáilte (willkommen) - foltsche
Deirdre - Diedra
Saoirse - Sierscha
Niamh - Nijev
Ciara - Kiera
Tygh - Taig oder Tig

Heidi Lackner

Verlorene Zeiten der Liebe

Ein Irlandroman

5

Es war ein zähes Erwachen, wie mühsames Aufsteigen nach einem tiefen Tauchgang. Ein zögerlicher Atemzug, als hätte sie das Atmen gerade erst erlernt. Nebelschwaden waberten in ihrem Kopf, die sich nur schwer auflösten.

Die junge Frau hob ihre Hände, um sich den Schlaf aus den Augen zu reiben. Sofort spürte sie einen ziehenden Schmerz in ihrem Unterarm. Blinzelnd sah sie herab. Etwas Namenloses stach in ihrem Arm. Doch der Schmerz ließ nach, sobald sie ihn ruhig hielt. Von links schlich sich gleichmäßiges Piepsen in ihren Gehörgang.

Durch den Nebel drang das Wort *Krankenhaus* in ihr Bewusstsein. Das Wort tauchte ganz unvermittelt auf, ohne Vorankündigung. Sie ahnte, es beschrieb die Umgebung, in der sie aufgewacht war. Jedoch fehlten die klaren Konturen, die einem Wort Bedeutung verleihen. Es war, als bestünde ihr Gehirn aus zwei Teilen, die nicht miteinander kommunizierten.

Vielleicht bin ich noch nicht richtig wach, dachte sie. Dieser Gedanke stand einfach so da, wortlos, in ihrem Kopf. Es war, als formten sich ihre Gedanken, ohne dass sie deren Inhalt greifen konnte. War das normal?

Mehr verwirrt als verängstigt blickte die Frau um sich. Alles war hell, sauber und warm. Vertraut und fremd zugleich.

Wie bin ich hierhergekommen?

Es klopfte an der Tür. Sie öffnete den Mund, um etwas zu sagen, brachte jedoch keinen Ton heraus außer einem leisen Krächzen. Offenbar hatte sie ihre Stimme eine Weile nicht benutzt.

Eine elegant gekleidete Frau mit reserviertem Gesichtsausdruck trat ein. Ihrer beider Blicke trafen sich, und wieder drang ungebeten ein Wort an die Oberfläche. *Mutter.*

„Penelope", sagte die Frau. Sonst nichts. Sie schien auf Antwort zu warten.

Penelope. So wie die Frau das Wort ausgesprochen und sie dabei angesehen hatte, musste es ihr Name sein. Auch wenn sie keinen Bezug zu ihm herstellen konnte. Sie lauschte dem Klang nach und öffnete schließlich den Mund, ohne zu wissen, was herauskommen würde.

„*Penelope*", wiederholte sie schließlich vorsichtig, tastend. Der Name lag fremd auf ihrer Zunge. Klang ungewohnt in ihren Ohren. Aber sie klammerte sich an die Gewissheit, dass es ihr Name sein musste. Es war die einzige Gewissheit, die sie hatte in diesem Moment.

Mutter lächelte sie unsicher an. Als versuche sie, eine Verbindung zu ihr herzustellen, die zuvor verloren gegangen war. Sie konnte nicht sagen, was sie zu dieser Vermutung brachte. Und doch fühlte sie eine unbestimmte Spannung zwischen ihnen.

Ihr vages Unbehagen wuchs. Sie wollte die Frau mit Fragen bestürmen und wusste nicht, was sie sagen sollte. Ihre Zunge war wie gelähmt. Sie brachte all ihre Willenskraft auf und spuckte dann mühsam ein paar Brocken aus.

„Cá bhfuil mé?"

Sie fühlte, wie ihr blankes Unverständnis entgegenschlug, als wäre eine Mauer hochgezogen worden. Panik stieg in ihr auf.

Versteht sie mich denn nicht?

Sie wiederholte die Frage. Der Klang ihrer eigenen Stimme brachte sie aus der Fassung. Es war, als spräche jemand anders.

Jetzt öffnete die Frau den Mund. Endlich, *endlich* würde sie erfahren, was mit ihr geschehen war.

Doch *Mutter* erbrach nur unverständlichen Wortbrei. Begriffe wie *Aneurysma, Krankenhaus, OP, Koma* schwammen darin herum – Dinge, die sie schon einmal gehört zu haben glaubte, doch sie sagten ihr nichts. Im nächsten Moment waren die Worte mitsamt ihrer Bedeutung unwiederbringlich verschluckt.

Sie schloss die Augen, den Tränen nahe. Sie war allein.

Als sie die Augen wieder öffnete, hatte eine zweite Person das Zimmer betreten. Ein Mann in weißem Kittel, mit Stethoskop um den Hals. *Arzt*, schoss es ihr durch den Kopf. Das Wort klang einen Moment nach, ohne dass dessen Bedeutung zu greifen gewesen wäre.

Die wachsende Angst schien plötzlich ihre Zunge zu lösen.

„Cad atá ar siúl? An féidir le duine cabhrú liom?"
Wo bin ich hier? Kann mir jemand helfen?

Arzt sah sie einen Moment ratlos an, bevor er murmelnd das Zimmer verließ. *Mutter* hatte sich nicht vom Fleck gerührt.

Einige Zeit später - waren Minuten vergangen oder Stunden? - kehrte *Arzt* zurück und mit ihm ein Mann mittleren Alters. Der Mann lächelte sie auf eine Weise an, als würden sie sich kennen, und auch seine Erscheinung - mittelgroß, schlank, silbrig-blondes Haar, gepflegter Vollbart - kam ihr vertraut vor. Doch ihr Gedächtnis verweigerte weiter störrisch seine Dienste. Sein Lächeln ermutigte sie dennoch, den Mund zu öffnen.

„Hi", sagte sie unsicher.

"Dia dhuit", antworte er, ohne zu zögern.

Ihre Augen weiteten sich, als sie die Begrüßung hörte. Ihr war, als würde ein gähnendes Loch in ihrem Kopf plötzlich mit einem See aus Sprache gefüllt.

Er versteht mich.

„Penelope, weißt du, dass du Irisch sprichst?", fragte er sie in ihrer Sprache. Der warme Bariton seiner Stimme ließ ein schnappschußartiges Bild vor ihrem inneren Auge entstehen: Eine Umarmung, so warm wie seine Stimme. Woher….?

Das Bild verschwand. Zurück blieb die Frage, warum er sie *Penelope* nannte, ein Name, der sich so fremd anfühlte wie die Nadel in ihrem Arm.

„Ich bin nicht Penelope." Sie sprach es laut aus, in der Sprache, die offenbar nur er verstand. „Wieso nennt mich jeder bei diesem Namen?"

„Wer bist du dann?" Sie spürte, wie er gespannt auf ihre Antwort wartete.

„Anu", sagte sie und fühlte eine ungeheure Ruhe, als sie den Namen aussprach. Sie war nicht einmal erstaunt, dass der Name plötzlich mit einer solchen Gewissheit aufgetaucht war. Er war einfach da, und endlich wusste sie wieder, wer sie war.

Sie hob den Blick und sah in die Augen der Anwesenden. Ihr Lächeln erstarb.

Offensichtlich hatten die anderen ihren Namen noch nie zuvor gehört.

Verrückte Geschichte, dachte Professor Quinn, als er das Krankenhaus wieder verließ.

Quinn hatte schon seit fast einem Jahr nichts mehr von Dr. Mahler gehört, mit dem er seit Studienzeiten befreundet war. Sie hatten sich jedoch nie ganz aus den Augen verloren, zumal sie in derselben Stadt lebten und arbeiteten – Mahler als Chefneurologe des Münchner Klinikums Rechts der Isar, er selbst als Anglistikprofessor an der LMU. Er war froh, dass Mahler bei seinem medizinischen „Sonderfall", wie er es am Telefon genannt hatte, sofort an ihn gedacht und ihn angerufen hatte.

„Meine Patientin hat eine Hirnblutung erlitten infolge eines geplatzten Aneurysmas. Wir mussten operieren und sie anschließend für 3 Tage ins künstliche Koma versetzen. Seit heute ist sie wach und eigentlich ansprechbar."

„Was heißt *eigentlich*?", wollte Quinn wissen.

„Sie versteht ihre Muttersprache nicht mehr. Solche Fälle sind äußerst selten."

„Was kann ich dabei tun?"

Quinn hörte seinen Freund am anderen Ende der Leitung seufzen.

„Keiner hier von uns kann verstehen, was für eine Sprache sie spricht. Ich hatte gehofft, dass du als Sprachwissenschaftler vielleicht weiterhelfen kannst."

Quinn dachte kurz, dass auch ein Sprachwissenschaftler nicht automatisch jede Sprache verstehen oder auch nur einordnen konnte, ebenso wenig wie ein Facharzt für Neurologie einen gebrochenen Knöchel operieren konnte. Aber er unterdrückte eine entsprechende Bemerkung und versprach seinem Freund, sich sofort auf den Weg zu machen.

In der neurologischen Station des Krankenhauses wartete Dr. Mahler bereits auf ihn und wiederholte seine Geschichte nochmals ausführlicher, während sie die Flure der Neurologie entlang in Richtung des Krankenzimmers eilten.

„Hier liegt die Patientin, Frau Brink."

Bei dem Namen *Brink* stutzte Quinn kurz. Aber so selten war der Name ja auch nicht. Es wäre doch wirklich ein zu großer Zufall, wenn …

Beim Eintreten fiel sein erster Blick auf die Frau, die ein Stückchen entfernt vom Krankenbett der Patientin stand. Sie wirkte gefasst auf Quinn, doch ihm entging nicht das nervöse Flackern ihrer kühlen hellgrünen Augen, die fahrige Handbewegung, mit der sie ihr Haar zurückstrich.

„Frau Brink, ich habe einen Freund von mir konsultiert, der Anglistikprofessor ist. Erlauben Sie, dass er sich kurz mit Ihrer Tochter unterhält? Vielleicht kann er etwas herausfinden."

„Natürlich, bitte."

Professor Quinn trat zu Frau Brink, um sich vorzustellen. Ihr Blick drückte aus, dass er ihr kein Unbekannter war, obwohl sie keine Bemerkung in dieser Richtung machte. Er kramte ein paar Sekunden erfolglos in seinem Gedächtnis, bevor er sich der Patientin zuwandte, die beim Klang seiner Stimme den Kopf in seine Richtung gedreht hatte.

Was er sah, ließ ihn zunächst innerlich zusammenzucken. Durch den riesigen Verband um den Kopf wirkte sie ungeheuer zerbrechlich. Er versuchte, sich seinen Schock nicht anmerken zu lassen und lächelte sie an, während er dachte, *du bist es tatsächlich, Penelope.* Jetzt ließ sich auch ihre Mutter wie ein fehlendes Puzzleteilchen ins Gesamtbild einfügen. Er war ihr vor ein paar Jahren auf Penelopes Abschlussfeier an der Uni begegnet.

Quinn trat zu Penelope ans Bett. Ein surreales Gefühl, sie dort liegen zu sehen, die geisterhaft durchsichtige Haut, die übergroßen Augen, die denen ihrer Mutter so sehr glichen. Der eigenartig leere Gesichtsausdruck schwand, als sie ihn erblickte, und er sah ein kleines Lächeln. Das Lächeln, das er immer an ihr gemocht hatte. Jetzt war es gedämpft und erreichte ihre Augen nicht.

"Dia dhuit", sprach sie ihn an. Sie klang, als glaube sie selbst nicht daran, dass er sie verstehen würde. Doch er verstand.

"Hallo, Penelope", antwortete er in ihrer Sprache.

"Du kennst sie?", fragte Dr. Mahler.

"Penelope hat bei mir Anglistik studiert."

Das erfasste nicht annähernd sein Verhältnis zu Penelope, aber Quinn verzichtete darauf, seinem Freund Einzelheiten zu offenbaren, die hier belanglos waren. Es ging einfach darum, Dr. Mahler bei seinem Fall zu helfen.

„Es ist aber kein Englisch, was sie da spricht", wandte sein Freund ein.

„Es ist Gälisch, genauer gesagt Irisch. Sie hat im ersten Semester einmal einen Kurs bei mir belegt. Aber dass sie es gerade jetzt spricht und kein Deutsch mehr versteht, ist ... kurios."

Bei dem Wort *Irisch* sah Quinn, wie sich Frau Brinks Mundwinkel für einen Moment verzogen. Beinahe, als hätte das Gesagte eine unangenehme Erinnerung geweckt. Sie räusperte sich und blickte dann hilfesuchend zu Dr. Mahler. Dieser ergriff das Wort.

„Solche Fälle sind sehr selten, daher bin ich vorsichtig mit einer vorschnellen Diagnose. Aber offenbar greift das Gehirn der Patientin durch das Trauma der Hirnblutung auf andere Teile des

Sprachzentrums zu. Ich gehe davon aus, dass sie in ein paar Tagen wieder ihre Muttersprache spricht, wenn sich die betroffenen Areale erholt haben. Bis dahin wäre es für ihre Genesung sehr gut, wenn du viel mit ihr sprichst, Ian.“

„Mein Irisch ist zwar etwas eingerostet, aber ich gebe mein Bestes“, versprach Quinn.

Frau Brink schien den Tränen nahe.

„Wir haben uns gestritten, und auf einmal wurde sie ohnmächtig. Seitdem haben wir nicht mehr miteinander sprechen können. Ich möchte ihr so gerne sagen, wie leid es mir tut.“

„Das werden Sie auch, wenn sich Ihre Tochter erst einmal erholt hat.“

Quinn hatte sich wieder Penelope zugewandt. Er musste sich sprachlich an die Situation herantasten. Aneurysma, Sprachverlust, das war nicht gerade das Vokabular, das sonst in Gesprächen mit seinen irischen Freunden oder bei der Lektüre irischer Romane vorkam.

„*Penelope*.“

Sie sah ihn direkt an. Die Verwirrung in ihrem Gesichtsausdruck war verschwunden. Etwas war anders, fühlte er. Vielleicht, weil sie wusste, jemand verstand sie. Sie wirkte jetzt gelassener, aber auch merkwürdig in sich gekehrt.

„Ich bin nicht Penelope“, korrigierte sie ihn.

„Wer bist du?“ Er blickte ihr in die Augen. Es war, als blicke er hinter eine Tür zu einer gänzlich fremden Person.

„*Anu*“, antworte sie ruhig.

Der Wortwechsel beschäftigte Quinn noch, als er längst wieder zu Hause war und mit einer Tasse Tee am Küchentisch saß. Ihre letzten Worte wollten ihm nicht aus dem Kopf gehen.

Anu.

Wer war Anu?

"Hallo, Professor."

Sie stand vor seiner Tür, schüchtern lächelnd. Ihre Haare, feucht vom Frühlingsnieselregen, kräuselten sich an der Schläfe und ließen sie sehr mädchenhaft aussehen. Jetzt, vier Monate später, trug sie längst keinen Verband mehr über dem Kopf, und die vernarbte Stelle knapp über ihrem linken Ohr wurde allmählich durch nachwachsende Haare bedeckt.

"Bitte, komm doch rein." *Du kennst ja den Weg, fügte er in Gedanken hinzu.*

Er ließ sie vorausgehen und trat hinter ihr ins Wohnzimmer. Ihm fiel auf, wie sie den Blick über die gut gefüllten Bücherregale, das alte Ledersofa und die Grünlilie auf dem Fensterbrett schweifen ließ. Als wollte sie feststellen, ob sich seit ihrem letzten Besuch etwas verändert hatte.

Wann war sie überhaupt das letzte Mal hier?, dachte Quinn. *Es ist schon zu lange her.* Er räusperte sich, für den Moment war jede Leichtigkeit verflogen. Er suchte den Gesprächseinstieg.

"Wie soll ich dich jetzt eigentlich nennen? Penelope oder Anu?"

Sie sah einen Moment verwirrt aus, als wüsste sie nicht recht, was die Frage sollte.

"Penelope", antwortete sie dann.

"Weil du jetzt wieder Deutsch sprichst?"

"Ich denke schon ..." Ihr Blick verriet Unsicherheit.

Quinn beschloss, vorerst nicht weiter darauf einzugehen, und ging wortlos in die Küche, um zwei Tassen Tee aufzubrühen. Er goss das kochende Wasser auf die Teeblätter in den Tassen und stellte den Wecker auf genau drei Minuten. Die Zeit, bis der Tee gezogen war, blieb ihm, um sich wieder zu sammeln. Er ging kurz ins Bad nebenan, spritzte sich Wasser ins Gesicht, fuhr mit den feuchten Fingern durch die Haare. Dann atmete er ein paarmal tief und betrachtete sein Spiegelbild über dem Waschbecken. Ihm kam es vor, als wären seit Penelopes Erkrankung ein paar graue Haare mehr hinzugekommen. Die Fältchen um seine Augen hatten sich vertieft.

Was war es, das sie damals angezogen hat?

Er wusste, die 20 Jahre Altersunterschied hatten ihm mehr ausgemacht als ihr. Als er damals ihre Abschlussarbeit betreut hatte und sie mehrmals bei ihm zu Hause gewesen war, waren sie sich schnell näher gekommen. Quinn war sich damals sicher gewesen, dass sie nicht nur aus dem Kalkül einer guten Abschlussnote die

Grenzen ihres Professor-Studentin-Verhältnisses überschritten hatte. Mit Penelope war alles leicht gewesen, die Gespräche, die Zusammenarbeit, die Umarmungen …. Wenn er ehrlich war, hatte er es auch genossen, dass sie zu ihm aufblickte - er, der mit jungen Jahren schon Professor geworden war, weit gereist, belesen, fünf Sprachen fließend, charmant und weltgewandt.

Du eingebildeter Trottel.

Er schüttelte den Kopf, während er wieder in die Küche ging. Seine Eitelkeit war ihm wohl zum Verhängnis geworden, als Penelope ihn einmal in sehr vertrautem Gespräch mit einer anderen Studentin zusammen gesehen und daraufhin 'Abstand', gebraucht hatte. Dann hatte sie jemand anderen kennengelernt. Der Rest war, wie man so schön sagt, Geschichte. Sie waren einander auch danach noch freundschaftlich verbunden, hatten sich aber immer weniger gesehen. Quinn hatte den Verdacht, dass er an dem 'Abstand' länger zu knabbern hatte als sie.

Manche Dinge schienen einen im Leben aber immer wieder einzuholen. Wie seine ehemalige Studentin, die er nie ganz vergessen hatte und die jetzt in seinem Wohnzimmer saß. Ob sie noch Gefühle für ihn hegte? Nun, das war unwichtig - jetzt, da sie seine Hilfe benötigte. Quinn seufzte. Es würde nicht leicht für ihn werden, sie wieder in sein Leben zu lassen.

Er kam mit den beiden Tassen Tee zurück und nahm ihr gegenüber auf einem abgenutzten Lesesessel Platz. Er ließ Penelope Zeit, das Gespräch wieder aufzunehmen und rührte derweil bedächtig Milch und Zucker in seinen Tee. Schließlich brach sie das Schweigen und kam ohne Umschweife auf den Grund ihres Besuchs.

"Was hast du herausgefunden, Quinn?"

Ihre Stimme klang wie immer, freundlich, vertrauensvoll. Sie benutzte seinen Nachnamen, duzte ihn jedoch – eine alte Gewohnheit zwischen ihnen. Nur weil er sie so gut kannte, glaubte er den leicht reservierten Unterton zu vernehmen. Aber immerhin: *Sie* war es, die ihn kontaktiert hatte, gut vier Monate, nachdem sie aus der Klinik entlassen worden war. Er hatte zwar in der Klinik einige Tage Zeit mit ihr verbracht, da er als Einziger in der Lage war, mit ihr auf Irisch zu kommunizieren. Sobald sie sich jedoch wieder auf Deutsch verständigen konnte, hatte er sich erneut zurückgezogen und abgewartet. Über ihre plötzliche Kontaktaufnahme war er umso überraschter.

"Wo soll ich anfangen… " Er suchte nach Worten. "Erst einmal danke für dein Vertrauen. Danke, dass ich deine Aufzeichnungen lesen durfte."

"Du bist der Einzige, der mir helfen kann." Sie klang nicht bittend, sondern sprach lediglich eine Tatsache aus. Dennoch fühlte er sich um Jahre zurück versetzt. Sie hatte ihn auch damals um Hilfe gebeten, und wie damals konnte er auch dieses Mal nicht Nein sagen. Nicht nur, weil sie es war, die ihn darum bat. Sondern weil er die Geschichte einfach viel zu verrückt fand, um nicht Teil davon sein zu wollen.

Er räusperte sich.

"Ich habe mir die Notizen deiner letzten Therapiesitzung mehrmals durchgelesen. Davon abgesehen, dass es Irisch ist, sind sie auch nur bruchstückhaft. Es ist sehr schwierig, daraus etwas Zusammenhängendes zu rekonstruieren. Aber das hast du ja sicher selbst bemerkt."

„Das Problem ist, Quinn, dass ich meine Notizen gar nicht mehr verstehe und mich auch nicht mehr daran erinnern kann, überhaupt etwas notiert zu haben."

„Wie meinst du das?"

„Wie ich es gesagt habe. Ich erkenne meine Handschrift, kann aber nicht lesen, was dort steht."

Quinn fiel ein, dass sie sich auch nicht so richtig an die Tage im Krankenhaus zu erinnern schien. Er hatte es als Folge ihrer Hirnblutung abgetan. Jetzt fragte er sich, ob es mehr zu bedeuten hatte. Er nahm den Gesprächsfaden an anderer Stelle wieder auf.

„Vielleicht erzählst du noch einmal von vorne. In den ersten Sitzungen hast du Deutsch gesprochen, oder? Möchtest du mir erzählen, worum es da ging?"

Sie zögerte einen Moment, offensichtlich unschlüssig. Als er schon dachte, mit der Frage zu weit gegangen zu sein, fing sie an zu erzählen, stockend zunächst.

„Ich habe sechs Wochen nach der Hirnblutung mit der Gesprächstherapie begonnen."

Er half ihr mit einem aufmunternden Blick auf die Sprünge.

„Ich hatte Angstzustände", sagte sie schließlich. „Wenn ich Schmerzen hatte, nahm ich immer gleich das Schlimmste an. Es war wie ein Sorgenkarussell, das sich immer schneller dreht. Meine Mutter hat mich mit ihrer Fürsorge auch noch in meinen Ängsten bestärkt. Ich wäre ohne fremde Hilfe da nicht rausgekommen."

Quinn sah, dass es sie Kraft kostete, von ihren Ängsten zu erzählen und ihnen gleichzeitig nicht zu viel Raum zu geben. Nach einem Moment fragte er: „Hilft dir die Therapie jetzt schon?"

„Ich habe noch viel vor mir, aber es ist ein Anfang." Sie schien sich damit selbst Mut zuzusprechen.

„Wie kam es dazu, dass du plötzlich angefangen hast, Irisch bei den Sitzungen zu reden?"

„Frau Dr. Haselmann stellte mir ein paar Fragen zu meiner Kindheit. Sie wollte noch weitere Ursachen für meine Angstzustände herausfinden, um ein Gesamtbild zu erhalten. Erst war alles wie immer. Ich habe von meinem Elternhaus erzählt, dass ich Einzelkind bin und dass das Verhältnis zu meinem Vater immer besonders eng war."

„War?"

„Er ist letztes Jahr gestorben."

Quinn unterdrückte einen Seufzer. Sie standen sich schon lange nicht mehr nahe genug, als dass sie ihm vom Tod ihrer wichtigsten Bezugsperson erzählt hätte. Seinen Unmut beiseite schiebend, fragte er weiter.

„Hat das Dr. Haselmann als weitere Ursache für deine Ängste gesehen?"

„Zunächst schon. Ich habe im letzten Jahr meiner Mutter geholfen, mit dem Verlust klarzukommen und Dr. Haselmann meinte, daher hätte ich selbst nicht in gesundem Maße getrauert und losgelassen."

Quinn hing gebannt an ihren Lippen, alle Behutsamkeit vergessen. „Wie ging es weiter?"

„Dann fing ich in der letzten Sitzung plötzlich an, Irisch zu sprechen. Dr. Haselmann hat mich natürlich nicht verstanden und ich ihre Fragen auch nicht. Aber sie war so geistesgegenwärtig, mir Zettel und Stift zu geben."

„Und du weißt tatsächlich nichts mehr davon?"

„Nein. Mein Gedächtnis setzt erst wieder ein, als sie mich zur Tür gebracht hatte und mir meine Notizen in die Hand drückte. Notizen, die ich geschrieben haben soll, aber jetzt selbst nicht mehr lesen kann."

„Dann lese ich dir jetzt vor, was du geschrieben hast. Es sind deine Erinnerungen, Penelope ..."

Tiefstehende Sonnenstrahlen flackern durch die Wolkendecke und werfen helle Flecke auf das verwilderte Stückchen Garten. Hinter der gelb blühenden Hecke, die den Garten zum Meer hin begrenzt, bleibt von den Windböen des Atlantiks nur noch ein sanftes Lüftchen übrig. Es trägt den lieblichen Kokosduft des Ginsters herüber.

Das kleine Mädchen sitzt auf einem der verwitterten Steine, die das Rosenbeet einfassen, und summt selbstvergessen vor sich hin. Ihr Schlaflied für die Feen, die sich dort unter dem Weißdornbusch verstecken.

Óho óho óho mo leana
Óho mo leana agus codail go fóill.
Óho óho óho mo leana
Óho mo leana ina chodladh gan brón.
Oh, my child,
oh my child still asleep
Oh, my child,
oh my child asleep without any care.

Es ist das Lied, das ihre Mutter ihr abends vorsingt, wenn sie wieder einmal nicht einschlafen kann. Sie hat es nur wenige Male hören müssen, um den Text zu können, und ist sich ganz sicher, dass es in der wundersamen Sprache der Feen geschrieben wurde. Ein Junge, nur wenig älter als sie - ist er ihr Bruder? - spricht sie auch, und aus seinem Mund klingt es fast wie Gesang. Wenn er denkt, er sei allein im Garten, singt er manchmal tatsächlich leise vor sich hin, während sie, verzückt lauschend und mit angehaltenem Atem, hinter dem Ginsterbusch kauert. Sie hat ihn einmal gefragt, ob er ihr abends zum Einschlafen etwas vorsingt, aber das Singen möchte er für sich ganz allein haben und mit niemandem teilen. Wenn ihre Mutter Irisch spricht, klingt es immer ein bisschen holprig, als würde sie mit ihrer Zunge Kieselsteine im Mund herum schieben. Aber sie wirkt glücklich dabei. Wenn ihre Mutter aber mit ihr schimpft, benutzt sie diese andere Sprache, die abgehackt und hölzern und so gar nicht nach Feen und Märchen klingt.

„Anu!"

Das Mädchen blickt von den Gräsern in seiner Hand in Richtung Haus. Der Junge steht mit verschlossenem Gesichtsausdruck und wirren dunklen Haaren auf der kleinen Terrasse. Sie weiß, Mama hat ihn geschickt; es ist Zeit hineinzugehen.

'An bhfuil tú ag teacht?"

„Ja, ich komme gleich", antwortet sie in seiner Sprache.

Sein ernsthaftes Gesicht erhellt sich für einen Moment. Er scheint zu wissen, „gleich" ist ein sehr dehnbarer Begriff für ein verträumtes kleines Mädchen wie sie. Er kommt mit großen Schritten auf sie zu, und sie sieht, dass er Verstärkung mitgebracht hat. In seinen Händen hält er einen abgegriffenen Teddy, dem das linke Auge fehlt. Wenn Teddy dabei ist, lässt sie sich vielleicht überreden, die Feen allein zu lassen und mitzukommen.

Er zieht sie geschwind an einer Hand empor, drückt ihr Teddy in die Hand und nimmt gnädig die schon etwas zerdrückten Margeriten entgegen, die sie für ihn gepflückt hat.

„Tá an dinnéar réidh. A-bend-es-sen." Er versucht sich ab und zu in der für ihn ungewohnten Sprache und bringt sie jedes Mal damit zum Lachen. Vergessen sind für diesen Moment die Feen, denen sie bis eben noch ihr Schlaflied gesungen hat. Sie folgt ihm den schmalen Pfad entlang, der um das Haus herum zum Vordereingang führt.

Das kleine Mädchen schaut sich kurz um, ob einer der Feen so mutig war, ihnen bis hierher zu folgen, aber sie sind zu schüchtern. Vor allem, wenn Erwachsene anwesend sind, lassen sie sich nie blicken. Aus den Augenwinkeln sieht sie einen großgewachsenen Mann von der Straße in Richtung des Hauseingangs eilen. Er bleibt kurz stehen und lächelt sie an. Ihr Blick bleibt an seiner schief sitzenden Baseballkappe hängen. Die Kappe, die er nie abzulegen scheint und dessen Schriftzug sie schon tausendmal gesehen hat. Sie kann noch nicht lesen, aber ihre Mutter hat ihr einmal erklärt, was auf der Kappe steht.

McNamara's Pub. Drinks and Carvery since 1950.

„Ich halte das für keine gute Idee, Penelope."

Ihre Mutter hatte die Arme vor dem Oberkörper verschränkt und ihren *So-nimm-doch-Vernunft-an-Kind*-Gesichtsausdruck aufgesetzt. Außer dem leisen Tick-Tack der Standuhr im benachbarten Wohnzimmer herrschte Stille. Sie standen einander gegenüber in der blitzblanken Küche, in der seit dem Tod des Vaters kaum noch Mahlzeiten zubereitet wurden. Es war Frank gewesen, der den marmornen Arbeitsplatten, den spiegelnden Schranktüren und glänzenden Kochutensilien Leben eingehaucht hatte. Er hatte die Familie abends zusammen an den Esstisch gebracht, als alles noch heile Welt war oder man zumindest so tun konnte, als ob. Er war auch der einzige gewesen, der seiner Frau ein spontanes Lachen, Unbeschwertheit oder gar eine humorvolle Bemerkung entlocken konnte. Auch wenn ihm das in den letzten Jahren zusehends weniger gelungen war.

Penelope wischte die Gedanken an ihren Vater beiseite. Sie würde sonst nur in diese weiche, verletzliche Stimmung verfallen, die sie für das Gespräch, das sie jetzt mit ihrer Mutter führen musste, ganz und gar nicht gebrauchen konnte.

„Und warum nicht?"

Penelope hatte kaum ihre Stimme erhoben. Sie hasste die Konfrontation. Warum hatte sie ihre Mutter nicht einfach vor vollendete Tatsachen gestellt? Jetzt war sie in die Ecke gedrängt, ließ sich auf einen Streit ein, den sie nicht wollte.

Seltsam, dass ihre sonst in jeder Lebenslage so tadellos höfliche Mutter kein Problem damit hatte, es auf Unfrieden in der Familie ankommen zu lassen. Wie oft waren die harmonischen Familienabende am gemeinsamen Esstisch in Streitigkeiten ausgeartet? Wie oft hatte sie als Jugendliche hilflos daneben gesessen und sich gewünscht, sie wäre in der Lage, den Krach ihrer Eltern in Luft aufzulösen?

Aber heute würde sie dem Gespräch nicht ausweichen.

Ihre Mutter antwortete nicht, aber das musste sie auch gar nicht. Ihr Blick sagte alles. Penelope sah sich gezwungen, weiterzusprechen.

„Es ist meine Entscheidung. Ich muss einfach dort hin!"

„Ich verstehe nicht, warum du nicht genauso gut von zu Hause aus Nachforschungen anstellen kannst! Als Übersetzerin bist du doch Spezialistin im Recherchieren. Musst du unbedingt gleich nach Dublin fliegen, ohne Anhaltspunkte?"

„Wer sagt dir, dass ich keine Anhaltspunkte habe?“ Den Trumpf hatte sie eigentlich später ausspielen wollen. Aber ihre Mutter ging ohnehin nicht darauf ein; die Wirkung verpuffte.

„Du verrennst dich da in etwas und willst es nicht wahrhaben.“

„Wie erklärst *du* dir denn, dass ich auf einmal Irisch sprechen kann? Das muss doch irgendeinen Grund haben!“

„Deswegen musst du doch aber nicht gleich alles hier abbrechen und nach Irland reisen, mein Kind.“ Der Tonfall ihrer Mutter war gönnerhaft, wie so oft, wenn sie Penelope von ihrer eigenen Meinung überzeugen wollte. Dieses Mal würde sie jedoch nicht einlenken. Sie holte tief Luft.

„Erstens bin ich nicht *dein Kind*, sondern erwachsen und treffe eigene Entscheidungen. Zweitens tust du ja gerade so, als würde ich auswandern. Dabei geht es doch nur um eine Reise.“

Das beinahe ausgespuckte *dein Kind* schien ihre Mutter für einen Moment aus dem Gleichgewicht zu bringen. Ihre rechte Hand griff reflexartig zu der goldenen Halskette, ließ sie sogleich wieder los. Sie erhob ihre Stimme jedoch nicht, als sie entgegnete: „Es ist eben nicht nur eine Reise! Du willst in deiner Vergangenheit herumgraben und wirst bitter enttäuscht werden, weil du nichts finden wirst.“

„Das sagst du. Ich bin da anderer Meinung. Und ich sage dir auch, wieso.“

Sah sie dort im Gesicht ihrer Mutter etwa so etwas wie Furcht? Der Eindruck war so schnell verschwunden, dass sie beinahe glaubte, sich getäuscht zu haben. Der nächste Satz klang jedoch eindeutig nach einem Ablenkungsmanöver. Eines, das es in sich hatte.

„Jetzt sage ich *dir* einmal etwas, Penelope. In deinem Zustand solltest du keine Reise unternehmen."

„Was soll das denn heißen?"

Natürlich wusste sie so gut wie ihre Mutter, dass es ihr noch nicht gut ging. Sie ging regelmäßig zur Osteopathin, um ihrer Kopf- und Rückenschmerzen Herr zu werden. In den Sitzungen mit der Therapeutin näherte sie sich erst langsam der Erkenntnis, dass sie ein Trauma erlitten hatte und nicht unverwundbar war. Eine Hirnblutung und drei Wochen Klinik, da konnte sie schließlich nicht einfach mit dem Leben weitermachen, als wäre nichts geschehen. Sie konnte sich glücklich schätzen, keine motorischen Schäden davongetragen zu haben. Dass sie unter partiellem Gedächtnisverlust litt und sich die Episoden, in denen sie Irisch sprach, nicht erklären konnte, war ihr bewusst. Warum sonst sollte sie wohl nach Irland wollen, wenn nicht, um hinter das Geheimnis dieser Sprachausfälle zu kommen?

Ihre Mutter sah sie abschätzig an.

„Du befindest dich noch immer in Therapie. Du bist emotional nicht stabil genug."

„Das kannst du ja wohl überhaupt nicht beurteilen!"

„Mir reicht, was Frau Dr. Haselmann am Telefon gesagt hat."

„Sie darf dir doch gar nichts erzählen!" Penelope kochte innerlich. Ihre Mutter machte ein Gesicht, als bedaure sie die ärztliche Schweigepflicht tatsächlich.

„Das musste sie auch gar nicht. Ich sehe doch selbst, dass bei Dir offensichtlich eine Persönlichkeitsstörung vorliegt."

Penelope hätte mit den Augen gerollt, wenn sie nicht so wütend gewesen wäre. Irgendwann mal zwei Semester Psychologie studiert, und ihre Mutter nahm sich ständig das Recht heraus, andere zu analysieren. Und ihre Schlussfolgerungen dann noch in diesem pompösen Tonfall vorzutragen.

Nicht mit mir, dachte sie.

„Komisch, mir gegenüber hat sie diese Diagnose nie in den Mund genommen. Und ich sag dir auch warum: Weil es einen anderen Grund für meine Symptome gibt."

Sie legte eine wirkungsvolle Pause ein, bevor sie entschied, den Schuss ins Blaue zu wagen.

„Was weißt du über den Namen *McNamara*?"

Das darauffolgende fassungslose Schweigen sagte ihr alles.

Einen bedeutungsgeladenen Moment lang sahen sie einander an. Penelope registrierte, wie sich ihre

Mutter innerlich sammelte, um schließlich betont neutral zu fragen: „Wie kommst du auf diesen Namen?"

"Das spielt doch jetzt keine Rolle. Sag mir einfach, ob der Name mit meiner Vergangenheit zu tun hat." Penelope trat ein paar Schritte auf ihre Mutter zu. Sie würde nicht zurückweichen, ehe sie eine Antwort hatte.

Sie sah ihrer Mutter in die Augen. Resignation lag in ihnen, und noch etwas anderes, das sie nicht einordnen konnte. Bevor sie jedoch weiter nachbohren konnte, passierte es. Eben noch hatte sie sich flüchtig gefragt, ob ihre Mutter wohl ein neues Parfum trug. Sie atmete ein paarmal tief ein und versuchte, den Geruch einzuordnen, der sich in irgendeinem unzugänglichen Winkel ihres Gehirns festgesetzt hatte.

Im nächsten Moment – Minuten oder Stunden später? – kam sie auf der Couch langsam wieder zu sich. In ihrem noch leicht verschwommenen Gesichtsfeld vermeinte sie die Silhouetten zweier Gesichter zu erkennen.

„Poppy, geht's dir gut? Du warst für eine Weile ganz weggetreten."

Das war nicht die Stimme ihrer Mutter. Ihre Mutter würde sie auch nicht *Poppy* nennen. Eher würde sie sich die Zunge abbeißen, als sich zu einer Koseform herabzulassen. Felicitas Brink war sich zu fein für solche Verballhornungen. Selbst das zärtliche *Feli* ihres Vaters hatte sie eher geduldet als gemocht.

Es gab nur einen einzigen Menschen, der sie *Poppy* genannt hatte. Mühsam wandte sie den Kopf in Richtung der Stimme. Und blickte in ein Paar sehr blaue Augen. Sie gehörten der Person, die sie in ihrer Lage so ziemlich als letztes sehen wollte.

„Was machst du denn hier?"

„Ich freu mich auch, dich zu sehen."

Penelope ignorierte den ironischen Unterton geflissentlich. Auch wenn sie sich fragte, was Theo hier zu suchen hatte, war das noch ihre geringste Sorge. Sie versuchte, sich an die vergangenen Momente zu erinnern; vergeblich. Sie musste sich eingestehen, auf die Hilfe ihrer Mutter angewiesen zu sein.

„Hätte einer von euch die Güte, mir zu sagen, was gerade passiert ist? Ohne mich anzustarren, als wäre ich ein Geist? Oder ist das zu viel verlangt?"

Sie wusste, dass sich ihre Mutter über den Tonfall ärgern würde. Sie wusste auch, dass es eine Trotzreaktion war – aus Unsicherheit darüber, dass sie nicht wusste, was passiert war. Dass Theo hier war, machte alles nur noch schlimmer. Hatte ihre Mutter ihn etwa gerufen? Was versprach sie sich davon? Theo tat doch nur wenig mehr, als dazustehen, an seinen Haaren herumzuzupfen und mit seinen schlaksigen Einsneunzig auf sie herabzusehen. Keine große Hilfe.

Aber wann war er das überhaupt in letzter Zeit, dachte sie ungnädig.

Frau Brink reagierte auf Penelopes trotzige Worte mit wenig mehr als einer hochgezogenen Augenbraue.

„Jetzt hör mir mal zu, Penelope. Du hast von einem auf den anderen Moment wieder Irisch gesprochen. Du hast mich nicht mehr verstanden und schienst nicht mehr zu wissen, wo du bist. Ich wusste nicht mehr weiter und habe Theo angerufen.“

„Theo und ich sind nicht mehr zusammen. Das hier geht ihn nichts an.“ Penelopes Stimme hatte einen klirrenden Unterton angenommen.

„Von mir lässt du dir ja nichts sagen. Aber Theo kann dich vielleicht überzeugen, dass es keine gute Idee ist, zu verreisen, wenn du noch nicht wieder gesund bist. Sieh dich doch an!“

Bevor Theo sich in die Diskussion einschalten konnte, hatte Penelope schon weitergesprochen.

„Mein Entschluss steht fest. Versuch es gar nicht erst.“ Theo, der etwas dazu sagen wollte, schnitt sie das Wort ab. „Nein, Theo. Ich mache diese Reise für mich. Hier, zu Hause, werde ich keine Antworten auf meine Fragen finden.“

„Was ist mit deiner Arbeit?“, versuchte ihre Mutter es ein letztes Mal.

„Ich habe genug Reserven für eine Auszeit. Im letzten Jahr habe ich so viele

Übersetzungsaufträge angenommen, dass ich mir jetzt ein paar Wochen frei nehmen kann.“

Bevor Penelope türenschlagend das Elternhaus verließ, warf sie ihrer Mutter einen letzten Blick über die Schulter zu. Für einen Moment meinte sie, in der blitzschnell hochgezogenen glatten Fassade Risse der Verzweiflung gesehen zu haben.

Was verschweigt sie mir?

Landeanflug auf Dublin. Penelopes Herz schlug dumpf durch den Druckausgleich in ihren Ohren. Ihre Gedanken waren meilenweit voraus, flogen über tausendgrüne, mit schafwolligen Tupfern übersäte Wiesen, über glitzernde *Loughs* und wogende Hügel, über jäh abbrechende Klippen und uralte Friedhöfe. Die Bilder schienen aus den Untiefen ihres Gehirns zu kommen und legten sich wie ein schwereloser Schleier auf ihr aufgewühltes Gemüt. Zum ersten Mal, seit sie in München in die Maschine der *AerLingus* gestiegen war, fühlte Penelope alle Unruhe von sich abfallen.

Sie nahm kaum wahr, wie das Flugzeug schließlich aufsetzte. Erst das Klicken sich öffnender Sicherheitsgurte um sie herum versetzte sie zurück ins Hier und Jetzt. Sie griff nach ihrem Handgepäck und bewegte sich langsam mit den anderen Fluggästen zum Ausgang. Ein paar Schritte durch die Gangway in grauer, klimatisierter Luft. Dann betrat sie die Ankunftshalle. Atmete tief ein.

Ich bin auf irischem Boden, dachte sie.

Nach den rauschhaften Bildern, die ihr beim Landeanflug durch den Kopf gegeistert waren, war ihre eigentliche Ankunft ernüchternd. Sie befand sich auf einem Flughafen, wie er überall auf der Welt hätte sein können, ließ das Gepäckband stoisch an sich vorbei kreiseln und beobachtete verstohlen die anderen Reisenden. Das ältere Ehepaar, das soeben einen überdimensionalen pinken Rollkoffer vom Band hievte. Die junge Backpackerin, deren tiefschwarze Mascara ihr etwas Eulenhaftes verlieh, und die unablässig in ihr Handy brabbelte. Von ihrem vernuschelten Redeschwall verstand Penelope kaum ein Wort.

Ihr Blick fiel auf ein etwa vierjähriges Mädchen, das die Hand seiner Mutter umklammert hielt, während diese mit müdem Gesichtsausdruck auf ihren Koffer wartete. Das Mädchen hatte Penelope bemerkt und warf ihr ein schüchternes Lächeln zu. Grüne Augen blickten fragend unter einem wirren dunklen Haarschopf. Penelope fühlte sich einen surrealen Moment lang, als wäre sie es, die dort stand; ein kleines Mädchen, das verwundert die fremde Umgebung betrachtet. Für eine Sekunde befürchtete sie, eine Halluzination zu haben. Nach allem, was ihr in den letzten Monaten seit der Hirnblutung passiert war, würde sie sich darüber auch nicht mehr wundern. Als sie jedoch ihren Koffer vom

Band hob und durch die Sperre zum Ausgang ging, sah sie, wie Mutter und Tochter von einem Mann liebevoll begrüßt wurden. Keine Halluzination also. Sie atmete auf.

Endlich war sie hier. In Irland. Noch ganz am Beginn ihrer Reise ins Unbekannte. Heute allerdings war alles noch überschaubar. Für heute musste sie sich um nichts mehr kümmern außer in den Metrobus zu steigen, der sie ins Stadtzentrum von Dublin bringen würde. Für die erste Nacht hatte sie auf Quinns Empfehlung hin ein Zimmer im zentral gelegenen Fleet Street Hotel gebucht. Morgen würde sie Quinns alten Freund Oren aufsuchen, der ihr hoffentlich etwas über den Namen *McNamara* würde sagen können. Alles Weitere würde sich finden. Ohne einen genaueren Plan und mit nichts als einem Namen diese Reise zu wagen, war vielleicht ein unmögliches Unterfangen. Nicht hierher zu kommen war aber keine Option.

Draußen empfing sie gleichmäßiges Nieseln und ein für Mai äußerst ungemütlicher Ostwind. Dämmeriger Abendhimmel hing tief über den Flughafengebäuden. *Das Klischee vom schlechten Wetter stimmt also*, dachte sie fröstelnd. Den Rollkoffer hinter sich herziehend, hechtete sie die wenigen Meter zur rettenden Überdachung der Metrobusstation.

Der ankommende Bus empfing sie mit sonnengelbem Interieur und einem ebenso sonnigen Busfahrer.

„Wo soll's hingehen, junge Frau?"

Übermüdet wie sie war, durchdrang Penelope zunächst den englischen Singsang des Fahrers nicht, meinte aber herauszuhören, dass er sie nach dem Reiseziel fragte.

„City Centre", sagte sie aufs Geratewohl und reichte ihm ein paar Münzen. Die Antwort schien ihn zufriedenzustellen.

Er händigte ihr Ticket und Wechselgeld aus. Sie wollte sich einen Platz suchen, aber das Gespräch war offensichtlich noch nicht zu Ende.

„Das erste Mal in Irland?" Sein bebrillter Blick ruhte für einen Moment in ihrem, freundlich, aber nicht aufdringlich. Sie hätte ihm gerne eine klare Antwort gegeben.

„Das versuche ich herauszufinden", sagte sie wahrheitsgemäß. Es fühlte sich seltsam an, einem Wildfremden davon zu erzählen.

„Oh *lovely*. Ein Geheimnis, wie aufregend!" Er sah aus, als wolle er Penelope noch weiter dazu ausfragen. Doch eine kleine Gruppe angetrunkener Jugendlicher drängte sich zwischen sie, nachlässig mit den Tickets wedelnd und lautstark diskutierend.

„Oi, passt doch auf!" Er schaffte es, den Jugendlichen einen bösen Blick zuzuwerfen und Penelope gleichzeitig entschuldigend anzulächeln. Dann setzte der Bus sich in Bewegung.

Die nächste halbe Stunde verbrachte Penelope damit, aus dem Fenster in die finster werdenden Vororte zu starren, die an ihr vorüberzogen. Häuserdächer glänzten nass in den Strahlen der Abendlaternen. Gleichförmige Reihenhäuschen mit Parkplätzen anstelle von Vorgärten duckten sich unter der niedrigen Wolkendecke. Nur wenige Menschen auf den Straßen trotzten dem ungemütlichen Wetter. Ein jähes Gefühl von Trostlosigkeit überkam Penelope; es legte sich erst wieder, als der Bus sich dem Stadtzentrum von Dublin näherte.

Sie stieg an der belebten O'Connell Street aus und stellte erfreut fest, dass der Regen beinahe aufgehört hatte. Einen Moment blieb sie stehen, um sich zu orientieren. Um sie herum herrschte die Geschäftigkeit der abendlichen Rushhour. Anzugträger mit Handy am Ohr und Geschäften im Kopf eilten vorbei, ohne Augen für ihre Umgebung. Trauben von lachenden Studenten vom nahegelegenen Trinity College unterhielten sich am Straßenrand. Eine Gruppe junger Frauen, mit Einkaufstüten beladen, verließ gerade das mondäne Kylemore Café. Auf der anderen Straßenseite stand das altehrwürdige Post Office. Aus ihrem Studium wusste sie, dass es einst Schauplatz der gewalttätigen Easter Risings gewesen war. Es war aber etwas ganz anderes, das Gebäude jetzt vor sich zu sehen. Unbeeindruckt von so viel Historie machte sich ein McDonalds daneben breit, grell erleuchtet und bevölkert von Jugendlichen. Sie hatte Hunger, widerstand aber dem Drang, gleich die erstbeste Fastfoodplastikhölle zu betreten. Das Essen musste warten; erst wollte sie ihren Koffer loswerden. Sie wandte sich von dem Trubel ab, schaute kurz auf ihren Stadtplan und machte sich dann auf dem Weg über die O'Connell Bridge und in Richtung des Szeneviertels Temple Bar, in dem ihr Hotel lag.

Eine Stunde später saß sie im nahegelegenen Porter House Pub mit einem Sandwich im Bauch und einem Cider vor sich auf dem Tisch. Im Hintergrund begleitete eine sandige Stimme melancholische Gitarrenakkorde.

Es war beinahe unmöglich, in einem Irish Pub *nicht* ins Gespräch verwickelt zu werden. Eigentlich hatte Penelope nur in Ruhe etwas trinken und ihren Gedanken nachhängen wollen. Der Streit mit ihrer Mutter kurz vor der Abreise machte ihr immer noch zu schaffen. So sehr sie auch ihren eigenen Kopf haben mochte, bei ihrer Mutter verfiel sie immer und immer wieder in ihr diplomatisches Verhaltensmuster. Sie hasste es. Und schwor sich jedes Mal, wenn sie wieder einmal klein beigegeben hatte, sich beim nächsten Mal nicht vornehm zurückzuhalten. Auch dann nicht, wenn ihre Mutter die 'ich-bin-sehr-enttäuscht-von-dir-Nummer' abzog. Bei dem Gedanken daran bekam sie schon verspannte Schultern. Doch wenn sie ehrlich war, hatte sich das letzte Gespräch auch nicht gelöst, obwohl Penelope ihrer Mutter die Meinung gesagt hatte. Stattdessen war sie kopfüber in ihren nächsten Blackout gestolpert. Immerhin – auch Theo hatte sie nicht daran hindern können, abzureisen. Was immer ihre Mutter damit bezweckt hatte, ihn herzuholen, der Schuss war nach hinten losgegangen.

Penelope wurde unvermittelt aus ihren kreiselnden Gedanken gerissen, als sie eine heitere Stimme dicht an ihrem Ohr hörte.

„So ganz allein hier, schöne Frau? Möchtest du was trinken?"

Über dem Lärm der Musik verstand sie nur die Wortfetzen *buy* und *drink* und wollte gerade zu einem höflichen *No, thanks* ansetzen, aber der junge Mann, dem die Stimme gehörte, sprach schon weiter.

„Na, was soll's sein - Bulmers?"

Verdammt. Sie war noch nie gut im Neinsagen gewesen. Wie sollte sie das Angebot höflich, aber deutlich ausschlagen? Etwas hilflos erwiderte sie den wässrigblauen Blick des Blondschopfs. Ganz nüchtern schien er ihr nicht mehr zu sein.

„Ah, *come on*, Shane. Lass doch die Frau in Ruhe. Ist eh nicht deine Liga."

Shanes Begleiter zwinkerte Penelope kurz zu und zog seinen Freund energisch von ihr weg. Sie warf ihm einen dankbaren Blick zu, bevor sie sich wieder der Musik zuwandte. Immerhin, das Intermezzo hatte sie abgelenkt. Sie hatte sich beruhigt und genoss die Stimmung im Porter House, ihre Anonymität in der Menge vergnügter Menschen und die Gitarre im Hintergrund. Die Musik schien jetzt etwas lauter zu werden. Sie legte sich wie ein warmer Schal aus heiterer Melancholie um sie. Penelope fühlte sich, als würde der Sänger, den sie nie zuvor gesehen hatte, nur ihr ganz persönlich mit seiner Musik etwas sagen wollen. Es war wie ein Wegdriften in eine andere Dimension.

Einen Moment später schaute Penelope ungläubig auf die kümmerlichen Reste in ihrem Glas. Sie konnte sich nicht daran erinnern, es geleert zu haben. Geschweige denn, wie viel Zeit vergangen war, seit sie hierhergekommen war. Wie spät war es überhaupt? Sie verspürte leichte Kopfschmerzen.

Ich sollte besser gehen.

Auf dem Weg zum Ausgang traf sie Shane und seinen Freund wieder. Shane lächelte ihr entschuldigend zu. Sein Freund machte eine einladende Handbewegung und einer Eingebung folgend, ging sie zu ihm herüber an die Bar. Dass sie eigentlich nach Hause gehen wollte, war aus einem schwer zu fassenden Grund plötzlich nicht mehr wichtig.

„Hi, ich bin Rory. Ich hoffe, Shane hat dich nicht zu sehr genervt."

„Nein - ich bin Anu. Trinken wir was zusammen?"

Er sah sie verblüfft an, schien dann einen Moment nachzudenken, bevor er ihr zögerlich antwortete.

„Gerne."

„Guinness?“

„Kilkenny's.“

Sie lächelte ihm zu und gab dem Barkeeper die Bestellung weiter. Statt der gewünschten Getränke bekam sie ein verständnisloses Gesicht.

Hatte er sie nicht verstanden? Sie wiederholte ihre Bestellung, mit demselben Ergebnis. Eine dunkle Vorahnung beschlich sie. Sie wurde bestätigt, als Rory ihr von hinten auf die Schulter tippte.

„Er versteht kein Irisch.“

Irisch? Penelope schwante Böses. Zögerlich öffnete sie erneut den Mund. Gleichzeitig, wie auf ein unsichtbares Zeichen hin, war die Musik verstummt. Sie hörte den Klang ihrer eigenen Stimme.

„*Pionta amháin, le do thoil.*“ *Ein Pint, bitte.*

Ihr war plötzlich schwindelig.

Penelope saß stöhnend hinter dem Steuer des betagten Golfs, vor sich eine Straßenkarte mit viel zu kleinem Maßstab, die ihr der freundliche Mitarbeiter des Autoverleihs mitgegeben hatte. Er war es auch gewesen, der sie für „no extra charges" in eine höhere Wagenklasse gebucht hatte und sie dann in den mit kleinen Kratzern übersäten Golf gesetzt hatte – vermutlich, weil er an ihren Fahrkünsten zweifelte und die Vollkasko nicht überstrapazieren wollte.

Da hat er wohl Recht, dachte Penelope. Sie war schon froh, ohne Blessuren aus Dublin herausgekommen zu sein. Ihr war schwindelig von den unzähligen Kreisverkehren, die die verwirrend vielen *national roads* und *motorways* in alle Himmelsrichtungen auf die Reise schickten. Um sich zu orientieren, hatte sie die Kreisverkehre oft mehrmals umrunden müssen. Ihrem verkaterten Kopf bereitete der ungewohnte Linksverkehr zusätzliche Kopfschmerzen. In ihrer Aufregung, an der richtigen Ausfahrt abzubiegen, hatte sie es einmal tatsächlich fertiggebracht, sämtliche rote Ampeln eines mehrspurigen Kreisverkehrs zu ignorieren. Wenn sie nur daran dachte, bekam sie wieder Schweißausbrüche.

Angefangen hatte das Chaos am Morgen, als Penelope mit einem schalen Geschmack im Mund und einem Vorschlaghammer im Kopf erwacht war. Die vagen Erinnerungen an den gestrigen Abend verdrängte sie vorerst, während sie unter der heiß-kalten Dusche versuchte, wach zu werden.

Dass sie mitten in einem Pub wieder eine ihrer 'Episoden', erlebt hatte, verunsicherte sie zutiefst. Auch dieses Mal konnte sie sich nicht erklären, was der Auslöser gewesen war. Sie konnte sich an schwache Kopfschmerzen erinnern und dass sie eigentlich vorgehabt hatte, nach Hause zu gehen. Irgendetwas musste sie genau in diesem Moment zum Bleiben veranlasst haben. Sie sah das erstaunte Gesicht von Rory genau vor sich, als sie die Getränke auf Irisch bestellt hatte. Das Nächste, woran sie sich erinnerte, war die Eingangstür des Hotels, bis zu dem Rory sie ganz gentlemanlike begleitet hatte. Die Nacht hatte sie dann mehr schlecht als recht verbracht. Die Kopfschmerzen hatten sich verstärkt und eine der selten gewordenen Panikattacken ausgelöst. Sie hatte zwar kaum eine Erinnerung daran, wie die Hirnblutung genau abgelaufen war, aber das Gefühl der Hilflosigkeit war nur allzu präsent.

Gepaart mit ihrem unerklärlichen Ausflug in das Reich der Feensprache war Angst eine verständliche Reaktion.

Feensprache? *Wo kommt dieses Wort nun wieder her?* Sie beschloss, die herumirrenden Gedanken auszusperren und sich auf das zu konzentrieren, was vor ihr lag. Immerhin stand ihr das Treffen mit Quinns Freund Oren bevor. Doch dazu musste sie ihn erst einmal finden.

Es hätte so einfach sein können: Quinn hatte ihr eine Adresse in der Nähe ihres Hotels genannt, wo sie Oren treffen sollte. Ihre SMS an Oren, ob der Termin klappte, hatte er zwar nur mit einem kargen „yes", beantwortet, aber mehr war ja auch nicht nötig. Und nun das. Halbwegs erfrischt war sie aus der Dusche getreten, ein Handtuch um die nassen Haare geschlungen, und hatte noch schnell eine Aspirin mit einem Glas Wasser hinuntergespült. Dabei war ihr Blick zufällig auf das Handy gefallen. Es lag auf dem Nachttisch und zeigte einen eingegangen Anruf, zehn Minuten zuvor.

Nachdem Penelope sich angezogen hatte – bequemer Wollrock, roter Rollkragenpulli, Schnürstiefel – hörte sie die Nachricht ab.

Dann noch ein zweites Mal, stirnrunzelnd. Wo auch immer der Anrufer sich gerade aufgehalten hatte, der Empfang dort musste fürchterlich sein. Sie verstand kaum etwas.

„Hello ... ah ... Ms. Brink? Ich bin's Oren. Sorry, kann nicht in die Stadt kommen. Muss mich um Delilah kümmern.“

Dass er sie nicht in der Stadt würde treffen können, verstand sie nun zumindest. Sie spulte weiter. Seine Nachricht wurde plötzlich von einer eindeutig weiblichen, aber merkwürdig quietschigen Stimme unterbrochen.

„Delilah hat Hunger. Frühstück.“

„Oi, Delilah! Hör sofort auf!“ Man hörte einen empörten Schrei, der wohl von Orens Tochter (oder Enkelin?) zu kommen schien, dann eine zuschlagende Tür und eine jetzt wesentlich deutlichere Stimme.

„Sorry, dieses Miststück.“

Penelope hörte mit wachsendem Unbehagen zu. Wer ein so vulgäres Wort für seine Tochter benutzte, konnte doch wohl kein enger Freund von Quinn sein? Aber vielleicht hatte sie sich ja auch verhört. Sie tat sich immer wieder schwer mit dem irischen Akzent, der sich so deutlich von ihrem Universitätsenglisch unterschied. Oren beschrieb ihr mit knappen Worten den Weg zu seinem Wohnort etwa eine Stunde nordwestlich von Dublin, in der Nähe von Trim. Nach nochmaligem Abhören hoffte Penelope, sich einigermaßen zurechtzufinden. Sie schrieb ihm dennoch eine kurze Nachricht, dass sie sich erst einen Mietwagen nehmen müsse und es daher später werden würde – und ob er ihr seine genaue Anschrift schicken könne.

Das tat er zwar, aber die kryptische Adresse „Joyfield Manor, Moyrath Hill, Kildalkey, Trim" half weder ihr noch der Navigationsapp auf ihrem Handy. Und nun stand sie hier, am Straßenrand der Kleinstadt Trim, und starrte mit wachsender Verzweiflung auf die nutzlose Karte. Unter anderen Umständen hätte sie sich die düstere Normannenburg Tram Castle angeschaut, von der sie wusste, dass sie einst Drehort für *Braveheart* gewesen war. Doch heute hatte sie keinen Blick dafür übrig. Sie hätte auch nicht die Muße gehabt, auszusteigen und auf dem üppig grünen Gelände entlang des geschichtsträchtigen Boyne River spazieren zu gehen.

„Haben Sie sich verfahren, Lady?"

Die Stimme gehörte einem hageren Jungen, kaum 17 Jahre alt, der sein vom lebhaften Wind gerötetes Gesicht in Höhe des halb geöffneten Seitenfensters hielt. Er sah sie fragend an, während er gleichzeitig den tänzelnden Border Collie an seiner Seite beruhigen musste, der Herumtollen und nicht Stillstehen im Sinn hatte.

„Yes ...", brachte sie erleichtert hervor und nannte ihm Namen und Adresse von Oren.

„Oh, Sie sind eine Freundin von Oren? Komischer Kauz, nicht?" Er zwinkerte ihr zu.

Sie nickte nur, nicht sicher, dass sie ihn richtig verstanden hatte. *Kauz*? Hieß das, er war ein

wir da". Sie fühlte sich wohl in seiner Gesellschaft und merkte erst jetzt, wie der Stress der Autofahrt von ihren angespannten Schultern abfiel. Sie musste nur Gavins Anweisungen befolgen und hin und wieder etwas Small Talk machen. Beinahe tat es ihr leid, als er sich schließlich von ihr verabschiedete.

Er hatte recht behalten: Die Abzweigung, von der Oren am Telefon gesprochen hatte, hätte sie allein nie gefunden. In Deutschland gab es solche Straßen höchstens unter der Bezeichnung 'Feldweg'. Sie bedankte sich überschwänglich bei Gavin, tätschelte Pete den Kopf zum Abschied und bog in das winzige Sträßchen ein, das von hohen Hecken gesäumt, wie ein Hohlweg aussah. Hier galt laut Verkehrsschild ein Tempolimit von 80. Sie schnitt eine ungläubige Grimasse. Schneller als 30 konnte hier niemand fahren, der sich nicht den Hals brechen wollte. Als sie schon beinahe glaubte, der Weg würde nie ein Ende nehmen, machte die Straße einen scharfen Rechtsknick und sie stand unversehens vor *Joyfield Manor*, wie ihr das Schild auf dem windschiefen Holzzaun verriet.

Sie parkte ihr Auto direkt vor dem Zaun auf einem breiten Streifen wild wuchernder Wiese und stieg aus. Der scharfe Ostwind zerrte ihre Haare aus dem Gesicht. Er trug ihr außerdem einen fremden Geruch entgegen, der von dem sich kräuselnden Rauch aus dem Schornstein zu kommen schien. Beim Ausatmen schmeckte sie unvermittelt das Wort 'Torf' auf ihrer Zunge. Es roch nach warmen Wohnstuben und feuchtkalten irischen Wintern, die vor der Haustür zu bleiben hatten. Sie wunderte sich kurz, wieso ihr der Geruch vertraut erschien, aber noch bevor sie sich dem seltsamen Gefühl hingeben konnte, hatte der Wind gedreht und den Rauch in die andere Richtung davon getragen.

Wenn Penelope sich unter Joyfield Manor ein hochherrschaftliches Gebäude vorgestellt hatte, wurde sie enttäuscht. Falls es auf dem riesigen verwilderten Grundstück überhaupt einmal so etwas wie ein Herrenhaus gegeben hatte, so war es längst verschwunden. Was sie stattdessen vor sich sah, war ein gedrungenes, typisch irisches Cottage. Ein einstöckiges Häuschen aus Naturstein, mit kleinen Fenstern und einer in leuchtendem Rot gestrichenen hölzernen Haustür.

Penelope blieb einen Augenblick an der Pforte zum Vorgarten stehen und ließ den Anblick auf sich wirken. Wenn sie ehrlich war, zögerte sie den Moment hinaus, in dem sie an die Tür klopfen und einem Unbekannten ihr Anliegen vortragen musste. Noch dazu einem, der ihr beim Abhören ihrer Mailbox so seltsam erschienen war. *Sei nicht so schüchtern*, schalt sie sich. *Du kennst ihn zwar nicht, aber er ist doch ein Freund von Quinn. Er hat versprochen, dir zu helfen. Von einem einzigen Anruf kannst du ja wohl kaum auf seinen Charakter schließen.*

Noch bevor sie den Anflug von Schüchternheit überwinden und ihren Weg fortsetzen konnte, öffnete sich die Haustür. Heraus trat ein Mann, vermutlich Oren. Er duckte sich unter dem niedrigen Türrahmen hindurch und richtete sich danach wieder zu seiner eindrucksvollen Größe auf, während Penelope mitten auf dem kiesbestreuten Weg stehengeblieben war. Sie fragte sich, ob sie wieder einmal träumte. Oren schien ihr geradewegs einer der Fabeln entsprungen, die sie sich als Kind so gerne von ihrem Vater hatte vorlesen lassen. Er maß bestimmt einen Meter Neunzig, war ausgestattet mit einem überbordenden grauen Haarschopf und ebensolchem Bart, dazu einer altmodischen Hornbrille, die ihm ständig von der großen Nase zu rutschen drohte. Über dem zerknitterten weißen Hemd trug er ein Cordjackett, das seine besseren Tage bereits hinter sich hatte. Auf den ersten Blick schätzte sie, dass er gut zehn Jahre älter als Quinn sein musste. Obwohl er einen zerstreuten Eindruck machte, entging Penelope nicht der wache Blick seiner blauen Augen. *Gavin hatte recht, ein komischer Kauz*, war das Erste, was ihr einfiel, bevor sie sich innerlich für ihr Schubladendenken zurechtwies. Ein Freund von Quinn war in Ordnung, ganz gleich, wie wunderlich er auf sie wirken mochte.

Sie hatte sich gerade überwunden, auf ihn zuzugehen, um eine Begrüßung auszusprechen, aber Oren kam ihr zuvor.

„*Dia duit mo daor.*"

Verdammt, dachte sie. Erwartete Oren, dass sie sich auf Irisch mit ihm unterhielt? Selbst wenn sie dazu jetzt in diesem Moment in der Lage wäre, würde sie sich später an das Gespräch nicht mehr erinnern können. Diese Blackouts hatte sie schließlich in den letzten Wochen ein paarmal erlebt. Jetzt kam es aber darauf an, dass sie klaren Kopf behielt. Sie setzte zu einer Begrüßung auf Englisch an und wartete mit angehaltenem Atem auf seine Antwort. Oren hatte sich jedoch längst wieder umgedreht und war im dunklen Hausflur des Cottages verschwunden. Ihr blieb nichts anderes übrig, als ihm zu folgen.

Drinnen empfing sie Dämmerlicht. Als ihre Augen sich an die Lichtverhältnisse gewöhnt hatten, nahm Penelope eine Fülle von Details wahr: Die Garderobe quoll über mit Parkas und Regenmänteln, darunter stand ein Paar dreckverkrusteter Gummistiefel. Der altmodische Sekretär war bedeckt mit einem chaotischen Stillleben an Briefen, Broschüren und diversen Schlüsseln. An den Wänden des winzigen Flurs hingen unzählige Fotos in Rahmen aller Größen und Farben. Die Fotos waren größtenteils schwarzweiß und zeigten einen jüngeren Oren, unbeschwert und lachend. Umgeben von seiner Familie, vermutete sie. Es war jedoch offensichtlich, dass er allein hier lebte, zumindest legte das Desinteresse an Ordnung und zusammenpassenden Möbeln nahe, dass keine weibliche Hand im Spiel war.

Sie betrat das Wohnzimmer hinter Oren und blieb kurz stehen, um den dämmerigen Raum mit der niedrigen Decke auf sich wirken zu lassen. Die gegenüberliegende Wand zierte ein eindrucksvoller Kamin, dessen offenes Feuer Behaglichkeit ausstrahlte. Abgesehen von dem Kamin und den Sprossenfenstern, die auf den verwilderten Garten hinausgingen, waren die Wände über und über mit Bücherregalen bedeckt. Das restliche Mobiliar beschränkte sich auf einen kleinen Couchtisch und ein zerschlissenes Sofa mit nicht dazu passenden Sesseln. Als würden sie nur dort stehen, weil sich das für ein Wohnzimmer nun einmal so gehörte. Der hölzerne Couchtisch war über und über mit Zeitschriften bedeckt.

Etwas zögernd machte sie den ersten Schritt in den Raum. Oren hatte ihr bisher keinen Platz angeboten. Er schien nicht gerade der geborene Gastgeber zu sein. Normalerweise störte sich Penelope an solchen Äußerlichkeiten nicht. Sie unterdrückte ein Schmunzeln, als sie daran dachte, wie ihre Mutter auf all das reagieren würde. Die hätte sich längst ein fertiges Bild von Oren gemacht. Vermutlich hätte sie einen Blick auf sein nachlässiges Äußeres geworfen und auf der Türschwelle wieder kehrtgemacht. Wenn die Fassade nicht stimmte, lohnte es sich für ihre Mutter gar nicht erst, die Person dahinter kennenzulernen.

Penelope war für einen Moment in Gedanken versunken. Daher erschrak sie furchtbar, als plötzlich hinter ihr lautes Geschrei zu hören war. Das Kreischen näherte sich blitzartig und sie spürte etwas Weiches, Fedriges an ihrem rechten Ohr. Unwillkürlich zuckte sie zusammen. Als sie hilfesuchend in Orens Richtung blickte, sah sie einen grauen Papagei auf seiner Schulter sitzen und an seinem Ohrläppchen knabbern. Den Blick, mit dem sie der Vogel musterte, konnte man nur als abschätzig bezeichnen.

„Hello?", sagte sie vorsichtig und kam sich sehr albern dabei vor.

„Delilah", krächzte der Papagei und sah sie mit schief gelegtem Kopf an.

„Pleasure to meet you. Ich bin Penelope", antwortete sie automatisch. Orens Mundwinkel zuckten beinahe unmerklich. Es schien ihn zu amüsieren, dass Penelope sich dem Vogel so förmlich vorgestellt hatte. Immerhin war damit auch Orens ungewöhnlicher Anruf von heute früh aufgeklärt. Die Stimme im Hintergrund hatte keiner unerzogenen Göre gehört, sondern dem Papagei. Sie atmete auf.

„Delilah gehört eigentlich einer Freundin", erklärte Oren unaufgefordert. Er hatte ins Englische gewechselt, ihr verwirrter Gesichtsausdruck bei der Begrüßung war ihm offenbar nicht entgangen. „Martha hatte mich gebeten, heute nach ihr zu sehen." Es schien ihm nicht einzufallen, sich zu entschuldigen, dass sie deshalb den Weg hierher ans gefühlte Ende der Welt hatte finden müssen. Aber Oren sah auch nicht aus wie jemand, der sich für so etwas entschuldigte. Sie fühlte sich eingeschüchtert und ärgerte sich im selben Moment über sich selbst. Höchste Zeit, dass sie endlich selbst den Mund aufmachte.

„Sie ist wunderschön", war das Erstbeste, was ihr einfiel. Offenbar war das die richtige Antwort. Oren bot ihr eine Tasse Tee an. Sein Angebot war in einer Art vorgetragen, dass man es besser nicht ausschlug. Als sie nickte, ging er, Delilah auf der Schulter, in die Küche. Zuvor warf er noch ein paar Scheite Holz nach. Penelope sah sich in der Zwischenzeit die zahllosen Bücher an, die Oren in seinen Regalen stehen hatte. Unmöglich, seinen Lesegeschmack genau einzugrenzen. Penelope sah alte Ausgaben irischer Schriftsteller wie Samuel Beckett oder James Joyce. Eine Menge Sachbücher über Gartenbau, aber auch Psychologie und irische Geschichte. Ein ganzes Regal war klassischen Krimis und modernen Psychothrillern vorbehalten. Am meisten beeindruckte sie die Sammlung englischer Klassiker, von denen sie selbst einige besaß. Sie stellte mit Freude fest, dass auch Oren *Moby Dick* und *Heart of Darkness* gelesen zu haben schien. Penelope lernte Menschen gerne kennen, indem sie mit ihnen über Bücher sprach. Dass jemand dieselben Bücher wie sie gelesen und geliebt hatte, stellte sofort eine Verbindung her. Und wer ein Wohnzimmer voller Bücher besaß, war kein schlechter Mensch, das war ihre innerste Überzeugung. Aber heute war sie nicht hier, um mit Oren über seine Lesegewohnheiten zu plaudern.

Oren kehrte mit einem Tablett mit zwei dampfenden Teetassen, Zucker, Milch und einem Teller voller Butterkekse zurück. Ein paar Minuten herrschte Schweigen, nur unterbrochen von leisem Teeschlürfen und dem entfernten Ticken der Standuhr im Flur. Delilah war nirgends zu sehen.

„Sie ist in der Küche und frisst Sonnenblumenkerne", antwortete Oren auf ihre unausgesprochene Frage. Dann verfiel er wieder in Schweigen.

Penelope nickte höflich. Sie wusste nicht recht, was sie darauf antworten, geschweige denn, wie sie das Gespräch auf ihr Anliegen bringen sollte. Oren wirkte nicht wie ein Mensch, mit dem man ohne jede Anstrengung ein Gespräch begann und in Gang hielt. Er schien in dieser Hinsicht auch nicht besonders entgegenkommend zu sein. Bestimmt konnte er den ganzen Tag mit zehn Worten auskommen, von denen neun an den Papagei gerichtet waren.

Penelope zerbrach sich den Kopf über eine geeignete Gesprächseröffnung, als sie von unerwarteter Seite Hilfestellung bekam. Eben noch hatte sie die Tasse Tee auf ihren Knien balanciert und, als diese leer war, vorsichtig auf dem überfüllten Couchtisch abgestellt. Im nächsten Augenblick hatte sich ein schwarzes Fellknäuel auf ihren Oberschenkeln niedergelassen und blinzelte sie aus hellgrünen Augen unergründlich an. Automatisch begann sie, der samtenen Schönheit über den Kopf zu streichen und wurde mit einem leisen Schnurren belohnt.

„Das tut Alice bei Fremden sonst eigentlich nicht", brummte Oren. Sie nahm es als Kompliment.

„Ich hatte bis vor zwei Jahren selbst Katzen", sagte sie.

„Was ist passiert?"

„Beide an Krebs gestorben."

„Schande."

Eine kurze, aber nicht unbehagliche Pause entstand.

„Quinn meinte, ich könnte dir weiterhelfen?", beendete Oren das Schweigen und wechselte ohne Umschweife das Thema.

„Ja … richtig." Die Frage überrumpelte sie im ersten Moment. Wo sollte sie anfangen? Wie viel wusste Oren bereits? Sie entschloss sich für den direkten Weg, ohne Vorreden.

„Ich bin auf der Suche nach den Wurzeln eines bestimmten Familiennamens."

„McNamara."

„Das hat Ihnen Quinn also schon erzählt?"

„Natürlich. Ich fange doch wohl kaum erst jetzt mit meiner Recherche an." Er klang ungehalten.

„Oh ... ja, das stimmt natürlich." *Dumm von mir*, schalt sie sich. „Und, was haben Sie herausgefunden?"

„Dass McNamara ein verdammt häufiger Name in Irland ist." Er sagte es, als wäre dieser Umstand ihre persönliche Schuld. Sie versuchte, sich davon nicht beirren zu lassen.

„Es ist also sehr schwer, einen bestimmten Pub mit diesem Namen zu finden?"

„Wie die Nadel im Heuhaufen. Beantwortet das deine Frage?"

Betreten schwieg sie. Das klang ja nicht sehr vielversprechend. Dann kam ihr eine Idee. Es kam auf einen Versuch an.

„Aber Sie kennen sich mit Nadeln im Heuhaufen aus, oder?"

Wenn er sie durchschaute, war es ihm nicht anzumerken. Seine Gesichtszüge wurden jedoch etwas weicher.

„Stimmt. Trotzdem war es verdammt schwierig. Kannst froh sein, dass ich Quinn noch einen Gefallen schuldig bin."

„Bin ich auch." Sie sah ihn ausdruckslos an und fuhr fort, Alice über den Rücken zu streicheln.

Oren brummte etwas Unverständliches und stand dann auf, um zu einem der Regale zu gehen. Er zog ein altes, in Leder gebundenes Buch hervor und setzte sich wortlos wieder neben Penelope auf die Couch.

Sie nahm ihm das Buch aus den Händen und las auf dem Einband. *The Origin and History of the MacNamaras* stand darauf. *By M.C. MacNamara.*

„Sie haben es gelesen?"

„Sicher. Das ganze Buch. Von vorne bis hinten."

„Wie nett von Ihnen", erwiderte sie und hätte sich im selben Moment am liebsten auf die Zunge gebissen. Sarkasmus war vielleicht nicht der richtige Weg, Informationen von Oren zu bekommen. Aber seine Einsilbigkeit zermürbte sie.

„Und?", fragte sie schließlich, als von ihm keine Antwort kam.

Auf den folgenden Monolog war sie allerdings nicht vorbereitet. Es war, als hätte sie einen bisher verborgenen Schalter bei Oren umgelegt.

„Der Autor hat im 19. Jahrhundert gelebt. Er war für einige Zeit Chirurg bei der indischen Armee und Mitglied der *Royal Society of Antiquaries of Ireland.* Die MacNamaras sind ein Klan, den man bis zum 5. Jahrhundert nach Christus zurückverfolgen kann und dessen Wurzeln im County Clare liegen. *Mac Cu Na Mara* ist Irisch und bedeutet *Son of the Hound of the Sea.* Der Klan war... "

„Das ist ja alles hochinteressant", unterbrach sie ihn. Auf seine hochgezogene Augenbraue hin schob sie hastig nach: „Ehrlich! Aber hilft uns das auch auf der Suche nach einem Pub mit diesem Namen weiter?"

„Tut es."

Sie atmete auf.

Als Felicitas Brink an Professor Quinns Haustür klingelte, hatte sie eine ziemlich genaue Vorstellung davon, was sie sich von dem Gespräch erhoffte. Antworten auf ihre Fragen. Wie viel wusste Penelope? Was genau hatte sie in Irland vor? Der Streit mit ihrer Tochter und deren überstürzte Abreise hinterließen mehr Fragezeichen, als ihr lieb war.

Frau Brink strich über das elegante grüne Kaschmirkostüm, auf dem ohnehin kein Stäubchen zu sehen war, und klemmte sich eine unfolgsame Haarsträhne hinters Ohr. Sie setzte ihr gewinnendstes Lächeln auf, als sie hörte, wie die Tür von innen geöffnet wurde.

„Frau Brink! Was führt Sie zu mir?"

Im Türrahmen stand Professor Quinn. Sie registrierte seine elegante Erscheinung - gebügeltes Hemd, zeitlos geschmackvolle Brille, getrimmter Bart - und dachte kurz, dass ihm wohl eine gepflegte Fassade ebenso wichtig war wie ihr. Einen gewissen aufgeräumten Charme besaß er, das musste sie zugeben. Blieb abzuwarten, ob er bei einer Charmeoffensive ihrerseits die Informationen herausrücken würde, die sie brauchte.

„Darf ich hereinkommen?" Sie ging erst einmal nicht auf seine Frage ein. Nicht, dass er sie noch an der Haustür zurückweisen würde.

Quinn bat sie herein und führte sie ins Wohnzimmer. Während er in die Küche ging, um etwas zu trinken zu holen – „ein Mineralwasser wäre nett, danke schön" – hatte sie Zeit, sich umzuschauen. Die elegante Erscheinung des Professors setzte sich in seiner Wohnung fort. Kein Stäubchen auf den dezent platzierten Möbeln, ein paar Grünpflanzen als Farbtupfer, als Blickfang das geschmackvolle mintfarbene Sofa, auf dem sie jetzt saß. Sie stellte sich vor, dass Penelope schon auf diesem Sofa gesessen und mit ihrem Professor die Abschlussarbeit durchgesprochen hatte. Fünf Jahre war das jetzt her.

Ihre Gedanken wurden unterbrochen, als Quinn mit dem Wasser zurückkehrte und ihr gegenüber auf einem Sessel Platz nahm. Er sah sie abwartend an, ohne ihr den Einstieg mit höflichem Small Talk zu erleichtern. Dann musste sie wohl direkt zur Sache kommen. Sie straffte die Schultern und nahm einen Schluck Wasser, bevor sie zu sprechen begann.

„Wie Sie wohl schon vermutet haben, bin ich wegen Penelope hier."

„Ich verstehe nicht ganz. Was hätten Sie da mit mir zu besprechen?" Er wirkte nicht direkt abwehrend, aber auch nicht entgegenkommend. Eher abwartend.

„Ich mache mir Sorgen um sie, Professor. Ich hatte gehofft, Sie könnten mir etwas von diesen Sorgen nehmen." Sie nippte manierlich am Mineralwasser und sah Quinn unter ihren tadellos getuschten Wimpern an.

„Ich sehe, was ich tun kann." Einen kleinen Schritt hatte er sich zumindest in ihre Richtung bewegt. Frau Brink sah das als gutes Zeichen und fuhr fort: „Sie wissen ja sicher, dass meine Tochter ziemlich überstürzt nach Irland gereist ist."

„Überstürzt würde ich das nicht nennen", erwiderte er höflich.

„Dann wissen Sie mehr als ich. Wir hatten ein unschönes Gespräch, und einen Tag später ist Penelope nach Irland geflogen, obwohl sie in keiner Verfassung dazu ist." Es fiel Frau Brink nicht schwer, ein sorgenvolles Gesicht aufzusetzen. Sie sorgte sich tatsächlich. Dass es dabei nicht nur um ihre Tochter ging, brauchte der Professor ja nicht zu wissen.

Quinn tat ihr nicht den Gefallen, auf die Vorlage einzugehen, sondern sah sie nur an. Frau Brink unterdrückte ihren wachsenden Ärger. Mit einem Schweigen als Antwort hatte sie noch nie gut umgehen können. Aber sie würde ihn schon aus der Reserve locken.

„Hören Sie, Professor. Ich weiß, dass Sie beide sich einmal sehr nahegestanden sind." Das war ein Schuss ins Blaue. Penelope war damals sehr verschlossen gewesen, wenn es um Professor Quinn ging, und erzählte so gut wie nichts von ihm, was über den Inhalt ihrer Diplomarbeit hinausging. Doch dass sich etwas zwischen ihnen abgespielt hatte, dessen war sich Frau Brink ziemlich sicher. Das untrügliche Gespür einer Mutter. Auch wenn sie das Ausmaß nur vermuten konnte.

Quinns Miene verriet ihr, dass sie so falsch nicht lag. Für einen kurzen Moment schien ihm keine Erwiderung einzufallen. Sie überlegte kurz, wie sie sich sein Zögern zunutze machen konnte. Eine Affäre – wenn es denn eine gewesen war – zwischen einer Studentin und ihrem älteren Professor, das war schließlich auch fünf Jahre später noch pikant. Aber so leicht ließ Quinn sich offenbar nicht einschüchtern. Noch bevor sie sein Schweigen mit einem Vorstoß ihrerseits ausnutzen konnte, hatte er sich wieder gefasst.

„Ich wüsste nicht, was das mit Ihrem Anliegen zu tun hätte."

Touché. Unter anderen Umständen hätte sie den Schlagabtausch amüsant gefunden. Es nötigte ihr Respekt ab, dass Quinn sich nicht so leicht von ihr um den Finger wickeln ließ. Ihrem Ziel war sie dadurch aber keinen Schritt näher gekommen.

Sie versuchte es weiter.

„Ihnen liegt ja sicherlich auch an Penelopes Wohlergehen. Jetzt hat sie sich entschlossen, in Irland nach einem 'Geheimnis' zu suchen“, Frau Brink malte mit ihren manikürten Händen imaginäre Anführungsstriche in die Luft, „obwohl sie nach wie vor Panikattacken wegen ihrer Hirnblutung hat. Von ihren Blackouts ganz zu schweigen. Finden Sie das richtig?“

„Ob ich das richtig finde, tut hier nichts zur Sache, Frau Brink.“ Quinn reagierte auf ihre sorgsam zur Schau gestellte Sorge mit Gleichmut. Seine blauen Augen hatten jedoch einen harten Ausdruck angenommen.

„Sie haben meine Tochter vermutlich auch noch darin bestärkt?“ Ihr Tonfall war höflich, obwohl sie kaum ihre Ungeduld über seine ausweichenden Antworten unterdrücken konnte. Sie sah kurz auf ihre Hand, die das Wasserglas hielt. Keine Spur von Erregung. *Gut.* Sie zwang sich, einen Schluck zu trinken und Ruhe zu bewahren.

„Das musste ich gar nicht. Ihr Entschluss stand bereits fest.“

„Aber irgendeinen Anhaltspunkt muss sie dort doch haben. Sie würde doch nicht einfach so ins Blaue hinein so eine Reise machen.“ Frau Brink erwähnte nicht, dass Penelope schon einen Anhaltspunkt hatte: *McNamara. Woher auch immer sie den hat. Wer weiß, was sie sonst noch herausgefunden hat.*

Quinn sah sie lediglich an, mit einem Blick, der von *'Da kennen Sie Ihre Tochter aber schlecht'* bis *'Von mir erfahren Sie nichts'* alles bedeuten konnte.

„Wenn Sie mir schon nicht weiterhelfen können", – *oder wollen*, fügte sie im Geiste hinzu – „sagen Sie mir wenigstens, was Penelope in Irland vorhat. Ich erreiche sie nicht, und mir wäre bedeutend wohler, wenn ich wüsste, wohin sie unterwegs ist." Sie setzte ein bittendes Gesicht auf. Ohne Erfolg. Quinn schien gegen ihren Charme immun zu sein. Schlimmer noch, er war offenbar mit seiner Geduld am Ende.

„Ich kann Sie beruhigen: Irland ist eine Insel. So einfach geht sie dort nicht verloren."

Unverschämtheit, dachte sie. *Aber nicht mit mir.*

„Ich merke schon, Professor." Ihre Höflichkeit war eisiger Herablassung gewichen. „Es ist klar, auf wessen Seite Sie stehen. Dass ich mir als Mutter einfach Sorgen mache, sehen Sie wohl nicht."

„Ich sehe, Sie wollen offensichtlich nicht, dass Penelope etwas herausfindet. Sonst wären Sie nicht so darauf aus, über mich an Informationen zu kommen."

Für einen winzigen Moment fühlte sie ihre Gesichtszüge entgleisen. Hatte Penelope ihm irgendetwas erzählt? Aber nein, sie wusste doch selbst nichts. *Noch nicht*, sagte eine leise, aber deutliche Stimme in ihrem Inneren. Frau Brink riss sich zusammen und hoffte, dass Quinn ihr entgeisterter Gesichtsausdruck entgangen war.

„Es tut mir leid, dass wir geteilter Ansicht sind", erwiderte sie mit ausgesuchter Höflichkeit. Sie hoffte, er würde das unmerkliche Zittern in ihrer Stimme nicht bemerken. „Ich habe Sie lediglich aus Sorge um meine Tochter aufgesucht. Aber das war wohl Zeitverschwendung. Auf Wiedersehen."

Sie war noch beim Sprechen aufgestanden und hatte das Wohnzimmer durchquert. So würdevoll, wie möglich war sie die wenigen Meter durch den Flur zur Haustür geschritten, gefolgt von Quinn. Sie öffnete die Haustür und warf noch einen letzten Blick über die Schulter.

„Dieses Gespräch bleibt unter uns, wenn ich bitten darf."

Kurz bevor sie sich wieder zu Tür wandte, sah sie aus den Augenwinkeln Quinns Gesicht; Zufriedenheit spiegelte sich darin. Als hätte sie ihm mit diesem einen Satz mehr verraten, als sie zugeben wollte. Sie wäre am liebsten davongerannt, zwang sich jedoch, gemessenen Schrittes und hochaufgerichtet den Vorgarten zu durchqueren. Erst eine Straße weiter brach die Anspannung sich Bahn und ihre hochhackigen Pumps knallten mit jedem ihrer schnellen Schritte auf den Asphalt. Im Laufen hatte sie ihr Handy gezückt und eine Nummer gewählt.

„Theo? Du musst mir helfen. Es geht um Penelope."

„Das ist nicht Ihr Ernst." Ungläubig starrte Penelope in Orens gleichmütiges Gesicht.

„Doch", war die lapidare Antwort.

„Sie wollen mitkommen?"

„Sagte ich doch."

„Aber … warum?"

„Für Plan B wirst du mich wohl oder übel mitnehmen müssen."

Penelope wusste keine Antwort darauf. Oren hatte Recht. Plan A – sich online auf die Suche nach einem Pub mit dem Namen McNamara zu machen – hatte nirgendwohin geführt. Oren hatte seine Recherchekünste ausgespielt und Kontakte befragt, noch bevor Penelope überhaupt an seine Haustür geklopft hatte. Auch seine Online-Suche beim offiziellen irischen *Companies Registration Office* war erfolglos gewesen. Jetzt war Plan B an der Reihe. Er führte zunächst ins Ungewisse, aber Oren schien zu wissen, was er tat.

Penelope gab es auf, Oren davon abhalten zu wollen, sie zu begleiten. Jetzt, wo sich ihre Suche als nicht so einfach wie gedacht herausstellte, war es bestimmt keine schlechte Idee, ihn dabeizuhaben. Auch wenn das hieß, dass sie tagelang mit diesem lakonischen Hinterwäldler in einem Auto aushalten musste. Aber er würde bestimmt eine Hilfe sein bei ihrer Suche. Und so hinterwäldlerisch war er eigentlich gar nicht. Sie seufzte.

„Nehmen wir dann wenigstens den Golf?", fragte sie resigniert.

„Der Mietwagen kostet nur unnötig Geld."

„Ich muss ihn dann aber zuerst zum Autoverleih in der Stadt zurückbringen. Das kostet Zeit."

„Ein Freund von mir aus Trim arbeitet in Dublin. Der bringt ihn zurück." Oren schien alles schon genau durchdacht zu haben.

„Und wofür brauchen wir Ihr spritfressendes Ungetüm?" Sie starrte misstrauisch auf den taubenblauen Ford Pickup, dessen verstaubte Patina sie unter anderen Umständen anziehend gefunden hätte. „Müssen wir vielleicht noch ein paar Schafe auf der Ladefläche transportieren?"

„Jep."

„Wie bitte?"

„Fünf Tiere. Müssen bis nächste Woche auf dem Markt im County Clare sein." Orens Miene gab nicht die kleinste Regung preis, und doch sah sie für einen Moment ein Blitzen in den hellblauen Augen.

„Sehr witzig. Fahren werde ich das Ding aber sicher nicht."

„Ich hätte dich sowieso nicht ans Steuer gelassen", stellte Oren klar. Penelope wies ihn nicht darauf hin, dass sie als Jugendliche im Reitverein immer den Traktor gefahren hatte. Vermutlich zählte das für Oren nicht.

„Dann sind wir uns ja einig."

Penelope begann sich zu fragen, worauf sie sich da eingelassen hatte.

Während Oren ins Haus ging, um seinen Freund anzurufen, lud sie ihren Koffer aus dem Mietwagen und verstaute ihn in dem alten Pickup. Neben dem tadellos sauberen, aber langweiligen Golf besaß der Ford einen ungehobelten Charakter, an den man sich erst einmal gewöhnen musste. Ganz wie sein Besitzer. Nun, sie würde ja Zeit genug haben, sich mit beiden vertraut zu machen.

Sie betrat das Cottage, um sich in dem winzigen Bad kurz frisch zu machen, und sah, dass Oren in der Küche ein paar belegte Sandwiches zubereitete. Er schien einfach alles, was er im Kühlschrank fand, wahllos als Belag zu verwenden, obendrauf kam ein kräftiger Spritzer Mayonnaise. Ihr lief das Wasser im Mund zusammen. Neben Oren stand eine kleine Reisetasche. Hatte er die etwa in den letzten fünf Minuten gepackt? Eines musste man ihm lassen:

Oren redete nicht lange herum, er war ein Mann der Tat.

Er deutete auf die Sandwiches.

„David braucht noch 20 Minuten.“

Auf ihren verständnislosen Blick hin schob er nach: „Er nimmt den Golf mit nach Dublin.“

Und wir haben noch Zeit genug, hier was zu essen, ergänzte sie im Stillen. Langsam gewöhnte sie sich an Orens Telegrammstil. Beim ersten Bissen merkte sie, wie hungrig sie eigentlich war, und schlang zwei Sandwiches in Rekordzeit hinunter. Oren hatte unterdessen ein paar Äpfel und Bananen in eine Tüte gepackt und war schon auf dem Weg nach draußen. Er kam noch einmal zurück, um das Buch über die Familie McNamara und ein altes, abgegriffenes Adressbuch zu holen. Dann nahm er sein Handy und wählte eine Nummer.

„Martha. Oren hier. Kannst du nach Delilah und Alice schauen? Ich bin ein paar Tage weg.“

Oren konnte also mehr als nur einsilbig sprechen.

Minuten später, als sie den Pickup startklar gemacht hatten, brauste ein türkisfarbener Mini Cooper den Feldweg entlang und kam haarscharf neben dem Golf zum Stehen. Die Fahrertür öffnete sich, und das Erste, was Penelope zu sehen bekam, waren Cowboystiefel und ein hageres jeansbekleidetes Bein. Sie hatte eigentlich jemanden in Orens Alter erwartet.

Stattdessen entstieg dem Mini ein junger Mann, etwa Mitte Zwanzig. Er war beinahe so groß wie Oren und schien nicht recht zu wissen, wohin mit seinen langen Gliedmaßen, die er gerade aus dem Auto aufgeklappt hatte. Schließlich trat er auf sie zu und gab ihr die Hand.

„Hi. Ich bin David. Nice to meet you." Er zupfte an seinem fusseligen Ziegenbärtchen; es schien eine Angewohnheit von ihm zu sein.

„Hi. Nett von dir, dass du das Auto zurückbringst." Sie wollte noch etwas hinzufügen, aber Oren unterbrach sie.

„Freundet Euch nicht zu sehr an, wir müssen gleich los."

David schnitt eine lustige Grimasse in Orens Richtung, als wollte er sagen *Ein Sonnenschein, nicht wahr?* Sie konnte ein Schmunzeln nicht unterdrücken, während sie den Golf startete, auch wenn ihr im selben Moment bewusst wurde, *jetzt gibt es kein Zurück mehr.*

In Trim parkte David den Mini bei seiner Freundin und übernahm den Mietwagen. Er verabschiedete sich kurz, und Penelope stieg in Orens Pickup.

Ein seltsames Gefühl überkam sie. Der erste Schritt war getan, sie hatte sich einem Freund von Quinn anvertraut. Sie fuhren dem nächsten Hinweis entgegen. Oder aber sie jagten lediglich einem Hirngespinst hinterher. Wer konnte das sagen? Sie kannte den Mann nicht, mit dem sie die nächsten Tage verbringen würde. Und doch war es ihr ganz und gar unmöglich, dem dürftigen Hinweis eines irischen Familiennamens *nicht* nachzugehen.

„Wohin jetzt?", fragte sie Oren, als die Beifahrertür sich mit einem leisen Knarren geschlossen hatte. Bis jetzt hatte er ihr noch nicht viel mehr erzählt, als dass eine Freundin ihnen weiterhelfen könne.

„Westen."

„So genau wollte ich es gar nicht wissen."

„Lisdoonvarna."

„Was gibt es dort?"

„Einen Heiratsmarkt."

„Einen Heiratsmarkt?" *Ernsthaft?*

„Das ist natürlich nicht der Hauptgrund, warum wir dahin fahren."

„Wie beruhigend."

„Eine Freundin wohnt dort. Sie kennt den *Matchmaker,* und der kann uns vielleicht helfen."

Penelope konnte sich schon denken, was *matchmaking* im Zusammenhang mit einem Heiratsmarkt bedeutete, auch wenn sie sich nie hätte träumen lassen, dass solche in ihren Augen antiquierten Veranstaltungen überhaupt noch stattfanden. In Irland schien jedoch alles möglich.

Oren legte den Gang ein und nahm die Ausfallstraße aus Trim heraus, bis er auf die M4 stieß, die sie schnurstracks gen Westen führte. Der alte Pickup legte ein gemächliches Tempo an den Tag; sein gleichmäßig schnurrender Motor lullte Penelope in willkommene Lethargie. Dass

Oren kaum das Wort an sie richtete, kam ihr gerade recht. Sie sah aus dem Fenster, ließ die vorbeiziehende Landschaft auf sich wirken und versuchte, ihre immer um dieselben Fragen kreisenden Gedanken wenigstens kurzzeitig zum Schweigen zu bringen.

Was sie aus dem Seitenfenster zu sehen bekam, war nicht das dramatische Irland der windigen Küsten, halsbrecherischen Steilfelsen und kargen Hochlandflächen. Sie fuhren durch die hügeligen Midlands; Penelope sah unzählige Schafe, verstreute Cottages, ab und zu gleichförmige Neubausiedlungen in der Nähe von Kleinstädten. Eine Zeitlang fuhren sie durch einen eigenartigen Landstrich, in dem jemand anscheinend riesige Wiesenflächen umgegraben hatte. Am Straßenrand lagen braune erdartige Quader aufgetürmt. Auf ihren fragenden Blick hin sagte Oren nur „Boglands. Hier wird Torf abgebaut."

Torf. Das Wort, das ihr vorhin eingefallen war, als der Geruch aus dem Kamin von Orens Cottage flüchtig an ihr vorbei geweht worden war. Jetzt hatte sie auch ein Bild dazu. Da war plötzlich wieder dieses komische Gefühl, dass sie vorhin schon kurzzeitig überkommen hatte. Ihr bis eben noch halbwegs intakter Gleichmut bekam Risse wie die zerstückelte Wiesenlandschaft vor ihren Augen. Sie schloss hastig das Fenster, obwohl der frisch gestochene Torf keinerlei Geruch ins Innere des Autos trug.

In der nächsten Stunde versuchte sie, sich von der vorbeiziehenden Einförmigkeit wieder einlullen zu lassen. Sie wusste, es war eine trügerische Ruhe. Zu viele Unsicherheiten brodelten in ihr.

Wer bin ich? Penelope oder diese andere, Anu? Wer ist Anu? Wieso kann ich eine fremde Sprache sprechen, und wieso habe ich keinen Einfluss darauf, wann ich sie spreche? Was verschweigt mir meine Mutter?

Du wirst hier Antworten finden, versuchte sie sich zu beruhigen.

Sie zog das kleine Notizbuch hervor, das sie auf Anraten ihrer Therapeutin kurz nach ihrer ersten Therapiesitzung begonnen hatte, mit ihren Blackouts zu füllen. Datum, Uhrzeit, Ort und äußere Umstände.

Penelope blätterte die Einträge durch, die sie längst auswendig kannte. Die erste Episode im Krankenhaus, die nächste bei ihrer Therapeutin. Ein weiteres Mal während des Streits mit ihrer Mutter kurz vor ihrer Abreise. Und schließlich in dem Irish Pub in Dublin.

Alles völlig verschiedene Umstände, die keinerlei Zusammenhänge erkennen ließen. Sie war ratlos.

Es hat noch einen weiteren Blackout gegeben, fiel ihr plötzlich ein. *Vor dem Streit mit meiner Mutter. Wieso hab ich den nicht notiert?*

Die Antwort stand deutlich hinter ihrer Stirn, hatte wohl schon die ganze Zeit dort gelauert.

Wegen Theo. Und unserer Trennung.

Ihre Gedanken glitten zurück zu der verdrängten Erinnerung …

„Ich fühle mich von dir allein gelassen", hatte sie ihm vorgeworfen.

Sie befanden sich in einem Café am Gärtnerplatz. Theo hatte es als Treffpunkt vorgeschlagen, um der alten Zeiten willen. Früher hatte er sie oft auf einen Kaffee hierher eingeladen und ihr von dem Zeitungsartikel erzählt, an dem er gerade arbeitete. Sie hatten über Gott und die Welt gesprochen. Über ihre nächsten Reisepläne …. Vielleicht hoffte Theo, in der richtigen Umgebung würde auch ihre frühere Unbeschwertheit wiederkommen.

„Was willst du eigentlich, Poppy? Du machst eine schwere Zeit durch, das verstehe ich. Aber ich weiß nicht, wie ich dir dabei helfen kann." Theo nahm einen Schluck von seinem Cappuccino. Es wirkte, als wolle er sein Gesicht hinter der großen Tasse verstecken. Wie immer hing danach der Milchschaum auf seiner Oberlippe. Penelope widerstand dem Impuls, den Schaum mit ihrem Zeigefinger wegzuwischen.

„Du könntest zum Beispiel aufhören, meinen Zustand totzuschweigen."

„Was soll das denn heißen?"

„Das heißt, dass du meine Probleme ignorierst und nichts damit zu tun haben willst."

„Es ist noch gar nicht lange her, da starb dein Vater." Theo sprach den Rest nicht aus.

„Und ich werde dir immer dankbar sein, dass du für mich da warst. So wie ich für dich, als deine Mutter

gestorben ist." Sie sah, dass Theo etwas sagen wollte, und sprach schnell weiter, ihren Milchkaffee weiter ignorierend.

„Aber warum bist du jetzt nicht für mich da?" Sie konnte nicht verhindern, dass ihre Stimme ganz klein geworden war. So klein und unsicher, wie sie sich fühlte.

„Für die Art Probleme gehst du ja wohl zu deiner Seelenklempnerin."

Kaum hatte Theo ausgesprochen, was er wirklich dachte, fühlte Penelope Wut in sich aufsteigen. So sehr, dass sie ihm kaum mehr in die Augen sehen konnte. Sie wolle ihm seine Ignoranz um die Ohren hauen. Er verstand einfach gar nichts!

„Außerdem ...", fuhr Theo fort, dem seine letzte Bemerkung sichtlich unangenehm war, „... bist du in letzter Zeit oft so abwesend, als wärst du gar nicht du selbst, verstehst du? Ich weiß einfach nicht mehr, wer du bist." Er klang ratlos.

Wie sollst du es auch wissen, wenn ich es nicht einmal selbst weiß, dachte sie flüchtig, doch der Gedanke löste sich sofort wieder in Wut auf. Wut und Traurigkeit, dass er sie nicht besser verstand, verstehen wollte.

Aus den Augenwinkeln sah sie, wie sich schräg hinter ihr die Eingangstür zum Café öffnete und zwei Männer eintraten, die sich laut unterhielten. In einem Englisch, das von der geschliffenen Aussprache eines Oxford-Absolventen etwa so weit entfernt war wie ein Mailänder Laufstegmodel von einer oberbayrischen Milchkuhbäuerin. Penelope hörte rollende Rs und dumpfe Us und dann sah und hörte sie nichts mehr.

Bis sie sich vor dem Café wiederfand, Schweiß auf der Stirn trotz des kühlen Frühsommertages. Theo stand vor ihr, sein Gesicht undurchdringlich.

„Wieso sind wir hier draußen? Wir waren doch noch gar nicht fertig mit dem Kaffee."

„Doch, waren wir."

„Was -?"

„Du hast herumgeschrien in … in diesem Kauderwelsch. Ich musste dich rausbringen. Das war vor zehn Minuten."

Penelope öffnete den Mund, um etwas zu erwidern. Für einen Moment hatte sie Angst vor dem, was herauskommen würde. Aber das war natürlich Unsinn. Sie stand doch hier und sprach mit Theo. Offensichtlich war ihr Blackout vorüber. Doch was hatte ihn überhaupt ausgelöst?

Noch bevor sie etwas sagen konnte, war Theo ihr zuvorgekommen.

„Es tut mir leid, Poppy. Ich weiß einfach nicht, wie ich dir helfen kann. Du lässt mich ja gar nicht mehr an dich heran."

Sie musste zugeben, dass Theo recht hatte. Inmitten ihrer widerstreitenden Gefühle kam ihr eine Idee. Vielleicht griff sie damit nach einem Strohhalm, aber sie war verzweifelt, fühlte, wie ihre Verbindung zu Theo sich in Auflösung befand.

„Du könntest mir helfen, indem du mich nach Irland begleitest."

Genervt schüttelte er den Kopf. „Merkst du nicht, dass du einem Hirngespinst nachjagst? Ich sag's nicht gerne, aber ich gebe deiner Mutter ausnahmsweise mal recht. Lass dir Zeit mit der Genesung. Dann wirst du merken, dass deine fixe Idee sich in Luft auflöst. Und bis dahin…" Sie öffnete den Mund, doch er holte tief Luft und sprach einfach weiter „… ist es vielleicht besser, wenn wir uns erstmal nicht mehr sehen."

So sehr seine Worte schmerzten, sie nahmen doch nur etwas vorweg, das sie schon geahnt hatte. Sie strich sich ein paar verirrte Haarsträhnen hinters Ohr und versuchte, die Fassung zu bewahren. Sich an der stets unbewegten Fassade ihrer Mutter zu orientieren. Es gelang ihr für diesen kurzen Moment.

„Du hast recht", erwiderte sie kühl. „Wir sehen uns besser nicht mehr." Sie hätte noch nachschieben können, dass sie auf einen Schönwetterfreund verzichten konnte. Aber sie beließ es dabei. Und bei einem Abgang – hoch aufgerichtet und mit einem eleganten kleinen Schwung ihrer langen Haare – auf den ihre Mutter stolz gewesen wäre.

Erst als sie um die nächste Straßenecke gebogen war, verschwamm der Gehweg vor ihr hinter einem Tränenschleier.

Penelopes Gedanken kehrten ins Hier und Jetzt des schnurrenden Pickups zurück, und sie wischte sich verstohlen die Augen.

Wie konnte ich das nur vergessen aufzuschreiben? Was hab ich sonst noch vergessen?

Sie versuchte sich zu beruhigen, aber das Gefühl der Verletzlichkeit blieb. Jetzt wünschte sie sich, dass Oren das Wort an sie richten würde, um sie abzulenken.

In dem unscheinbaren Städtchen Athlone verließ Oren plötzlich die Autobahn. Eine halbe Stunde später bogen sie auf einen Parkplatz ein.

„Wir sollten uns mal die Beine vertreten." Mehr sagte er nicht. Aber als sie ein paar Schritte gegangen waren, sah Penelope, wofür er den Umweg gemacht hatte. Sie durchquerten einen Besuchereingang und standen auf einmal inmitten einer uralten, verfallenen Klosteranlage. Verwitterte steinerne Hochkreuze umgaben sie; hinter der Begrenzung der Klosteranlage stromerte träge der Shannon in großen Schleifen durchs Schilf. Ein vorbeifahrendes Hausboot schien durch die mannshohen Gräser zu schweben. Penelope wandte dem Fluss den Rücken zu und betrachtete die riesige Felssteinkirche inmitten der Anlage.

„Hier wurde der letzte Hochkönig von Irland begraben", sagte Oren. Sie sah ihm an, dass er gerne noch mehr erzählt hätte. Wie Quinn schien er alles Historische mit Leidenschaft in sich aufzunehmen.

Bestimmt war er nicht nur ihretwegen hierher gefahren.

„Es ist atemberaubend.“

Sie stand eine Weile wie verzaubert zwischen den mächtigen Kreuzen und ließ sich den Wind, der vom Fluss herüber wehte, durch die Haare streichen. Für einen winzigen Moment kehrte Ruhe ein. Hier, inmitten von so viel Historie, fühlten sich ihre Belange bedeutungslos an. Sie konnte ein paarmal durchatmen und die beruhigende Stimmung der vorbeiziehenden Wolkenschatten aufsaugen.

Zurück beim Pickup aßen sie die Bananen, stiegen ein und fuhren weiter. Penelope sah, dass ein Anruf von Quinn auf ihrem Handy eingegangen war. Sie rief ihn zurück.

Deine Mutter war heute hier, war das Erste, was er sagte. Penelope fühlte ihre brüchige Ruhe in sich zusammenstürzen wie ein windschiefes Cottage. Sie holte tief Luft, bevor sie weitersprach.

Was wollte sie?

Dass ich dir nichts von dem Gespräch erzähle.

Penelope lachte auf. Es klang hysterisch. *Übersprungshandlung,* würde ihre Therapeutin sagen.

Im Ernst, was hat sie gesagt?
Sie wollte wissen, was du vorhast.
Ich hoffe, du hast sie abblitzen lassen.
Hab ich. Ist sie nicht gewohnt, oder?

Nein.

Penelope musste wieder schmunzeln, trotz ihrer verfahrenen Situation. Sie konnte sich Quinns ausweichende Antworten und die Reaktion ihrer Mutter lebhaft vorstellen. Dann wurde sie wieder ernst.

Ich hatte also Recht, sagte sie. *Es gibt etwas, das sie mir nicht sagen will. Hat sie irgendeinen Hinweis fallenlassen? Etwas, das mir weiterhilft?*

Natürlich nicht.

Dachte ich mir. Meine Mutter lässt sich nicht gerne in die Karten schauen.

Aber jetzt weiß ich wenigstens, von wem du deinen Charme hast.

War das jetzt ein Kompliment oder nicht? Penelope lachte und fühlte sich für einen Augenblick beinahe sorglos. Wie es wohl wäre, dachte sie, mit Quinn anstelle von Oren im Auto zu sitzen? Oh, das wusste sie genau. Sie würden sich mühelos über alles Mögliche unterhalten. Über Bücher und Filme philosophieren. Er würde wie immer genau den richtigen Ton treffen, wenn er sie nach Dingen fragte, die sie nicht jedem erzählte. Der Tod ihres Vaters. Die Unsicherheit darüber, was gerade mit ihr geschah. Die Trennung von Theo. Vielleicht würden sie sogar darüber sprechen, was einmal zwischen ihnen beiden war. Auch wenn eigentlich alles gesagt war.

Sie erstattete Quinn knapp Bericht, wo sie sich gerade befanden, und beendete das Gespräch. Dann versank sie wieder in Gedanken. Jetzt war ihre Mutter schon bei Quinn aufgetaucht. Sie sollte es vielleicht als gutes Zeichen nehmen, dass sie auf dem Weg war, etwas Wichtiges herauszufinden. Dennoch fürchtete sich ein kleiner Teil von ihr vor dem, was sie finden würde.

„Träumst du?“

Sie drehte den Kopf zur Seite, sah Orens prüfenden Blick auf sich gerichtet und fühlte sich ertappt.

„Ich sagte gerade, wir fahren noch circa eine Stunde.“

„Okay.“

„Wir sind gleich in Loughrea. Ich kenne da ein Pub.“

Theo saß auf einer Bank im Englischen Garten, beim Chinesischen Turm, und wartete. Frau Brink hatte gesagt, sie würde ihn dort treffen. So wie sie am Telefon geklungen hatte, plante sie etwas von geheimdienstähnlichen Dimensionen, wofür sie seine Hilfe benötigte. Er ließ sich nur ungern von ihr einspannen, zumal sie ihm nie besonders viel Respekt entgegengebracht hatte, als er noch bei Familie Brink ein und aus gegangen war. Als wäre er nicht gut genug für die Tochter von Felicitas Brink.

Aber da er wissen wollte, worum es ging, wartete er. Wenn er es sich eingestand, war auch ein Quäntchen Hoffnung dabei, dass sein Leben sich wieder mit dem von Poppy kreuzen würde. Bei ihrer letzten Begegnung im Hause Brink hatte sie nur allzu deutlich gemacht, dass sie ihn nicht mehr sehen wollte. Seitdem herrschte Funkstille. Kurz dachte er an ihr Gespräch im Café zurück und musste sich eingestehen, dass er nicht besonders einfühlsam ihr gegenüber gewesen war. Ach was, überfordert war er gewesen. Wer war diese andere Frau, die manchmal anstelle von Poppy trat, und die ihm beinahe Angst einjagte mit ihrer Geisterhaftigkeit, ihrer unverständlichen Sprache, ihrer Distanziertheit ihm gegenüber? Er hatte diesen Zwischenzustand einfach nicht länger ausgehalten.

Und dennoch vermisste er sie schmerzlich. Sie, die „echte" Poppy. Er wollte sie zurückhaben. Vielleicht war es nötig, dass sie sich auf den Weg nach Irland gemacht hatte. Vielleicht musste sie das Hirngespinst erst als das erkennen, was es war, bevor sie wieder zu sich selbst – und zu ihm – zurückkehren konnte.

„Theo." Er hatte Frau Brink nicht kommen hören, so in Gedanken war er gewesen. Sie nickte ihm kurz zu und setzte sich neben ihn auf die Bank. Wie immer war sie tadellos gekleidet. Ihr glattes braunes Haar, eine Nuance heller als Penelopes, umrahmte ihr ebenmäßiges Gesicht. Sie besaß die gleichen grünen Augen wie ihre Tochter, aber etliche Grade kühler. Er versuchte sich vorzustellen, dass diese beherrschte Frau selbst einmal unbeschwert und verträumt gewesen war. Es gelang ihm nicht. Er räusperte sich.

„Sie brauchen meine Hilfe?"

Sie blickte auf ihre Hände herab, die ruhig in ihrem Schoß lagen, und sah ihn nicht an.

„Möchtest du Penelope zurückhaben?"

Was für eine merkwürdige Frage, dachte er. *Will sie mich damit ködern?*

Dennoch nickte er. Es stimmte ja. Als Frau Brink ihn vor kurzem angerufen hatte – verängstigt, weil Penelope wieder einen ihrer Blackouts hatte – da war er ohne zu zögern vorbeigekommen, auch wenn ihm davor graute, sie ein weiteres Mal in diesem Zustand zu sehen. Dass er kam, sagte ihr wohl schon alles über seine Gefühle. Und deshalb saß er jetzt hier und würde Frau Brink einen Gefallen tun.

„Penelope ist nach Irland gereist, sucht Antworten."

„Die Sie ihr nicht geben wollen, vermute ich."

Sie sah ihn scharf an.

„Ich kann sie ihr nicht geben. Aber du kannst es."

„Was soll das heißen?" Theo gefiel nicht, in welche Richtung sich das Gespräch entwickelte. Aber da hatte er den Köder schon geschluckt.

„Du wirst Kontakt mit ihr aufnehmen. In Irland." Ihrem Tonfall nach hatte er bereits zugestimmt. Ganz so leicht wollte Theo es ihr aber nicht machen.

„Warum sollte sie darauf eingehen? Wir haben uns getrennt, wie Sie wissen. Poppy wird nicht erfreut sein, wenn ich ihr nachspioniere."

„Weil du etwas für sie hast."

„Was sollte das sein?"

„Informationen." Frau Brink sah ihn zum ersten Mal an. Ihr Gesicht war ernst. Sie übergab ihm ein Päckchen. „Pass gut darauf auf. Es ist wichtig. Ich verlass mich auf dich."

Schon war sie wieder aufgestanden. Noch bevor er nach Einzelheiten fragen konnte, hatte sie sich herumgedreht und er sah nur noch ihre kerzengerade, sich entfernende Gestalt.

Drei Tage später hatte er eine Nachricht von Frau Brink auf seinem Handy.

Flugnummer EI 353, Buchung 2ESVCS. Adresse folgt.

Die Wärme eines offenen Feuers empfing sie im Innern von *Johnny Walsh's Pub*. Oren steuerte zielstrebig auf einen der wenigen leeren Tische zu. Penelope folgte ihm etwas langsamer und sah sich um. Es war ein ganz gewöhnlicher Gastraum — dämmerige Beleuchtung, holzvertäfelte Wände, mit grünem Leder überzogene Barhocker. Hinter der Theke gaukelte eine verspiegelte Wand dem Besucher ein doppelt so großes Angebot an alkoholischen Getränken vor. Das Plätschern der Tischgespräche hatte noch den frühabendlichen friedlichen Geräuschpegel, der sich später zu einer alkoholgeschwängerten Kakophonie auswachsen würde. Penelope fühlte sich, als wäre sie schon hundertmal hier gewesen.

Unsinn. Irish Pubs sehen eben überall gleich aus.

Sie ließ sich an dem niedrigen Tisch nieder, während Oren schon wieder aufstand und sich auf den Weg zur Bar machte.

„Cranberry Juice", rief sie ihm hinterher. Nach Alkohol war ihr nicht zumute. Zu deutlich noch stand ihr der Blackout im Porterhouse vor Augen.

Penelope wurde durch dröhnendes Lachen aus ihren Gedanken gerissen. Das Lachen klang viel zu groß für den schmächtigen Mann am Nebentisch, dem es gehörte. Sie sah, dass Oren sich zu ihm gesetzt hatte, offenbar kannten sie sich. Sie ging hinüber und ließ sich neben Oren nieder. Das munter tanzende Kaminfeuer war nur einen knappen Meter entfernt; die wohlige Wärme kroch ihr bis in die Fingerspitzen. Der Geruch der glimmenden Torfquader war erdig wie zu lange gezogener Schwarztee. Er kratzte im Hals und irgendwo tief in ihrem Gedächtnis an einer Stelle, zu der sie keinen Zugang fand. Leichter Schwindel erfasste sie. Sie zwang sich, gleichmäßig weiter zu atmen, nahm einen Schluck von ihrem Saft und beschloss, sich endlich an dem Gespräch zu beteiligen.

Orens Freund kam ihr zuvor.

„Padraigh. Nicht mit *St. Paidraigh* zu verwechseln", stellte er sich mit einem Augenzwinkern vor.

„Dich hält doch niemand für einen Heiligen." Oren verzog keine Miene.

„Nice to meet you, Padraigh. Ich bin Poppy." *Poppy*. Eigentlich hatte nur Theo sie so genannt. Es würde gut tun, den Namen aus einem anderen Mund zu hören.

„Wie kommt's, dass du mit diesem alten Kauz auf Reisen bist?" Da war das Wort *Kauz* schon wieder. Padraighs Akzent war eine Mischung aus melodischem Singsang und gedehnten Vokalen, voller Wärme wie das Torffeuer.

„Er hilft mir bei der Suche nach einem Pub", antwortete sie.

„Da bist du ja hier richtig." Padraighs Lachen verstopfte ihr für einen Moment den Gehörgang.

„Ein bestimmter Pub", stellte sie klar.

„Erzähl mir mehr", sagte er. „Glaub mir, ich kenn 'ne Menge Pubs."

Sie erzählte Padraigh ihre Geschichte. Es tat gut, sich einem Außenstehenden anzuvertrauen. Er unterbrach sie nicht und stellte keine Fragen. Als Penelope zu Ende erzählt hatte, zog er mit nachdenklichem Gesicht eine Pfeife aus der Innentasche seines Jacketts und begann sie bedächtig zu stopfen.

Ist in Pubs nicht Rauchverbot?, wunderte sie sich, aber dann sah sie, wie der Barkeeper Padraigh zunickte. Vielleicht machte er für Stammgäste eine Ausnahme, wenn sie beim Kamin saßen und Pfeife rauchten.

Padraigh zog eine Streichholzschachtel hervor. Er öffnete sie, entnahm ihr ein Streichholz und entzündete es mit einer energischen Handbewegung an der phosphorbeschichteten Seite der Schachtel. Das leise *Raaatsch* des feuerfangenden Streichholzkopfes klang unnatürlich laut in Penelopes

Ohren, als wären sämtliche anderen Geräusche um sie her verstummt. Sie sah noch, wie Padraigh seinen Pfeifentabak entzündete und kurz paffte. Der süßliche Duft des Tabaks traf ihre Nase. Plötzlich wurde ihr wieder schwindlig.

Mein Kreislauf, dachte sie. *Ich muss was essen.*

Wie aufs Stichwort kam der Barkeeper an ihren Tisch. *Liam* las sie auf seinem Namensschildchen. Sie öffnete den Mund, um ihn nach der *Soup of the day* zu fragen, die es in fast jedem Pub auf der Tageskarte gab.

„Cad é an anraith inniu?" *Welche Suppe habt ihr heute im Angebot?*

„Cairéad agus ginger", antwortete Liam zögerlich, über die Silben stolpernd. *Ingwersuppe.*

Oren drehte so schnell seinen Kopf zu ihr herum, dass sie ein deutliches Knacken in seinem Hals hörte. Padraighs Pfeife drohte, ihm aus seinem halboffenen Mund zu fallen. Er hatte Mühe zu sprechen.

„Poppy, love, gehts dir gut?"

„Tá mé Anu." *Ich heiße Anu,* erwiderte sie automatisch, bevor sie wie aus einer Trance erwachte und in Panik aus dem Pub stürmte.

Felicitas Brink saß am Schreibtisch ihres verstorbenen Mannes, den Kopf in die Hände gestützt. Ein leeres Blatt Papier gähnte sie an. Es war nicht irgendein Brief, den sie schreiben wollte. Schreiben *musste*. Mit dem Brief würde sie ein Kapitel ihres Lebens wieder öffnen, das sie seit Jahren unter Verschluss gehalten hatte. So lange schon, dass sie beinahe den Grund vergessen hatte, warum es so wichtig war, dass niemand davon erfuhr. Doch es gab kein Zurück mehr. Weder konnte sie ihr Schweigen ungeschehen machen, noch konnte sie ihre Tochter davon abhalten, etwas herauszufinden, das sie niemals erfahren sollte.

Dass Penelope sich jetzt in Irland befand und die Dinge selbst in die Hand nahm, ließ ihr nur noch wenig Zeit zu handeln. Es war keine Situation, in der sie sich gerne wiederfand. An die Wand gedrängt, ohne Handlungsspielraum. Sie behielt gerne die Fäden in der Hand. Zumindest so weit, dass sie nicht nur andere, sondern auch sich selbst davon überzeugte, ihr Leben im Griff zu haben. Der Besuch bei Penelopes ehemaligem Professor – und vermutlich Liebhaber (*was hat sie sich nur dabei gedacht?*) – hatte ihr auch nicht weitergeholfen. Immerhin hatte ihr Penelope im Streit den Namen McNamara genannt.

Woher weiß sie von diesem Namen? Weiß sie noch mehr als das? Sie würde doch nicht nur wegen eines Namens einfach so ins Blaue hinein suchen, in einem fremden Land? Sie weiß ja nicht einmal, wonach sie suchen soll. Oder?

Alles Grübeln und Rätselraten würde nichts helfen. Sie musste handeln. Theo dabei um Hilfe zu bitten war nur der erste Schritt.

Und so begann Felicitas Brink einen Brief an den Mann, den zu vergessen sie sich vor langer Zeit geschworen hatte.

Du wirst es wissen, wenn sie vor dir steht, endete der Brief.

„Anu?" Es war Orens Stimme. „Wie geht es dir?"

Sie war ein paar Meter die Hauptstraße von Loughrea entlang gestolpert, bevor sie vor einem Schaufenster zum Stehen kam. Die Hände in den Hosentaschen vergraben, hatte sie wie blind hineingestarrt. Ihr Spiegelbild war ihr seltsam unwirklich erschienen, so als wäre sie gar nicht richtig da. Ihr Gesicht war wie verwaschen, nur die winzige alte Narbe über ihrer Augenbraue stach seltsam hervor. Seltsam, da sie sonst kaum zu sehen war und Penelope sie als etwas so Selbstverständliches in ihrem Gesicht wahrnahm, etwas, das zu ihr gehörte, seit sie denken konnte. Ihre Mutter hatte ihr einmal erzählt, dass sie auf dem Spielplatz eine Schaukel an den Kopf bekommen hatte und genäht werden musste. Warum war ausgerechnet diese unscheinbare Narbe jetzt das Einzige, das an ihrem Gesicht real wirkte?

Sie blinzelte ein paarmal in ihr Spiegelbild und hatte das Gefühl, wieder langsam Konturen anzunehmen. Dann schloss sie kurz die Augen und versuchte zu verstehen, was gerade mit ihr geschehen war. Orens Stimme riss sie aus der Erstarrung. Sie wandte sich zu ihm um.

„Hatte ich gerade einen Blackout?"

Wenn Oren erstaunt war, dass sie wieder Englisch sprach, ließ er es sich nicht anmerken. Er legte ihr behutsam eine Hand auf die Schulter und wartete, bis sie sich zu ihm herumdrehte. Dann nickte er einfach, und dieses Mal war sie dankbar für seine wortkarge Art.

Der Schreck saß tief. Was hatte dieses Mal den Blackout ausgelöst? Wieso entzog sich ihr Bewusstsein immer wieder, wie Rauch, der auf Nimmerwiedersehen den Kamin emporzog?

Oren schien zu spüren, dass ihre Nerven blank lagen und schwieg. Ihre aufgewirbelten Gedanken glätteten sich, doch sie fühlte sich verletzlich für die kleinste Erschütterung.

„Anu?" Es war Paidraigh. Er kam langsam die Straße entlanggelaufen, als wäre er unschlüssig, ob er stören dürfe.

„Ich bin's, Poppy." Sie wusste, es musste sich schizophren für ihn anhören, obwohl er ja bereits ihre Geschichte kannte. Aber es erzählt zu bekommen war nicht so verrückt wie Zeuge davon zu werden.

„Gottseidank. Du hast mir einen Schrecken eingejagt." Sie sah ihm an, dass er noch mehr sagen wollte.

„Dieser Name, den du dir gegeben hast, vorhin …“ Er schien nicht recht zu wissen, wie er weitermachen sollte. Oren half ihm auf die Sprünge.

„Du meinst, er bedeutet was.“

„Vielleicht, vielleicht auch nicht. Weißt du irgendetwas über diesen Namen, Poppy?“

„Nein.“

„*Anu* wird als weiblicher Vorname kaum noch gebraucht. Aber früher wusste jedes Kind, woher er stammt.“ Padraighs Stimme hatte einen geheimnisvollen Unterton angenommen. „*Anu* wird in der keltischen Mythologie manchmal als Synonym für den Namen *Morrigan* gebraucht. Morrigan ist –“

„– die Göttin des Krieges und des Schicksals“, vollendete Oren. „Worauf willst du hinaus?“

„Ach, wahrscheinlich hat das gar nichts mit dir zu tun …“

„Das möchte ich selbst entscheiden.“

„Also gut. Noch bis vor wenigen Jahrzehnten pflegten einige Familien die Tradition, bei einem Todesfall sogenannte *keener* zu engagieren. Sie übernahmen bei der Totenwache das Beweinen des Verstorbenen.“

Oren warf ihm einen eindeutigen Blick zu. *Was tut das hier zur Sache?* Doch Padraigh ließ sich nicht beirren.

„*Keener* wurden auch oft mit den *banshees* in Verbindung gebracht. Das sind Geisterfrauen aus der Mythologie, die sich als Vorbotin eines Todesfalls heulend vor dem Fenster der Familie niederließen.“

Padraigh hätte sicher noch weitergesprochen, in diesem beinahe tranceartigen Singsang, mit dem er Penelope tief in die Geschichte hineinzog. Doch auch er musste einmal Luft holen.

„Ende der Märchenstunde", sagte Oren.

„Aber vielleicht hatten die McNamaras einst *keeners* bei ihren Totenwachen. Vielleicht hieß eine von ihnen Anu. Oder man hat den Kindern Geschichten über *banshees* und Gottheiten erzählt?"

„Geister helfen uns nicht weiter, Padraigh."

Oren drehte sich um und ging davon. Penelope warf Paidraigh einen entschuldigenden Blick zu. Dann folgte sie Oren zu seinem Auto. Als sie außer Hörweite waren, sagte er: „Padraigh ist ein alter Geschichtenerzähler. Wie schon sein Vater und Großvater vor ihm. Er weiß alles über irische Geschichte und Mythologie." Ein *aber* hing in der Luft.

„Hör nicht auf ihn, Penelope. Es sind nur Geschichten. Für einen Winterabend am Kamin. Nicht für deine Suche."

Penelope schwieg, in Gedanken bei ihrem Spiegelbild.

Eine Geisterfrau, genau das bin ich jetzt, dachte sie.

Hier war er also. Der Ort mit dem Heiratsmarkt. Lisdoonvarna. Penelope stieg mit steifen Beinen aus dem Pickup und sah sich um. Inzwischen war es dunkel geworden. Sprühregen legte sich über ihren Pullover und verlieh dem Licht der Straßenlaternen einen Heiligenschein. Dahinter, im Schatten, waren die Umrisse eines B&Bs zu erkennen. Es war jedoch das benachbarte Haus, auf das Oren jetzt zusteuerte. Er hatte ihr bis jetzt nicht gesagt, beim wem sie übernachten würden, und sie hatte nicht weiter nachgefragt.

Auf Orens Klingeln hin öffnete sich die Tür. Das Erste, was Penelope sah, war ein Schwall graublonder Locken, dann ein paar kräftige Arme, die sich um Oren legten. Das Nächste, was sie hörte, war ein gedehntes „Lässt du dich auch mal wieder blicken?", gefolgt von einem leisen Lachen. Dann, endlich, tauchte die Frau hinter Oren auf. Penelope mochte sie auf Anhieb: Hinter ihrem gemütlichen Äußeren – kräftige Rundungen, bunter Wollrock und Cardigan –

spürte sie den wachen Blick aus braunen Augen, aus dem eine freundliche Neugier auf die Welt sprach. Sie machte ein paar Schritte auf Penelope zu und stellte sich vor.

„Matilda. Du bist eine Freundin von Oren?" Penelope konnte nur nicken; für lange Erklärungen war sie zu müde. Erst jetzt merkte sie, wie lang der Tag gewesen war, welch große Anspannung von ihr abfiel. Noch hatte sie kein Rätsel gelöst, stand noch ganz am Anfang. Aber der erste Schritt war getan. Nun brauchte sie dringend ein Bett.

Da sie nicht unhöflich sein wollte, betrat sie mit Oren und Matilda die geräumige Küche. Sie ließen sich auf der Eckbank nieder, die so bequem war, dass Penelope auf der Stelle einschlafen wollte. Glücklicherweise hinderte sie das Geplänkel der anderen daran.

„Wurde ja Zeit, dass du mal wieder vorbeikommst."

„Viel zu tun."

„Ein pensionierter Geschichtslehrer und viel zu tun? Du hattest auch schon bessere Ausreden."

„Jetzt bin ich ja da."

Matilda und Oren schienen sich schon länger zu kennen. Zumindest reagierte sie völlig ungerührt auf seine lakonische Art.

„Jetzt lass dir doch nicht alles aus der Nase ziehen, Oren. Was führt dich her? Am Telefon warst du ja nicht besonders auskunftsfreudig."

„Kann das bis morgen warten?" Oren schien Penelopes Müdigkeit nicht entgangen zu sein, wofür sie ihm dankbar war.

„Wenn du meine Neugier so auf die Folter spannen willst, bitte." Matilda dreht sich um und stellte die beiden vollen Teetassen auf dem hölzernen Küchentisch ab. Penelope sah, wie ihr Blick dabei Oren streifte und fragte sich, was die beiden miteinander verband. Vielleicht würde es Oren ihr sagen, wenn sie freundlich fragte. Vielleicht auch nicht. Das wusste man bei Oren nie.

Die nächsten Minuten vergingen mit Teeschlürfen und immer häufigerem Gähnen von Penelopes Seite. Schließlich erklommen sie die steilen Stufen zum ersten Stock, wo Matilda zwei angrenzende Zimmer für sie vorbereitet hatte.

„Frühstück um 9!", rief sie noch, bevor Penelope sich mit einem gedehnten „Goodnight", verabschiedete und dankbar die Zimmertür hinter sich schloss. Sie schaffte es gerade noch ins Bad, schlüpfte in ihren Pyjama und kroch unter die Bettdecke. Das Queensize-Bett mit der großen Bettdecke hüllte sie ein wie ein alter Freund. Penelope schlief auf der Stelle ein.

Stimmengewirr und das Klappern von Gläsern umgab sie. Sie saß auf einer Holzbank, mit baumelnden Beinen, vor sich ein Bilderbuch auf dem blank geputzten Eichentisch. Ein Mann mit einem gefüllten Bierglas strich ihr im Vorbeigehen durch die Haare. Sie sah neben sich, zu dem Jungen, der mit konzentriertem Blick auf eine Stelle im Buch deutete. Seine wirren dunklen Haare hingen tief in die Stirn und bis über die Augen. Braune Augen, das wusste sie.

„Is robin é seo." *This is a robin. Der Junge las langsam vor, den Zeigefinger unter jedes Wort haltend, und zeigte dann auf den hübsch gemalten kleinen Vogel mit der leuchtend roten Brust.*

„Rotkehlchen", antwortete sie in ihrer Sprache, über das ungewohnte Wort stolpernd. Erst vor kurzem hatte ihre Mutter es ihr beigebracht, als sie eins im Garten gesehen hatte.

„Rokt-chen...?", wiederholte der Junge ungelenk. Sie lachte.

„Aidan, Anu! Es ist schon spät!", erklang die vertraute Stimme. Sie hob den Blick vom Buch und sah zur Theke herüber. Dort stand ihre Mutter und hielt Teddy in der Hand, das Signal für sie, dass Schlafenszeit war.

Das Bild verschwamm.

... Der Wecker zeigte 02:37, als Penelope mit einem leisen Schrei erwachte. Zunächst wusste sie nicht einmal, wo sie sich befand. Im Zimmer war es stockdunkel. Der Traum, eben noch fast mit Händen greifbar, löste sich auf wie weißwollene Schafe im aufziehenden Nebel. Etwas schien sich in der Zeit, als sie zu Bett gegangen war, im Zimmer verändert zu haben. Eine fast unmerkliche Brise strich durch das halb geöffnete

Fenster und ließ die Gardinen sachte flattern. Ein schwacher Geruch stieg in ihre Nase. Ein Geruch, den sie sogar kannte, aber jetzt, mitten in der Nacht, wehrlos und erschrocken, nicht benennen konnte. War es dieser Geruch, der ihr auch den Traum beschert hatte?

Penelope knipste die Nachtischlampe an und tapste ins Bad. Dort spritzte sie sich kaltes Wasser ins Gesicht. Ihre Wangen fühlten sich heiß an. Als ihr Blick auf ihr Spiegelbild fiel, erstarrte sie.

Bin ich das?

Für einen Moment erkannte sie sich nicht wieder. Natürlich wusste sie, dass sie es war, die ihr da entgegenblickte, mit riesigen, ängstlichen Augen und wirrem Haar. Sie hob die Hand zum Gesicht und strich sich über die winzige Narbe an der Augenbraue, fühlte jede kleinste Erhebung. Als wäre eine frische Wunde gerade erst genäht worden, wie bei ihrer Operationsnarbe. Wieder der Eindruck, wie vor kurzem beim Blick in das Schaufenster, dass sie auf merkwürdige Weise nicht anwesend war. Das Wort *Geisterfrau* kam ihr erneut in den Sinn.

„Anu?", flüsterte sie. Ein Frösteln überkam sie, als sie ihre eigene Stimme hörte. Es war beinahe wie damals im Krankenhaus, als würde eine Fremde sprechen. Sie hastete aus dem Bad und verkroch sich unter ihre Bettdecke. Sie würde einfach weiterschlafen. Doch der Schreck, den sie angesichts ihres Spiegelbilds empfunden hatte, ließ sie nicht los. Sie gab es nach einer Weile auf, knipste die kleine

Lampe am Bett wieder an und schrieb in ihr Notizbuch, was von dem Traum noch übrig war. *Pub. Anu. Aidan. Ein Kinderbuch. Das Rotkehlchen. Teddy. Die Stimme ihrer Mutter. War es ihre Mutter gewesen?*

Das Notizbuch neben sich, schlief sie irgendwann wieder ein, zutiefst erschöpft und verwirrt.

Der Morgen dämmerte; Penelope erwachte wie nach einer durchzechten Nacht. Für ein paar Sekunden seliger Unwissenheit fühlte sie sich einfach nur unausgeschlafen. Dann brach die Erinnerung an letzte Nacht in ihr Bewusstsein. *Der Traum*. Sie war wachgeworden. Irgendwas hatte sie mitten in der Nacht dazu gebracht, nicht mehr zu wissen, wer sie war. Schlimmer noch: Dass sie im Spiegel gemeint hatte, *Anu* zu sehen. Nicht Penelope.

Jetzt, bei helllichtem Tag, fühlte sie sich wieder mehr wie sie selbst. Sie versuchte, nicht zu genau darüber nachzudenken, was „sie selbst" bedeutete.

Eins nach dem anderen. Werde erstmal wach.

Sie warf einen Blick auf den lindgrünen aufziehbaren Wecker – halb 9 – erhob sich und huschte unter die Dusche. Zurück im Zimmer beim Ankleiden hatte sie das erste Mal Muße, sich umzusehen: Zart geblümte Tapeten, ein schlicht bezogenes Bett, ein entzückendes blassblaues Sofa, dazu ein Beistelltischchen mit Wasserkocher für Tee. Ein wundervoll harmonisches, beinahe romantisches Zimmer, in dem nichts darauf hindeutete, dass hier Geister umgingen, die eine junge Frau an ihrer Identität zweifeln ließen.

Penelope schüttelte alle dunklen Gedanken ab und verließ das Zimmer, immer dem Geruch nach gebratenem Speck folgend. Oren saß bereits in der Küche und trank den ersten Tee des Tages. In den paar Sekunden, bevor sie eintrat, hatte Penelope einen Moment Zeit, ihn und Matilda zu beobachten. Es war nichts, was man hätte genau benennen können, keine Bemerkung, kein bestimmter Blick. Dennoch lag etwas in der Luft zwischen ihnen. Beinahe hatte sie das Gefühl zu stören, als sie mit einem „Good morning", die Küche betrat.

„Jetzt erzählt mal", sagte Matilda, als auch das letzte *poached egg* verspeist und der letzte Rest Tee ausgetrunken war. Penelope sah kurz zu Oren herüber. Würde er …?

„Wir suchen jemanden, dem ein Pub gehört", fing Oren ohne weitere Vorreden an.

„Geht es auch etwas genauer?"

Penelope holte tief Luft. „Ich glaube, dass meine Mutter irgendetwas mit dem Namen *McNamara* zu tun hatte. Es gab oder gibt einen Pub, der so heißt. Ich glaube, dass ich früher schon mal dort war."

Es war Matilda anzusehen, dass ihr etwas auf der Zunge lag. *Warum erzählt dir deine Mutter das nicht selbst?* Ihre nächste Frage war jedoch pragmatisch.

„Und du meinst, ich könnte Euch durch meine Tätigkeit weiterhelfen?"

„Wer, wenn nicht du", sagte Oren. Aus seinem Mund klang dieser lapidare Satz wie das blumigste Kompliment. Penelope lächelte in sich hinein. Auch wenn sie keine Ahnung hatte, inwiefern Matilda ihnen würde weiterhelfen können.

Matilda bat sie in das pastellfarbene Wohnzimmer, in dessen altmodischer Möblierung sich der glänzende Computer wie ein fremdes Insekt ausnahm. Sie fuhr den Rechner hoch und öffnete eine der zahlreichen Dateien, während Penelope ihr gebannt über die Schulter schaute.

„Der alte Willie Daly meint, er müsste immer noch mit Papier und Stift über alle Paare Buch führen, die er jemals zusammengebracht hat", meinte sie, während sie den Namen *McNamara* in ein Suchfeld eingab. Zu Penelope gewandt fügte sie hinzu: „Daly ist hier schon seit zwei Generationen der *Matchmaker*. Er führt genauestens über alle heiratswilligen Personen Buch, die jedes Jahr zum Matchmaking Festival kommen. Ich unterstütze ihn dabei und habe inzwischen fast alle Unterlagen der letzten 30 Jahre digitalisiert."

„Wofür?" Oren war anzusehen, dass er es für Zeitverschwendung hielt.

„Für Menschen wie Euch, die auf der Suche sind. Nach jemandem, den sie vielleicht vor zehn

Jahren hier kennengelernt, aber dann aus den Augen verloren haben. Wir haben damit schon vielen Menschen helfen können."

Penelope schaltete sich ein. „Wir können also nach dem Namen *McNamara* suchen?"

Matilda deutete auf den Bildschirm. Offenbar hatte sie in der endlosen Namensliste per Filterfunktion eine Suche gestartet. „Schon passiert."

Was Penelope zu sehen bekam, machte ihr nicht viel Hoffnung. Fein säuberlich hatte das Programm etwa fünfzig *McNamaras* aufgelistet. Davon abgesehen, dass sich unter der Liste vielleicht gar nicht die Person befand, die sie suchte – wie sollte sie wissen, hinter welcher Dateileiche sich die richtige Spur verbarg?

Oren war ihr mutloser Gesichtsausdruck nicht entgangen.

„Es ist so gut wie jede andere Spur", sagte er. „Irgendwo müssen wir anfangen."

„Wir müssen vor allem den Kreis der möglichen Personen eingrenzen", sagte Matilda. Sie schien darin geübt zu sein. „Alter, Geschlecht, Beruf, Wohnort. Solche Dinge. Was könnt ihr dazu sagen?"

„So gut wie nichts", war Orens lapidare Antwort.

„Es gibt immer irgendetwas. Fangen wir mit dem Alter an. Penelope, du nimmst an, dass deine Mutter hier mit dir in Irland war, als du noch sehr klein warst?"

Es so in Worte gefasst zu bekommen, von einer anderen Person, war merkwürdig. Penelope nickte, ihre Nervosität nur mühsam unterdrückend. Was, wenn sich hier eine erste Spur ergab?

„Das schließt doch schon einmal bestimmte Personen aus. Wann meinst du, war deine Mutter in etwa hier?"

„Wenn ich tatsächlich selbst auch hier war, kann es nicht länger als 30 Jahre her sein", überlegte Penelope. Auch wenn sie natürlich nicht wissen konnte, ob ihre Mutter schon lange vor ihrer Geburt hier gewesen war.

Mit ein paar Klicks hatte Matilda die Liste reduziert. „Natürlich kann es sein, dass deine Mutter mit einer älteren Person zu tun hatte. Oder dass die Person schon viel früher hier in Lisdoonvarna war, noch bevor sie mit deiner Mutter in Kontakt kam. Vielleicht war sie auch überhaupt nicht hier. Aber nehmen wir noch eine weitere Komponente dazu. Männlich oder weiblich?"

„Männlich." Da war sich Penelope ganz sicher. Immerhin hatte sie in einem ihrer Blackouts bei der Therapeutin einen Mann gesehen, der die Kappe mit dem Namen des Pubs trug.

„Beruf?"

„Gastwirt?" Natürlich konnte sie das nicht mit Sicherheit sagen. *Gastwirt* klang auch nicht gerade nach dem Beruf einer Person, mit der ihre Mutter verkehrte. Aber langsam konnte Penelope ohnehin nicht mehr sagen, was sie eigentlich noch über ihre Mutter wusste.

„Das schließt doch schonmal einige Personen aus. Wir nehmen einmal an, dass alle weiblichen Personen sowie alle über 60 rausfallen." Ein paar Klicks auf der Tastatur verkürzten die Liste auf 20 Personen. „Männliche Pubbesitzer haben wir hier tatsächlich nur drei. Davon ist einer über 70. Der zweite hat ein Pub in der Nähe von Galway. Vorbildlich, sogar mit Adresse und Telefonnummer. Falls deine Mutter ihn hier kennengelernt hat, käme sogar der Zeitpunkt hin – Colm McNamara war nämlich 1985 hier, also vor 30 Jahren."

Penelope konnte sich ihre Mutter nur schwerlich auf einem Heiratsmarkt vorstellen. Was hätte sie dazu veranlassen können? Und war sie nicht damals schon mit Frank verheiratet oder zumindest verlobt gewesen? Die Suche warf immer mehr Fragen auf, die sie nicht beantworten konnte. Sie konnte nur Spuren nachgehen, schienen sie auch noch so unwahrscheinlich.

„Wir können ihn ja zumindest mal anrufen und fragen, ob er meine Mutter kennt." Es klang selbst in ihren Ohren aussichtslos, dass sie erfolgreich sein würden. „Und der dritte?"

„Tja, da gibt es leider keine ganz genaue Adresse. County Donegal steht da. Es ist auch schon 45 Jahre her, dass dieser Finn McNamara hier war. Damals hat er hier sogar tatsächlich sein Glück gefunden. Hier steht, er hat im Jahr darauf die Frau geheiratet, die er hier kennengelernt hat. Ihr Name ist Ruth."

Oren schaltete sich zum ersten Mal ein.

„Was ist mit Penelopes Mutter? Taucht ihr Name hier irgendwo auf?“

Dass sie darauf nicht selbst gekommen war! Vermutlich, weil es ihr einfach zu absurd erschien. Aber Oren hatte natürlich recht, es war eine Möglichkeit.

„Felicitas Brink ist der Name“, sagte sie. „Der Mädchenname ist Dietrich.“ Matilda tippte beide Namen ein, versuchte es auch ohne die Nachnamen. „Nichts.“

„Wäre auch zu einfach gewesen“, brummte Oren.

„Und jetzt?“

Penelopes Stimme hatte einen hoffnungslosen Unterton angenommen. Oren ging die Sache wie immer pragmatisch und direkt an.

„Jetzt rufen wir erstmal in Galway an.“

Es regnete Hunde und Katzen, als Theo am späten Abend seinen Mietwagen an Terminal 2 des Dubliner Flughafens entgegennahm.

Echt jetzt?, war sein erster Gedanke, als er im zugigen Parkhaus stand und die Parkplatznummer zum dritten Mal mit dem Zettel abglich. Es gab keinen Zweifel. Der quietschpinke Nissan Micra war für ihn bestimmt. Wie kamen Mietwagenfirmen auf die Schnapsidee, Autos in derart unpassenden Farben zu kaufen und auf Kunden loszulassen? Er schaute sich um. Überall nur dezentes Weiß, Grau und Schwarz. Sein Auto war natürlich das einzige, mit dem er auffallen würde wie der sprichwörtliche bunte Hund.

Seufzend verstaute er seine Reisetasche. Der beinahe nicht existente Kofferraum war damit voll. Vielleicht hätte er doch gegen Aufpreis eine Fahrzeugklasse höher nehmen sollen. Zumal ihm eine recht lange Fahrt bevorstand. Aber dazu war es nun zu spät. Theo öffnete die Tür und verstaute seine langen Beine ungelenk im Auto, um kurz darauf festzustellen, dass sich auf der linken Seite gar kein Lenkrad befand. Wie um ihn zu verhöhnen, leuchteten an der Frontscheibe mehrere gelbe Aufkleber mit dem Hinweis „Drive left!"

Stimmt, auf dieser verfluchten Insel muss man ja links fahren.

Theo robbte ungelenk auf die Fahrerseite hinüber und faltete die Straßenkarte auf, die der Mitarbeiter ihm gegeben hatte. Darauf hatte er ihm den Ort gezeigt, wo er hinfahren musste.

„Das sind mindestens vier Stunden Autofahrt von hier. Ich würde an Ihrer Stelle irgendwo übernachten, Galway oder Sligo. Dann fahren Sie die Küstenstraße morgen bei Tageslicht, da haben Sie mehr davon."

Theo hatte den Redeschwall nur schwer unterbrechen können, und noch weniger war er in der Lage, dem Mann klarzumachen, dass er hier nicht auf Sightseeing-Tour war. Aber vier Stunden Fahrt, noch dazu im Linksverkehr, klangen an diesem verregneten Mittwochabend um 22:30 Uhr nicht verlockend.

Wieso nicht Galway?, dachte er. Penelopes Mutter hatte ihn zwar gedrängt, schnellstmöglich und direkt an sein Ziel zu fahren, aber sie konnte ja wohl kaum erwarten, dass er mitten in der Nacht dort aufschlug ... *Auch wenn ich dieses pinke kleine Monster lieber im Schutz der Dunkelheit fahren würde. Aber besser ich bin morgen ausgeruht für die Weiterfahrt.*

Gut zwei Stunden würde die Fahrt dauern, davon der Großteil auf dem *motorway. Heißt* motorway, *dass die Straße geteert ist und keine Schafe darauf herumlaufen?*, dachte er ungnädig. *Wieso muss Poppy ausgerechnet hier Hirngespinsten nachjagen? Und ich hab mich auch noch da reinziehen lassen.* Mit einer Laune so finster wie ein Pub nach der Sperrstunde steuerte Theo den Nissan durch das Parkhauslabyrinth in die feuchtdunkle Nacht.

Knapp zweieinhalb Stunden später bog er auf den Parkplatz eines B&Bs. Er hatte es eine Stunde zuvor während einer Pause über sein Smartphone gebucht, um nicht mitten in der Nacht in einer fremden Stadt nach einer Unterkunft suchen zu müssen. Das Erste, was ihm auffiel, als er sein Zimmer betrat, war die rosafarbene Tapete. Diese Farbe kam sonst nicht unbedingt in Theos Leben vor, hier begegnete er ihr schon zum zweiten Mal. Als hätte sich diese Insel gegen ihn verschworen. Am Tiefpunkt seiner Laune angekommen, beschloss Theo, dass er für heute genug von seinem „Auftrag" hatte und keinen weiteren Gedanken daran verschwenden wollte.

Was nun? Ab ins Bett? Oder noch einen Absacker unten an der Bar? Die werden ja wohl was Vernünftiges zu trinken dort haben, mit Alkohol kennen sich die Iren doch aus? Ein schönes Guinness, höchstens zwei, eine Nacht guter Schlaf, und morgen sieht die Welt wieder besser aus.

Theo ahnte nicht, dass diese Entscheidung ihn in größte Schwierigkeiten bringen würde.

„Was hast du herausgefunden?"

Gespannt schaute Penelope Oren entgegen, als er zehn Minuten später aus dem Nebenzimmer zurückkehrte. Er hatte ohne viele Worte das Telefonat übernommen, als er sah, wie nervös Penelope war. Sie konnte sich nicht vorstellen, jetzt und hier in Ruhe mit einem Mann zu telefonieren, der vielleicht irgendetwas mit ihrer Vergangenheit zu tun hatte. Es war einfach zu absurd. Natürlich wusste sie, dass sie diese Scheu, Menschen zu befragen, ablegen musste, um weiterzukommen. Fürs Erste war sie Oren jedoch dankbar, dass er dieses Gespräch übernahm. Hinzu kam, dass sie sich zwar langsam an den Akzent gewöhnt hatte, Telefonate aber noch einmal schwieriger waren, wenn sie die Person nicht vor sich sah. Die Nachricht von Oren auf ihrer Mailbox war das beste Beispiel dafür. Kaum zu glauben, dass das erst zwei Tage her war ...

„Er ist es nicht", sagte Oren schlicht. „Dieser McNamara in Galway hat bestätigt, dass er hier auf dem Heiratsmarkt war, hat aber damals eine Aisling aus dem County Cork kennengelernt und geheiratet. Eine Deutsche hat er jedenfalls nie getroffen."

„Es sei denn, er wollte es uns nicht sagen."

„So gesprächig wie er war, hätte er mir davon erzählt."

Matilda schaltete sich ein.

„Ich kann versuchen, etwas mehr über den McNamara im County Donegal herauszubekommen. Es ist ja momentan die einzige andere Spur, die wir haben." Sie setzte sich wieder an den Rechner.

Oren machte sich auf den Weg zu dem alten Matchmaker. Möglicherweise konnte der sich an eine junge Deutsche hier im Ort vor etwa 30 Jahren erinnern. Laut Matilda besaß er ein geradezu fabelhaftes Gedächtnis. Penelope hatte Oren ein Foto von ihrer Mutter mitgegeben, war aber selbst nicht mitgegangen. Sie brauchte einen Moment zum Durchatmen für sich. Die Vorstellung, dass sie vielleicht, nur vielleicht, auf einer Spur waren, erregte und ängstigte sie zugleich. Vor wenigen Minuten war ihre Spannung ins Unerträgliche gestiegen, als Oren telefoniert hatte, und alle Erregung war geplatzt wie ein zu stark aufgeblasener Ballon, als er ergebnislos wieder zurückkehrte. Sie stellte sich vor, wie oft sie noch dieses Gefühl haben würde: Mit jeder neuen

Spur würde sie hoffen, um dann wieder enttäuscht zu werden.

Um sich abzulenken, kehrte sie in ihr Zimmer zurück und besah sich das kleine Bücherregal genauer. Der Vormittag war von lebhaftem Sonnenschein recht abrupt in einem Wolkenbruch übergegangen, so dass ihr der Sinn nicht nach Spazierengehen stand. Sie ließ ein paar Minuten gedankenverloren den Blick über die Bücher gleiten, ohne deren Titel richtig aufzunehmen. Bis sie auf einen vergilbten Buchrücken stieß, der sich von den neueren Einbänden abhob wie ein eigenwilliges schwarzes Schaf, das nicht zum Rest der Herde passt. Penelope nahm das Buch heraus, fuhr mit der Hand leicht über den ledernden Einband. Er fühlte sich rau und weich zugleich an, ein wenig brüchig. Sie öffnete das Buch und nahm einen tiefen Atemzug. Das Buch roch nach alten Geschichten und Geheimnissen. Wegen Büchern wie diesem würde sie nie zu einem E-Reader greifen, mochte er auch noch so praktisch sein. Die Welt, die sich einem beim Öffnen eines Buchs erschloss, noch bevor man überhaupt ein Wort gelesen hatte...

Sie schloss das Buch wieder und warf einen Blick auf den Titel.

„Irish Mythology".

Beinahe wagte sie nicht, das Buch wieder aufzuschlagen. Dass es ihr jetzt gerade hier in die Hände gefallen war ... Hier, in Irland, wo sie ihrer

Herkunft auf der Spur war, der untrennbar mit ihrem Namen, mit Anu, verbunden war? Was würde sie in dem Buch finden? Etwas, das ihr weiterhalf? Oder würde es sie nur noch tiefer verwirren, sie endgültig an allem zweifeln lassen, was sie zu wissen glaubte?

Penelope schalt sich innerlich. Es war helllichter Tag. Sie verfolgten eine, wenn auch dürftige, Spur nach einer echten Person. Der Name Anu hatte vielleicht gar nichts zu bedeuten. Kein Grund, sich deshalb vor einem Buch zu fürchten. Ihr fiel wieder ein, was Padraigh über die Kriegsgöttin Morrigan gesagt hatte, über *keener* und *banshees*. Sie konnte nicht recht glauben, dass es einen Zusammenhang zu ihrem Namen gab, aber was hatte sie sonst für einen Anhaltspunkt? Sie begann zu lesen.

Zwei Stunden später schreckte Penelope auf. Sie lag angezogen auf ihrem Bett, das alte Buch aufgeschlagen neben sich. Wahrscheinlich war sie eingenickt, da ihre Nachtruhe unter dem Traum so gelitten hatte. Ein Traum, oder eine Erinnerung? Sie konnte es nicht mit Sicherheit sagen. Ihr schwamm der Kopf von all den keltischen Gottheiten, angefangen mit Morrigan, der Kriegsgöttin, die auch die Gestalt eines Raben annehmen konnte, bis hin zu Anu, der Göttin der Fruchtbarkeit und des Überflusses. Eine der Inkarnationen von Morrigan. Aber was hatte sie damit zu tun? In ihrem halbwachen Zustand war Penelope versucht zu glauben, dass sie aus irgendeinem Grund eine Verbindung zu dieser Anu aufbauen konnte. Vielleicht basierten die Mythen über diese Göttinnen auf realen Personen? Doch gab es einen Zusammenhang mit dem Namen McNamara? Ihre Mutter wollte nicht, dass sie in Irland etwas herausfand. Dieses Etwas musste mit dem Hier und Heute, zumindest mit ihrer eigenen Vergangenheit in *diesem* Leben, zu tun haben. Sie musste sich wieder auf das Wesentliche konzentrieren.

Doch was ist das Wesentliche?

„Es tut mir leid, Penelope."

Matilda war in die Küche gekommen, als Penelope sich gerade einen Tee machen wollte. Oren war noch nicht wieder zurückgekehrt.

„Du hast nichts gefunden?"

„Zumindest ist online nichts über ihn herauszubekommen. Ich habe dort auch angerufen, aber niemand hat abgehoben. Die Telefonnummer ist vielleicht auch gar nicht mehr aktuell." Matilda sprach nicht weiter, aber das musste sie auch nicht. Die Hoffnung, dass sie die Suche durch das Heiratsregister würden einschränken können, hatte sich nicht bestätigt. Allein die Aufgabe, womöglich jeden McNamara Irlands, der im Telefonbuch auftauchte, anrufen zu müssen, kam Penelope wie ein unmögliches Unterfangen vor. Sie versuchte dennoch, sich ein Lächeln abzuringen.

„Danke trotzdem. Vielleicht hat Oren ja noch etwas Neues herausfinden können."

Doch als Oren zwei Stunden später zurückkam, wusste auch er nichts zu berichten. Als er Penelopes mutloses Gesicht sah, runzelte er die Stirn.

„Nicht gleich aufgeben." Es klang barscher, als es wohl gemeint war.

Penelope wünschte, sie könnte mit mehr Zuversicht nach vorne schauen. Sie wusste nicht mehr, wer sie war, ob das alles nur ein Hirngespinst war, ob ihre Mutter recht hatte, dass sie noch zu instabil für ein solches Vorhaben war, ob die ganzen Vermutungen sich jetzt in Luft auflösen würden, kaum dass sie angefangen hatte, nach Antworten zu suchen. Sie wollte noch nicht, dass es vorbei war. Aber sie wollte für den Moment nichts von diesem Thema hören und sehen.

Penelope sah auf die Uhr. Es war kurz nach 5. Die dunklen Regenwolken gaben den Anschein, als dämmerte es bereits. 5 Uhr war nicht zu früh für ein paar Pints. Sie brauchte jetzt Ablenkung.

Eine halbe Stunde später betrat Penelope die Roadside Tavern. Es herrschte bereits munterer Betrieb, und sie nahm sich Zeit, das Innere des Pubs zu betrachten, bevor sie sich zur Theke durchschlängelte. Vollbesetzte Tische mit Menschen vor ihren Feierabendpints, hier und da stand ein fast verschämtes Glas Orangensaft oder Tee. Vielleicht war es besser, sie bliebe auch bei etwas Nichtalkoholischem. Wenn sie an den

Abend in Dublin zurückdachte, der auch hätte anders ausgehen können... Aber heute Abend war ihr nach einem Cider zumute. Ihr Blick schweifte bis zum Ende des Gastraums. Auf einer winzigen Bühne standen ein Barhocker und eine Gitarre. Bestimmt waren die meisten gekommen, um Livemusik zu hören. Da würde es auch nicht auffallen, dass sie allein war und eigentlich nur in Ruhe trinken wollte.

Anfangs hatte sie es bedauert, als Matilda ihr gesagt hatte, dass der Heiratsmarkt gar nicht jetzt im Mai, sondern erst im September stattfand. Gerne hätte sie einmal mitbekommen, wie der alte Willie Daly Singles verkuppelte. Andererseits war sie ganz froh, dass sich unter die üblichen Pubbesucher nicht auch noch Heiratswütige mischten. Nach der Trennung von Theo war sie für das Thema *matchmaking* gerade nicht besonders empfänglich.

Heiratsmarkt hin oder her – dass man in einem irischen Pub nicht einfach in Ruhe allein etwas trinken konnte, hätte Penelope inzwischen klar sein müssen. Als sie sich ein Bulmers holte, in der Nähe der Bühne auf einem Hocker Platz nahm und die ersten genüsslichen Schlucke trank, war sie noch für sich. Und nachdem der Musiker schließlich die Bühne betrat und in die Saiten der Gitarre griff, war sowieso alle Aufmerksamkeit auf ihn gerichtet. Penelope lauschte der Musik und versuchte, ihre Misere für ein paar Momente zu vergessen. Sie sah, dass die Wände des Pubs mit zahlreichen Konzert- und Veranstaltungsplakaten bedeckt waren. Hier schienen sich regelmäßig bekannte Irish Folk-Künstler die Klinke in die Hand zu geben. Zwischen den Plakaten fiel ihr eines besonders auf: Es zeigte eine Ankündigung für ein Festival der Burren Tolkien Society. Ein *Herr Der Ringe*-Festival, das klang ganz nach Penelopes Geschmack. Leider hatte das Festival bereits letzten Sommer stattgefunden.

„Ein Tolkien-Fan, huh?"

Die kratzige Stimme kam von rechts hinter ihr. Erst war Penelope nicht einmal sicher, dass sie gemeint war. Sie drehte sich zögernd um. Nach Reden war ihr eigentlich nicht zumute.

Vor ihr stand ein schlaksiger Mann, an dem ihr als erstes die ungewöhnlichen Bernsteinaugen auffielen. Alles an ihm wirkte drahtig, alles war in Bewegung, angefangen von seinem schmalen Gesicht, über die Blumentätowierungen seiner Unterarme, bis hin zu den schlanken Händen, von denen eine auf das Plakat zeigte.

„Hast so lange auf das Plakat gestarrt, also dachte ich…" Hätte Penelope nicht schon ein paar Tage Zeit gehabt, sich an den Singsang der Iren zu gewöhnen, hätte sie Mühe gehabt, ihn zu verstehen. Der Mann grinste sie an, die Mundwinkel ein bisschen schief; sie wusste nicht recht, ob sie ihn sympathisch finden sollte oder nicht. Außerdem wusste sie auf seine Bemerkung nichts zu sagen. Ihre Schweigsamkeit schien ihn nicht weiter zu stören.

„Was trinkst du?"

„ —"

Penelope sah mit Erstaunen, dass ihr Glas bereits leer war. Das war doch nicht wieder einer dieser Blackouts?

„Bist nicht besonders redselig, hm? Macht nichts. Cider?"

Penelope konnte nur nicken. Wer wusste schon, was herauskommen würde, wenn sie den Mund öffnete.

Der Mann verschwand in Richtung Tresen. Ein paar Minuten später sah sie ihn mit zwei gefüllten Gläsern den Weg zu ihrem Tisch zurückschleichen. *Schleichen* war das einzige Wort, das ihr einfiel. Trotz seiner schlaksigen Ungelenkigkeit bewegte er sich wie eine Katze in der Menge. Ihr fiel sein pastellfarbenes Halbarmshirt auf, das in merkwürdigem Kontrast zu den Tätowierungen stand. Ein unordentliches Gefühl, das war es, was sie bei seinem Anblick überkam. Er war nicht einzuordnen, und aus irgendeinem Grund gefiel ihr das. Vielleicht, weil sie sich selbst gerade nicht einordnen konnte.

„Schon besser. Lächeln steht dir." Er drückte ihr ein Cider in die Hand und stieß mit ihr an.

„Ich bin Cass. Nice to meet you."

„Anu", antwortete sie. Es schien ihr das Natürlichste, ihm diesen Namen zu sagen.

„Anu? Interessant. Dein Name ist Irisch, aber du bist es nicht."

„Vielleicht bin ich das." Sie wusste, es klang kryptisch, aber ihn schien es nicht zu stören, denn er redete schon weiter.

„Ich sag dir was, Anu." Cass nahm einen großen Schluck, wischte nachlässig ein paar Tropfen aus seinen goldenen Bartstoppeln und sah sie dann konzentriert an. „Weißt du, wer Anu ist? Eine der Inkarnationen der Göttin Morrigan."

Dass sie ausgerechnet hier im Pub auf jemanden getroffen war, der sie auf irische Gottheiten ansprach, am selben Tag, als sie davon gelesen hatte, erschien ihr zu fantastisch. Vielleicht war es ja Schicksal. Penelope begann zu glauben, dass in Irland alles etwas anders lief, dass die Menschen nicht umsonst an mythische Gottheiten und Dämonen glaubten. Hier schien man den Schleier zwischen dieser und einer anderen Welt leichter lüften zu können. Zumindest wenn man sich in einem Pub mit verträumter irischer Gitarrenmusik befand, schon beim zweiten Cider angelangt war und einem Mann gegenüberstand, der auch nicht ganz von dieser Welt zu sein schien.

„Was weißt du darüber?", fragte sie.

In diesem Moment stimmte der Musiker auf der Bühne ein schnelles Stück an. Um sie herum stampfte die Menge auf den Boden, erhoben sich Stimmen, die ein weiteres Gespräch unmöglich machten. Cass nahm sie umstandslos bei der Hand und zog sie durch eine kleine Seitentüre hinaus. Wo normalerweise die nach draußen verbannten Raucher standen, hielt nur ein vereinsamter Stehtisch die Stellung. Von drinnen klang verwischt die fröhliche Gitarre.

Cass ließ ihre Hand los, um sich eine Zigarillo anzuzünden. Nach ein paar tiefen Zügen schien er sich gesammelt zu haben. Er fixierte sie wieder mit seinem leicht beunruhigenden Blick.

„Meine Ex-Freundin, die war vielleicht verrückt", sagte er zusammenhanglos.

„Und?" *Was hat seine verrückte Ex damit zu tun?* fragte sie sich.

„Immer langsam, ich komm schon noch zum Punkt. Die Arme hat versucht, schwanger zu werden. Hat sogar die Göttin Anu angerufen. Hat aber nix genützt. Ende vom Lied, sie hat mich abserviert."

So eine Geschichte hört man auch nur in Irland, dachte sie.

Cass schloss die Geschichte mit einem nonchalanten kleinen Grinsen, aber sie sah, dass es ihn Mühe kostete.

„Tut mir leid zu hören, Cass."

„Nah, ist schon ewig her. Und wie gesagt, sie war eh ein bisschen verrückt. Rabenschwarze Aura außerdem. Nix für mich. Wie auch immer… ich weiß ein bisschen was darüber, wie man die Göttin Anu anruft. Wie wär's mit einem Ausflug nach Kerry?"

Er beendete seinen Wortschwall, und sah sie erwartungsvoll an. Anu dachte über seine Worte nach. Den Teil mit der schwarzen Aura schrieb sie

Cass' allgemeiner ... Wunderlichkeit zu. Es schien zu ihm zu passen. Aber dass er ihr, einer Wildfremden, so konkret Hilfe anbot? Dass er es für möglich hielt, sie könnte etwas mit der Göttin Anu tun zu haben? Und was war in Kerry?

Penelope versuchte sich vorzustellen, dass es tatsächlich eine Verbindung zwischen ihr und jener anderen Anu gab. Es gab nicht viele Wege, das herauszufinden. Es musste doch etwas bedeuten, dass sie Cass begegnet war, oder nicht? Vielleicht war auch seine schräge Art gerade das, was sie jetzt brauchte. Dieses Seltsame, Undefinierbare. Sie selbst war ja gerade an einem solchen Ort, irgendwo zwischen den Dingen, auf der Suche.

Penelope hob den Blick wieder. Cass' Augen ruhten auf ihr, als könne er jeden ihrer Gedanken lesen. Dabei kannte er noch nicht einmal ihre Geschichte. Aber dass sie verzweifelt war, schien er ihr anzusehen. Er reichte ihr seine halbgerauchte Zigarillo, obwohl sie nicht danach gefragt hatte. Sie nahm einen tiefen Zug. Beim Ausatmen schmeckte sie Vanille. Dann erwiderte sie seinen Blick. Cass schien genau die Art von Verrücktheit zu besitzen, die sie jetzt brauchte.

„Wieso nicht", sagte sie.

„Das ist nicht dein Ernst."

Oren starrte sie an, sein Gesicht zerknittert. Penelope war sich sicher, was er dachte. Sie bot wahrscheinlich einen ziemlich derangierten Anblick. Nach zwei weiteren Pints, einer halben Zigarillo, schweißtreibender Musik - und das alles in Gesellschaft eines wie vom Himmel gefallenen Iren - fühlte sie sich gleichzeitig wie von Sinnen und absolut klar. Sie *musste* das einfach tun.

Oren redete weiter, noch bevor sie sich rechtfertigen konnte.

„Wenn du Antworten willst, wirst du sie sicher nicht im County Kerry bei irgendwelchen Hexenanrufungen finden."

„Du klingst wie meine Mutter", rutschte es Penelope heraus. Oren zog nur die Augenbraue hoch, sagte aber nichts dazu.

Matilda war in die Küche gekommen. Die Wanduhr zeigte 22 Uhr. *Bin ich wirklich fünf Stunden weggewesen?* Für einen Moment befürchtete

Penelope, sie hätte wieder einen Blackout gehabt. Aber nein. Sie hatte doch den ganzen Abend Englisch gesprochen.

„Reisende soll man nicht aufhalten." Matildas Stimme war ruhig. „Meld' dich mal, ja?"

Penelope nickte. Sie konnte Oren kaum ansehen. Er hatte sie immerhin bis hierher begleitet, hatte getan, was er konnte. Es war nicht seine Schuld, dass sie in einer Sackgasse steckten. Womöglich übersah sie auch etwas ganz Einfaches, etwas, das sich ihr nie erschließen würde, wenn sie hier in Lisdoonvarna bliebe und ihren Horizont verengte. Was Penelope brauchte, war eine Art Bewusstseinserweiterung. Wenn sie diese bei Cass fand, dann war sie bereit, dem nachzugehen.

Oren trat einen Schritt auf Penelope zu, bis sie nicht mehr anders konnte, als ihn anzusehen. Sein Gesicht war nicht mehr ganz so zerknittert.

„Tu, was du nicht lassen kannst. Du weißt, wo du mich findest." *Wenn du mich brauchst,* las sie gedanklich dazu.

„Danke", sagte sie und unterdrückte das Gefühl, ihn umarmen zu müssen.

Es begann gerade zu dämmern. Ein heftiger Wind vom Meer hatte die Wolken der Nacht weggeblasen und eiskalte Morgenluft übrig gelassen. Penelope fröstelte. Sie hatte sich ihre dickste Jacke übergezogen und stand vor Matildas Haustür, neben sich ihren Reiserucksack. Sie kramte gerade ihre Mütze hervor, als sie Motorengeräusch hörte.

Eigentlich hatte sie damit gerechnet, dass Cass nicht auftauchen würde. Es war erst wenige Stunden her, dass sie den Pub verlassen und sich mit ihm für den kommenden Morgen verabredet hatte. Der vergangene Abend kam ihr jetzt, bei Tageslicht, beinahe unwirklich vor. Aber das Gespräch danach, in Matildas Küche, das bildete sie sich nicht ein. Auch nicht den leichten Kater, der ihr die Sinne vernebelte. Andererseits – Matilda hatte sie so komisch angesehen, vielleicht hatte sie ja doch einen Blackout gehabt und ihre Bekanntschaft in der Roadside Tavern hatte gar nicht stattgefunden?

Das Motorengeräusch wurde lauter. Penelope richtete sich wieder auf. Die Mütze hing vergessen in ihrer Hand, während sie mit ungläubigem Blick auf das Gefährt starrte, das in ihre Straße eingebogen und jetzt gemächlich zum Halten gekommen war. Hinter der endlosen Kühlerhaube eines uralten schwarzen Mercedes saß Cass am Steuer, eine Wollmütze schief ins Gesicht gezogen, darunter hellwache Augen.

Direkt neben Penelope kurbelte er das Fenster herunter, streckte seinen Kopf heraus und lächelte sie an. Sein windschiefes Grinsen stand in merkwürdigem Kontrast zu seinen ebenmäßigen weißen Zähnen.

„Verdammt kalt, was? Komm schon, rein mit dir.“ Als Penelope nicht sofort reagierte – sie fragte sich noch, ob sie träumte – war Cass schon aus dem Auto gestiegen, hatte ihr den Rucksack abgenommen und verstaut, war um den Wagen herum marschiert und öffnete jetzt schwungvoll die Beifahrertür. Die große Geste wurde etwas dadurch zunichte gemacht, dass die Tür quietschte und sich nicht so leicht öffnen ließ. Sie nahm trotzdem so würdevoll wie möglich Platz und bedankte sich.

Er stieg auf der Fahrerseite wieder ein, zog nachdrücklich die Tür zu und trat aufs Gaspedal. Penelopes Blick blieb an seinem scharfen Profil hängen. Der kleine goldene Ring an seiner linken Augenbraue war ihr gestern nicht aufgefallen. Sie sah an ihm vorbei in Richtung des Hauses, wo sich gerade der Vorhang des Küchenfensters bewegt zu haben schien. Es war ihr ganz recht gewesen, dass so früh am Morgen niemand wach war. Es wäre ihr schwergefallen, sich von Oren zu verabschieden, auch wenn es vielleicht gar nicht für lange war.

„Zu tief ins Glas geschaut gestern, hm?", unterbrach Cass ihre Gedanken.

„Sorry?" So früh am Morgen und mit Nebel im Kopf bereitete es ihr Schwierigkeiten, seinem schnellen Mundwerk zu folgen.

„Hattest einen im Tee. Warst angeheitert." Cass zählte noch ein paar andere Begriffe auf, *tipsy, pissed, plastered... Typisch Irisch*, dachte sie, *dass es so viele Begriffe für das Wort* betrunken *gibt.*

„Ist wohl nicht zu übersehen", murmelte sie. Sie tippte sich an die Schläfe und verzog das Gesicht.

„Warte ..." Er beugte sich zu ihr herüber, ohne die Straße aus den Augen zu lassen, öffnete das Handschuhfach und zog eine Packung Aspirin hervor. Durch den Schleier ihres verkaterten Schädels nahm sie den leichten Geruch nach Vanillezigarillos wahr, der von ihm ausging.

Sie nahm eine Aspirin und lehnte sich zurück in den kuscheligen Sitz. Streckte genüsslich ihre Beine aus. Orens Pickup hatte einem hart arbeitenden, ehrlichen Schaffarmer geglichen, bei dem Schönheit zweitrangig war. Cass' Mercedes war eine etwas abgehalfterte alte Lady, die jedoch noch immer Würde besaß.

„Cooler Wagen", sagte sie. Als wäre es nötig, mit Cass ein Gespräch in Gang zu bringen. Cass war nicht Oren. Oren hätte lapidar „Erbstück" geantwortet und diese Information als ausreichend erachtet.

„Ich wusste, dass es dir gefällt. Hat mir meine Tante vermacht. Die alte Lady hier", er strich liebevoll über das Lenkrad, „säuft fast so viel wie mein Onkel Ted, Gott hab ihn selig."

Er vergleicht den Benzinverbrauch seines Wagens mit den Trinkgewohnheiten seines Onkels? Es brachte sie zum Lächeln, ohne dass sie gewusst hätte, was sie darauf erwidern sollte.

Er schien keine Antwort zu erwarten, sondern holte nur kurz Luft, um dann aus heiterem Himmel zu fragen: „So … erzähl mal von dir, Anu.“

„Poppy.“

„Hm?“

„Ich heiße eigentlich Penelope.“

Sie erzählte.

„Irre Story, Poppy. Ein bisschen verrückt bist du schon, oder? Steigst zu mir ins Auto, weil du Antworten bei Anu suchst. Aber mit verrückt bist du bei mir richtig.“ Er sah sie prüfend von der Seite an, und da war wieder dieses schiefe Lächeln.

Während sie in dem alten Mercedes gemächlich an dem Städtchen Ennis vorbei Richtung Limerick fuhren, erzählte Cass ihr, dass es im County Kerry zwei Hügel gab, die ‘Anus Brüste‘ hießen und ihre Fruchtbarkeit symbolisierten. Es war von jeher ein guter Ort, um Anu anzurufen oder ihre Präsenz zu spüren. Zumindest wenn man dafür empfänglich war. Penelope hörte mit wachsendem Erstaunen zu. Etwas über irische Mythologie zu lesen oder zu hören war das eine – eine solche Gottheit anzurufen etwas ganz anderes. War sie damit nicht ähnlich verrückt wie Cass' Ex-Freundin? Was erhoffte sie sich davon? Und war sie nicht viel zu sehr in der realen Welt verhaftet, um solche übernatürlichen Schwingungen überhaupt aufnehmen zu können? Penelope hatte sich schon immer für Mythologie verschiedener Kulturen interessiert, sie aber nie für bare Münze genommen. Was zeigte, wie verzweifelt sie jetzt war.

Vielleicht möchtest du aber auch nur ein bisschen mehr Zeit mit Cass verbringen, flüsterte es in ihr. Sie ging dem Gedanken nicht nach.

Immerhin würde sie genug Zeit haben, sich einzustimmen auf das, was vor ihr lag. Cass hatte ihr gesagt, dass die Fahrt nach Kerry etwa drei Stunden dauern würde. Es war allerdings nicht ganz so einfach, die Gedanken zu fokussieren, wenn man einen redseligen Reisegefährten dabei hatte. Cass schweifte von einem zum nächsten Thema wie ein Rotkehlchen, das nicht still auf einem Ast sitzenbleiben mag. Er erzählte, dass er in einer Gärtnerei in Galway arbeitete, beim Aufforsten des 'Connemara Nationalpark' half und nebenher nicht ganz ernsthaft Literatur studierte. „Aber eigentlich träume ich von einem eigenen Pub", sagte er, während er den Wagen auf eine Tankstelle zu lenkte. Sie stiegen aus. Penelope wollte sich die Beine zu vertreten, Cass musste den uferlos scheinenden Tank wieder aufzufüllen. Er ging hinein, um zu bezahlen, und kehrte mit zwei Bechern dampfender Flüssigkeit zurück.

„Dachte, du könntest einen Kaffee gebrauchen, Penny-Lopy."

„Nenn mich nicht so." Ihr fiel es selbst schwer, bei der wunderlichen Aussprache ihres Namens nicht zu lachen.

„Ich mein ja nur, der Name ist viel zu fancy für dich. Viel zu unnahbar. Das bist du nicht."

„Und was ist Cass für ein Name?", fragte sie, um davon abzulenken, dass er sie verlegen machte. Er sprach, als würde er sie schon lange kennen.

„Gut, dass du fragst." Cass nippte an seinem noch viel zu heißen Kaffee, unterdrückte einen Fluch und fuhr dann fort zu erzählen.

„Meine Mum war ein Hippie. Lange Haare, LSD, make love not war, das volle Programm. Sie hat sich's in den Kopf gesetzt, mich nach einem Sternbild zu nennen, oder einer griechischen Göttin. Dumm nur, dass ich ein Junge wurde, aber glaubst du, das hätte sie aufgehalten? Tja, und darum trage ich jetzt den schönen Namen Cassiopeia."

Penelope verbrannte sich beinahe die Zunge, als sie ihr Lachen hinter einem viel zu großen Schluck Kaffee verstecken wollte. Eine Hippiemutter, die ihren Sohn nach einem Sternbild benannte? Langsam schwante ihr, warum Cass so ... eigenwillig war.

„Warum gerade Cassiopeia?"

„Keine Ahnung. Sie starb, als ich noch ein Kind war. Hat mir auch nie erzählt, wer mein Vater war."

„Oh."

Penelope war für einen Moment sprachlos. Darüber, dass sie beide ein Thema verband: die Ungewissheit über ihre Vergangenheit. Aber vor allem über die nachlässige Art, mit der Cass seine Geschichte vorgetragen hatte. Er hatte sie die ganze Zeit angesehen, während er erzählte, und seine Mütze dabei tiefer in die Stirn gezogen. Es war schwer zu sagen, was er wirklich dachte.

„Jetzt schau nicht so traurig, Poppy. Ist schon ewig her."

Sie hörte kaum, was er sagte.

„Komm schon, weiter gehts." Cass warf den leeren Becher in einen Mülleimer. Penelope wollte gerade zur Beifahrertür gehen, als mit einem Mal der Autoschlüssel durch die Luft segelte und sie ihn gerade noch reflexartig auffing.

„Du fährst. Ich brauch 'ne Mütze Schlaf."

Penelope fand sich hinter dem Steuer von Cass' alter Schönheit wieder. Die Kühlerhaube schien, seitdem sie am Steuer saß, um einen halben Meter länger geworden zu sein. Sie fühlte sich wieder wie als Kind, als sie Reiten gelernt hatte auf einem dieser riesigen Warmblutpferde, bei denen die Vorderbeine nicht zu wissen schienen, was die Hinterbeine taten. Zum Glück fuhren sie jetzt auf einer breiten Nationalstraße, und sie hatte ausreichend Platz, sich an die Ausmaße des Mercedes zu gewöhnen. Cass hatte ihr gesagt, in welche Richtung sie sich halten musste, und war dann ohne Umstände in einen komaähnlichen Schlaf gefallen, leises Schnarchen inklusive.

Penelope wagte den Blick nicht von der Straße zu nehmen; als sie sich jedoch sicherer fühlte, sah sie doch einmal nach links zu ihrem schlafenden Beifahrer. Cass hatte seine alte Armeejacke ausgezogen und benutzte sie jetzt als Kopfkissen. Sein Kopf lehnte in einem Winkel gegen das Seitenfenster, der unmöglich bequem sein konnte. Es schien seinen Schlaf jedoch nicht zu stören. Seine Bartstoppeln hatten sich seit gestern Abend merklich vermehrt. Es war komisch zu sehen, dass Cass eine solche Ruhe ausstrahlen konnte – er, der immer in Unruhe zu sein schien.

„Genug geschaut?"

Penelope zuckte zusammen und wäre fast von der Straße abgekommen. Cass hatte ein Auge halb geöffnet und die Augenbrauen amüsiert hochgezogen. Sie zog es vor, nicht zu antworten, sondern sah konzentriert nach vorne.

Sie fuhren an Limerick vorbei – Cass war inzwischen wieder ganz wach und summte leise den Song *Zombie* vor sich hin. Ihr fiel ein, dass die Cranberries aus Limerick stammten, aus welchem Winkel hatte sie dieses Wissen hervorgekramt? Dann ging es weiter, immer weiter gen Süden. Penelope tat es gut, den Mercedes zu lenken, sie genoss die Konzentration, das beruhigende Brummen des großen Wagens und dazu Cass' nur selten versiegenden Redestrom. Hin und wieder antwortete sie ihm und stellte erfreut fest, wie ihr Englisch immer müheloser dahinfloss. Als Übersetzerin zu arbeiten oder die Sprache im Land tagtäglich zu sprechen war eben nicht miteinander zu vergleichen. Da konnte man noch so oft Filme auf Englisch schauen oder englische Bücher lesen. So gesehen war diese Reise eigentlich ein Glücksfall. Egal wie sie ausgehen würde, Penelope würde etwas davon mitnehmen. Und vielleicht sogar eine neue Richtung einschlagen, wohin auch immer es sie führen würde. Der Gedanke beschwingte sie.

Kurz nach dem winzigen Städtchen Charleville übernahm Cass wieder das Steuer. Sie fuhren jetzt auf einer engen Nebenstraße. Penelope sah aus dem Fenster auf Wiesen, deren Grünschattierungen hinter einer vorbeiziehenden Regenwand fast verschwanden. Cass war ruhig geworden und überließ sie ihren Gedanken. Dass es möglich war, auf diesem Fleckchen Land Kontakt mit Anu aufzunehmen, wirkte selbst jetzt, wo sie dem Ziel näher kamen, nicht realistischer. Penelope fühlte sich jedoch an einem Punkt angekommen, an dem ein verrücktes Vorhaben genau die richtige Strategie zu sein schien.

Als nach einer weiteren Stunde die Straße zu einem Sträßchen wurde und auch der davon abzweigende Feldweg irgendwann endete, stellte Cass den Wagen am Rande einer Wiese ab und verkündete, dass sie jetzt noch etwa eine Stunde auf den Hügel zu laufen hätten. Der Regen hatte glücklicherweise aufgehört und es wehte ein milder Wind, der die restlichen Wolken vertrieb. Penelope genoss die leichte Wanderung. Sie sah Cass vor sich den weglosen Hang aufsteigen, fixierte ihren Blick auf seine dünnen Beine, die ihn erstaunlich schnell vorwärts trugen. Sie hatte ihn nicht für sehr sportlich gehalten. Aber schließlich sagte ein einziger Abend zusammen im Pub noch gar nichts aus.

Mit zunehmender Höhe erweiterte sich die Aussicht, und schließlich standen sie auf einem abgeflachten Hügel mit Rundumblick. Ein paar Meter weiter befand sich fast auf gleicher Höhe ein weiterer Hügel, der ebenso wie der, auf dem sie standen, einen Steinhaufen in seiner Mitte hatte.

„Das sind *cairns*", sagte Cass, ihrem Blick folgend. Er erklärte ihr, dass es sich dabei um prähistorische Ganggräber handelte, und dass die Hügel zu den heiligsten Plätzen Irlands gehörten. Selbst heute noch, wo das Christentum beinahe alles vereinnahmt hatte, wurden hier keltische Rituale abgehalten.

Wie um die Heiligkeit dieses Ortes zu unterstreichen, war es windstill geworden. Absolute Ruhe umgab die Cairns. Cass war verstummt und sah in die Ferne. Penelope heftete ihre Augen auf den gegenüberliegenden Hügel und atmete tief ein. Die Ruhe senkte sich wie eine Decke über sie. Sie konnte nicht sagen, ob sie eine Präsenz spürte, aber zum ersten Mal seit Tagen flatterten ihre Gedanken nicht wie aufgescheuchte Vögel umher.

„Anu?" Es war Cass' Stimme.

„Cad a dhéanfaimid anois?", fragte sie, als sei es selbstverständlich, dass sie hier oben Irisch sprach. *Was machen wir jetzt?*

„Cuir do mhian le do thoil", antwortete er, ohne zu zögern. *Sprich deinen Wunsch aus.*

Aus seinem Rucksack zog er eine kleine Papiertüte mit einer Kräutermischung, die er in ein kleines Glas gab. Er nahm eine Handvoll Erde vom Hügel und gab sie dazu. Schließlich drehte er sich zu ihr herum und drückte ihr ein Stück Papier und einen Bleistiftstummel in die Hand. Dann trat er ein paar Schritte zurück. Er ließ ihr Freiraum und war doch in der Nähe, und der Gedanke half ihr, sich in das ungewohnte Ritual zu versenken. Sie hielt Papier und Bleistift lose in der Hand und versuchte, sich auf nichts anderes zu konzentrieren als das, was ihr in genau diesem Moment am wichtigsten war.

Erst versuchte sie, auf rationale Weise ihren innersten Wunsch zu ergründen. Doch das hier war nicht rational, es sprach eine völlig andere Ebene in ihr an. Sie ließ sich wie in eine Art Meditation versenken, indem sie jeden flüchtigen Gedanken, jede Frage, an sich vorüberziehen ließ. Alles um sie herum verschwand, die Hügel, die Cairns, das Geräusch des Windes, Cass …

Was hatte sie hierher geführt? Was steckte hinter der Suche nach ihrer Vergangenheit? Woher kannte sie die Feensprache? Was hatte sie mit Anu zu tun? Der Kern all ihrer Fragen kam wie von selbst, als sie alles andere vergaß. Sie erwachte wie aus einer

Trance, war es Minuten oder Stunden später?, und blickte auf den Bleistiftstummel, der fremd in ihrer Hand lag. Schließlich schrieb sie mit zitternden Fingern nieder *Atá mé i? Wer bin ich?* Sie faltete den Zettel und gab ihn Cass, der den Zettel mit dem Kräuter-Erde-Gemisch bedeckte. Er hielt seine Hände über dem Glas und sprach:

„Bandia a mharaíonn agus a chothaíonn an talamh, máthair na beat ha uile, tabhair do bhuntáiste amach!" *Göttin, die du die Erde ernährst, Mutter allen Lebens, lass uns an deinem Reichtum teilhaben.*

Sie nahm Cass das Glas wieder ab und hielt es für einen langen Moment in den Händen, versuchte sich vorzustellen, welche Botschaft sie damit der Göttin Anu mitteilte. Würde die Botschaft überhaupt ankommen? Sie schloss die Augen. Zweifel waren hier fehl am Platze. Sie hatte Kontakt aufgenommen. Cass war Zeuge ihrer Anrufung. Das Glas lag warm in ihrer Hand, beinahe wie ein verletzliches Lebewesen, das sie vor der Welt schützen musste. Sie versenkte es in einer Mulde, bedeckte diese mit loser Erde und richtete sich wieder auf.

Was nun? dachte sie. Jetzt, wo das Ritual vorbei war, fühlte sie sich seltsam leer. Sie wusste nicht recht, was sie sich eigentlich erhofft hatte. Die Stimme von Anu, die von irgendwo aus dem Off zu ihr sprach und sie wissen ließ, welche Verbindung zwischen ihnen bestand? Ein

Moment der Erleuchtung, der sie auf ihrem Weg weiterführen würde? Ihr wurde klar, dass sie ohne eine feste Vorstellung mit Cass hierher gefahren war. Aus Angst vor Stillstand, denn Stillstand bedeutete Niederlage. Jetzt, hier in diesem Moment, stand sie ganz still. Sie wusste noch nicht, was weiter geschehen würde. Vielleicht würde sich ihr Anu erst viel später offenbaren, auf eine Weise, die sie jetzt noch nicht erahnen konnte.

Ein heftiger Windstoß unterbrach ihre Gedanken. Die schnell heranziehende Wolkenwand erbrach dicke, prasselnde Tropfen von einer solchen Wucht, dass ihr Gesicht schmerzte. Penelope schaute sich nach einem Unterschlupf um. Natürlich gab es hier oben nichts, die Cairns waren viel zu niedrig. Durch den Regenschleier sah sie, wie Cass sie zu sich herwinkte. Er hielt etwas Unförmiges von grellgelber Farbe in der Hand, das er aus seinem Rucksack geholt hatte. Er zog sie neben sich in die Hocke und breitete einen riesigen Regenponcho über sie beide. Die Kapuze hatte er verknotet, damit der Regen nicht durchkam. So kauerten sie zwar etwas unbequem, aber zumindest trocken, auf einer Steinstufe.

Wie sie so dasaßen, schweigend, kam ihr der Gedanke, dass alles, für den Moment, gut war. Sie konnte nicht wissen, ob das Ritual irgendetwas bewirkt hatte, sie bei ihrer Suche weiterbringen würde. Es schien auch gar nicht wichtig zu sein. Wichtig war, dass sie mit einem beinahe Fremden unter einem Regenponcho saß und sich um nichts sorgte. Nicht einmal darum, was als nächstes aus ihrem Mund kommen würde. Englisch? Irisch? Wer wusste das schon. Cass schien es egal zu sein. Für ihn war sie wohl auch nicht verrückter als seine Ex-Freundin, die zu einer keltischen Gottheit um Fruchtbarkeit betete. Merkwürdig, dass gerade Cass, dessen Mundwerk und Körper nur selten stillstanden, ihr eine solche Ruhe vermittelte. Sie wandte ihm ihr Gesicht zu, das unter dem Poncho plötzlich warm geworden war. Wie lange er sie schon von der Seite ansah, wusste sie nicht. Sein Blick versenkte sich in dem ihren. Wieder hatte sie das Gefühl, er schaue in sie hinein. Es war kein unangenehmes Gefühl. Dann lächelte Cass.

„Keks?", fragte er.

Theos Laune war am Boden.

Er war zu spät. Viel zu spät. Noch schlimmer: Er hatte nicht auf Frau Brinks Anrufe in den letzten drei Tagen reagiert, sondern ihr erst heute früh eine ausweichende SMS geschrieben.

Ankunft verzögert sich etwas. Problem mit dem Mietwagen.

Das war natürlich dreist gelogen. Frau Brink hätte die Wahrheit vermutlich auch nicht gutgeheißen. Schon deshalb nicht, weil er in ihrem Auftrag und auf ihre Kosten hier war. Theos Plan, nach ein, höchstens zwei Guinness an der Bar schlafen zu gehen, war in dem Moment zum Scheitern verurteilt, als ein elfenhaftes Wesen mit leuchtend rotem Haar auf dem Barhocker neben ihm Platz genommen hatte. *Schon wieder diese Farbe*, schoss es ihm durch den nicht mehr ganz nüchternen Kopf, als er sein Gesicht in Richtung des sommersprossigen Porzellanteints drehte.

„What's the craic?", sprach sie ihn unvermittelt an, mit einem aufreizenden Lächeln.

Crack? „Ich nehme keine Drogen", murmelte er. *Das Guinness zählt ja wohl nicht.*

Das Wesen war in glockenhelles Lachen ausgebrochen und hatte ihn aufgeklärt, dass *craic* das irische Wort für *Spaß* war. Und Spaß konnte man mit Rose haben. Theos Stimmung war in der Zeitspanne eines Pints von*: 'Was mache ich hier eigentlich?',* bis hin zu: *'Gar nicht so übel, die Iren',* gewechselt. Für eine Nacht seinen Auftrag vergessen, Penelope vergessen, das war seine Mission. Nur dass es nicht bei dieser einen Nacht blieb. Er tauchte kopfüber in das alkoholgetränkte Nachtleben von Galway ein, Rose, das wunderbare Wesen, immer an seiner Seite. Erst nach drei Nächten tauchte er wieder auf. Allein, verkatert, zwischen den zerwühlten Laken inmitten der rosafarbenen Pracht der Schlafzimmertapeten, rieb er sich die übermüdeten Augen. Keine Spur von Rose. Wann und wie sie sich verabschiedet hatte, konnte er beim besten Willen nicht mehr sagen. Aber es war wohl besser so. Irgendetwas musste er doch auch noch erledigen, oder?

Penelope. Mein Auftrag. Frau Brink wird mich umbringen.

Wenn sie davon erfährt, aber warum sollte sie? Lass dir was einfallen.

Jetzt saß Theo mit nagenden Kopfschmerzen und schlechtem Gewissen am Steuer seines Nissan und schaute stirnrunzelnd auf das Straßenschild, dann wieder hinunter auf seine Karte. Die Ortsnamen schienen nicht zusammenzupassen.

Wenn bloß mein Google Maps hier funktionieren würde … Blödsinn, ich werde mich ja wohl auf einer Insel zurechtfinden. Einfach die Küste entlang Richtung Norden.

Irgendwann, sagte sich Theo, würde er auf einen Ort treffen, den er auf der Karte wiederfand. Die Stadt Sligo lag auf seinem Weg, soviel wusste er. Dass *Sligeach* das gälische Wort für Sligo war, wusste er nicht, sonst wäre er schon viel früher von der N 59 abgebogen und schnurstracks gen Norden gefahren. Jetzt saß er in Clifden, am windverwehten westlichsten Zipfel der *Gaeltacht*, und ahnte, dass er gerade einen Riesenumweg gefahren war.

Im selben Moment klingelte das Telefon. Theo brauchte gar nicht erst aufs Display zu sehen. *Frau Brink, wer sonst.*

Er ignorierte das Klingeln, schälte sich hinter dem Lenkrad hervor, um einen Moment frische Luft zu schnappen. Ein eisiger Wind vom Atlantik blies ihm salzgeschwängerte Luft entgegen. Er musste zugeben, dass der Landstrich einen eigenwilligen Charme besaß.

Eigenwilliger Charme ... was für ein Klischee, dachte er. *Eine charmante Landschaft, wo gibt's denn sowas. Poppy, ja, die hat eigenwilligen Charme. Liest lieber ein Buch, als auf eine Party zu gehen. Redet stundenlang über englische Filme. Bleibt bei jedem Veilchen am Wegesrand stehen. Schläft lieber unter freiem Himmel als im Hotel. Betrachtet Katzen als Familienmitglieder. Lächelt Streitereien einfach weg ... Hörst du dir eigentlich mal zu, Theo? Du klingst wie ein liebeskranker Teenager. Dabei passt Poppy doch gar nicht zu dir.*

Dieser Gedanke war ihm nie zuvor gekommen. Nach zwei Jahren Beziehung hatten sie immerhin darüber gesprochen, endlich zusammenzuziehen. Zweifel wegen ihrer unterschiedlichen Art hatte Theo immer beiseite gewischt. Bis Penelope die Hirnblutung erlitt und er nicht mehr wusste, mit wem er eigentlich zusammen war. Bis zu dem verhängnisvollen Gespräch im Café. Theo vermisste sie. Und er spürte, wie das Band zwischen ihm und Penelope dünner wurde. Wenn es nicht schon gerissen war.

Dies ist meine letzte Chance, dachte er. *Das darf ich nicht vermasseln.*

Er setzte sich wieder hinters Lenkrad und dachte an das Paket, das Frau Brink ihm mitgegeben hatte, und das zuunterst in seinem Koffer lag. Er würde von jetzt an das tun, was ihm aufgetragen worden war. Ohne Umwege. Er startete den Motor. Der gab ein paar kümmerlich blubbernde Geräusche von sich und erstarb dann. Theo fluchte. Der Tank war leer. Das Handy klingelte abermals. Er warf es aus dem Fenster.

2000 Kilometer entfernt von dem Punkt, an dem Theo sein Handy wutentbrannt fortgeworfen hatte, stand Felicitas Brink im Schlafzimmer vor ihrer geöffneten Reisetasche und strich gedankenverloren über die immer gleiche Stelle des Merinopullovers in ihrer Hand. Sie fragte sich nicht, ob es das Richtige war, was sie im Begriff stand zu tun. Sie fragte sich vielmehr, warum sie es nicht schon viel früher in Angriff genommen hatte, sondern stattdessen Theo vorgeschickt hatte. Theo, der jetzt nicht einmal auf ihre Anrufe reagierte. *Feigling.*

Der Feigling bist du selbst, Felicitas. Du wolltest deiner eigenen Tochter nicht ins Gesicht sehen, wenn sie erfährt, was damals passiert ist. Du bist genauso ein Feigling wie damals, als du den einfachen Weg gegangen bist.

Du wolltest Penelope doch nur den Schmerz ersparen, den du selbst durchgemacht hast. Die zweite Stimme in ihrem Kopf klang beschwichtigend.

Du kannst ihr den Schmerz nicht ersparen. Er wird jetzt umso größer sein, wenn sie erfährt, wie lange du ihr die Wahrheit vorenthalten hast.

Auf Stimmen in ihrem Kopf hatte Frau Brink noch nie viel gegeben. Sie traf pragmatische Entscheidungen, die sie vorher rational abwägte. So war es auch damals gewesen. Als ihr Schmerz über das Geschehene langsam nachgelassen hatte, hatte sie getan, was nötig war, um ihr Familienleben wieder zu ordnen. Sie hatte getan, was das Beste für alle war.

Du hättest doch wissen müssen, dass dich diese Entscheidung eines Tages einholen würde …

Frau Brink zog einen Brief hervor, den sie mit sich herumtrug, seit sie die Entscheidung getroffen hatte, ihrer Tochter nach Irland zu folgen. Sie hatte den Brief den Unterlagen entnommen, die sie Theo mitgegeben hatte. Diesen Brief würde sie nie aus der Hand geben. Das, was Theo bei sich hatte, musste als Informationen für ihre Tochter genügen. Wenn es nach ihr ginge, würde der Brief nie eine Rolle spielen.

Sie hatte Theo lediglich gesagt, er solle Penelope die Unterlagen geben, wenn er sie traf, hatte ihm aber nicht deren Inhalt offenbart. Natürlich konnte sie nicht wissen, ob Penelope überhaupt den Ort finden würde, an dem alles angefangen hatte. Aber ihre Tochter hatte ja bereits einen Anhaltspunkt. Sie war findig. Es war nur eine Frage der Zeit. Sie konnte auch nicht ausschließen, dass Theo sich auf die andere Seite schlagen und Penelope kontaktieren würde. Das lag in dem Moment nicht mehr in ihrer Hand, als sie ihn losgeschickt hatte, seine Schwäche für ihre Tochter auszunützend.

Sie musste sich eingestehen, dass ihr sogenannter Plan alles andere als ausgereift war. Penelope hatte sie einfach überrumpelt mit ihren Reiseplänen und ihrem Wissen von dem Namen McNamara. Sie konnte nichts anderes als reagieren, Schadensbegrenzung betreiben.

Den erst halbfertig gepackten Koffer ignorierend, faltete Frau Brink den Brief auseinander. Er war vergilbt, die Schrift verblasst und kaum noch zu erkennen, doch sie kannte den Inhalt ohnehin auswendig. Ihr Blick flog über die sorgfältig mit Füllfederhalter geschriebenen Worte und blieb schließlich bei der letzten Zeile hängen.

Tabhair dom maithiúnas le do thoil.
Bitte verzeih mir.

Theo hatte Glück gehabt, dass ein Pärchen sich ausgerechnet diesen Standort zum Genießen der Aussicht auserkoren hatte und ihm aus seiner Misere mit dem leeren Tank half. Mit zehn Litern aus deren Reservekanister konnte er seine Reise fortsetzen.

Ein anderes Problem war leider nicht so einfach zu beheben. Zwar konnte er seine Sim-Card retten, doch sein Handy wurde gründlich zerstört, als es auf dem felsigen Untergrund zerschellte. Deshalb hatte er vorerst keine Möglichkeit, jemanden zu kontaktieren. Er ärgerte sich über seine Dummheit. Doch Frau Brink wollte ohnehin nicht, dass er Penelope anrief. Selbst wenn er sich über ihre Anweisungen hinwegsetzen und Penelope anrufen wollte, um sich und ihr diese Schnitzeljagd zu ersparen — dieser Weg war ihm jetzt versperrt.

Toll gemacht, Theo, dachte er bitter.

Doch warum machte er sich darüber überhaupt Sorgen? Er konnte doch gar nicht wissen, wie weit Penelope mit ihrer Suche schon gekommen war. Vielleicht hatte er nach wie vor noch einen Vorsprung. Frau Brinks Worte bei ihrem letzten Telefonat waren klar gewesen: *Warte in dem Ort auf Penelope, gib ihr die Unterlagen und dann bring sie nach Hause. Warte so lange, wie es nötig ist. Es ist wichtig, dass du ihr die Unterlagen persönlich übergeben kannst. Sie wird einen Freund an ihrer Seite brauchen.*

Einen Freund an ihrer Seite. Das war der eigentliche Grund, weswegen Theo sich überhaupt in das Ganze hatte reinziehen lassen.

Er lenkte sein Auto durch die Ortschaft Letterfrack auf der Suche nach einem Laden, wo er ein neues Handy würde kaufen können. Nichts zu machen. In Clifden hätte er vermutlich mehr Glück gehabt, aber da wusste er ja noch nicht, dass er ein neues Handy brauchen würde... Theo verzog das Gesicht. Frau Brinks Wut war ihm sicher. Das hätte ihm nichts ausmachen sollen, schließlich befand er sich außerhalb ihrer Reichweite. Es ging ihm aber um Penelope. Umso wichtiger war es, dass er seinen Auftrag zu Ende führte. Er kramte im Handschuhfach nach der Straßenkarte und plante die nächste Etappe. Es war bereits später Nachmittag. Bis Sligo würde er hoffentlich noch kommen, wenn er sich stur nach Norden hielt. Unterwegs war ihm aufgefallen, dass sich Schilder mit den Namen *Sligo* und *Sligeach* abwechselten, so dass es sich wohl um ein und denselben Ort handelte. Dass ihm der Zusammenhang nicht früher klargeworden war! Den scharfsinnigen Journalisten in ihm ärgerte das maßlos, aber das war jetzt nicht zu ändern. In Sligo würde er sich ein Handy kaufen, die gerettete Sim-Card hineinstecken, eine funktionierende Navi-App darauf laden, und sich endlich nicht mehr wie blind und taub über die Insel bewegen.

Die nächsten zwei Stunden fuhr Theo unbeirrt durch die schönsten Landstriche des Connemara National Park, ohne ein einziges Mal auszusteigen und sich umzusehen. Er würde sich nicht noch einmal vom Weg abbringen lassen.

In Sligo angekommen gönnte er sich eine Nacht im mondänen Hotel *The Glasshouse*. Seine glänzenden Glasfassaden wirkten in Sligos Altstadt deplatziert, aber Theo gefiel der Gegensatz. Er bekam ein Zimmer mit Aussicht auf den Fluss. Ein paar Minuten sah er auf die Wassermassen, die sich träge in Richtung der nahegelegenen Bucht vorbei wälzten. Dann traf er eine Entscheidung.

„Du musst nicht wissen, was in den Unterlagen steht", hatte Frau Brink ihm vor der Reise gesagt. „Es reicht, wenn du sie Penelope übergibst."

Die Unterlagen werfen wohl kein gutes Licht auf sie. Warum sonst hat sie versucht, Poppy um jeden Preis von der Reise abzuhalten? Und was hält mich davon ab, den Grund jetzt sofort zu erfahren? Wenn ich derjenige bin, der Poppy von dem Geheimnis ihrer Mutter erzählt, verzeiht sie mir vielleicht. Sie wird sehen, dass ich sie doch nicht im Stich gelassen habe.

Theos schlechtes Gewissen regte sich. Warum war er nach ihrer Hirnblutung nicht mehr auf ihre Bedürfnisse eingegangen? Er musste sich eingestehen, dass es ihn überfordert hatte. Mit Penelopes Trauer um ihren Vater hatte er umgehen können. Er hatte selbst erst kurze Zeit zuvor seine Mutter verloren und Trauer war vertrautes Terrain für ihn. Es hatte sie zusammengeschweißt. Doch einer Freundin zu helfen, die Blackouts hatte, eine ihm unverständliche Sprache sprach und nicht mehr wusste, wer sie war, hatte ihn überfordert. Mit seinem Verhalten hatte er sie weggestoßen, als sie ihn am dringendsten gebraucht hätte.

Für sowas gehst du ja wohl zu deinem Seelenklempner. Dieser Satz hing ihm immer noch nach. Es war ihm so rausgerutscht, in seiner Hilflosigkeit, und er hatte sofort gesehen, wie sehr es Penelope verletzt hatte.

Höchste Zeit, dass ich das wieder zurechtbiege. Ich bin es Poppy schuldig. Frau Brink schulde ich gar nichts.

Theo holte die Unterlagen hervor, die zuunterst in seinem Koffer lagen. Es waren nur wenige Seiten, ordentlich in einer DIN A4-Mappe sortiert. Aufs Geratewohl zog er eines der Papiere hervor. Es sah wie ein behördliches Dokument aus und war ziemlich alt.

Theo holte seine Lesebrille aus dem Bad, setzte sie auf und studierte das Dokument. Es war in englischer Sprache verfasst. Theo hielt kurz inne, setzte die Lesebrille wieder ab und rieb sich den Kopf. Er wusste eigentlich gar nicht, was er erwartet hatte. Aber ganz bestimmt keine Geburtsurkunde.

Den Rückweg von den Hügeln zum Auto waren sie schweigend gegangen. Penelope hing ihren Gedanken nach. An das Ritual auf dem Hügel erinnerte sie sich nur noch undeutlich, wie durch einen Schleier. Sie und Cass hatten ganz selbstverständlich Irisch gesprochen. Warum, wusste sie nicht. Sie wusste nur, sie fühlte sich gerade jetzt nicht mehr ganz so mutlos wie in dem Augenblick, als die McNamaras aus Matildas Recherche sich als Sackgasse erwiesen hatten. Etwas war anders. Doch was genau und wie sich ihr die nächsten Schritte offenbaren würden, konnte sie noch nicht klar erkennen.

Cass schien ebenfalls in Gedanken versunken. Obwohl der Regen aufgehört hatte, trug er noch immer den überdimensionalen Poncho, unter dem noch nicht einmal seine Füße herausschauten, und seine orangene Wollmütze. Für Penelope, die hinter ihm ging, sah es aus, als ob eine zu groß geratene gelbe Badeente den Hügel hinunter schwebte.

Am Auto angekommen, verstauten sie ihre Rucksäcke. *Was nun?* dachte sie, sprach es aber nicht aus. Sie wollte noch ein wenig in dem Augenblick verweilen, in dem alles möglich war, weil sich noch nichts entschieden hatte.

Cass startete den Motor. Sie rumpelten den holprigen Feldweg entlang. Bis sie auf die nächstgrößere Straße abgebogen waren, schwieg Cass. Dann fragte er wie aus dem Nichts:

„Lust auf einen Umweg?"

„Ich --", Penelope fiel kein vernünftiger Grund ein, der gegen einen Umweg sprach. Sie nickte, fragte aber dennoch „Wohin fahren wir?"

„Meine Grannie lebt in Tralee. Sie hat mich aufgezogen, nachdem meine Mum starb. Hab sie'ne Weile nicht gesehen. Vielleicht kann sie helfen."

Cass führte nicht näher aus, warum er seine Großmutter für hilfreich hielt, aber Penelope beschloss, sich auf sein Urteil zu verlassen und keine weiteren Fragen zu stellen. Außerdem war es ein Aufschub. Irgendwann, nur allzu bald, müsste sie Oren wieder gegenübertreten, mit nichts in der Hand. Sein *Ich hab's dir ja gleich gesagt* klang so deutlich in ihrem Kopf, als würde er neben ihr sitzen. Sie konnte und wollte sich dem noch nicht stellen. Und vielleicht, nur vielleicht, hatten er und Matilda in der Zwischenzeit ja auch etwas Wertvolles herausgefunden. Die Chancen darauf stiegen doch, wenn sie noch etwas mehr Zeit auf der Straße verbrachte, bevor sie nach Lisdoonvarna zurückkehrte. Dass diese Gedankengänge fadenscheinig waren, war Penelope bewusst, aber Cass' Großmutter zu besuchen war genauso viel oder wenig erfolgversprechend wie die direkte Rückfahrt nach Lisdoonvarna.

Eine Stunde später betraten sie das kleine Häuschen, in dem Mrs. Murray wohnte. Penelope war sich nicht sicher, wie sie sich eigentlich Cass' Großmutter vorgestellt hatte. Sie wusste nur, sobald sie ihr in dem winzigen Wohnzimmer gegenüberstand, dass sie sich am liebsten hier auf unbestimmte Zeit verkrochen hätte, um ihrer Situation den Rücken kehren zu können. Sie fand sich in den Armen einer kleinen, resoluten Dame wieder und wurde mit einem freundlichen „Ich bin Nan, Liebes" begrüßt. Mrs. Murray besaß die gleichen bernsteinfarbenen Augen, die mit etwas mehr Weisheit als Cass, aber ebenso unvermittelt in ihr Innerstes zu blicken schienen. Cass, der die Vorstellung übernommen hatte, trat an Penelope vorbei auf seine Großmutter zu und umarmte sie, ohne ein Wort zu sagen.

„Ist schon eine Weile her, Casper", sagte sie ohne Vorwurf in der Stimme, als er sich wieder von ihr gelöst hatte.

Casper? dachte Penelope belustigt. *Was kommt als Nächstes?*

Cass bemerkte ihren Blick. „So nennt mich nur meine Gran."

„Naja, irgendjemand muss dir ja einen richtigen Namen geben, wenn schon meine Hippietochter dazu nicht in der Lage war." An Cass' Gesichtsausdruck sah Penelope, dass er die Bemerkung nicht zum ersten Mal hörte.

„Tea?", fragte Nan, und Penelope dachte flüchtig, dass sie sich daran gewöhnten konnte, diese selbstverständliche Geste irischer Freundlichkeit – einfach eine Tasse Tee, und schon stellte sich ein Gefühl von Nachhausekommen ein. Cass antwortete wie aus der Pistole geschossen „Und ein paar deiner göttlichen Sandwiches, ja?" Sie lachte, ein zwitschernder Laut wie von einem Vogel. „Wenn du mir dabei hilfst." Cass ging folgsam mit, den Arm um ihre zierlichen Schultern geschlungen. Das Bild der Innigkeit, das sie abgaben, schnürte Penelope für einen Moment die Kehle zu. Sie setzte sich auf das verblichene hellrote Sofa und schaute durch das kleine Fenster auf den Ginsterbusch und den Garten dahinter. Wieder einmal hatte es zu regnen angefangen. Die Luft im Zimmer schien sich zu verdichten; wieder fühlte sich ihr Hals wie zugeschnürt an. Sie stand auf, um das Fenster zu öffnen und tief Luft zu holen. Sie konnte gar nicht mehr mit Luftholen aufhören. Es war, als befände sich in der regengetränkten Luft ein Duft, der ihr

ungeahnte Ruhe einflößte. Sie fühlte sich beinahe wie
…

„Sei doch so gut und schließ das Fenster, Liebes."

Sie drehte sich zu der Stimme herum, die ihr nicht bekannt vorkam und die sie nicht verstand.

„Cé hé tusa?" *Wer sind Sie?*

„Dasselbe könnte ich dich fragen", antwortete die Stimme ohne zu zögern auf Irisch.

„Anu", sagte sie, erleichtert, dass sie ihr Gegenüber verstand. Sie sah in die beiden Gesichter, in denen sich Sorge spiegelte. Die Gesichter gehörten einer alten Dame und einem jungen Mann, die beide dieselben durchdringenden Augen besaßen. Sie fühlten sich nicht wie Fremde an, aber ihr wollten keine Namen zu den Gesichtern einfallen. Dann war es bestimmt auch nicht so wichtig. Sie lächelte den beiden vage zu und sah den jungen Mann auf sich zugehen. Er nahm sie bei der Hand. Dann musste er wohl ihr Freund sein, dachte Anu.

Als sie wieder zu sich kam, fand sie sich in einem Bett wieder. Sie lag angezogen auf der Bettdecke, nur ein leichter Überwurf bedeckte sie. Jemand hatte ihr die Schuhe ausgezogen. Sie wandte den Kopf und blickte sich um. Das Zimmer schien ein altes Kinderzimmer zu sein – es sah aus, als hätte es sich seit den Achtzigerjahren nicht mehr verändert. Ein vergilbtes Poster von *The Cure* hing an der mit winzigen bunten Autos bedruckten Tapete. Unzählige

Bücher standen in den Regalen. Sie verströmten einen tröstlichen Geruch.

Wo bin ich? Und wie lange liege ich schon hier?

Sie spürte eine beinahe unmerkliche Berührung neben sich. Dort, neben ihr, lag Cass, eine Hand auf ihrem Arm. Im selben Moment, als sich sein Name in ihrem Gehirn formte, wusste sie wieder, wer er war. Und wer sie war. Mit einem Blinzeln schien er sie ins Hier und Jetzt zurückgeholt zu haben.

„Cass", flüsterte sie.

Er hob die Hand und fuhr sachte die kleine Narbe über ihrer Augenbraue nach. „Hast mir einen Mordsschrecken eingejagt", murmelte er. Dann fügte er beinahe unhörbar hinzu: „*Mo chroí.*"

Sie fragte ihn nicht, was er damit meinte.

„Hey Miss, steigen Sie jetzt ein, oder halten Sie einfach nur den Verkehr auf?"

Penelope wurde von der ungeduldigen Stimme des Busfahrers aus ihren Gedanken gerissen.

„Sorry." Sie erklomm mechanisch die Stufen und legte dem Busfahrer ein paar Münzen hin.

„Und verraten Sie mir noch, wohin es gehen soll?"

„Lisdoonvarna." Sie wollte ihr Wechselgeld entgegennehmen und weitergehen, doch der Busfahrer hielt die Münzen noch in der Hand, so dass sie sich gezwungen sah, stehenzubleiben. Er sah sie prüfend an, von Ungeduld keine Spur mehr.

„Alles in Ordnung, Mädchen?"

"Grand", murmelte sie, den Kopf gesenkt. Die irische Standardantwort für „Geht schon, frag nicht weiter."

„Na schön." Sie konnte ihm ansehen, dass er ihr nicht recht glaubte. „Aber wenn du was brauchst, du weißt ja, wo du mich findest."

„Thanks." Sie schaffte es, ihm kurz zuzulächeln, bevor sie sich einen Einzelplatz suchte und niederließ. Der halbleere Überlandbus rollte gemächlich durch den Stadtverkehr von Ennis, bevor er sich auf die N85 Richtung Nordwesten begab.

Penelope lehnte ihren Kopf gegen die Scheibe und blickte nach draußen, ohne wirklich etwas zu sehen. Die Strecke von Limerick nach Ennis hatte sie beinahe komplett verschlafen, als hätte sie eine tiefe Erschöpfung ergriffen. Jetzt, nach dem Umstieg in den Bus nach Lisdoonvarna, war sie wieder hellwach und ihr Gedankenkarussell drehte sich ungebremst.

Sprachschulen. Dass sie da nicht früher drauf gekommen war! Doch das war jetzt egal. Sie hatte einen neuen Anhaltspunkt. Er war nicht besser oder schlechter als das, was sie bisher versucht hatte.

Es hatte sich ganz einfach ergeben, als sie mit Cass und Nan bei Sandwiches und Tee beisammensaß und ihre Geschichte erzählt hatte. Sie hatte nichts ausgelassen – weder ihre Hirnblutung, noch ihre unerklärlichen Blackouts, noch die Vermutung, dass sie eine Vergangenheit in Irland hatte, die ihre Mutter ihr verheimlichte. Nan hatte konzentriert und ohne Zwischenfragen zugehört. Am Schluss stellte sie eine einzige Frage, die entscheidend war.

„Wenn deine Mutter wirklich hier war, Penelope", sie sprach den für sie ungewohnten

Namen tadellos aus, „wo hat sie dann Irisch gelernt?“

Penelope schwieg einen Moment. Wieso hatte sie sich diese Frage nicht schon vorher gestellt? Es war doch eigentlich logisch, dass ihre Mutter Irisch sprechen konnte, wenn Penelope es auch sprach, oder nicht? Nan fuhr fort zu sprechen.

„Es ist eine so seltene und schwierig zu lernende Sprache, selbst hier sprechen sie nur noch wenige ältere Einheimische, und natürlich Schulkinder im Unterricht. Ganz bestimmt keine Ausländer.“

Von dieser Überlegung war es nur ein kurzer Schritt bis hin zu einem Sprachkurs. Einer Sprachschule. Was Penelopes Mutter dazu gebracht hatte? Das Motiv lag noch im Dunkeln. Vielleicht hatte sie jemanden kennengelernt und hatte die Sprache ihm zuliebe lernen wollen? Es war denkbar. Die drängendere Frage war auch nicht *warum*, sondern *ob* – und wenn ja, gab es in irgendeiner Sprachschule noch Unterlagen darüber?

Sprachschulen für Irisch gab es einige, stellten Penelope und Cass nach einer kurzen Google-Suche fest. Sprachschulen für erwachsene Nicht-Iren ohne jegliche Vorkenntnisse schon etwas weniger, aber immer noch genug. Die meisten davon an der Westküste und auf den Aran Islands, die Galway vorgelagert waren. Penelope hatte einen Moment lang ein déjà vu: Es schien sich wieder einmal um die berühmte Suche nach der Nadel im Heuhaufen zu handeln.

„Oren." Sie sprach den Namen automatisch aus, als wäre sie von den Begriffen *Nadel* und *Heuhaufen* getriggert worden.

„Was ist mit ihm?", fragte Cass. Nan schien schon verstanden zu haben. Immerhin hatte sie genau zugehört, als Penelope von Oren erzählt hatte.

„Oren wird dir helfen." Und bevor Cass protestieren konnte, fügte sie mit einem Lächeln hinzu, das dem von Cass beunruhigend ähnelte: „Und natürlich mein Enkel."

Penelope saß für einen Augenblick stumm auf dem Sofa und sah auf den Boden. Sie wusste, sie sollte sich freuen, dass es weiterging, dass es eine neue Spur gab, der zu folgen sich hoffentlich lohnen würde. Sie sollte Nan für die entscheidende Frage dankbar sein – und Cass, dass er sie zu Nan gebracht und den richtigen Riecher bewiesen hatte. Es fiel ihr nur jetzt gerade schwer, aus der Schwerelosigkeit des Unplanbaren wieder in eine konkrete Richtung gezogen zu werden. War denn überhaupt etwas an der Suche ihr ganz eigenes Verdienst? Sie hatte sich Quinn anvertraut, der sie Oren vermittelt hatte, und dem war sie bei dem ersten Hindernis davongelaufen, um einem Hirngespinst in Gestalt der irischen Gottheit Anu nachzujagen. Dank Nan war sie zumindest wieder auf einem erkennbaren Weg, aber auch auf den hatte sie erst gestoßen werden müssen. Sie kam sich wie eine Versagerin vor.

Offenbar war ihr die Stimmung anzusehen. Einen Moment herrschte Schweigen, bevor Nan sich resolut aufrichtete, den letzten Schluck Tee austrank und verkündete:

„Casper fährt dich nach Lisdoonvarna." Sie wartete seine Antwort nicht ab, sondern fuhr fort: „Ich würde gerne mitkommen, aber ich halte euch nur auf." Sie sagte es ohne Bitterkeit in der Stimme, aber mit einer Müdigkeit, die vorher nicht da gewesen war.

Cass nickte nur.

Bis zu jenem Augenblick war noch alles in Ordnung gewesen. Eine halbe Stunde später waren sie aufgebrochen. Es würde Abend werden, bis sie in Lisdoonvarna wären; je eher sie losfuhren, desto besser. Penelope wollte Oren von unterwegs anrufen und sich und ihren Plan ankündigen. Er hatte gesagt *Du weißt, wo du mich findest*, also würde er noch dort sein.

Sie verabschiedeten sich von Nan. Penelope umarmte die alte Dame spontan.

„Tausend Dank für deine Hilfe, Nan."

„Natürlich, Liebes. Ich bin froh, dass Casper dich mitgebracht hat."

Cass umarmte seine Großmutter ebenfalls. Penelope wandte sich kurz ab, da sie die Szene nicht stören wollte, aber Cass' Gesichtsausdruck ließ sie innehalten. Der schlaksige, flapsige Kerl mit dem nie stillstehenden Mundwerk war plötzlich verschwunden. Oder vielleicht war er noch irgendwo hinter diesem neuen, stillen, liebevollen Cass. Dieser stille Cass war der, den er meistens gut versteckte. Vielleicht lohnte es sich, mehr darüber herauszufinden.

Als hätte ich nicht schon ein anderes Rätsel zu lösen.

„Träumst du?", holte Cass sie mit einem Grinsen aus ihren Gedanken zurück. Sie stiegen ins Auto, winkten Nan noch ein letztes Mal zu und machten sich auf den Weg.

Nach ein paar Minuten des Schweigens sagte Penelope: „Ich mag deine Grannie."

„Das beruht auf Gegenseitigkeit." Bevor sie etwas darauf erwidern konnte, sprach er schon weiter.

„Und sie mag deine Aura."

Penelope glaubte, sich verhört zu haben. Das war jetzt schon das zweite Mal, dass Cass von einer Aura sprach. Es gab wohl nichts, was sie bei ihm noch wundern sollte. Aber dass seine Großmutter davon sprach, als wäre es das Normalste der Welt …

„Sie ist violett mit hellgelben Spuren, weißt du", sagte Cass mit ernster Stimme. „Sehr warm."

„Du siehst die Aura von Menschen?" Jetzt musste sie doch nachfragen. Es war zu fantastisch.

„Schon immer. Seit ich ein Kind bin. Und auch Grannie sieht sie. Liegt wohl in der Familie." Er sagte es sehr sachlich, als wäre es eine

Veranlagung wie rote Haare. Doch natürlich war es viel mehr als das. Wer sah schon Farben um andere Menschen herum?

„Welche Farbe hat deine Aura?", konnte sie sich nicht verkneifen zu fragen.

„Wirst du schon sehen", lautete seine kryptische Antwort. Danach waren sie in Schweigen verfallen. Sie hatte jedenfalls wieder etwas Neues, worüber sie nachdenken konnte. Menschen waren von Farben umgeben.

Die einvernehmliche Ruhe hatte nicht lange angehalten. Als Cass nach einem Kaffeestopp wieder einsteigen wollte, hatte sein Handy geklingelt.

„Nan", hatte er nur knapp gesagt, als das Gespräch zu Ende war. Der Anruf war von ihrer Nachbarin gekommen. Ein kleiner Schwächeanfall. Nan hatte es natürlich heruntergespielt und wollte nicht bemuttert werden. Aber die Nachbarin hatte es für besser gehalten, sich Nans Handy zu schnappen und Cass zu verständigen.

Penelope hatte es seinem Gesicht angesehen, was er dachte. Sie sagte das Einzige, was in der Situation zu sagen war.

„Sie braucht jetzt dich, nicht ihre Nachbarin."

„Kommst du klar?" Seine Stimme klang verloren; die Augen waren auf sein Handy gesenkt.

„Na klar. Lass mich einfach an irgendeiner Bushaltestelle raus."

Cass hatte sie bis zum Busbahnhof von Limerick gefahren. Die Wartezeit, bis der Bus nach Ennis abfuhr, saßen sie schweigend im Wagen.

Die kurze Zeit, die vom Anruf der Nachbarin bis zu ihrer Ankunft am Busbahnhof vergangen war, hatte Penelope in Gedanken verloren verbracht. Sie hatte sich so sehr darauf verlassen, ihr nächstes Puzzleteil mit Cass zu suchen. Natürlich, Oren würde dabei sein. An den Gedanken klammerte sie sich. Oren, mit seiner ruhigen, pragmatischen Art; Oren, der sie auf den Boden der Tatsachen zurückholte, wenn es nötig war. Er würde die Idee mit der Sprachschule überdenken, für gut befinden und sie unterstützen. Sie würde in seinem alten Pickup sitzen und sich wieder an seine wortkarge Art gewöhnen. Vielleicht war es sogar besser so. Sie konnte sich Oren und Cass nicht recht zusammen vorstellen. Oren würde Cass' Wortkaskaden mit stiller Verachtung oder stoischem Gleichmut begegnen und sie würde zwischen den Stühlen sitzen.

Doch sich einzureden, dass sie und Oren besser ohne Cass weiter suchten, half nicht. Auch nicht der Gedanke, dass Cass natürlich nach seiner Großmutter sehen musste und sie ihn keinesfalls davon abhalten würde. Seine Nan hatte ihn aufgezogen, er hing an ihr, wohingegen Penelope und er sich gerade einmal zwei Tage kannten. Auch wenn es ihr schon viel länger vorkam. *Aus einem früheren Leben vielleicht?* meldete sich eine innere Stimme.

Jetzt drehst du völlig durch, dachte sie. Sie konnte es nicht benennen, was sie daran so schlimm fand, sich von Cass verabschieden zu müssen. Es wäre ja vielleicht nicht einmal für lange. Er versprach ihr, sich zu melden, sobald es seiner Großmutter besser ging. Sie hatten Handynummern ausgetauscht, sie würden voneinander hören. Dennoch fiel es ihr schwer, die wenigen Meter zur Bushaltestelle zurückzulegen und sich dort von Cass zu verabschieden.

„Pass auf dich auf, Penny-Lopy", hatte er mit diesem schiefen Grinsen und seiner saloppen Art gesagt, und sie hatte ihm einen freundschaftlichen Rempler in die Seite gegeben. Der Rempler war zu einer Umarmung geworden. Sie fand es schwer loszulassen.

„Ich melde mich", war das Einzige, was sie noch sagte, bevor sie die Stufen des Busses erklomm.

„Versprochen?" Er hatte sie lange angesehen, und unter seinem Blick war ihr warm geworden.

„Versprochen."

Nun würde sie dieses Versprechen nicht halten können.

Das darf nicht wahr sein, war ihr erste Gedanke, als sie in die Seitentasche ihres Rucksacks griff und nichts als ein zerknülltes Taschentuch zum Vorschein kam.

Sie hatte ihr Handy bei Cass im Auto liegen lassen. Es musste unter den Sitz gerutscht sein, als sie sich nach der Wasserflasche gebückt hatte. Jetzt würde sie Oren nicht anrufen können, um ihm zu sagen, dass sie auf dem Weg war. Sie würde für Quinn nicht mehr erreichbar sein. Und, noch schlimmer, sie würde sich nicht bei Cass melden können.

Für einen Moment fühlte Penelope sich am Abgrund einer Klippe stehen. Als wären höhere Mächte am Werk, die verhindern wollten, dass sie weiter suchte.

Blödsinn, hörte sie Orens Stimme in ihrem Kopf. *Du hast einfach nur Dein Handy verloren. Kein Grund für existenzielle Krisen.*

Doch es half nichts. Penelope wurde in einen Strudel aus Selbstzweifel gezogen. Sie war in einem fremden Land auf einer Suche, deren Ausgang mehr als ungewiss war. Sie war einer Erklärung für ihre Blackouts keinen Schritt näher. Und, was noch schlimmer war, ohne ihr Handy fühlte sie sich von allem abgeschnitten.

Wie zum Hohn begannen sich nun auch noch Kopfschmerzen von ihrer Operationsnarbe her auszubreiten, mit einer Intensität, die sie seit ihrer Hirnblutung nicht mehr gespürt hatte. Sie verstärkten das Gefühl von Hilflosigkeit, und Penelope musste aufkommende Panik unterdrücken. Für einen Moment dachte sie *Wenn ich jetzt den Mund aufmache, kommt nichts heraus. Kein Deutsch, kein Englisch, kein Irisch. Nichts. Ich bin niemand. Ich weiß nicht, wer ich bin, also bin ich niemand.*

Sie fröstelte und kuschelte sich enger in ihrer Kapuzenpulli. Zog die Kapuze über ihren Kopf und lehnte sich gegen die Scheibe, um sich so klein wie möglich zu machen. Wenn sie jetzt in die Spiegelung des Fensters schauen würde – sie war sich sicher, niemanden dort zu sehen.

Meine Mutter hatte wohl recht. Ich hätte nicht hierherkommen dürfen. Ich hätte abwarten sollen, zu Hause, bis es mir besser geht. Mich mit meiner Mutter versöhnen. Vielleicht hätte sie mir irgendwann sogar selbst davon erzählt, was mich mit Irland verbindet. Wenn es eine Verbindung gibt. Es muss eine geben. Wenn es keine gibt ... dann drehe ich durch. Dann gibt es keine Erklärung für alles, was mit mir passiert.

Der Gedanke ängstigte Penelope. Einen Teil von sich akzeptieren zu müssen, für den es keine Erklärung gab. Für den ihr niemand Antworten würde geben können. Sie hatte gehofft, auf dieser Reise Antworten zu finden. Bisher waren aber nur immer neue Fragen aufgetaucht. Sie war in Sackgassen gelaufen. Auch die Sprachschulen würden sich wieder als Sackgasse erweisen. Sie lief im Kreis, ohne es zu merken ...

„Lisdoonvarna! Muss hier jemand raus?"

Penelope schreckte auf, als die sonore Stimme des Busfahrers an ihr Ohr drang. Wunderte sich, dass sie schon am Ziel war. Ihre Gedankenstrudel schienen sie in den Schlaf gezogen und jegliches Zeitgefühl vertrieben zu haben. Hektisch sammelte sie ihre Habseligkeiten zusammen und verließ den Bus, das freundliche „Take care, love" des Busfahrers ignorierend. Noch immer dröhnte ihr Kopf, die Panik kam und ging in Wellen, Tränen verschleierten ihr die Sicht. Sie hatte Mühe, sich zu orientieren. Einmal nach dem Weg gefragt, setzte sie mechanisch einen Fuß vor den anderen und hatte das Gefühl, niemals anzukommen. Doch irgendwann, als die Kopfschmerzen langsam wieder abebbten, und mit ihnen die Panik, setzte sie ihre müden Füße schließlich doch noch vor Matildas Haustür, fanden ihre zitternden Finger die Klingel.

„Mädchen, wie siehst du denn aus?"

Matilda hatte die Haustür geöffnet und blickte in Penelopes verweintes Gesicht. Hinter ihr erschien Oren.

„Du kommst gerade rechtzeitig zum Tee." Mehr sagte er nicht. Aber es reichte, damit Penelope sich ein kleines bisschen besser fühlte.

Oren war bereits bei seiner dritten Tasse Tee, als er Penelope in der Tür von Matildas Küche stehen sah. Sie sah nicht mehr ganz so müde und verzweifelt aus wie am vorigen Abend.

"Ausgeschlafen?" Er versuchte den Sarkasmus aus seiner Stimme herauszuhalten; immerhin war es schon halb 11. Für ihn beinahe mittags.

Penelope nickte nur zur Antwort, goss sich eine Tasse Tee auf und setzte sich neben ihn auf die Bank. Eine Weile herrschte Stille zwischen ihnen. Es war, als wüsste sie nicht recht, wo sie beginnen sollte. Oren konnte warten. Darin war er schon immer gut gewesen.

Womit er jedoch nicht gerechnet hatte, war ihr erstes Wort.

"Danke", sagte sie schlicht.

"Wofür?"

"Dass du noch hier bist. Dass du gewartet hast, bis ich zurückkomme."

Ich hab Quinn versprochen, mich um dich zu kümmern, dachte Oren. Was er sagte, war "Hab damit gerechnet, dass du wieder zur Vernunft kommst. Ging schneller als erwartet."

Sie stieß ihn leicht in die Seite. Aus den Augenwinkeln sah er ein kleines Lächeln in ihrem Gesicht.

"Der Trip war nicht umsonst."

"Tatsächlich."

"Ach, ich hab mein Handy verloren", sagte sie zusammenhanglos.

"Und das ist was Positives, weil …?", konnte er sich nicht verkneifen zu fragen.

"Ist mir nur eben wieder eingefallen. Ich wollte mich gestern eigentlich schon auf der Rückfahrt bei dir melden." Penelope strich sich die vom Duschen noch feuchten Haarsträhnen aus der Stirn, tastete mit einer unbewussten Geste nach der Narbe über ihrem Ohr. Sie wirkte auf Oren noch etwas abwesend. Er begann sich zu fragen, ob der *Trip* nach Kerry ein reiner Roadtrip gewesen war.

"Jetzt bist du ja hier", sagte er. Es freute ihn mehr, als er sich anmerken lassen wollte.

Matilda betrat die Küche, setzte sich ohne Umschweife an den Tisch und sagte schlicht: "Schön, dass du wieder da bist. Wieso bist du denn mit dem Bus gekommen? Wo ist Cass?"

"Hat sich aus dem Staub gemacht, was?" Bei Orens Bemerkung verschloss sich Penelopes Gesicht.

"Seine Großmutter ist krank geworden", gab sie leicht gereizt zurück.

Keine Sticheleien mehr, nahm sich Oren vor. Er kam jedoch nicht dazu, etwas Versöhnliches zu sagen, weil Matilda die Zügel in die Hand genommen hatte. Nicht, ohne ihm zuvor noch einen Blick zugeworfen zu haben, der besagte, *Du hältst jetzt lieber mal deinen Mund.*

„Erzähl der Reihe nach, Penelope."

Oren hörte ab jetzt nur noch zu. Von dem Besuch der *Paps of Anu* erzählte sie nur ganz knapp, als wüsste sie selbst nicht recht, wie sie das Erlebte einordnen sollte. Umso ausführlicher erfuhren Matilda und Oren von Cass' Großmutter, und wie sie auf die Idee mit den Sprachschulen gekommen war. Ein guter Einfall, das musste Oren zugeben. Ein bisschen ärgerte es ihn, dass er nicht selbst darauf gekommen war. Doch er hütete sich davor, seinen Ärger zu zeigen. Seit sie die Küche betreten hatte, sah Penelope das erste Mal wieder etwas fröhlicher aus. Nicht mehr so mutlos. Das war nicht der rechte Zeitpunkt für weitere spitze Bemerkungen.

„Gute Idee mit den Sprachschulen", befand auch Matilda. „Ihr hattet schon eine Vorauswahl getroffen, sagtest du?"

„Genau. Bleiben aber immer noch sieben Schulen übrig, auf denen meine Mutter gewesen sein könnte.

Wenn sie überhaupt auf einer war.“ Es klang verunsichert.

„Es ist einen Versuch wert, dort nachzuhaken“, sagte Oren. „Ein viel kleinerer Heuhaufen als einen Haufen McNamaras auf dem Heiratsmarkt zu finden.“ Er wollte aufmunternd klingen, aber irgendwie kam es ganz verkehrt heraus.

Matilda war schon einen Schritt weiter. „Dann lasst uns dort anrufen, um uns nach einem Melderegister für die infrage kommenden Jahrgänge zu erkundigen.“

„Wenn wir davon ausgehen, dass du hier geboren wurdest, hat sie vielleicht ein, zwei Jahre davor eine Sprachschule besucht“, überlegte Oren. Penelope antwortete zunächst nicht. Sie wirkte in sich gekehrt.

„Ich weiß nicht mehr, was ich noch denken soll“, sagte sie schließlich wie zu sich selbst. „Wir stellen wilde Vermutungen an und haben doch eigentlich gar nichts Richtiges in der Hand.“

„Penelope.“ Matilda legte ihr kurz eine Hand auf die Schulter. „Die Idee ist gut. Wenn wir eine Spur zu deiner Mutter finden, dann damit.“

Sie klingt so überzeugt, dachte Oren. *Genau das, was Penelope jetzt braucht. Mehr als meinen Zynismus jedenfalls.*

Penelope trank einen Schluck aus ihrer Tasse, sagte eine Weile nichts, dann: „Vor 1985.“

„Dem Jahr deiner Geburt?“, fragte Oren. Wobei es eigentlich keine Frage war.

„Lasst uns ins Wohnzimmer gehen und die Sprachschulen heraussuchen." Matilda war schon aufgestanden und die Küche hinausgeeilt; ihre Tasse Tee stand unangetastet auf der Anrichte. Penelope machte zunächst keine Anstalten, ihr zu folgen. Sie blieb auf der Bank neben Oren sitzen, sprach kein Wort. Oren hörte nur ihren flachen Atem, sah, wie ihre Hände die bereits erkaltete Teetasse umklammert hielten.

Dann sagte sie langsam: „Ich hatte wieder einen Blackout. Aber eigentlich doch nicht ..." Sie verstummte.

Oren fragte nicht, warum sie das nicht vorher schon erzählt hatte. Es war, als wolle sie nicht recht damit herausrücken, konnte es aber auch nicht für sich behalten.

„Etwas war anders?", fragte er behutsam.

Sie sah ihn an, die Hand noch immer um die Teetasse gekrallt. „Es war auf den Hügeln, wo wir Anu angerufen haben. Ich habe Irisch gesprochen, einfach so. Und kann mich noch genau daran erinnern."

„Das ist doch ein Fortschritt", rutschte es ihm heraus. Danach hätte er sich am liebsten die Zunge abgebissen. *Nicht hilfreich, Oren.*

Zu seiner Überraschung fing sie an zu lachen. „So habe ich es noch gar nicht gesehen."

Ihre Gesichtszüge entspannten sich, sie stellte die Tasse auf den Tisch zurück.

„Vielleicht bedeutet es, dass ich hier meiner anderen Persönlichkeit näher bin .... Ich weiß es nicht.

Es ist ein völlig neues Gefühl, sich erinnern zu können. Ich weiß noch nicht, ob es gut oder schlecht ist."

Lass dir Zeit, wollte Oren sagen. Doch wozu Worte. Er blieb neben ihr sitzen, bis sie mit einem Seufzer aufstand, ihn dankbar ansah und die Küche verließ.

„Welcome on board the Aerlingus flight to Dublin.“

Felicitas Brink war gerade dabei, ihr Handgepäck zu verstauen, als die näselnde Stimme der Flugbegleiterin sie innehalten ließ. Wie lange war es her, dass sie jemanden das Wort *Dublin* mit diesem typisch irischen U-Laut hatte aussprechen hören? Wie lange war es her, dass sie selbst auf dem Weg ins Ungewisse, auf der Suche nach Antworten, gewesen war? So wie jetzt ihre Tochter.

Welch' Ironie, dachte sie, während sie Platz nahm und durch das runde Fenster aufs Rollfeld starrte. *Du hast Penelope so lange Antworten verweigert, bis sie die Sache selbst in die Hand genommen hat. So wie du damals. Und du begehst den gleichen Fehler wie deine Mutter.*

Als die Maschine sich in Bewegung setzte, gemächlich auf die Startbahn zurollte und schließlich beschleunigte, lehnte sich Frau Brink zurück und schloss die Augen. Für den Moment genoss sie den leichten Druck in der Magengrube, das Flattern der Nerven von jemandem, der jahrelang nicht geflogen war. Das Flugzeug erreichte schließlich Reisehöhe und quälte sich durch kleinere Turbulenzen.

„Ganz schön stürmisch, was?", sagte eine Stimme zu ihrer Rechten. Felicitas öffnete die Augen. Sie hatte die Hände ineinander verkrallt, so dass die Knöchel weiß hervortraten. Ihr Sitznachbar, ein rundlicher Mittfünfziger mit angegrauten Schläfen, nippte an einer Tasse Kaffee – oder dem braunen Gesöff, das hier als solches angeboten wurde und das sie schon aus Prinzip ablehnte – und lächelte freundlich, als er ihren Blick bemerkte.

„Hab schon Schlimmeres erlebt."

Damit war das Gespräch von Felicitas' Seite beendet, auch wenn ihr Nachbar es ganz offensichtlich gerne noch fortgesetzt hätte. Doch sie zog unmissverständlich ihre Kopfhörer hervor und suchte auf ihrer Playlist klassische Klaviermusik heraus, die sie für die nächsten zwei Stunden begleiten würde.

Sie schloss die Augen wieder, entschlossen, den Flug schlafend zu verbringen. Doch der Schlaf wollte nicht kommen. Stattdessen schienen sich ihre Gedanken mit jeder weiteren Minute schneller zu drehen.

Muss Penelope finden, bevor es Theo tut ... Schnapsidee, ihn loszuschicken ... warum warst du so feige, Felicitas? ... Jetzt ist es vielleicht zu spät ... wird sich ihre eigene Version zusammenstricken ... hätte ihr schon im Krankenhaus die Wahrheit sagen sollen ... hätte, hätte ... hätte ich den Brief damals bei meinen Eltern nicht entdeckt, hätte ich niemals gewusst, was ich jetzt weiß ... hätte Penelope keine Hirnblutung gehabt, hätte sie sich nie auf diese Suche begeben ... alles holt mich wieder ein ...

Wie ein Vogel auf weiten Schwingen schwebten die Erinnerungen durch ihre Gedanken - Felicitas sitzt in einem kahlen, schmucklosen Raum. Die Wände sind weiß getüncht, der Raum voller Tische und Stühle. Vorne ein Pult, eine Tafel, auf der mit Kreide das Wort „Failté" – *Willkommen* – geschrieben steht. Durchs geöffnete Fenster hört man Möwen schreien.

Herannahende Schritte, dann legt sich eine Hand auf ihre Schulter.

„Der Brief, den du wolltest." Drei eng beschriebene Seiten flattern vor ihr auf das Schreibpult. Es ist nicht die Handschrift, die Felicitas in- und auswendig kennt. Nicht das schiefstehende, wie betrunken wirkende 'h', nicht die verspielten Bögen im G, nicht die zu Tintenklecksen verschmierten I-Punkte. Die Handschrift ist geradlinig, selbstbewusst, gut lesbar, pragmatisch. Sie lässt keinen Raum für Fantasien über den Autor. Aber das soll sie auch gar nicht. Wichtig ist, das Felicitas den Inhalt versteht. Endlich wird sie wissen, was in dem Brief steht.

„Ich lasse dich allein." Die tiefe Stimme des Mannes legt sich wie ein warmer Mantel um Felicitas. Bevor er gehen kann, legt sie ihre Hand auf die seine, die noch immer auf ihrer Schulter ruht. Sie stolpert über die für sie noch so fremdartigen Worte, will sie jedoch unbedingt loswerden.

„Go raibh maith agat." *Danke.*

„Gern geschehen."

Szenenwechsel. Rauch, Gläserklirren, laute Gitarrenmusik. Um sie herum lachende Gesichter, Gesang.

„In Dublin's fair city, where the girls are so pretty... "

Felicitas dreht sich im Takt, lässt sich treiben, stößt im Rausch der Musik mit ihm zusammen. Starke Arme halten sie für einen Moment im Gleichgewicht. Nur ein kurzes Lächeln austauschen, nicht mehr. Niemanden wissen lassen, wieviel er ihr wirklich bedeutet. Es trübt ihre Stimmung an diesem heiteren Abend, diese Geheimnistuerei, seit Monaten schon. Aber es muss sein. Weil sie sonst ihr neues Zuhause verlieren würde. Und ein Zuhause, das ist wichtiger als alles andere. Nachdem für Felicitas eine Welt zusammengebrochen ist, hat sie sie hier Stück für Stück wieder zusammengesetzt.

Sie will jetzt nicht an ihr anderes Zuhause denken. Daheim, in Deutschland. München, ihr Elternhaus, Frank, alles ist so weit weg hier. Alles erscheint ihr eine Lüge, die sie ihr Leben lang gelebt hat. Sie verspürt Bedauern, dass sie Frank – den Mann, den sie doch eigentlich liebt, mit dem sie sich erst vor 2 Monaten verlobt hat – als Teil ihres alten Lebens sieht, das sie nicht so einfach wieder aufnehmen kann, als wäre nichts geschehen.

Und dass sie hier eine neue Liebe gefunden hat, macht alles noch komplizierter. Eine Komplikation, die Felicitas nicht hat kommen sehen, so fokussiert war sie auf ihre Mission. Doch diese Liebe zieht sie noch tiefer in ihr neues Leben hinein, verdrängt das alte.

Ein Puzzleteil wird noch hinzukommen. Eines, von dem sie nicht einmal wusste, dass es fehlte. Eines, das das Bild ihrer neuen Familie, ihrer richtigen Herkunft, ihres Zuhauses erst vervollständigt. Felicitas streicht unbewusst über den noch flachen Bauch, wirft ihm ein letztes heimliches Lächeln zu und dreht sich weiter, im Takt des Refrains.

„Alive, alive, oh, alive, alive, oh ..."

Die Musik verwischt, wird von einer blechernen Stimme durchbrochen.

„Ladies and Gentlemen, we are now approaching Dublin."

Frau Brink öffnete die Augen, rieb sich den schmerzenden Nacken. Sie fühlte sich kein bisschen ausgeschlafen, nur durcheinander. Hatte sie geträumt oder sich erinnert? Woher kamen die vergessenen Bilder, die sie so lange erfolgreich verdrängt hatte? Eine Illusion zu glauben, dass sie sie für immer verbannt hatte.

Frau Brink sah aus dem Fenster. Das Flugzeug näherte sich Dublin. Durch die Wolken und vereinzelte Regentropfen, die an der Schreibe abprallten, sah sie die Silhouette der Wicklow Mountains auftauchen. Dann drehte die Maschine ab und steuerte auf die Landebahn zu.

Reiß dich zusammen, Feli. Nur weil du gleich in Dublin landen wirst, ist das kein Grund, alten Erinnerungen nachzuhängen. Sei pragmatisch und tu, wozu du hergekommen bist.

„Ist alles in Ordnung? Sie sehen sehr blass aus." Die Stimme ihres Sitznachbarn ging beinahe unter im Gekreisch der Bremsen, als das Flugzeug aufsetzte.

Geht Sie nichts an.

„I'm grand", antwortete sie automatisch.

Felicitas Brink hatte noch nicht einmal irischen Boden betreten. Und war im Innersten schon so aufgewühlt, dass sie nicht einmal die übliche schnippische Antwort gab, die sie sonst bei ungebetenen Fragen parat hatte.

Kein vielversprechender Start, dachte sie, während sie hinter den anderen Fluggästen die Gangway hinabstieg und in den irischen Sprühregen hinaustrat.

Der Flughafen wirkte wesentlich größer und geschäftiger, als Frau Brink ihn in Erinnerung hatte. Damals hatte es nur ein Terminal gegeben. Das neue Terminal 2, in dem sie nun stand und auf ihr Gepäck wartete, strahlte dieselbe glatte, unpersönliche Atmosphäre zahlloser Flughäfen aus. Sie nahm ihren Rollkoffer vom Gepäckband und steuerte auf die Passkontrolle zu, blieb stehen und lächelte, als sie das Schild entdeckte.

„Ní cheadaítear grianghrafadóireacht", stand darauf. *Fotografieren verboten.*

Eine Geheimsprache, hatte sie damals bei ihrer Ankunft in Dublin gedacht. Sie zu kennen, würde ihr den Brief entschlüsseln, den sie damals mit sich führte. Der Brief, mit dem alles begonnen hatte. Der Brief, den sie auch jetzt wieder bei sich hatte. Mit dem Unterschied, dass sie nun dessen Inhalt kannte.

Sie nahm die Schlüssel für den gebuchten Mietwagen entgegen und verließ das Terminal in Richtung Parkhaus. Unterwegs wählte sie Theos Handynummer. Erfolglos, so wie auch die letzten fünf Male. Inzwischen war ihre Wut auf Theo beinahe verraucht. Dass sie ihn nicht erreichte, hatte ihr erst den letzten Anstoß gegeben, sich selbst auf den Weg zu machen.

Trotzdem wird er was zu hören kriegen, schwor sie sich, während sie den schwarzen Golf in den verregneten Großstadtnachmittag steuerte. *Er wird mir nicht immer aus dem Weg gehen können.*

Das ist jetzt nicht dein fucking Ernst.

Der lautlos ausgestoßene Fluch drückte nicht annähernd aus, was Cass in diesem Moment empfand, während er auf das Handy in seiner Hand starrte. Das Handy, das er soeben unter dem Beifahrersitz seines Autos hervorgezogen hatte, als er nach leeren Kaffeebechern gefischt hatte. Poppys Handy. Ihr Handy war bei ihm, während sie in Lisdoonvarna oder wer weiß wo war, unerreichbar. Für einen Moment war ihm schwindelig, und er legte seine zitternde Hand auf das Lenkrad. Das Gefühl des warmen Leders unter seinen Fingern beruhigte ihn nicht wie sonst. Er gab es auf stillzusitzen, raffte die leeren Kaffeebecher zusammen, stieg aus und schlug krachend die Autotür zu. Mit einem Sprung nahm er die Stufen zu Grans Cottage hinauf. Nach drei Versuchen schaffte er es, den Haustürschlüssel ins Schloss zu bringen.

Komm mal wieder runter.

Er zwang sich, ruhig zu atmen und steckte seinen Kopf ins Wohnzimmer, wo Gran, halb aufrecht gehalten von zahllosen Kissen, auf der Couch lag. Sie wirkte seltsam farblos. Cass nahm seine Großmutter sonst immer als strahlendes Rot wahr, seit ihrem Schwächeanfall war ihre Aura zu einem blassen Flamingorosa geworden. Es ängstigte ihn mehr, als er zugeben wollte.

„Cup of tea?" Er merkte selbst, wie bemüht sein Lächeln war.

„Was ist los, Casper?" Gran mochte krank sein, blind war sie nicht. Es war klar, dass sie ihn ebenso lesen konnte wie er sie.

Er hob die rechte Hand. „Poppys Handy." Er musste nicht weitersprechen.

Sie machte eine einladende Handbewegung, und er setzte sich zu ihr auf die Couch. Eine Weile sprachen sie nicht. Cass spürte, wie ihre Ruhe sich auf ihn übertrug. Das hatte Gran immer schon gut gekonnt, wenn er als Kind völlig überdreht von all den Reizen eines Schultages heimgekommen war. Sie hatte ihm schweigend das Essen hingestellt, und er hatte mechanisch gekaut und dabei in die Tiefen ihres Rots geschaut und sich beruhigt. Er war sich nie bewusst gewesen, wie sehr er diesen Ruhepol gebraucht hatte. Umso mehr erschütterte ihn, dass sie jetzt krank war. Er fühlte sich wie ein wild schwankendes Boot ohne Rettungsanker.

Denk nach, denk nach, denk nach.

Er tippte wahllos auf eine der Tasten des Handys. Natürlich war es PIN-geschützt. Er sah, dass der Akku nicht mehr lange halten würde.

„Du musst nach Lisdoonvarna fahren. Schau, ob sie noch dort ist." Gran sah es wie immer pragmatisch.

„Ich lass dich in dem Zustand nicht allein."

„Mir gehts gut."

„Tuts nicht."

„Das entscheide ich immer noch selbst, Casper." Vom wem hatte er wohl seinen Starrsinn?

„Ich fahre nicht, Ende der Diskussion."

Sie hätten wohl noch eine Weile so weiter diskutiert, wenn nicht das Handy geklingelt hätte. Cass zuckte zusammen und hätte es beinahe fallenlassen, doch Gran angelte es in letzter Sekunde und nahm das Gespräch entgegen. Zuvor hatte er noch einen Blick auf das Display erhaschen können.

Wer zum Teufel ist Quinn?

Dann erinnerte er sich. Penelope hatte ihm von Quinn erzählt. Dass er derjenige war, der sie im Krankenhaus als einziger verstanden hatte. Er nahm Gran das Handy aus der Hand.

Als er nach fünf Minuten wieder auflegte, war er nicht viel schlauer als zuvor. Er warf einen Seitenblick auf Gran, die ihn während des Telefonats nicht aus den Augen gelassen hatte.

„Und...?"

„Nichts."

Cass hielt es nicht länger auf dem Sofa, in der Bewegungslosigkeit, dem Anblick seiner kranken Gran, der Sackgassen in seinem Kopf. Er sprang so hastig auf, dass er Grans Decke vom Sofa mitriss, legte sie ihr mit einem gemurmelten „Sorry" wieder über die Beine und stand im nächsten Moment in der Küche, klirrte mit Teetassen, hantierte mit Teebeuteln, verstreute den Zucker und ließ beinahe den Wasserkocher fallen, als er die Tassen füllen wollte.

Anu, Anu, Anu … Wo bist du?

Cass sah zu, wie das Geschirrtuch die Wasserflecken von der Arbeitsfläche aufsog. Wie die Teebeutel das Wasser in den Tassen dunkler färbten. Es war, als blickte er durch all diese Dinge vor seinen Augen hindurch, konnte sie nicht festhalten, sah immer nur Anus Gesicht vor sich, wie sie ihn auf den Hügeln in Kerry unter dem Regenponcho angesehen hatte. Wie ihre Aura sich nach ihm ausstreckte, ihn einhüllte und wärmte. Wie er sie in dem Moment hatte küssen wollen, nur um ihr dann stattdessen einen verdammten Keks anzubieten.

Da warst du nicht in Bestform, dachte er.

„Casper!" Die Stimme seiner Großmutter riss ihn aus den Gedanken. Er ließ die Tassen stehen und war mit ein paar schnellen Schritten wieder bei ihr. Sie hielt ihm das Handy entgegen, das schon wieder klingelte.

Mutter, stand auf dem Display des Handys.

Mutter…. Mother?, überlegte er, während er abnahm.

„Hallo."

„Wer spricht da?", erklang eine weibliche Stimme am anderen Ende. Beinahe hätte Cass sie für Penelopes Stimme gehalten. Diese klang jedoch, als hätte man Penelopes Stimme an einem kalten Wintertag draußen vergessen.

„Casper." Die kühle Stimme veranlasste ihn, seinen etwas förmlicheren Namen zu nennen.

„Darf ich fragen, Casper, woher Sie das Handy meiner Tochter haben?" Der kühle Tonfall wurde schneidend.

Hat Sie nicht zu interessieren, hätte er am liebsten gesagt. Was wohl nicht der richtige Weg war, um an Informationen zu kommen. Immerhin wusste er jetzt, dass es tatsächlich Penelopes Mutter war.

„Sie hat ihr Handy in meinem Auto vergessen", antwortete er. Am anderen Ende hörte er das Geräusch rasch eingezogenen Atems. Es schien, als wolle sie etwas sagen, überlegte es sich dann jedoch anders.

„Wo ist sie jetzt?"

Cass ging auf, dass sie ebenso wenig wusste wie er. Wie sollte sie auch. Was Penelope ihm von dem Streit mit ihrer Mutter erzählt hatte, ließ nicht vermuten, dass sie seitdem mit ihr gesprochen, geschweige denn ihr erzählt hatte, wo sie sich gerade befand. Es war ja erst einen Tag her, dass er selbst sich von ihr verabschiedet und sie auf in den Bus nach Lisdoonvarna gesetzt hatte. Es war wohl besser, wenn er das ihrer Mutter nicht direkt sagte.

„Ich weiß es nicht. Sie hat einen Bus in Richtung Norden genommen." Das war nicht gelogen und trotzdem vage genug.

„Hat sie den Ort Dunfanaghy erwähnt?" Cass hätte schwören können zu hören, wie sie sich auf die Lippen biss, kaum dass sie die Frage gestellt hatte. Der Name schien ihr ohne ihren Willen entschlüpft zu sein, wie etwas, das sie zu lange eingeschlossen hatte.

„Nicht mir gegenüber."

„Hören Sie zu, Casper." Der Klang ihrer Stimme wurde weicher, beschwörend. „Wenn Sie das nächste Mal mit ihr sprechen, erwähnen Sie meinen Anruf nicht. Ich will sie überraschen."

Manipulative Schlange, dachte er.

„Wenn es eine Überraschung sein soll, wieso rufen Sie dann auf ihrem Handy an?"

Wie sich Penelopes Mutter aus diesem Widerspruch herauswinden wollte, erfuhr er nie. Sie hatte einfach aufgelegt. Cass sah auf das stumme Handy in seiner Hand. Er hätte sich ärgern können, doch hatte Penelopes Mutter ihm unfreiwillig eine Information geliefert.

Er wandte sich zu Gran, die ihn erwartungsvoll ansah. Täuschte er sich, oder war ihre Aura wieder stärker geworden?

„Nan", sagte er und zupfte die Decke um sie herum zurecht. „Ich muss nach Donegal fahren."

Quinn saß am Küchentisch und starrte in seine halbleere Kaffeetasse. Er dachte nach. Dass er seit ihrem letzten Telefonat nichts mehr von Penelope gehört hatte, machte ihm keine großen Sorgen. Sie würde sich zurechtfinden, vor allem, wenn sie seinen alten Freund Oren dabei hatte. Er hoffte nur, dass sie die Antworten finden würde, die sie sich so dringend wünschte. Worüber er sich Sorgen machte war, wie schwerwiegend ihre Entdeckung sein würde. Was war so schlimm, dass Mutter und Tochter nicht miteinander sprechen konnten? Was könnte eine solche Tragweite haben, dass sich Penelope völlig von ihrer Mutter distanzieren würde?

Er kannte Frau Brink eigentlich gar nicht. Abgesehen von ihrem unerwarteten Besuch vor ein paar Tagen und der Begegnung im Krankenhaus hatte er sie tatsächlich nur einmal an dem Abend von Penelopes Abschlussfeier an der Universität gesehen. Er wusste schon damals nicht recht, was er von ihr halten sollte. Auf ihn hatte sie einen reservierten Eindruck gemacht, völlig anders als ihre Tochter.

Penelope war gelegentlich abwesend, niemals aber abweisend. Von Anfang an hatte er an ihr gemocht, wie unverstellt sie war, auch wenn sie oft in ihrer eigenen Welt zu leben schien. Sie hatte ihm ihre Mutter an jenem Abend kurz vorgestellt, und er hatte ein paar höfliche Floskeln mit ihr gewechselt. Er selbst war sicher nicht ganz unbefangen gewesen, da er und Penelope zu dem Zeitpunkt ein sehr enges Verhältnis hatten und er es schwierig fand, vor ihrer Mutter den distanzierten Professor zu geben. Dennoch war es Frau Brink, die wie mit angezogener Handbremse sprach, jedes Wort sorgfältig abwägend. Eine Verhaltensweise, die wie antrainiert wirkte. Sicher war es schon vor Penelopes Hirnblutung nicht leicht gewesen, vertraut mit ihr zu sprechen, so wie es zwischen Mutter und Tochter eigentlich sein sollte.

Aber vielleicht war sie nicht immer so gewesen. Vielleicht hatte sie etwas in sich verschlossen, das keiner wissen durfte, und sich deshalb hinter einer Mauer der distanzierten Höflichkeit verschanzt? Was, wenn dieses Etwas nun kurz davor stand, ans Licht zu kommen, durch Penelopes Reise nach Irland, die ihre Mutter unbedingt verhindern wollte? Sicher waren das alles nur Gedankenspiele. Aber dass Frau Brink sogar bei ihm aufgetaucht war, sagte ihm, dass es etwas sehr Schwerwiegendes sein musste. Etwas, das sie womöglich in keinem guten Licht erscheinen lassen würde – oder sie wollte ihrer Tochter irgendetwas Trauriges ersparen. Aber was?

Quinn begann sich zu fragen, ob er gegenüber Frau Brink zu abweisend gewesen war. Es hatte ihn furchtbar geärgert, dass sie über ihn herausfinden wollte, was ihre Tochter wusste. Aber vielleicht hätte er mehr auf sie eingehen sollen. Selbst wenn sie eigennützige Motive verfolgte, schien sie sich auch ehrlich Sorgen zu machen. Er gab sich keinen Illusionen hin, dass sie ihm erzählen würde, was sie ihrer eigenen Tochter offenbar schon seit langer Zeit verschwieg. Aber er hätte vielleicht als Vermittler zwischen beiden auftreten können. Wie, wusste er selbst nicht genau. Irgendetwas wäre ihm eingefallen.

Vielleicht ist es noch nicht zu spät dafür.

Quinn trank den letzten Rest seines Kaffees aus und begann zu überlegen, was als nächstes zu tun war.

Frau Brink anrufen. Mein Handy.

Er ging ins Wohnzimmer. So sehr er Wert auf eine aufgeräumte Wohnung legte, das Handy gehörte zu den Gegenständen, das sich immer wieder seiner Ordnungswut entzog. Es war, als würde es ihm unmissverständlich klarmachen, dass es gar nicht Teil seines Lebens sein wollte.

So wie Penelope, als es mit uns auseinanderging, dachte er. *Sie fand meine Wohnung und mich auch immer viel zu aufgeräumt.*

Der Gedanke an Penelope brachte Quinn in die Gegenwart zurück. Einer Eingebung folgend ging er in den Flur zurück. Er öffnete die Schublade seiner Kommode und zog sein Handy heraus. Natürlich war der Akku leer. Er holte auch das Ladegerät heraus, an das er sein Handy anschloss. Dann entschied er sich dafür, direkt bei Frau Brink vorbeizuschauen. Mit etwas Glück würde er Penelope danach gute Nachrichten überbringen können. Und womöglich war es sogar besser, Frau Brink mit einem Besuch zu überraschen. Vielleicht mauerte sie dann nicht sofort. Es war einen Versuch wert.

Bevor er aus dem Haus ging, nahm sich Quinn einen Moment Zeit, das Hemd zu wechseln und seine Haare zu kämmen. Als wäre er nicht sowieso schon in einem tadellos präsentablen Zustand. Eigentlich lustig, dass er sich damals für Penelope zurechtgemacht hatte, und jetzt für ihre Mutter. Also einst für jemanden, der wenig auf Äußerlichkeiten gab, nun für jemanden, dem eine Fassade alles bedeutete.

Eine Stunde später verließ Quinn unverrichteter Dinge den Vorgarten der Brinks. Dass Frau Brink nicht zu Hause sein könnte, hatte er natürlich in Erwägung gezogen. Auf das, was der redselige Nachbar über den Gartenzaun zu sagen hatte, war er allerdings nicht vorbereitet gewesen.

„Zur gnädigen Frau wolln's? Mei, da hams jetzt Pech g'habt. Die is verreist."

„Verreist?" Quinn schwante Böses. „Hat sie gesagt wohin?"

„Doch net zu mir! I bin nur der Depp, der die Bleaml gießt." Es war ihm anzusehen, dass er die „gnädige Frau" für hochnäsig hielt. *Bestimmt ist sie nicht der Typ, der schnell Freundschaften schließt,* dachte Quinn. *Zumindest nicht mit mundartlich geprägten Nachbarn in rustikaler Gärtnerkluft.* Anscheinend gab es aber sonst niemanden, der bereit war, sich um Frau Brinks Flora zu kümmern. Quinn versuchte, zumindest eine Information herauszubekommen.

„Sie hat doch aber bestimmt gesagt, wann sie wiederkommt?"

„Freilich. Wartn's kurz." Der Nachbar zog aus den Untiefen seiner Gartenschürze ein Handy hervor und warf einen kurzsichtigen Blick darauf. Dann schlug er sich mit der Hand auf die Stirn, ohne zu bemerken, dass er dabei Gartenerde auf seinem Gesicht verteilte. „A gute Woch'n vielleicht, hat's g'sagt. Mehr woaß i a ned."

Für Quinn war die Sache eigentlich schon klar. Wenn Frau Brink ihrem Nachbarn kein genaues Datum für ihre Rückkehr genannt hatte, wusste sie es selbst nicht genau. Es war vielleicht ein Schuss ins Blaue, aber er hätte darauf gewettet, dass sie ihrer Tochter nach Irland gefolgt war.

Er bedankte sich bei dem Nachbarn, schwang sich aufs Rad und brachte die Distanz zu sich nach Hause im Rekordtempo hinter sich. In der Wohnung angekommen schaltete er sein Handy an und tippte auf Penelopes Namen im Kurzwahlspeicher. Mehrere bange Momente erklang nur das Freizeichen. Dann hob jemand ab, jedoch hörte er zunächst nur Rascheln, schließlich ein gedämpftes „Nan, da geh ich besser ran." *Seltsam.*

„Wer spricht da?", fragte Quinn und kam sich etwas albern vor. Aber Penelope, deren Nummer er ohne Zweifel gewählt hatte, war es jedenfalls nicht.

„Hier ist Cass", ertönte es am anderen Ende der Leitung. Es waren nur drei magere Silben, aber Quinn hatte unwillkürlich ein Bild dieser Person vor Augen. In diesen wenigen Silben erklang der heiter-melancholische Singsang, der Quinn einst dazu gebracht hatte, sich in das irische Volk zu verlieben. Er versuchte sich die Person vorstellen, die sich hinter der leicht kratzigen Stimme verbarg, aber zunächst galt es das viel dringlichere Problem zu lösen. Wo war Penelope?

„Hier spricht Quinn ..." Doch bevor er weitersprechen konnte, wurde er von Cass unterbrochen.

„Ah, der Professor! Poppy hat schon viel von Ihnen erzählt." Ironie schwang in der Stimme mit, aber der Grundton war freundlich. Quinn wusste nicht recht, was er davon halten sollte, und versuchte, sein Ziel nicht aus den Augen zu verlieren.

„Sie haben Penelopes Handy?", tastete er sich vor.

„Gut beobachtet, Herr Professor." Bevor Quinn sich über die Bemerkung ärgern konnte, redete Cass schon wieder weiter.

„Ich verarsch Sie doch nur. Wissen Sie, wo Penny-Lopy ist?"

Beinahe hätte Quinn laut losgelacht, als er die Verballhornung von Penelopes Namen hörte. Er schluckte das Lachen hinunter.

„Ich dachte, Sie könnten mir das sagen."

„Würde ich gerne. Sie hat ihr Handy aber bei mir im Auto gelassen, als sie in den Bus gestiegen ist."

„Und wohin ist sie gefahren?"

„Lisdoonvarna."

Quinn zermürbte der langsam tröpfelnde Informationsfluss. „Was will sie dort?"

„Sie checkt ein paar Sprachschulen in der Gegend. Ich weiß aber nicht, ob sie noch dort ist "

„Danke, Cass." Quinn beendete das Gespräch und fuhr sich mit der Hand durch die Haare. Wie kam er jetzt an Penelope heran? Offenbar war sie jetzt nicht mehr bei Oren, und auch nicht mehr bei diesem Cass. Was der für eine Rolle spielte, konnte Quinn natürlich nicht wissen, aber er hoffte, dass sie bei ihrer Suche vorwärts kam.

Es kam Quinn nicht in den Sinn, Oren anzurufen, um sich bei ihm nach Penelope zu erkundigen. Wie sollte er auch wissen, dass Oren ebenfalls in Lisdoonvarna war?

Meeresrauschen. Der Geschmack von Salz in der Luft, auf ihren Lippen.

Als Penelope an die Klippen herantrat und ihren Blick westwärts schweifen ließ, sah sie nichts als die Weiten des Atlantiks. Hier, auf Inishmór, der größten der Aran Islands vor Galway, gab es nichts außer Steinen, zerrupftes Gras und Schafe. Und ein eindrucksvolles Steinfort namens Dun Aengus, das zu ihrer Rechten lag und bis an den Rand der Klippen reichte.

Die Inselgruppe der Aran Islands gehörte zur *Gaeltacht*, dem Teil Irlands, in dem noch verbreitet Irisch gesprochen wurde. Wenn jemand Irisch lernen wollte, dann hier. Ein paar Stunden zuvor waren Penelope, Oren und Matilda nach einer stürmischen Fährüberfahrt auf Inishmór gelandet, wo sie ein paar der Sprachschulen persönlich aufsuchen wollten.

Die Nadel im Heuhaufen, dachte Penelope zum wiederholten Male. Natürlich hatten sie versucht, die Sprachschulen vorher telefonisch zu kontaktieren, um nicht alle abklappern zu müssen. Es gab zwar nur eine Handvoll, die Irisch für Nicht-Iren anboten, aber die lagen verstreut über die Counties Galway und Mayo. Einen Gutteil von ihnen konnten sie nach einem Telefonat bereits ausschließen, nachdem hilfsbereite Angestellte in den Datenbanken nach dem Namen ihrer Mutter gesucht hatten und nicht fündig geworden waren. Es blieben noch drei Schulen auf den Aran Islands übrig. Zwei davon hatten sie telefonisch nicht erreicht.

„Lass uns hinfahren", hatte Matilda vorgeschlagen.

Penelope war zu dem Zeitpunkt wieder einmal verzweifelt. Es fühlte sich genauso an wie vor ein paar Tagen, als sie vergeblich nach dem Namen ihrer Mutter in den Archiven des Matchmakers gesucht hatten. Ein Schuss ins Blaue, mehr war es doch nicht, was sie hier taten. Wie gerne wäre Penelope einfach nur aus Vergnügen auf die Aran Islands gefahren! Die windzerzausten Schafe, die niedrigen Steinmäuerchen, die jeden Spaziergang zur Krakelei machten, der endlose Wind, der unverstellte Blick nach Westen, wo die nächste Landmasse Amerika hieß … all das zog sie unwiderstehlich an. Sie hätte stundenlang hier stehen mögen, die heran brandenden Wellen tief unter sich, von vorne die Windböen, die ihr das Haar aus dem Gesicht bliesen.

Oren und Matilda waren ein paar Schritte in Richtung des Steinforts gegangen. Oren hatte sich gleich auf den Weg zu der letzten Sprachschule der Insel machen wollen, doch Matilda schien zu spüren, dass Penelope etwas Zeit brauchte. Bisher hatten sie nichts herausfinden können. Wenn Felicitas Brink überhaupt eine Sprachschule besucht hatte, dann keine von denen, die sie bisher kontaktiert hatten. Es blieb nur noch diese eine übrig. Wenn sie auch dort nichts über Penelopes Mutter erfuhren, waren sie in eine weitere Sackgasse gelaufen. Penelope mochte nicht daran denken, aber wie hoch war die Wahrscheinlichkeit, dass sie hier fündig werden würden? Mit Matildas 'Ein-Schritt-nach-dem-anderen'-Strategie konnte sie nicht umgehen.

„Was, wenn wir nichts finden?", hatte sie auf der Überfahrt gefragt, unfähig, ihre Unsicherheit länger zu verbergen. Matilda hatte sich zu ihr gesellt. Penelope hatte kurz zuvor die stickige Innenkabine der Fähre verlassen, um sich an der Reling den Kopf durchpusten zu lassen. Drinnen, in den bequemen tiefen Sesseln, hatte sich der Wellengang in ihrem Magen immer höher aufgeschaukelt. Hier draußen, wo sie die Wellen sehen konnte, beruhigte sich ihr Magen allmählich wieder. Den Blick in die Ferne gerichtet, hatte sie versucht, auch ihre Gedanken wieder zur Ruhe zu bringen. Es wollte ihr nicht gelingen. Matilda war im rechten Moment aufgetaucht. Eine Weile standen sie in einvernehmlichen Schweigen nebeneinander, während der Wind ihnen beinahe die Mützen vom Kopf riss und den Geruch nach Diesel sogleich davontrug, bevor er sich in der Nase festsetzen konnte.

„Uns wird etwas einfallen."

„Und wenn nicht?" Es war wie eine Verzweiflungsspirale, in der sie sich befand. Nichts konnte den Abwärtsstrudel stoppen.

Matilda drehte den Kopf und sah Penelope direkt an.

„Dann solltest du darüber nachdenken, deine Mutter zu kontaktieren. Sprich mit ihr. Sag ihr, wie wichtig es ist, dass du von ihr erfährst, was sie zu verbergen hat."

Wenn sie etwas zu verbergen hat, lag unausgesprochen in der Luft, aber vielleicht bildete Penelope sich das auch nur ein. Matilda hatte nie den Eindruck erweckt, als hielte sie Penelopes Vermutungen in Bezug auf ihre irische Vergangenheit für Hirngespinste. Ebenso wenig Oren. Er mochte grummelig und abseitigen Ideen gegenüber nicht unbedingt aufgeschlossen sein, aber er hatte nie hinterfragt, dass es etwas gab, was Penelopes Mutter verschwieg. Selbst den Ausflug ins Reich der Mythologie mit Cass hatte er für seine Verhältnisse erstaunlich wenig kommentiert. Vielleicht war ihm bewusst, dass Penelope in ihrer Hilflosigkeit alle möglichen

Wege einschlagen musste, seien sie noch so verschlungen.

Cass … dachte Penelope. Sie griff in die tiefen Taschen ihres Parkas und zog eine halbleere Packung Kekse hervor. Cass hatte sie ihr mitgegeben, bevor sie sich an der Bushaltestelle getrennt hatten. Es waren die Kekse, die Cass ihr oben auf den *Paps of Anu* angeboten hatte. Sie nahm einen aus der Packung und kaute gedankenverloren. Ohne zu wissen warum, bückte sie sich und hob eine Handvoll Erde auf, die sie zwischen ihren Fingern zerrieb.

Anu … labhair liom. Sprich mit mir. Sie schloss die Augen.

Ná caill dóchas. Verlier die Hoffnung nicht. Die Antwort kam so leise, dass Penelope glaubte, sich verhört zu haben.

Anu? Hat mir die Göttin geantwortet?

Doch die Stimme war unverkennbar Cass. Sie sah sein schmales Gesicht vor sich, die goldenen Augen, das schiefe Lächeln. Das Gesicht wurde schwächer, verschwand, ebenso wie seine Stimme...

„Gehen wir?" Die Stimme kam aus dem Hier und Jetzt. Es war Orens Stimme. Penelope sah ihn verwirrt an. Was hatte er gesagt?

„A ligean ar dul." *Ja, gehen wir.*

Während sie zu Fuß zu der nahegelegenen Sprachschule gingen, fühlte Penelope, wie sie mit jedem Schritt wieder in die Gegenwart zurückkehrte. Als Oren sie prüfend von der Seite ansah, weil sie den ganzen Weg über geschwiegen hatte, sagte sie nur „Es geht mir gut."

Woher ihre irischen Gedanken hergekommen waren, hier, auf dieser Insel, wusste sie nicht. Dem Grund für ihre Sprachepisoden war sie noch keinen Schritt näher gekommen, zumindest nicht auf einer bewussten Ebene. Etwas schien sich allerdings in ihr geändert zu haben, ohne dass sie hätte genau sagen können, was es war. Sie fühlte sich nicht länger hilflos und wie ferngesteuert, wenn sie Irisch sprach. Immerhin war sie hier im Mutterland der irischen Sprache. Sie war in einem Land, in dem verrückte Dinge, mythische Wesen, Geister und *Banshees* als etwas betrachtet wurden, das zum Leben dazugehörte. Es machte sie nicht zur Außenseiterin.

Es war nicht klar, ob Oren ihren Worten glaubte, aber er fragte nicht weiter nach. Schweigend legten sie die letzten Schritte zurück – bis zur Türschwelle der Sprachschule, wo Matilda schon auf sie wartete.

Die Tür war verschlossen, alles schien verlassen. Natürlich wussten sie, dass dies eine Sommerschule war, die jetzt, Ende Mai, noch nicht geöffnet hatte. Doch weil weder E-Mail noch Anruf bei der Kontaktperson sie weiterbrachten, standen sie jetzt hier. Das weißgetünchte Häuschen war nur wenig größer als ein Cottage; Penelope konnte sich nicht vorstellen, dass mehr als zwei Klassenzimmer hineinpassten, wenn man noch Verwaltungsräume berücksichtigte. Sie versuchte, sich ihre Mutter hier vorzustellen. War sie in diesem Gebäude gewesen, vor mehr als 30 Jahren? Hatte sie in einem Klassenzimmer mit Aussicht Richtung Meer gesessen, ihren Blick immer wieder von der Tafel weg und aus dem Fenster schweifen lassend? Was hatte sie dazu bewogen, Irisch zu lernen? *Dass* sie es gelernt hatte, stand außer Frage. Es war die einzige Sicherheit, die Penelope besaß, und an die sie sich klammerte. Als Matilda sie leicht an der Schulter berührte, nickte sie kurz, warum das Unvermeidliche noch aufschieben?

Matilda betätigte den altmodischen Türklopfer der himmelblau gestrichenen Tür. Dann warteten sie. Es war ein angespanntes Warten. Penelope musste sich zwingen, weiterzuatmen. Selbst das Geräusch der sich brechenden Wellen schien für einen Moment ruhiger geworden zu sein. Aus dem Inneren des Hauses war nicht das leiseste Geräusch zu hören. Oren machte eine Bewegung, als wenn er umdrehen wollte, hielt jedoch in der Bewegung inne, als er Matildas Blick bemerkte.

„Einen Moment noch", sagte sie.

„Ich bin mir sicher, dass jemand da ist." Penelope erkannte mit Verwunderung ihre eigene Stimme. Was machte sie so sicher? Vielleicht wollte sie sich auch nur selbst Mut zusprechen.

„Auch ein fußlahmes Hausmütterchen hätte jetzt mehr als genug Zeit gehabt, an die Tür zu schlurfen", bemerkte Oren.

Penelope konnte nicht anders, sie brach in Lachen aus. Aus dem Lachen sprach die Anspannung, die sich anders nicht Ausdruck verschaffen konnte. Sie brauchte einen Moment, um sich zu beruhigen.

„So witzig war es nun auch wieder nicht." Oren sah sie an, ein Mundwinkel zuckte.

„Seid still." Matilda hatte einen Finger erhoben.

Da hörten sie es. Leise Schritte. Doch sie schienen nicht von drinnen zu kommen, sondern von irgendwo hinter dem Haus. Die Schritte waren langsam, gedämpft durch das knubbelige, vermooste Gras, das rund ums Haus wuchs und den Trampelpfad, der an der Treppe zur Haustür endete, beinahe ganz verdeckte.

„Wir haben geschlossen." Die resolute Stimme gehörte zu den Schritten, die mittlerweile um die Ecke des Hauses gebogen waren und vor ihnen Halt gemacht hatten.

Penelope war sich sicher, dass auch die anderen beiden nicht auf die Person vorbereitet waren, die ihnen jetzt gegenüberstand, auf eine Gartenschaufel gestützt, und sie unfreundlich musterte. Iren und unfreundlich, das war in Penelopes Augen ein Widerspruch in sich. Aber vielleicht hatte sie bisher auch einfach Glück gehabt. Die alte Frau vor ihnen jedenfalls machte den Eindruck, als käme ihr Besuch im Allgemeinen ungelegen, und der von ihnen ganz besonders.

Über einem schlichten dunkelblauen Wollkleid trug sie eine Gartenschürze; die grauen Haare waren straff zurückgebunden und verliehen dem Gesicht eine raubvogelartige Starrheit. Ihre wachen, grauen Augen waren ungerührt auf Penelope gerichtet, als wäre sie diejenige, die sie mit ihrem Lachen gestört hatte.

Matilda besann sich als Erste.

„Wir sind auf der Suche nach einer Schülerin dieser Sprachschule", begann sie ohne Umschweife.

„Viel Glück", war die lakonische Antwort. Mit diesen Worten drehte sich die Alte herum und machte Anstalten, denselben Weg wieder zurückzugehen.

„Sagen Sie uns wenigstens, wen wir fragen können?" Das kam von Oren. Penelope hätte beinahe wieder losgelacht. Sicher ein Zeichen, dass sie noch immer angespannt war. Aber es war auch zu komisch, dass ausgerechnet Oren auf jemanden traf, der noch einsilbiger sein konnte. Wobei das wohl die einzige Gemeinsamkeit war – Oren war hinter seiner kurz angebundenen Art ein hilfsbereiter, warmherziger Mensch. Warmherzigkeit war nicht gerade das, was diese Frau versprühte.

„Alle Lehrer sind in der unterrichtsfreien Zeit auf dem Festland. Ich mach nur den Garten." Die Frau sah aus, als bereue sie, dass sie sich überhaupt zu diesen Worten hatte hinreißen lassen. Bevor einer von ihnen weiterreden konnte, wurden sie allerdings von einem Geräusch unterbrochen.

Das Weinen eines Babys. Es kam von der Rückseite des Hauses.

Ohne ein weiteres Wort, dabei etwas Unverständliches in sich hinein murmelnd, verschwand die Alte um die Hausecke. Penelope, Oren und Matilda sahen ihr verdattert hinterher.

„Ein Sonnenschein", sagte Oren dann, ohne eine Miene zu verziehen. Penelope sagte nichts. Das Lachen war ihr vergangen. War diese unfreundliche Alte ihre letzte Chance gewesen, etwas herauszubekommen? Sie drehte sich von den anderen weg, entschlossen, sie ihre Verzweiflung nicht sehen zu lassen. Orens Hand legte sich auf ihre Schulter, warm und tröstlich.

Es kann jetzt nicht so enden, dachte sie.

Sie ging ein paar Schritte, entfernte sich von den anderen, bog um die Hausecke, ging der Alten hinterher. Etwas zog sie wie magisch an.

Eine Stimme, die ein Schlaflied summte. Ein Lied, das Penelope kannte. Oder war es Anu?

Das Summen wurde lauter. Da, hinter der nächsten Ecke, saß die Alte auf einer Bank. Sie hatte ein Baby auf dem Schoß, das zuvor wohl in dem Kinderwagen gelegen hatte, der neben der Bank stand. Sie summte der Kleinen ein Lied vor, selbstvergessen, ein Ausdruck tiefer Zuneigung auf ihrem runzligen Gesicht.

"Óho óho óho mo leana
Óho mo leana agus codail go fóill.

Óho   óho   óho   mo   leana
Óho mo leana ina chodladh gan brón."

Die Alte blickte auf. Erst da wurde Penelope klar, dass sie selbst es war, die die Worte zu der Melodie gesungen hatte. Etwas sagte ihr, dass es kein Zufall sein konnte, der Alten begegnet zu sein, die das vertraute Schlaflied summte.

War sie dieser Frau schon einmal begegnet? Kannten sie und ihre Mutter sich vielleicht? Sie kümmerte sich um den Garten, hatte sie gesagt. Sie brachte Leben aus der Erde hervor, wie die Göttin Anu. Das musste etwas zu bedeuten haben.

"Labhraím Gaeilge", sagte sie und lächelte die Alte an. *Ich spreche Irisch.* Jetzt, mit dem Baby im Arm, kam ihr die Frau nicht mehr abweisend und unfreundlich vor.

"Was du nicht sagst, mein Kind." Die Alte sprach leise, da das Baby inzwischen eingeschlafen war. Sie legte es zurück in den Kinderwagen, setzte sich wieder und machte eine einladende Geste. Penelope setzte sich zu ihr auf die Bank.

"Ich suche meine Mutter", sagte sie einfach.

"Sie war hier auf der Schule?"

"Das weiß ich nicht genau. Ich hoffe es."

"Ich weiß nicht, ob ich dir helfen kann. Im Archiv mit den Unterlagen aller Schüler hat es vor zehn Jahren gebrannt."

Penelope unterdrückte ein Stöhnen. Dann besann sie sich auf das Gefühl, das sie erst vor wenigen

Minuten verspürt hatte. Eine unerklärliche Zuversicht, dass sie hier, bei dieser alten Frau, an der richtigen Stelle war. Dass sie aus einem Grund genau hier gelandet war.

“Ich bin schon seit Jahrzehnten hier auf der Insel, weißt du“, sagte die Frau. “Früher war ich sogar Lehrerin an dieser Schule.”

“Dann sind Sie meiner Mutter vielleicht begegnet.”

“Vielleicht.”

Penelope griff nach ihrer Handtasche und zog ein Foto ihrer Mutter hervor. Es war nicht das erste Mal, dass sie es hier auf der Insel jemandem zeigte. Oren, Matilda und der alte Matchmaker von Lisdoonvarna hatten es auch bereits gesehen. Es war zwar ein aktuelles Foto und zeigte ihre Mutter nicht in jüngeren Jahren, aber es war besser als nichts. Zum Glück war ihr vor der Abreise noch eingefallen, es einzustecken, denn ein Foto ihrer Mutter war nichts, das sie ständig in ihrem Geldbeutel bei sich trug. *Meine Mutter ist meine beste Freundin* – wann immer sie diesen Satz gehört hatte, hatte sie sich gefragt, wie eine solche Mutter wohl sein müsste. Ihre Mutter gehörte eindeutig nicht zu der Kategorie. Denn *wenn* sie es wäre, hätte sie ihr gar nicht erst etwas so Schwerwiegendes verheimlicht. Dann wäre sie nicht hier, auf der Insel, auf der Suche nach den Geistern ihrer Identität.

Wer bin ich? Zum hundertsten Male stellte sie sich diese Frage. Doch Ungewissheit konnte sie jetzt nicht gebrauchen. Jetzt, hier, im Gespräch mit der alten Frau, war sie Anu.

Die alte Frau nahm das Foto an sich und betrachtete es lange. Penelope wagte nicht, sie dabei anzusehen. Sie konnte nur abwarten.

Sie fühlte den Blick der Alten auf sich. Er war nicht unangenehm, nur forschend, suchend. Während sie unbeweglich dasaß, den Duft verwehten Torffeuers in der Nase, das Greinen des langsam erwachenden Babys im Ohr, schien sich etwas im Blick der Alten zu verändern. Sie sah nochmals auf das Foto und nickte dann langsam.

"Tygh", sagte sie schließlich.

Anu sah sie fragend an, doch sagte nichts. Sie musste ihr Zeit geben.

"Wir hatten damals einen Aushilfslehrer, für die Sommerkurse. Tygh. Alle mochten ihn." Ihr Blick schweifte für den Moment in die Ferne.

"Eines Tages kam eine junge Frau hier vorbei."

"Meine Mutter?" Es erschien ihr zu gut, um wahr zu sein.

"Ich denke schon. Ich erinnere mich an ihre Augen. Deine Augen." Die alte Frau fuhr fort, "Sie hatte einen Brief dabei. Tygh übersetzte ihr den Brief aus dem Irischen."

Einen Brief? dachte Penelope. Aber das war vorerst nicht wichtig. Etwas, womit sie sich später beschäftigen würde.

„Meine Mutter hat hier auch einen Sprachkurs gemacht?" Die Antwort auf diese Frage war entscheidend. Sie war das Bindeglied zwischen ihrer Mutter und ihren eigenen Irischkenntnissen. Das Bindeglied, das ihr bis jetzt gefehlt hatte.

„Ja. Sie war bis zum Ende der Sommerkurse hier."

„Und danach?"

Es dauerte einen Moment, bis die Alte antwortete. Als würde sie abwägen, wieviel sie Penelope anvertrauen wollte. Dann streckte sie entschlossen den Rücken gerade.

„Sie ist mit Tygh weggegangen."

„Wissen Sie, wo ich diesen Tygh finden kann?", fragte sie atemlos.

„Er kam aus Donegal. Mehr weiß ich auch nicht."

Das Baby war inzwischen wieder wach geworden und begann, seine Decke wegzustrampeln. Die Alte stand auf, um es zu beruhigen.

Penelope stand ebenfalls auf. *Es ist noch nicht alles gesagt*, dachte sie.

„Aber Sie kennen jemanden, der es weiß."

Sie erkannte das Zögern im Gesicht der alten Frau.

„Brianna Marsh. Sie lebt in Tuam. Aber stell nicht zu viele Fragen."

Penelope sah ihr an, dass sie nicht mehr sagen wollte. Mit einem Mal wurde ihr kalt. Eine Wolke hatte sich vor die Sonne geschoben und den blühenden Garten verdunkelt. Die Alte schien wieder in ihr früheres mürrisches Ich zurückgekehrt zu sein.

Doch als Penelope einen Schritt auf sie zutrat und sie umarmte, fühlte sie, wie sich die dünnen Arme der Frau um sie schlangen, mütterlich und innig.

"Go raibh maith agat", flüsterte sie. *Thank you.*

"Glac cúram, Anu", entgegnete die Frau. *Pass auf dich auf.*

Penelope fragte nicht, woher die Frau ihren Namen wusste.

Theo starrte die Geburtsurkunde an. Aus irgendeinem Grund war sie wichtig. So wichtig, dass Frau Brink sie ihm mitgegeben hatte. Doch was darauf stand, sagte ihm nichts. Ihm kam es vor, als müsste er erst viel größere Zusammenhänge erkennen, bevor er die Urkunde richtig würde einordnen können. Doch diese Zusammenhänge schwebten irgendwo herum, außerhalb seiner Reichweite.

Was hatte es zu bedeuten, dass auf der Geburtsurkunde der Name „Ciara Cahill", stand, eine Person, von der er noch nie gehört hatte? Wer war die Mutter, Niamh Cahill? Wo war der Geburtsort Tuam? Was hatte diese Geburtsurkunde im Besitz von Felicitas Brink verloren?

Theo rieb sich die schmerzenden Augen. Es war schon spät. Vielleicht würde er morgen klarer sehen. Er fragte sich, warum ihm Frau Brink diese Dokumente anvertraut hatte. Hatte sie darauf vertraut, dass Theo mit deren Inhalt sowieso nichts anfangen konnte, sollte er sie sich anschauen? Bisher hatte sie allerdings recht damit. Oder meinte sie, Penelope würde die Zusammenhänge erkennen? Ergab das fertige Puzzle ein so hässliches Gesamtbild, dass es ihr unmöglich machte, ihrer Tochter davon persönlich zu erzählen?

Theo würde heute keine Antworten mehr darauf finden. Eine Sache konnte er aber tun, gleich morgen. Es würde Frau Brink nicht gefallen. Aber Penelope würde es bestimmt auch nicht gefallen, von einer Wahrheit überfallen zu werden, die Theo selbst zwar noch nicht kannte, die aber sicher zu schwerwiegend sein würde, als dass ein paar magere Dokumente angemessen waren.

Sobald er sich morgen ein Handy besorgt hatte, würde er Penelope kontaktieren.

Der Duft gebratenen Specks wehte ihm entgegen, als er am nächsten Morgen den Frühstücksraum betrat. Er bestellte sich ein 'Full Irish Breakfast' und eine Kanne Kaffee. Als der dampfende Teller mit Spiegelei, Speck, Bohnen, Pilzen und *black pudding* vor ihm stand, schob er den Gedanken an sich spontan verstopfende Arterien beiseite. Das hier sah nach einem Frühstück aus, das ihn einige Stunden auf den Beinen halten würde. Die Kellnerin, die ihm anschließend noch eine Schüssel Porridge und einen Nachschlag Kaffee brachte, erinnerte ihn an Rose. Beim Porzellanteint endete aber auch schon die Ähnlichkeit. Das Servieren wurde von einem Lächeln begleitet, das derart schnell wieder von ihrem Gesicht verschwand, als wäre es ins Porridge gefallen.

Nach dem üppigen Frühstück überwand Theo den Impuls, ein Verdauungsschläfchen zu halten und besorgte sich ein Handy. *Endlich wieder mit der Welt verbunden*, dachte er, während der seine Simcard einlegte, die Grundfunktionen einrichtete und seinen Account nach neuen Nachrichten checkte. Außer weiteren entgangenen Anrufen von Frau Brink war nichts dabei. Ganze sieben Anrufe in den letzten Tagen. *Kontrollfreak*.

Unweit seines Hotels fand Theo ein Internet-Café. Seit Jahren hatte er keines mehr betreten; es fühlte sich an wie eine Zeitreise in die Neunziger. Aber für eine ausführliche Recherche war ein Smartphone nicht das richtige. Vielleicht würde er auch Seiten ausdrucken müssen. Theo suchte sich ein ruhiges Plätzchen und zog Frau Brinks Dokumente hervor. Die anderen Dokumente schaute er sich nur kurz an – sie waren aufschlussreich, er musste keine weitere Recherche auf sie verschwenden. Er fragte sich flüchtig, ob Penelope inzwischen selbst schon etwas herausgefunden hatte. Nun, das würde er hoffentlich erfahren, wenn er sie endlich erreichte. Vorerst war es aber die Geburtsurkunde, der sein Interesse galt. Hier lag das eigentliche Geheimnis, das spürte er.

Er tat das Erstbeste, was ihm einfiel, und googelte den Namen Ciara Cahill. Es gab eine Handvoll Ciara Cahills, deren Profil er sogar auf Facebook einsehen konnte. Die Profilbilder sagten ihm nichts, aber das wäre auch zu einfach gewesen. Theo kannte keine Iren; wie hätte er dann Profilbilder wieder erkennen sollen? Er besah sich die Bilder dennoch genauer. Das Alter der Personen betrug etwa Anfang Zwanzig bis Ende Dreißig. Theo schaute auf die Geburtsurkunde. 1957. Damit konnte er diese Facebook-Profile immerhin schonmal ausschließen.

Als nächstes versuchte er es mit dem Namen Niamh Cahill.

Nichts.

Wie hoch standen auch die Chancen, dass eine Person, die 1940 geboren worden war, Social Media benutzte? Oder etwas anderes, das Spuren im Netz hinterließ? In Theos Freundeskreis war Sichtbarkeit im Internet ein Zeichen für die eigene Wichtigkeit. Theo selbst war ständig online unterwegs, auch wenn ihm sein Gefühl sagte, dass die zahlreichen Onlinebekanntschaften, die geposteten und gelikten Fotos, das Zurschaustellen des eigenen Lebens, nur Schall und Rauch waren.

Penelope hatte sich aus all dem immer rausgehalten. Eines schönen Tages hatte sie einfach beschlossen, dass sie mit Social Media nichts mehr zu tun haben wollte. Zumindest nichts, was über das rein professionelle Marketing ihrer Übersetzerdienstleistungen hinausging. Wenn Theo ihren Namen googelte, fand er genau einen Treffer: Den ihrer Homepage.

„Und das soll auch so bleiben", hatte sie Theo einmal unmissverständlich gesagt, als sie sich auf einem seiner Instagram-Fotos ihres gemeinsamen Kroatienurlaubs wiederfand.

Wie es aussah, gab es bei den Namen Ciara und Niamh Cahill genauso wenig Hoffnung auf Erfolg. Theo musste es anders angehen. Er suchte die Homepage des irischen Geburtenregisters. Man konnte dort Geburtsurkunden für Reisepässe anfordern oder für bestehende Geburtsurkunden Informationen erhalten. Er tippte die Namen in das Onlineformular ein und hoffte, dass die Bearbeitungsdauer sich in Grenzen halten würde. Eine Antwort würde per E-Mail an seinen Account auf dem Smartphone gesendet werden, also gab es keinen Grund, noch länger in diesem verstaubten Café rumzuhängen.

Theo zahlte, nahm sich noch einen Coffee To Go mit und verließ das Café. Ein heftiger Windstoß hätte ihn fast wieder ins warme Innere getrieben, aber er schlug den Mantelkragen hoch und ging entschlossen weiter. Wohin, das wusste er im Moment selbst nicht so genau. Er wusste nur, dass er nicht weiterfahren würde, ehe er ein paar Antworten gefunden hatte. Hoffentlich würde er Penelope schon heute erreichen und diese Antworten für sie haben.

Spontan und noch in Gedanken versunken stieg Theo in einen Bus ein, der als Endhaltestelle den verheißungsvollen Namen *Strandhill* auswies. Zwanzig Minuten später stand er am Strand und atmete Meeresluft. Der Wind, noch heftiger als in der Stadt, brachte die ungewöhnlich warme Maisonne in Bedrängnis und trieb Theos wirre Gedanken vor sich her. Es hatte keinen Zweck zu versuchen, Ordnung hineinzubringen. Solange er keine Informationen von dem Geburtenregister hatte, waren weitere Theorien ohnehin Zeitverschwendung.

Theo stapfte den Strand entlang, seine Schuhe in der rechten Hand, immer das Meer im Blick. Für eine knappe Stunde vergaß er sogar, sein Handy hervorzuziehen, auf dem er im Bus alle paar Minuten seine E-Mails gecheckt hatte. Erst als er sich, durchgepustet und müde vom Laufen im Sand, auf einer Bank niederließ, griff er wieder danach.

Eine Antwort des Geburtenregisters lag im Unbekannt-Postfach. Theo öffnete sie mit fliegenden Fingern. Er überflog die E-Mail und las dann noch einmal langsam, mit gerunzelter Stirn.

Vertrauliche Informationen? Was zum Henker …? war sein nächster Gedanke.

„Ich wünsch dir Glück, Penelope.“

Als sie wieder auf dem Festland angekommen waren und am Parkplatz vor Orens Pickup standen, hatte Matilda verkündet, dass sie wieder nach Lisdoonvarna zurückfahren müsse. „Die Arbeit ruft“, war ihre schlichte Begründung gewesen. „Aber du schaffst den Rest auch ohne mich. Lass dich nicht ärgern.“ Dabei sah sie zu Oren hinüber, der so tat, als inspiziere er einen mikroskopisch kleinen Steinschlag im Lack seines Fords.

„Ich passe auf ihn auf, Matilda“, sagte Penelope, nur halb im Scherz. War es nicht eigentlich umgekehrt? Aber wenn Matilda nicht mehr dabei war, würde Oren wieder ein bisschen einsilbiger werden. Matilda besaß die Gabe, Oren aus der Reserve zu locken, seinen versteckten Charme nach außen zu kehren, seine spröden Bemerkungen mit Lachen zu quittieren. Penelope spürte die besondere Verbindung zwischen beiden. Als sie vor ein paar Tagen in Matildas Küche Tee getrunken und sie beobachte hatte, war es nicht mehr als ein vages Gefühl gewesen. Jetzt schien es ihr mit einem Mal so klar, dass sie sich wunderte, nicht schon früher gesehen zu haben, wie nahe sich Oren und Matilda standen. *Vielleicht*, dachte sie, *habe ich vorher einfach nicht sehen können. Vielleicht musste erst etwas geschehen, das mich sehen ließ. Etwas wie die Begegnung mit Cass.*

Cass … seine Nicht-Anwesenheit war wie ein Phantomschmerz. Doch Oren war hier, an ihrer Seite, und er würde sie weiter begleiten, solange es Hoffnung gab, dass sie etwas fanden. Sie würde auf ihn aufpassen, ebenso wie er auf sie.

„Melde dich mal, wenn ihr was in Tuam rausgefunden habt", sagte Matilda zu ihr.

Penelopes Einwand, dass sie selbst momentan gar kein Handy besaß, wurde von Oren im Keim erstickt. Er war hinter Penelope aufgetaucht, sein Gesicht umwölkt wie der Himmel über der Bucht.

„Die Aufgabe fällt dann wohl deinem Sekretär zu", brummte er.

„Das machst du doch bestimmt gerne." Mit einem Lächeln überging sie Orens Gewittermiene.

„Ich sehe schon, ich kann dich mit ihm allein lassen", grinste Matilda.

„Wieso auch nicht. Vorher hat's doch auch geklappt."

Matilda lachte nur und umarmte ihn, so lange, bis seine Miene sich etwas aufgehellt hatte. Penelope brachte schnellstmöglich ein paar Meter zwischen sich und der sehr privaten Abschiedsszene.

Sie setzten Matilda im Stadtzentrum von Galway ab, wo sie den Bus nach Lisdoonvarna nehmen würde. Oren hätte sie auch wieder zurückgefahren, doch sie hatte protestiert.

„Tuam liegt genau in entgegengesetzter Richtung. Wäre doch albern, wenn ihr so einen riesigen Umweg fahrt."

Oren war anzusehen, dass er es nicht für albern hielt. Matilda kürzte eine aufkommende Diskussion ab, indem sie Oren schnell auf die Wange küsste und mit einem dahingeworfenen „Da vorne kommt schon der Bus, ich muss mich beeilen!" den Pickup verließ.

Oren schwieg für den Rest der Fahrt nach Tuam, und Penelope beschloss, ihn nicht zu stören. Sie hatte genug mit sich selbst und den Neuigkeiten zu tun, die sie auf Inishmór erfahren hatte.

Endlich eine Spur. Ein Name. Tygh. Penelope versuchte, den Namen gedanklich so auszusprechen, wie es die Alte getan hatte. Der Klang hallte in ihrem Kopf nach, kurz und weich, freundlich. *Wer ist er und was hatte er für eine Bedeutung für meine Mutter? Er muss eine Bedeutung gehabt haben, warum sonst wäre sie mit ihm gegangen? Oder war das zufällig, aus einer Laune heraus?*

„Aus einer Laune heraus", klang so gar nicht nach ihrer Mutter. Aber was wusste sie schon? Mittlerweile war es nicht nur ein Geheimnis, das ihre Mutter nicht preisgeben wollte, ihre Mutter selbst schien das Geheimnis zu sein. Vielleicht war beides eins?

Von Tygh hatte sie nur den Vornamen erfahren können. Aber Name und Adresse von Brianna Marsh besaß sie. Hastig hingekritzelt auf die Rückseite einer alten Quittung, die Penelope in ihrer Handtasche gefunden hatte.

„Ich weiß nicht, ob sie dort noch wohnt", hatte die Alte gesagt. „Es ist ja schon lange her."

Penelope versuchte daran zu glauben. Alles andere würde sie jetzt nicht verkraften.

Die Abendsonne, die durchs Beifahrerfenster hinein blinzelte, blendete Penelope für einen Moment. Draußen zogen im Gegenlicht dunkle, unbestimmt umrissene Konturen vorbei. Häuser, Bäume, Autos. Sie waren real, mit Leben erfüllt. Das wusste sie, ohne sie sehen zu müssen. Auch die Adresse auf dem zerknitterten Zettel in ihrer Hand war real. Wem sie dort morgen begegnen, was sie erfahren würden, ließ sich jetzt nicht sagen. Aber die Zeit für Zweifel war erst einmal vorbei.

Ein Schritt nach dem anderen.

Penelope lachte leise. *Ein bisschen hat Matilda wohl doch auf mich abgefärbt.*

Oren wählte diesen Moment, um seit mehr als einer Stunde wieder einmal den Mund zu öffnen.

„Penny for your thoughts.“

„Du kannst ja sprechen“, rutschte es ihr heraus.

„Nur weil ich es *kann, muss* ich es ja nicht andauernd. Also?“

„Matilda tut mir gut“, sagte sie schlicht. Und fügte hinzu „Dir übrigens auch.“

„Erzähl mir was Neues“, brummte Oren. Seine Hand, die eben noch den Schaltknüppel umfasst gehalten hatte, boxte sie liebevoll in den Oberarm.

„Wo schlafen wir eigentlich?“, fragte sie. Inzwischen war es dämmrig geworden. Heute würden sie keinen Spuren mehr folgen, die bei nüchternem Tageslicht sowieso besser erkennbar sein würden.

„Frag mal Google“, antwortete er, doch noch bevor sie nach seinem Handy greifen konnte, war er schwungvoll auf den Parkplatz eines Pubs eingebogen. „Wir sollten was Essen. Da können wir auch gleich nach einer Unterkunft fragen.“

Sie betraten die schummrige Atmosphäre eines Pubs, das es nicht nötig hatte, für Touristen eine „authentische“ Fassade herzuzeigen. Aus den Lautsprechern drang Popmusik der Neunziger. Hinter der blitzblanken modernen Theke stand ein milchbärtiger Barkeeper und polierte Gläser. Er sah jung genug aus, um von mindestens der Hälfte des üppigen Whiskeyangebots noch nie probiert zu haben. Penelope sah geschniegelte Geschäftsmänner beim Afterwork-Pint, ein älteres Ehepaar, das sich über seine Getränke hinweg anschwieg und ein Grüppchen Teenager, die lautstark über ein Rugbyspiel diskutierten. Zusammen nahmen die Gäste nicht einmal die Hälfte des Gastraums ein.

Hier bin ich hoffentlich sicher vor Irisch-Attacken, dachte Penelope. Sie wusste selbst nicht, was sie zu dieser Annahme verleitete, hatte sie doch die Ursache noch immer nicht herausgefunden. Sie überließ Oren die Bestellung ihres Essens, und nahm nur mit halbem Ohr den angenehm weichen Singsangs der Bedienung wahr, die jeden Satz mit *lovely* beendete.

„Hast du mir zugehört?"

„Hm?"

Penelope sah von ihrem Sheperd's Pie auf, den Mund halbvoll mit cremigem Kartoffelbrei. Seit Minuten hatte sie konzentriert versucht, ihre Welt auf den Teller Essen vor sich zu reduzieren, um nicht unfreiwillig Schwingungen von außen aufzunehmen. Wie es schien, war Orens Äußerung dabei unter die Räder gekommen. Sie sah ihn entschuldigend an.

„Ich sagte, wir können hier auch übernachten."

„Ich habe gar kein B&B-Schild draußen gesehen", wunderte sie sich.

„Es gibt zwei Privatzimmer. Du siehst mir nicht aus, als würdest du noch lange herumsuchen wollen."

„Stimmt." Penelope schob sich die nächste Portion Kartoffelbrei in den Mund, um nicht ausführlicher antworten zu müssen. Das war das

Gute an Oren: Er brauchte keine langen Erklärungen. Er hatte ihren Gemütszustand mit einem Blick erkannt und fragte nicht weiter. *Komisch*, dachte sie, wo *andere viele Worte brauchen, ist Oren ist einfach nur da.*

Nach dem Essen zahlten sie und bezogen ihre Zimmer. Es war noch recht früh am Abend, aber auch Oren schien nicht der Sinn nach einem Absacker unten im Pub zu stehen, und er verzog sich nach einem kurzen „Gute Nacht" in sein Zimmer. Penelope stand unschlüssig in der Mitte ihres kleinen Schlafzimmers. Sie war müde und angespannt zugleich. War glücklich, weil sie eine handfeste Spur hatten, und dennoch unsicher, was diese Spur bringen würde. Etwas wie Panik schien sich in ihr auszubreiten. Das Gefühl, dass sie diese innere Spannung nie mehr loswerden würde. Dass sie auf immer dazu verdammt sein würde, in einer Art Zwischenzustand zu verharren, nicht wissend, wer sie war.

Meditation, dachte sie. Das zumindest hatte ihr die Therapeutin geraten, um Angstzustände besser zu verarbeiten. Die Gefühle und Ängste urteilsfrei vorbeiziehen lassen, so lange, bis der Kopf leer war und nur noch der Atem den Rhythmus ihrer Gedanken bestimmte.

Penelope setzte sich im Schneidersitz auf ihr Bett, nachdem sie das Fenster weit geöffnet hatte, um die schale Luft des Raumes durch frische zu ersetzen. Draußen setzte ein leichter

Regen ein, dessen gleichmäßiges Rauschen Penelope half, sich zu entspannen. Sie schloss die Augen und gab sich dem Atemrhythmus hin, Ein-Aus, Ein-Aus, Ein ….

In den regenfrischen Duft, der zum geöffneten Fenster hineingetragen wurde, mischte sich noch etwas anderes. Zuerst vernahm sie Stimmen. Im Rauschen des Regens waren sie nur undeutlich zu vernehmen. Sie störten ebenso wenig wie das Tosen heranbrandender Wellen an einem Tag am Strand. Zu den verwaschenen Stimmen gesellte sich noch ein weiterer Eindruck. Der von Vanille.

Vanille? Zigarillos. *Cass*.

Die Bilder von einem regendurchweichten Hügel im County Kerry blitzten von ihrem inneren Auge auf. Zwei Menschen, zusammengekauert unter einem gelben Poncho.

Keks? hatte er gefragt, doch in seinem Blick stand eine andere Frage. Eine, die Penelope nicht zu beantworten wagte.

Sie löste sich aus dem Schneidersitz, sprang vom Bett und stürzte ans offene Fenster.

„Cass? *An é sin tú?*" Bist du das?

Lachen drang zu ihr hinauf. Sie beugte sich aus dem Fenster, sah hinab. Regen durchdrang ihre Haare, kitzelte auf der Kopfhaut. Wieder das Lachen. Ein Vorbau, direkt unter ihr, der die Sicht verdeckte. Doch wieder der Geruch nach Vanille, der zu ihrem Fenster emporzog. Wenn sie genau hinschaute, sah sie durch den Regenschleier den sich kräuselnden Rauch auf dem Weg nach oben.

„Labhair liom." *Sprich mit mir.*

Ein Mann trat aus dem schützenden Vorbau heraus und sah sich suchend um, bis er sie am offenen Fenster über sich entdeckte.

„Ich kenn keinen Cass. Musst schon mit mir vorliebnehmen, Lady."

Das war nicht Cass. Der Mann unter ihr hatte schwarzes, halblanges Haar und trug Motorradkluft. Für einen Moment verspürte sie Übelkeit. Sie krallte sich am Fensterbrett fest, ließ die Sekunden verstreichen, bis sie sich wieder besser fühlte. Als sie die Augen schloss, sah sie in ein bernsteinfarbenes Meer, berührte sandfarbenes, weiches Haar, strich mit den Fingern über Blütentattoos. Spürte, wie sich Vanille in ihren Atem mischte.

„Oi! Wie wär's mit 'nem Pint? Geht auf mich."

Die fremde Stimme riss sie wieder in die Gegenwart zurück.

Hastig schlug sie das Fenster zu und setzte sich mit zittrigen Beinen auf das Bett. Ihre Narbe über dem Ohr pochte. Tropfen fielen aus ihrem feuchten Haar auf den Boden. Der Geruch nach Vanille hing noch immer blass im Raum, doch ihr Kopf war wieder klar. So klar wie schon lange nicht mehr.

Penelope stand auf, verließ das Zimmer und klopfte an Orens Tür am Ende des Flurs.

Er öffnete ihr nach wenigen Minuten. Sein Haarschopf stand wild vom Kopf ab, blaue Augen schauten mit Resten von Schlaf auf Penelope hinunter.

„Wie siehst du denn aus?" Sein Blick wechselte mit einem Wimpernschlag von verschlafen zu besorgt. „Ist alles in Ordnung?"

„Ich weiß jetzt, warum ich Irisch spreche", sagte sie.

Auf nach Dunfanaghy!

Mit fliegenden Fingern und ohne hinzusehen, stopfte Cass ein paar Kleidungsstücke in seine kleine Reisetasche. Seine Gedanken überschlugen sich, nahmen so viel Raum und Energie ein, dass es ihm unmöglich war, nebenher etwas so Profanes wie Kofferpacken im Blick zu haben. Nan war vor ein paar Minuten in seiner Zimmertür erschienen, mit erwachten Lebensgeistern. So viel hatte er gesehen. Ihre Aura hatte seine hektischen Bewegungen gebremst und seinen umherschwirrenden Blick auf ihre resolute Gestalt gelenkt.

„Zahnbürste?"

Er war an ihr vorbei ins Bad geschossen und hatte das Nötigste in seinen Waschbeutel geworfen.

„Pyjamas?"

„Ich verreise nicht zum ersten Mal, weißt du."

Anstatt zu antworten, reichte sie ihm lediglich ein paar geblümte Shorts und ein nicht dazu passendes The Cure-Shirt. Der Stoff war butterweich und zeugte von jahrelangem Tragen eines Lieblingsteils. Er stopfte die Sachen in seine Tasche und schloss diese, ohne einen weiteren Blick darauf zu verschwenden. Dann sah er sich im Zimmer um.

Da war doch noch etwas, das er unbedingt mitnehmen wollte. Etwas für Penelope? Nein, etwas für *Anu*. Seine Augen streiften das Bücherregal. Sprangen über *Per Anhalter durch die Galaxis* hinweg, blieben kurz an Philip K. Dicks Science-Fiction-Romanen hängen, wanderten weiter zu *Lord of the Rings* – nein, nein, es war nichts von alledem. Obwohl er sie im Pub doch gerade deswegen angesprochen hatte, weil sie ein Plakat der Tolkien-Society angesehen hatte. Und weil ihm ihr Wesen, nein vielmehr ihr *Un*-Wesen, ihre *Ab*-Wesenheit sofort aufgefallen war. Er hatte etwas in ihr gesehen, das er an sich erkannte. Das Gefühl, *fremd* zu sein, nicht dorthin zu gehören, wo man war. Es war in ihren Augen gewesen, und in ihrer Aura. Dieses melancholisch-dunkle Violett mit den gelben Einsprengseln.

Da war es! Der ledernde Bucheinband, die verblassende Schrift auf dem Buchrücken. *Celtic Lore & Spellcraft of the Dark Goddess*. Das war es, was er suchte. *Fiona*, dachte Cass mit Unbehagen, *ist eigentlich ihr Buch. Hat sich aber auch nie wieder blicken lassen, um es abzuholen.*

Er hatte Anu nie die ganze Geschichte erzählt. Wie sehr es ihn getroffen hatte, dass Fiona nicht schwanger wurde. Wie es zu ihrer Entfremdung geführt hatte. Wie sehr nicht nur sie, sondern auch Cass sich gewünscht hatte, ein Kind zu haben. Um sich weniger *fremd* zu fühlen.

„Ein Kind wird deine Leere nicht füllen, sweetheart", hatte seine Großmutter ihm gesagt, als er an ihrer Türschwelle stand, zwei Taschen voller Habseligkeiten, sein Herz so leer. Als wüsste er das nicht selbst. Nan hatte Zeit ihres Lebens mit diesem *Fremdsein* zu kämpfen gehabt, und sie hatte die Kraft und Unabhängigkeit ihres Geistes nur in sich selbst finden können.

Und doch hat sie die vor allem zusammen mit ihrer großen Liebe gefunden. Von seinem Großvater, Nans Ehemann James, hatte Cass nur sehr verschwommene Bilder im Kopf; er starb fast zur gleichen Zeit wie Cass' Mutter. Mehr als sein Äußeres war Cass jedoch hängengeblieben, welchen Gesichtsausdruck Nan aufsetzte, wann immer sie von ihm sprach.

Anu zu begegnen war, als hätte er für einen Moment einen Blick auf sein Innerstes erhaschen können, sehen können, dass alles gut war. Dass *er* gut war, wie er war. Dieses Gefühl hatte ihn ergriffen, noch bevor er überhaupt ein Wort an sie gerichtet hatte. Das war ihm mit Fiona nie so ergangen. Deswegen hatte er auch weniger ihr

hinterher getrauert als vielmehr dem, was hätte sein
können.

Jetzt war Anu nicht mehr an seiner Seite, und
etwas drohte ihm zu entgleiten. Ja, was eigentlich? Er
würde es erst herausfinden, wenn er sie wiederfände.

Dunfanaghy. Dorthin musste er.

Es würde ein langer Weg werden, vom Haus
seiner Gran im County Kerry bis ganz oben nach
Donegal waren es mehr als fünf Stunden. Doch zuvor
…

„Leg besser einen Zwischenstopp in Lisdoonvarna
ein. Sieh nach, ob sie noch dort ist." Nan war wie
immer im Gleichschritt mit seinen Gedanken.

„Mach ich." Vielleicht hatte er Glück und traf sie
dort noch an. Vielleicht könnte er ihr auf diesem
Wege sagen, dass er von Dunfanaghy wusste. Und sie
dorthin begleiten.

„Na dann, ab mit dir", lächelte sie.

„Du bist die Beste." Er küsste sie auf die Wange,
huschte an ihr vorbei aus dem Zimmer und polterte
die Treppe hinunter, in der linken Hand die Tasche, in
der rechten das Buch.

Penelopes Mailbox. Das war alles, was Theo erreichte. Aber was hatte er auch erwartet? Er war wohl der letzte, mit dem sie jetzt sprechen wollte, nach ihrem letzten Treffen und der unrühmlichen Rolle, die er dabei gespielt hatte. Theo musste sich eingestehen, dass er mit der Situation überfordert gewesen war. Wie konnte er die Frau lieben, die es vielleicht gar nicht mehr gab, oder die glaubte, jemand anders zu sein? Er hatte sich noch nie so hilflos gefühlt, in dem Wissen, dass er ihr nicht helfen konnte. Ebenso wenig konnte er nur daneben stehen und für sie – seine Freundin? Eine Fremde? – da sein, ein Freund und Zuhörer. Wenn er ehrlich mit sich war, hatte Theo Frau Brinks Auftrag vor allem in dem Gefühl angenommen, dass er nicht länger eine passive Rolle einnehmen musste. Er *konnte* jetzt etwas ganz Handfestes tun, nämlich Penelope Informationen weitergeben. Dass er dabei von der Mutter instrumentalisiert wurde, war ihm in dem Moment egal gewesen.

Auf ihre Mailbox sprechen kam nicht infrage. Wie hätte Theo das, was er bisher wusste, in dürre Worte fassen sollen? Er stand ja selbst noch ganz am Anfang. Er hatte gehofft, wenn er sie direkt erreichte, dass ihr seine wenigen Anhaltspunkte irgendetwas sagen würden. Dass sie über diese Suche wieder miteinander sprechen würden, sich verstehen würden wie vorher.

Er konnte ihr aber wenigstens eine WhatsApp schreiben. Das war nicht zu aufdringlich und würde ihr die Entscheidung überlassen, ob sie mit ihm in Kontakt zu treten bereit war.

Poppy, schrieb er schließlich, *Du willst mich sicher gerade nicht sprechen. Aber es ist wichtig. Ich habe Informationen zu Deiner Suche. Bitte melde Dich bei mir. G&K Theo*

Gruß&Kuss, das war wohl unverfänglich genug. Dass er in Irland war, brauchte sie vorerst nicht zu wissen, sonst würde sie sich vielleicht bedrängt fühlen. Das konnte er ihr immer noch sagen, wenn sie zurückrief. *Falls* sie zurückrief.

Bis dahin hoffte er, mehr zu haben als die dürftigen Puzzleteilchen, die er ihr bis jetzt bieten konnte. Er hatte eine entscheidende Information, die er von Frau Brink persönlich bekommen hatte: Den Ort aus ihrer Vergangenheit. Ein realer Ort, der Poppy sagen würde, dass sie sich das alles nicht einbildete.

Wie gern wäre *er* derjenige, der ihr diese Information überbringen würde!

Auf dem Rückweg vom Strand ins Stadtzentrum las Theo nochmals die E-Mail vom Geburtenregister. Sie ergab genauso wenig Sinn wie beim ersten Mal. Warum sollte etwas, das mit einer Geburtsurkunde zu tun hatte, eine vertrauliche Information sein? Weil er selbst kein Verwandter von Niamh oder Ciara Cahill war? Aber diesen Nachweis hatte er bei seiner Anfrage ja ohnehin nicht erbringen müssen. Das konnte es also nicht sein.

Theo war nicht umsonst Journalist. Wenn er Interesse an einem Thema hatte, konnte er sich in die Recherche verbeißen wie eine Bulldogge, so lange, bis er seine Informationen hatte. Und dieses Thema interessierte ihn nicht einfach nur theoretisch, es ging um etwas Persönliches. Die Schwierigkeit war nur, hier in Irland war er auf unbekanntem Terrain. Er hatte keine Kontakte, sondern nur das Internet. Nun denn, wenn das alles war, was er hatte, würde er das Beste draus machen.

Etwas sagte ihm, dass das Geheimnis in der Vertraulichkeit der Daten lag. Aber wie dann online suchen, wenn man gar nicht wusste, wonach?

Frontalangriff, dachte er, während er aus dem Bus stieg und ein Café betrat, um sich aufzuwärmen. Er tippte die Telefonnummer des

Geburtenregisters ein, gab aber nach zwanzig Minuten Warteschleife entnervt auf. *Dann eben anders.* Die Homepage des Geburtenregisters war noch im Browser seines Handys geöffnet. Besonders übersichtlich war sie nicht, aber Theo war Schlimmeres gewohnt. Er hangelte sich durch diverse Seiten. Nichts. Es wäre auch zu einfach gewesen, schwarz auf weiß zu lesen, warum bestimmte Informationen nicht öffentlich waren.

Er kehrte zur Hauptseite des Registers zurück und starrte auf den Bildschirm seines Smartphones.

Apply for birth, death, marriage, adoption, civil partnership and stillbirth certificates.

Die Geburtsurkunde hatte er ja schon in der Hand. Es war ihm darum gegangen, mehr Informationen zu dem Namen zu bekommen, den er im Antrag eingegeben hatte. Das Register wusste aber nicht, dass er die Urkunde bereits besaß, und verweigerte ihm die Ausstellung dieser Urkunde.

Aber warum?

Der Teekessel gab ein Pfeifen von sich. In der modern gekachelten, blitzsauberen Küche nahm er sich wie ein Relikt aus vergangener Zeit aus. Was er wohl ebenso war wie seine Besitzerin. Beiden war es herzlich egal.

Langsame Schritte näherten sich. Kamen vor dem Herd zum Stillstand. Ein geübter Griff in den Küchenschrank, hier die geblümte Teetasse, dort die Zuckerdose, die Teebeutel, von denen einer in die Tasse wanderte. Gichtige Finger umklammerten den Teekessel, beinahe zu schwungvoll schoss das kochende Wasser in die Tasse. Ein unterdrücktes Fluchen, obwohl nicht ein Tropfen danebengegangen war.

Brianna Marsh liebte es zu fluchen. Ein Leben lang war es ihr verwehrt geblieben, war sie die sittsame, zurückhaltende Schwester Brianna gewesen, für die Fluchen gleichbedeutend mit Gotteslästerung war. Jetzt, im Rentenalter, war es wie eine Befreiung, sich über jede Kleinigkeit herzhaft aufzuregen. Auch, wenn es keinen mehr gab, den ihre Flüche treffen konnten. Wo sie allein Absenderin und Empfängerin ihrer Launen war. Ohne Adressat wurden ihre Stimmungsschwankungen bedeutungslos, wie überhaupt alles in ihrem Leben bedeutungslos geworden war. Das war immer noch besser als die Zeit in ihrem Leben, in der beinahe alles eine unheilvolle Bedeutung bekommen hatte. Fand zumindest Brianna Marsh.

Sie ließ sich langsam an ihrem Küchentisch nieder, nachdem sie die randvolle Teetasse dort abgestellt hatte. Die Tageszeitung lag schon bereit, ihre einzige Abwechslung im sonst gleichförmigen Tagesablauf, der sich in Kochen, Fernsehen und Gassigehen mit Pudelmischling Benny erschöpfte. Noch letztes Jahr war ihr nicht einmal diese Routine vergönnt gewesen. Brianna hatte die Zeitung wochenlang nicht aufschlagen können, ohne sofort wieder mit ihrer eigenen Vergangenheit konfrontiert zu werden, also hatte sie aufs Zeitung lesen verzichtet. Als Reporter in ihr verschlafenes Städtchen und sogar bis zu ihrer Haustür gekommen waren, war jeder Spaziergang mit Benny zu einem Spießrutenlauf geworden. Reporter, die alles hervorzuzerren drohten, was Brianna seit Jahrzehnten hinter einem schweren Vorhängeschloss in ihrem Herzen aufbewahrte.

Jetzt ging es wieder um Heiratsanzeigen, Viehmärkte oder lokale Politik. Allesamt harmlose Dinge, selbst die Debatten über die Schwulenehe entlockten Brianna nicht mehr als ein verächtliches Schulterzucken. Die Welt ging den Bach runter, kein Grund sich aufzuregen.

Den heißen Tee nippend, schlug sie die erste Seite auf.

Klingeln an der Haustür. Dann Hundegebell.

Verdammt, Benny, sei still.

Brianna erwartete keinen Besuch. Warum sollte sie sich dann die Mühe machen, Morgentee und Zeitung im Stich zu lassen?

Andererseits... vielleicht war es ein Päckchen. Die Schwesternschaft schickte ihr gelegentlich Süßigkeiten. Auch wenn sie mit dem Verein schon seit Jahren nichts mehr zu tun haben wollte, die Kekse nahm sie trotzdem gerne. Wenn sie das Päckchen jetzt nicht annähme, müsste sie selbst zu Post laufen und es dort abholen.

Es hätte jetzt sowieso nichts mehr gebracht, sich tot zu stellen. Benny war längst zu Haustür gerannt und wollte nicht aufhören zu bellen. Murrend stand Brianna auf und schlurfte ihm hinterher. Nur gut, dass sie sich jeden Morgen nach dem Aufstehen stets tadellos kleidete, so wie sie es von früher gewohnt war. So war sie jederzeit auf Besuch vorbereitet, der nie kam. Sich gehenlassen kam für Brianna Marsh nicht infrage. Dafür hatte sie zu lange in einem Umfeld gelebt und gearbeitet, in dem strenge Disziplin und ein uneitles, aber gepflegtes Äußeres oberstes Gebot waren.

Sie öffnete die Haustür.

Kein Paketbote, war ihr erster Gedanke.

„Brianna Marsh?" Der das fragte, sah aus wachen Augen auf sie herunter. Seine wilde graue Haarpracht hätte dem biblischen Abraham zur Ehre gereicht. Aber für einen Abraham fehlte ihm die alttestamentarische Schwermut. Dafür schien er ein inneres Leuchten auszusenden; das sah sie in seinem Gesicht, von dem sie den Blick nicht abwenden konnte. Ein Reporter war er jedenfalls nicht, die Typen konnte sie inzwischen schon auf 500 Meter Entfernung riechen.

„Wer will das wissen?", entgegnete sie. Nur weil er ihr sympathisch war, musste man ihn nicht gleich ins Haus bitten.

Erst jetzt bemerkte sie, dass der Mann in Begleitung war. Eine junge Frau, um die Dreißig, die hinter dem Mann hervorgetreten war und sie zurückhaltend anlächelte.

„Wir sind Oren und Penelope", sagte die Frau. Sie sprach Englisch mit einem leichten Akzent, den Brianna nicht so recht einordnen konnte. Dann schwieg sie, als sei sie unsicher, wie es weitergehen sollte.

„Und?" Brianna war nicht gewillt, zwei Unbekannten weiter als nötig entgegenzukommen. Bedauernd stellte sie fest, dass die kurze Zeit, in der ihr Leben von neugierigen Reportern bevölkert war, sie so reserviert hatte werden lassen. Das war nicht immer so gewesen.

„Wir glauben, Sie können uns helfen, etwas über meine Mutter herauszufinden."

Vorsicht, dachte Brianna. Ihr erster Impuls war, die Fremden vor der Tür stehenzulassen. Wer sagte ihr, dass das Anliegen nicht wieder alte Wunden aufreißen würde? Etwas ließ sie jedoch innehalten. Es war der Blick der jungen Frau. Verzweiflung lag darin. Es war ein Blick, den Brianna viel zu oft schon gesehen hatte, als sie selbst noch jung war. Etwas rührte sich in ihr, ohne dass sie hätte sagen können, was es war. Die vielgepredigte Nächstenliebe? Brianna wusste nicht einmal, ob sie davon noch ein Quäntchen besaß. Unter dem Deckmantel der Nächstenliebe hatte sie schon zu viel Schlechtes gesehen. Vielleicht verspürte sie schlicht und einfach Neugierde, was es mit dem Ansinnen der beiden ungleichen Fremden vor ihrer Tür auf sich hatte.

„Kommen Sie herein", sagte sie schließlich und öffnete die Tür. Benny hatte sein Bellen längst eingestellt und hatte sich wieder getrollt, auf seinen Lieblingsplatz im Wohnzimmer. Alles außer dem Postboten war uninteressant für ihn.

Brianna ließ die beiden eintreten und zeigte ihnen den Weg zur Küche.

„Eine Tasse Tee?" Das Angebot wurde dankend angenommen. *Ein bisschen Zeit schinden*, dachte Brianna, während sie das Wasser zum Kochen brachte und Teebeutel auf Tassen verteilte. Doch irgendwann war das

Teeritual beendet, die Tassen standen auf dem Tisch, Zucker und Butterkekse daneben. Es entstand eine kleine, erwartungsvolle Stille, in der Brianna sich innerlich wappnete. Wovor, wusste sie selbst nicht genau.

Es war schließlich Oren, der das Wort ergriff.

„Wir haben Ihre Adresse von einer Sprachschule auf Inishmór erhalten. Dort sagte man uns, Sie könnten uns vielleicht etwas über Penelopes Mutter erzählen."

„Felicitas Brink. Oder Dietrich. Das ist ihr Mädchenname", warf Penelope ein. Brianna sah, wie ihre Schultern sich strafften und ihr Blick erwartungsvoll wurde.

Etwas war mit diesem Namen. Brianna konnte nicht sagen, was es war. Noch nicht. Der Name rührte an etwas lange Verschüttetes. Etwas, das noch viel weiter zurücklag als die Zeit, in der Brianna an der Sprachschule unterrichtet hatte.

„Wer hat Ihnen meine Adresse genannt?" Die Frage war so gut wie jede andere, um sich dem Namen Felicitas Brink noch nicht stellen zu müssen. Früher oder später würde etwas passieren, ja, aber nicht jetzt. Jetzt noch nicht. Ein bisschen intakter Seelenfrieden, nur etwas länger noch.

„Eine alte Dame, die früher auch an der Schule gelehrt hat und sich jetzt um den Garten kümmert", sagte Penelope.

„Eleanor? Hätte nicht gedacht, dass sie so ein Plappermaul ist", Brianna merkte, wie unwillkürlich ein Lächeln über ihr Gesicht huschte. Sie erinnerte sich an Eleanor. Eine gute Freundin, wenn sie einen an sich heranließ.

Penelope griff Briannas Lächeln mühelos auf. „Es hat etwas gedauert, bis sie aufgetaut ist."

Dann wurde ihr Gesichtsausdruck wieder ernst. „Meine Mutter war, so glauben wir, Anfang der Achtziger Jahre auf dieser Sprachschule, um Irisch zu lernen. Warum, wissen wir nicht genau. Laut Eleanor hatte sie außerdem einen Brief dabei, den sie sich von einem Tygh hat übersetzen lassen."

Tygh! Wie lange hatte sie diesen Namen schon nicht mehr gehört. Der gut aussehende Aushilfslehrer, der eines Tages hereingeschneit war und allen den Kopf verdreht hatte. Es war schon lange her, aber Brianna konnte sich noch an Eleanors glänzende Augen in ihrem sonst so verschlossenen Gesicht erinnern.

An Penelope erwartungsvollem Gesicht erkannte Brianna, dass sie schon wieder viel zu lange geschwiegen und ihren Erinnerungen nachgehangen hatte.

„Tygh, ja, an ihn erinnere ich mich", sagte sie langsam. Sie musste sich erst nach und nach wieder an Namen, Gesichter, Geschehnisse gewöhnen, sie zu sich kommen lassen. Zu lange hatte sie an keinen dieser Namen mehr gedacht. „Alle mochten Tygh. Besonders Eleanor. Er brachte sogar sie zum Lachen. Dann tauchte eines

Tages diese junge Frau auf, mit einem Brief in der Hand. Von da an hatte Tygh nur noch Augen für sie."

Brianna trank einen großen Schluck von ihrem Tee, um sich zu sammeln.

„Und das wissen Sie noch so genau?"

„Eleanor war meine Freundin. Es hat damals lange gedauert, bis sie über Tygh hinweg war, das habe ich nicht vergessen." Dass Tygh für Brianna selbst wie ein Sonnenstrahl nach zu langer Dunkelheit gewesen war, erwähnte sie nicht.

Erzähl nur das, was dem Mädchen wirklich hilft, aber nicht mehr.

Es war Penelope anzusehen, dass sie überlegte, welche Frage sie als nächstes stellen sollte. Es fiel Brianna nicht ein, von sich aus mehr zu erzählen. Warum aus freien Stücken ein Thema vertiefen, das ihr vielleicht Schmerz bringen würde?

Oren hatte die vergangenen Minuten schweigend zugehört, in kurzen Abständen am Tee nippend. Sein Gesicht blieb unbewegt, doch sein Blick streifte immer wieder Penelope, um dann prüfend an ihr hängenzubleiben. Es war kein unfreundliches Mustern, aber Brianna fühlte sich trotzdem unter die Lupe genommen.

Schließlich ergriff Oren das Wort.

„Wenn Sie das noch so genau wissen, können Sie uns vielleicht auch sagen, wo Tygh zu Hause war? Wir wissen von Eleanor, dass er nach den Sommerkursen gemeinsam mit Penelopes Mutter die Schule verlassen hat."

Brianna wälzte die Fragen für eine Weile in ihrem Kopf. Was bedeutete es, wenn sie darauf jetzt Antwort gab? Würde es weitere Fragen nach sich ziehen? Fragen, die ihr zu nahekommen würden?

Nein, entschied sie nach kurzem. *Erzähl ihnen, was du weißt. Damit sie zufrieden sind und dich in Ruhe lassen. Vor dir sitzt ein Mädchen, auf der Suche nach der Vergangenheit seiner Mutter. Das Thema holt dich immer wieder ein. Vielleicht kannst du hier einmal etwas Gutes tun.*

„Tygh stammte aus dem County Donegal. Einem Ort an der Küste."

„Die Küste von Donegal ist lang", sagte Oren. Ihm war anzusehen, dass er nicht zufrieden war.

„Das ist alles, was ich weiß." Brianna senkte den Kopf, um die Enttäuschung in den Augen der beiden nicht sehen zu müssen. Sie wusste, mehr als einen Brotkrümel hatte sie ihnen nicht hingeworfen.

„Gibt es wirklich gar keine anderen Details, an die Sie sich vielleicht erinnern? Etwas, das uns weiterhilft, den Ort ausfindig zu machen?" Die junge Frau schien noch nicht aufgeben zu wollen.

„Lassen Sie mich nachdenken." Wie lange hatte sie jegliche Gedanken in dieser Richtung verdrängt, zu vergessen versucht! Und jetzt sollte sie sich wieder daran erinnern ... *Etwas* gab es, ein harmloses kleines Detail, das zu verraten ihr nicht schwer fiel. Etwas, das Tygh damals Eleanor in Briannas Beisein erzählt hatte. Bei allem, was sie in der Zwischenzeit vergessen hatte, erinnerte sie sich noch an diese unwichtige Sache. Es war, als würden Nebelschwaden ihr nur hin und wieder Blicke auf Einzelheiten erlauben, das Gesamtbild aber völlig verschlucken. Sie selbst hatte jahrelang dafür gesorgt, dass der Nebel undurchdringlich blieb. Bis auf wenige Details, die nicht wehtaten.

„Tygh erzählte uns einmal, dass er in seinem Heimatort einen Laden hatte." Brianna sah wieder auf und sah, wie sich Penelope Blick erhellte. „Der Laden lief nicht so gut, daher arbeitete er hin und wieder als Aushilfslehrer in der Schule."

„Was war das für ein Laden?"

„Eine Töpferei. Ich weiß noch, dass er Eleanor einmal eine wunderschöne Vase schenkte. Aber …"

„… Sie wissen natürlich nicht, ob es diese Töpferei jetzt noch gibt." Das war mehr eine Feststellung als eine Frage von Oren.

„Nein, das weiß ich nicht. Ich weiß, dass es den Laden schon länger gab und Tygh ihn wohl von der Vorbesitzerin übernommen hatte. Wenn er jetzt in Rente ist, gibt es den Laden vielleicht nicht mehr."

Brianna sah, dass Penelope sich von dem Mann ein Handy geben ließ und etwas darin eintippte. *Unhöflich*, schoss es ihr durch den Kopf. Sie konnte sich eine Bemerkung gerade noch verkneifen. Wozu mussten die jungen Leute ständig auf ihr Handy starren, anstatt den Anstand zu besitzen, sich auf das Gespräch zu konzentrieren?

„Es gibt ein paar Töpfereien in Donegal", sagte Penelope, als sie wieder von dem Handy aufsah. „Hat Tygh Ihnen zufällig den Namen des Ladens genannt?"

„Nein."

Brianna fing einen kurzen Blick von Oren auf, der zu ihrer Rechten saß. *Der Alten muss man auch alles aus der Nase ziehen,* stand ihm ziemlich deutlich ins Gesicht geschrieben.

„Es tut mir leid, wenn ich nicht weiterhelfen kann", fühlte sie sich bemüßigt zu sagen. Sich für etwas entschuldigen war nicht ihre Art, aber hier ging es um eine Frau, die auf der Suche nach ihrer Vergangenheit war. Dieses Thema war für Brianna so schmerzlich, dass sie die Entschuldigung wie einen Schutzschild vor sich hielt. In der Hoffnung, damit ihren Teil beigetragen zu haben. Die junge Frau schien ihre Entschuldigung gar nicht gehört zu haben, sondern war wieder mit ihrem Handy beschäftigt.

„Es gibt einen Ort namens Dunfanaghy, in dem gibt es drei Töpfereien. Eine hat sogar ein angeschlossenes Café."

„Das ist es." Brianna hatte eigentlich gar nichts sagen wollen. Es war einfach herausgekommen.

„Tygh erzählte einmal, dass das Café eigentlich den Hauptverdienst einbrachte und die Töpferei mehr so nebenher lief. Er scherzte dann, dass den Leuten eben Fressen wichtiger als Kunst sei.“

Für einen Moment fühlte sich Brianna um Jahre zurückversetzt. Sie sah sich vor dem Haus der Sprachschule stehen, zusammen mit Eleanor. Tygh war dabei zu erzählen, mit seinem gewinnenden Lächeln und dem selten versiegenden Redestrom.

That one has kissed the Blarney Stone, hatte Eleanor einmal zu ihr gesagt. Der Blarney Stone im County Cork verhalf der Legende nach jedem, der ihn küsste, zu mehr Eloquenz. Der Begriff *blarney* passte zu Tyghs wortreichem Charme wie die Milch zum Schwarztee …

„Brianna?“ Sie schreckte aus ihren Gedanken hoch und sah Penelopes Blick auf sich ruhen.

„Sie haben uns sehr geholfen, vielen Dank.“

„Ob uns die Informationen helfen, werden wir noch sehen“, sagte Oren. Brianna sah ihm an, dass er den letzten Satz lieber hinuntergeschluckt hätte. Aber natürlich hatte er Recht. Wie hilfreich waren über dreißig Jahre alte Informationen? Veraltete Informationen, die nicht weiterhalfen, auch das war ein Thema, das ihr näherstand, als die beiden je wissen konnten.

Brianna fühlte eine große Müdigkeit in sich. Das Gespräch hatte sie Kraft gekostet. Sie ließ eine Hand sinken und fühlte Bennys weiches Fell unter ihren Fingern. Er war inzwischen in die Küche zurückgekommen, in der Hoffnung, dass Kekskrümel und Streicheleinheiten für ihn abfielen. Brianna strich ihm mechanisch über den Kopf.

„Wäre das dann alles?" Sie wusste, es klang nicht sehr freundlich. Freundlichkeit, Höflichkeit, das war eben auch etwas, das man ebenso lernen wie verlernen konnte. Sich selbst gegenüber hatte sie Freundlichkeit schon lange aufgegeben. Ebenso stellte sie sich schon lange nicht mehr die Frage, ob sie sie überhaupt verdiente. Sich das zu fragen hieße, noch weitere Fragen zu stellen.

Genug Fragen für heute, dachte sie und erhob sich langsam.

„Eine Sache noch." Die anderen beiden waren ebenfalls aufgestanden, doch die junge Frau machte keine Anstalten, Richtung Haustür zu gehen. „Wissen Sie, was in dem Brief an meine Mutter stand?", fragte sie stattdessen.

Verdammt, dachte sie. *Alles, nur diese Frage nicht.*

Es würde quälend werden, der jungen Frau, die vor ihr stand, alle Zusammenhänge zu erklären. Eine Frage würde zur nächsten führen, alte Wunden aufreißen, sie vielleicht in Erklärungsnot bringen. Sie fürchtete sich vor diesen Fragen. All diese Fragen, mit denen die Journalisten sie schon bedrängt hatten und die hier, in Form von Penelope, eine ganz persönliche Bedeutung gewannen. Sie fürchtete sich vor dem, was sie in Penelopes Augen sehen würde, wenn sie ihr alles erzählte. Dass sie selbst, Brianna, sich von ihr Verständnis und Verzeihen erhoffen würde, obwohl sie sich so lange eingeredet hatte, beides nicht zu brauchen.

Brianna merkte, dass sie schon zu lange geschwiegen hatte. Doch eine Antwort gab es, die nicht einmal gelogen wäre.

„Ich weiß leider nichts genaues darüber“, sagte sie. „Ihre Mutter war damals sehr verschwiegen, was diesen Brief anging. Ich weiß aber, dass Tygh zumindest einmal erwähnte, es ginge um ein altes Familiengeheimnis.“

Sie sah Penelopes Blick einen Moment auf sich gerichtet, so als wollte sie noch etwas hinzufügen, nachbohren, die Sache nicht auf sich beruhen lassen. *Bitte nicht*, betete Brianna im Stillen. Dann legte Oren ihr seine Hand auf den Arm, und ihr Blick entspannte sich.

„Wir sind hier wohl fertig“, sagte Oren. „Danke, dass Sie sich die Zeit genommen haben“, fügte Penelope hinzu, während sie den Flur entlang gingen.

Brianna sah den ungleichen Gestalten hinterher, die sich von ihrem Haus entfernten. Automatisch tastete sie in der Tasche ihrer Kittelschürze nach einer Zigarette, dabei hatte sie das Rauchen schon vor zehn Jahren aufgegeben. Ihre Hände verkrampften sich in dem Stoff des Kittels. Benny stand neben ihr, die braunen Hundeaugen auf sie gerichtet, besorgt. Etwas war nicht in Ordnung.

Was, wenn ich zu viel gesagt habe?

Apply for birth, death, marriage, adoption, civil partnership and stillbirth certificates.

Warum kehrte er immer wieder zu diesem Satz zurück?

Theo hatte sich wieder in sein Hotelzimmer zurückgezogen, das er für eine weitere Nacht gebucht hatte. Er war fest entschlossen, hinter Frau Brinks Geheimnis zu kommen. Wenn er Penelope traf, wollte er nicht mit leeren Händen dastehen.

Unter den anderen Dokumenten befand sich eine weitere Geburtsurkunde, der er erst keine Beachtung geschenkt hatte. Sie war von Felicitas Brink, Geburtsname Dietrich. Geburtsort München, Eltern Dorothea und Wilhelm Dietrich. Jetzt, in Zusammenhang mit der anderen Geburtsurkunde, begann sich Theo zu fragen, ob es einen Zusammenhang gab. Was hatte dieses Dokument hier zu suchen?

Vielleicht hat Frau Brink irgendwann mal herausgefunden, dass sie eine Schwester hier in Irland hat, dachte Theo. *Aber warum sollte das ein so großes Geheimnis sein. Warum hätte sie das Poppy verschweigen sollen?*

Theo wusste, dass Frau Brink großen Wert auf eine perfekte Fassade legte. Vielleicht war es ihr einfach peinlich zuzugeben, dass es ein Kuckuckskind in ihrer Familie gab? Es erschien ihm weit hergeholt, aber es war die einzige Erklärung, die ihm gerade einfiel.

Die Sache hatte nur einen Haken. Zumindest der Name eines Elternteils hätte auf beiden Geburtsurkunden gleich sein müssen, damit die Erklärung mit der Halbschwester von Frau Brink plausibel war. Die Namen waren aber völlig andere, beziehungsweise stand auf der irischen Urkunde unter dem Namen des Vaters „unbekannt".

Irgendetwas übersehe ich.

Theo legte die beiden Urkunden zurück auf den Tisch, stand auf und trat ans Fenster. Das schöne Wetter, das er auf seinen Strandspaziergang genießen konnte, hatte sich hinter wattebauschartigen Wolken versteckt. Theo sah zu, wie der Wind sie vor sich hertrieb, in Richtung des Atlantiks. Er wünschte, der Wind würde seinen Kopf ebenso freipusten, ihm Raum für neue Ideen geben. Er fühlte sich in einer Sackgasse. Sollte er sich damit zufriedengeben, was ihm die anderen Dokumente verrieten, und nur weiter versuchen, Penelope zu kontaktieren? Die Geburtsurkunden einfach ignorieren?

Es war zum Verzweifeln. Wie sollte man, selbst wenn man wie Theo journalistischen Spürsinn besaß, mit so mageren Details etwas herausbekommen? Darüber konnte er sich nun schlecht bei Frau Brink beschweren. *Wenn die wüsste, dass ich auf eigene Faust versuche, hinter ihr Geheimnis zu kommen*, dachte Theo. *So hat sie sich das bestimmt nicht vorgestellt.*

Vor dem Fenster hatten sich die Wolken inzwischen zu einer undurchdringlichen Suppe verdichtet. Regentropfen klatschten gegen die Scheibe. Statt neue Ideen hatte der Wind wohl nur Nebel in seinen Kopf geblasen. Für einen Moment fühlte sich Theo, als gäbe es überhaupt keine Gewissheiten mehr. Geburtsurkunden? Was halfen die schon? Die Adresse? Was würde er dort überhaupt finden? Penelope? War den ganzen Tag schon nicht erreichbar gewesen.

Mit einem Seufzen wandte er sich von der trüben Aussicht ab und nahm nochmals die irische Urkunde in die Hand. *Date and place of birth*, las er. *10 March 1957. St. Mary's Mother and Baby Home, Tuam.*

Mother and Baby Home. Theo kam ins Grübeln. Ein normales Kinderheim konnte das nicht sein. Wäre Ciara bei Nacht und Nebel dort abgegeben worden, wie bei einer Babyklappe, dann hätten auf der Geburtsurkunde nicht der

Name der Mutter stehen können. *Mother and Baby* legte nahe, dass die Mutter das Kind dort bekommen hatte. Aber warum, warum nicht in einem normalen Krankenhaus, oder zu Hause, mit einer Hebamme?

Theo hatte das Gefühl, in unbekanntes Terrain vorzustoßen. Er konnte nicht sagen, warum, doch etwas wie Unbehagen breitete sich in ihm aus. Was hatte es mit diesen Mutter-Kind-Heimen auf sich? Sein Grips sagte ihm, dass, wenn er mehr darüber herausfände, ihm das auch bei der Suche nach Penelopes Geheimnis helfen würde.

Zunächst schaute er auf seiner Straßenkarte, wo Tuam lag. Er stellte fest, dass es genau entgegengesetzt zu seiner Zieladresse lag, aber immerhin auch an der Westküste. Vielleicht lohnte es sich, diesem Heim einen Besuch abzustatten? Theo bezweifelte, dass es jetzt noch Mitarbeiter gab, die damals schon dort gearbeitet hatten. Aber zumindest allgemeine Hintergründe zu diesem Heim wären schon hilfreich.

Als nächstes gab er den Namen des Heims bei Google ein.

Tuam Mother and Baby Home. Dann stutzte er. Die Autovervollständigen-Funktion bot ihm als nächstes Wort 'deaths' an.

Deaths. Todesfälle.

Sein Unbehagen verstärkte sich. Für einen Moment verharrten seine Finger über dem Smartphone, als hielte ihn etwas davon zurück, weiter in diese Richtung zu recherchieren. Zu unheilverkündend dieses eine Wort. *Deaths.* Was hatte es im Zusammenhang mit einem Mutter-Kind-Heim zu suchen?

Einen Moment hielt Theo inne und fragte sich, was er gerade dabei war, herauszufinden. *Ob* er überhaupt weitersuchen sollte. Vielleicht war der Grund, warum Felicitas Brink ihrer Tochter etwas verschwieg, ein so ungeheuerlicher, dass die Enthüllung nur Schmerz für alle Beteiligten bringen würde? Es musste etwas sein, das nicht enthüllt werden *durfte.* Frau Brink hätte das Geheimnis bis in Ewigkeit für sich behalten, hätte nicht Penelopes Hirnblutung, ihre Sprachverwirrung und ihre Reise hierher eine Reaktion erfordert. Womöglich versuchte Frau Brink, nur einen Teil der Wahrheit preiszugeben, und etwas viel tiefer Liegendes für immer begraben zu lassen. *Begraben ....* Sollte Theo seine Suche auch begraben und einfach tun, was Frau Brink von ihm verlangte? Vielleicht war das auch für Penelope das Beste?

Nein, dachte er. *Sie würde wollen, dass ich dem auf den Grund gehe. Sonst wäre sie ja selbst nicht hier und auf der Suche. Was ihre Mutter verschweigt, betrifft sie ganz persönlich. Deshalb darf ich jetzt nicht aufgeben.*

Tuam Mother and Baby Home Deaths. Akribisch spuckte Google Sekunden später die Ergebnisse aus. Theo fing an zu lesen. Was sich ihm in den Zeitungsartikeln offenbarte, war eine

Welt, die ihm so sonderbar und ungeheuerlich, so bedrückend und beengend erschien, dass er mehrmals seine Lektüre unterbrechen musste.

Uneheliche Kinder, in Schande von zu Hause davongejagte junge Mütter, allgegenwärtiger Katholizismus, Armut, sklavenähnliche Arbeit, verhungernde Babys, verschwundene Babys, verstorbene Babys …

Worauf bin ich hier gestoßen?

In Theo regte sich eine vage Ahnung, wie das alles mit Frau Brink zusammenhängen konnte. Noch konnte er nicht den Finger darauf legen, noch wusste er zu wenig. Aber je düsterer seine Vorahnungen waren, desto entschlossener war er, Penelope zuliebe noch tiefer zu graben.

In den Zeitungsartikeln über das Mutter-Kind-Heim tauchte immer wieder der Name einer Frau auf, die jahrelang über diese Heime – *es gab also mehrere!* dachte Theo mit Schaudern – recherchiert und ein erst kürzlich erschienenes Buch darüber geschrieben hatte. Theo erfuhr auch, dass das Heim in Tuam schon vor einiger Zeit geschlossen worden war, einige andere Heime aber bis in die Neunziger hinein bestanden hatten. *Unfassbar*, dachte er. *Dass solche Weltbilder so lange Bestand haben konnten.*

Er suchte nach Kontaktdaten über die Autorin des Buches. Der Verlag nahm Anfragen entgegen, aber das würde zu lange dauern. Einfach dort anrufen, sich als der Journalist ausgeben, der er ja war, und Interesse an dem Thema und der Autorin äußern?

Auch das wäre wohl mit Terminsuche und Verzögerungen verbunden, wenn man ihm denn überhaupt helfen würde. Er könnte den offiziellen Weg gehen und der Zeitung, für die er oft arbeitete, einen Artikel ankündigen. Damit hätte er hier womöglich einen sozusagen offiziellen Fuß in der Tür. Doch wieder: Zu lang und aufwändig.

Blieb Social Media.

Natürlich hatte sie einen LinkedIn-Account. Wenn sie freischaffende Autorin oder vielleicht auch Journalistin war, gab es kaum einen Weg daran vorbei.

Ein paar Klicks später hatte er eine Nachricht an sie geschickt. Jetzt konnte er nichts weiter tun als warten. Nicht gerade seine Stärke. Mehr aus Langeweile, denn mit Absicht wechselte er wieder auf die Seite des irischen Geburtenregisters.

Apply for birth, death, marriage, adoption, civil partnership and stillbirth certificates...

Death. Das Wort, über das Theo gerade im Zusammenhang mit dem Mutter-Kind-Heim gestolpert war. Ging es hier um einen vertuschten Todesfall? Warum hielt er dann aber Geburtsurkunden in der Hand? Und gleich zwei, die auf den ersten Blick nichts miteinander zu tun zu haben schienen?

Etwas gab es. Das Geburtsjahr war auf beiden Urkunden dasselbe. 1957. Konnte das ein Zufall sein? Was hatten Ciara und Felicitas gemeinsam, außer dass sie im selben Jahr geboren worden waren? Theos Blick sprang von den Urkunden zurück auf die Website und blieb an dem Wort *Adoption* hängen. Wieso hatte er das Gefühl, da bestand ein Zusammenhang mit dem, was er suchte? Es war wie zwei Puzzleteile verkehrt in der Hand zu halten, von denen er *wusste*, sie *mussten* zusammenpassen.

Theos Handy vibrierte. Die Autorin hatte auf seine private Nachricht geantwortet. Er rief sie an.

Eine halbe Stunde später beendete er das Gespräch. Er hielt jetzt noch ein weiteres Puzzleteil in der Hand. Einen Namen, den ihm die Autorin genannt hatte.

Brianna Marsh.

Auf dem Weg zu Orens Auto sprach Penelope kein Wort. Tief in Gedanken versunken ging sie neben Oren her, den Kopf gesenkt. Was sie gerade von einer völlig Fremden erfahren hatte, etwas, das ihre eigene Familie betraf, konnte sie noch nicht recht fassen. Sie erwartete, jeden Moment aus einem surrealen Traum zu erwachen. Doch der Klang von Briannas Stimme in ihrer Küche, begleitet vom Geruch nach Tee und altem Hund, war nur allzu real.

Meine Mutter war also hier, in Irland. Und ich auch, als kleines Kind. Es muss so gewesen sein. Warum hat sie mir das all die Jahre verschwiegen? Was steht in dem Brief? Hat es mit dem ominösen Familiengeheimnis zu tun, wie Brianna angedeutet hat? Was hat das alles mit mir zu tun?

Diese Fragen hämmerten in Penelopes Kopf, unerbittlich wie der mit Wucht hereinbrechende Kopfschmerz. Sie hätte glücklich sein müssen, etwas so Entscheidendes erfahren zu haben.

Nicht mehr Hirngespinsten nachzujagen, sich nicht ständig anzuzweifeln. Stattdessen überkam sie tiefe Traurigkeit, wenn sie an die Tragweite dessen dachte, was sie gerade erfahren hatte.

Auch Oren war noch stiller als sonst. Beim Auto angekommen, öffnete er ihr die Tür, setzte sich dann hinters Steuer und reichte ihr wortlos eine Packung Aspirin aus den Tiefen des Handschuhfachs. Penelope hatte die Kopfschmerzen mit keinem Wort erwähnt, aber ihr starres Gesicht war wohl deutlich genug. Anstatt loszufahren, saß Oren einfach nur da und starrte wortlos aus dem Fenster.

„Möchtest du darüber sprechen?", fragte er schließlich. Es war ihm anzumerken, dass er unsicher war, wie er mit ihr umgehen sollte.

„Ich möchte nur, dass du wie immer zu mir bist, Oren." Penelope sah ihn an.

„Das heißt dann wohl *nein*." Sein Blick verriet vorsichtige Erleichterung.

„Vorerst."

„Dann erzähl mir von gestern."

Meine Blackouts. Das hätte sie beinahe vergessen. Seitdem schien so viel passiert zu sein, obwohl sie erst am Vorabend an Orens Zimmertür geklopft hatte. Oren hatte sie wortlos ins Zimmer gebeten, ihr ein Handtuch für die nassen Haare gereicht und abgewartet, bis sie sich wieder beruhigt hatte. Es dauerte eine Weile, bis Penelope nicht mehr das Gefühl hatte, dass hinter jeder Ecke ein weiterer Blackout lauerte. Sie wollte sich Oren so gerne anvertrauen, fand aber keine Worte. Oren hatte eine Weile schweigend neben ihr gesessen; dann hatte er sie entschieden wieder in ihr Zimmer geschickt.

„Erzähl mir morgen alles in Ruhe."

In Ruhe. Das war leichter gesagt als getan. Nach dem, was sie eben von Brianna erfahren hatten, war es schwer, zur Ruhe zu kommen. Nicht unähnlich dem Gefühl, das sie gestern Abend verspürt hatte: Als würde monatelange Ungewissheit ganz plötzlich von ihr abfallen, dunkle Ecken ihres Selbst mit einem Mal hell erleuchtet werden, wie ein unbewohntes Ferienhaus, bei dem der Besitzer nach einem langen Winter die Fensterläden wieder öffnet und das Sonnenlicht einlässt. Sie selbst saß in einer dieser dunklen Ecken und wurde durch das plötzliche Licht geblendet. Blinzelnd sah sie in Richtung der Lichtquelle. Im Eingang die Silhouette einer Person. Sie wusste, dass sie selbst es war, die dort stand, schemenhaft. Wenn sich ihre Augen an das Licht gewöhnt hatten, würde sie die Person erkennen. Und sich selbst.

„Erde an Poppy?"

Penelope schreckte auf, als wäre sie kurz eingenickt. Sie saß in Orens Auto, nicht in einem verstaubten alten Haus. Ihre Kopfschmerzen ließen langsam nach. Neben ihr saß Oren, ihr Freund. Dieses Wissen vertrieb alle Dunkelheit.

„Ginster und Vanille", sagte sie.

Oren sah sie nun doch an. Schien einen Moment überlegen zu müssen.

„Torf?", fragte er dann.

„Auch Schlaflieder."

„Sinneseindrücke, die dich mit Irland verbinden." Es war keine Frage.

„Ja, genau! Sie scheinen etwas in meinem Gehirn auszulösen. Ganz verstehe ich es auch nicht, aber es muss so sein. Bei jedem Blackout gab es so einen Auslöser, der Ginster vorm Fenster, der mit Torf befeuerte Kamin, die Musik in dem Pub in Dublin, die Vanillezigarillos vorm Fenster gestern Abend…"

Erst als sie es selbst laut aussprach, wurde Penelope bewusst, dass der Geruch nach Vanille eigentlich keine Erinnerung von früher war. Trotzdem löste er etwas bei ihr aus. Woher das rührte, verstand sie nicht, es war für den Moment auch nicht wichtig.

„Erzähl mir doch mal, was du mit Vanillezigarillos verbindest", sagte Oren, als hätte er ihre Gedanken gelesen. Aus dem Augenwinkeln sah sie einen seiner Mundwinkel nach oben gehen.

„Wieso fragst du mich ausgerechnet danach?"

„Weil du nach Vanille gerochen hast, als du an dem Abend in Lisdoonvarna aus dem Pub zurückgekommen bist." Jetzt waren beide Mundwinkel oben.

„Ich…" Penelope zögerte. Wie sollte sie etwas in Worte fassen, das sie selbst noch gar nicht richtig einordnen konnte? Und wollte sie dieses Unfassbare, das so unfassbar wichtig erschien, überhaupt vor jemand anderem in Worte kleiden? Doch das hier war ja nicht irgendjemand. Es war Oren.

„Cass hat diese Zigarillos geraucht, als wir uns kennengelernt haben."

Oren sagte nichts.

„Du würdest ihn mögen." Sie hatte eigentlich gar nichts weiter sagen wollen, doch Orens Schweigen hatte sie mal wieder aus der Reserve gelockt.

„Wenn *du* ihn magst, reicht mir das."

Sie sah ihn so lange dankbar an, bis er, sichtlich verlegen, das Thema wechselte.

„Nach Dunfanaghy sind es von hier dreieinhalb Stunden."

Dunfanaghy. Was würde sie erwarten? Eine Töpferei mit Café? Das *McNamara's*? Tygh? Noch mehr Licht für die dunklen Ecken ihrer Vergangenheit?

„Dann lass uns fahren", sagte sie entschlossen.

Auch das noch! Es würde ihn mindestens einen halben Tag kosten, nach Tuam zu fahren, Brianna Marsh zu befragen und sich danach auf die stundenlange Fahrt Richtung Norden, nach Dunfanaghy, zu begeben. Hätte er nur nicht die Tage mit Rose in Galway vertrödelt…. Aber das war nun einmal geschehen. Wer wusste, wofür es gut war.

Theo hatte erwogen, Brianna Marsh einfach anzurufen. Er hatte schließlich nicht nur ihre Adresse, sondern auch Telefonnummer erhalten.

„Ich denke nicht, dass ein Telefonat viel bringt", hatte ihm die Autorin zu verstehen gegeben. „Brianna kennt Sie nicht und macht gegenüber Journalisten sofort dicht. Ich habe selbst mehrere Anläufe gebraucht, um sie dazu zu bringen, über das Thema zu reden."

Theo musste ihr recht geben. Am Telefon würde sie ihn einfach abwimmeln oder auflegen. Wenn er jedoch vor ihrer Tür stand, konnte sie ihn nicht so leicht ignorieren. Er hatte ja auch gar nicht vor, sich als Journalist vorzustellen. Er war Penelopes besorgter Freund, der herausfinden wollte, ob ihre Mutter vielleicht adoptiert worden war. Auch wenn er nicht sicher war, was das mit Penelopes eigener Vergangenheit zu tun hatte. Aber er wäre derjenige, der Penelope diese Informationen geben würde. Das allein war Grund genug, Brianna Marsh aufzusuchen.

Nach einer weiteren Nacht im *Glasshouse Hotel* stand Theo früh auf und hielt sich dieses Mal nicht mit einem ausführlichen Irish Breakfast auf. Er schlang eine Schüssel Porridge hinunter und war in Rekordzeit auf der Straße, bewaffnet mit einem Coffee To Go und einer Navigationsapp auf seinem neuen Handy.

Jetzt kann eigentlich gar nichts mehr schiefgehen. Dieses Mal werde ich nicht jedes verdammte Kaff an der Westküste abklappern.

Theo nahm den kürzesten Weg, der ihn über die N4 und die N17 ziemlich genau nach Süden führte. Unterwegs, wieder einmal ohne einen Blick an die irische Landschaft zu verschwenden, sann er darüber nach, wie er gegenüber Brianna Marsh das heikle Thema am besten anschneiden würde.

Ehemalige Ordensschwester, dachte er. *Die packt man doch bestimmt bei der christlichen Nächstenliebe. Oder nicht?*

Gegenüber Religion und Kirche besaß Theo ein tiefverwurzeltes Misstrauen. Das lag nicht nur an seinem Vater, einem ehemaligen Religionslehrer, der Nächstenliebe am wenigsten an seinem Sohn praktiziert hatte. Ein distanzierter Elternteil, das immerhin hatten Penelope und er gemeinsam. Aber Theo hatte etwas gegen Autoritäten, die sich selbst auf fragwürdiger Grundlage als solche erklärten. Er verließ sich lieber ausschließlich auf Verstand und Anstand.

Aber das muss Brianna Marsh ja nicht wissen.

Theo fragte sich, ob er angesichts dessen, was er von der Autorin erfahren hatte, gegenüber Brianna Marsh unvoreingenommen und freundlich würde sein können. Sie *musste* doch von alledem gewusst haben, oder nicht? Sie war, wie hieß es so schön, Teil des Systems gewesen. Es fiel ihm schwer, sie nicht schon jetzt dafür zu verurteilen, auch wenn ihm diese Vorurteile nicht helfen würden, wenn er mit ihr sprach.

In Tuam angekommen, führte Theos Weg nicht direkt zu Brianna Marshs Haus. Die Autorin hatte ihm noch eine andere Adresse genannt. Er parkte seinen Wagen am städtischen Friedhof und ging ein paar Meter zu Fuß. Leichter Regen und ein böiger Wind ließen ihn die Kapuze hochziehen und den Blick auf den Boden richten. Beinahe hätte er den Zugang zu dem ehemaligen Mutter- und Kind-Heim übersehen, der um die Ecke des Friedhofs lag. Gerade noch rechtzeitig entdeckte er das Schild *Bon Secours Mother and Baby Home. Children's Burial Ground Memorial.*

Das Wetter passt zum Anlass, dachte er, als er schließlich auf der von einer niedrigen Steinmauer umsäumten Wiese stand, frierend, mit hochgezogenen Schultern. Was er sah, erinnerte ihn auf den ersten Blick an die Gedenkstätte eines Terroranschlags. Überall Blumen, Fotos, Plakate mit Segenswünschen, kleine Kunstwerke, in die Erde gesteckte weiße Fähnchen. Am liebsten hätte Theo auf dem Absatz kehrt gemacht, so sehr traf ihn die Traurigkeit des Ortes. Er zwang sich dennoch, mit langsamen Schritten über die Wiese zu gehen, hier und da stehen zu bleiben, um ein besonders schönes Bild zu betrachten und sich vorzustellen, wie es hier wohl damals ausgesehen haben mochte. Natürlich hatte er alte Fotos im Internet aufstöbern können, hatte die Kinder auf den Schwarz-Weiß-Aufnahmen angeschaut und doch das Leid in den versteinerten kleinen Gesichtern nur ansatzweise erahnen können. Hier trat es einen Schritt näher, ging ihm unter die Haut.

Und hier wurde Felicitas Brink geboren?

Theo zwang sich, die wie zur Verteidigung gegen diesen Ort hochgezogenen Schultern zu entspannen. Er lenkte seinen Blick weg von dem Gedenkort, hin zu einem neutralen Stück Wiese, dahinter das unscheinbare Steinmäuerchen, im Anschluss die Wohnhäuser. Sogar einen Spielplatz konnte er noch erkennen. Zeichen der Normalität. Wie die Menschen in den Häusern mit der

Gedenkstätte direkt vor sich leben konnten, wusste er nicht. Aber dasselbe hatte er sich auch beim Besuch der KZ-Gedenkstätte Dachau gefragt, als er die Wohnhäuser in der Nähe gesehen hatte. Konnte man sich je an einen solchen Ort gewöhnen?

Er schüttelte sich langsam, schob die Kapuze zurück. Der Regen hatte aufgehört.

Zurück zu den Fakten.

Brianna Marsh hatte für viele Jahre in dem Heim gearbeitet. Auch schon zu der Zeit, in die das Geburtsdatum auf den Urkunden fiel. Das konnte kein Zufall sein. Sie *musste* einfach etwas darüber wissen.

Und ich werde es herausfinden.

Eine Viertelstunde später stand er vor Brianna Marshs Haus. Schüttelte seinen regenfeuchten Anorak aus, glättete die kapuzenverstrubbelten Haare, trat von einem Fuß auf den anderen und fasste sich schließlich ein Herz. Sein resolutes Klingeln wurde sofort mit Hundegebell aus dem Inneren des Hauses erwidert. Dann eine verwaschene, undeutliche Stimme, die den Hund zur Ordnung rief. Stille. Als Theo noch überlegte, ob er ein zweites Mal klingeln sollte – es wäre ein schlechter Einstieg in das Gespräch gewesen, dachte er sich – öffnete sich mit einem Mal die Haustür.

„Was wollen Sie?"

Ihre Stimme war rau, wie zu wenig benutzt. Ihr Gesicht, stumm, ohne Ausdruck, als hätte sie verlernt, Emotionen zu zeigen. Doch ihre Augen musterten Theo blitzschnell, abschätzend, als wolle sie ihn so schnell wie möglich einordnen, beurteilen, und dann abblitzen lassen.

„Brianna Marsh?" Theo lächelte sie an. Sein Lächeln war meistens ein guter Gesprächseinstieg.

„Kann schon sein."

Theo ignorierte ihre ausweichende Antwort. „Ich hoffe, Sie können mir weiterhelfen."

„Wieso sollte ich? Wer sind Sie überhaupt? Ein Reporter?", spuckte sie aus. Man konnte förmlich sehen, wie bei dem Wort „Reporter", eine imaginäre Tür hinter ihren Augen zugeknallt wurde.

Theo versuchte instinktiv, den Fuß in die Tür zu bekommen. Nur im übertragenen Sinne natürlich; wenn die Frau ihm Hausfriedensbruch vorwarf, hätte er gar nichts gewonnen.

„Ich helfe einer Freundin bei der Suche nach ihrer Mutter", sagte er. Statt Fuß in die Tür gleich mit der Tür ins Haus fallen. Das entsprach zwar nicht seinem üblichen Vorgehen, über Umwege und Small Talk an Informationen zu gelangen, aber hier schien nichts anderes zu helfen.

Für einen Moment wurde das Grau ihrer Augen eine Schattierung dunkler.

„Wieso kommen Sie damit zu mir? Und woher haben Sie überhaupt meinen Namen?" Die Arme vor dem Körper verschränkt, hielt sie ihn auf

Abstand. Noch immer stand Theo vor der Tür wie ein Bittsteller.

„Ich weiß, dass Sie früher einmal in dem Mutter-Kind-Heim hier in Tuam gearbeitet haben", tastete Theo sich vor. „Die Mutter meiner Freundin wurde dort vielleicht geboren."

„Dort wurden Hunderte Kinder geboren. Ich kann mich nicht an jedes Einzelne erinnern."

Geboren und gestorben, dachte er. Immerhin bestritt sie nicht, dort gearbeitet zu haben.

„Bitte", sagte er. „Könnte ich kurz hereinkommen? Ich möchte Sie nicht lange damit belästigen, aber es ist wirklich wichtig für meine Freundin. Zu wichtig, um es hier draußen zu besprechen."

Für mehrere bange Sekunden war nicht klar, ob sie ihn hereinbitten oder ihm die Tür vor der Nase zuschlagen würde. Schließlich entspannte sich ihr Blick. Sie schaute hinter sich, wo ein kleiner Hund von undefinierbarer Fellfarbe aufgetaucht war. Der Hund drängte sich vorbei und unterzog Theo, wie es schien, einer gründlichen Geruchsprüfung. Dann wedelte er mit dem Schwanz.

„Habe ich hiermit die offizielle Genehmigung?", rutschte es Theo heraus, und er hätte sich im selben Moment am liebsten die Zunge abgebissen. Gerade jetzt war flapsiger Humor wohl nicht angebracht.

Zu seiner Überraschung erschien ein kleines Lächeln auf ihrem Gesicht, und sie öffnete die Tür ein Stück weiter.

„Kommen Sie."

Ein Hund als Türöffner, wieso nicht, dachte er, während er Brianna Marsh durch den engen Flur bis in die Wohnküche folgte.

„Tee?" Sie wartete seine Antwort gar nicht ab, bevor sie sich am Wasserkocher und den Teetassen zu schaffen machte. Ihr Rücken war ihm zugedreht, so dass er die modern eingerichtete Küche in Ruhe betrachten konnte, und deren Besitzerin. Aus ihrem Äußeren – angefangen bei ihrem strengen Kurzhaarschnitt bis zu den orthopädischen Schuhen – sprach ein Leben, das zu funktionieren, nicht schön zu sein hatte. Theo konnte sich kaum vorstellen, dass sie einmal anders gewesen war. Wie es überhaupt für eine Frau wie sie gewesen war, in den Sechzigerjahren in Irland zu leben…

„Sie haben sich noch gar nicht vorgestellt." Das nachdrückliche Abstellen der Teetasse riss Theo aus seinen Gedanken. Brianna hatte sich bereits hingesetzt, ihre eigene Tasse vor sich, und ihm mit einem Blick gestreift, bei dem die imaginäre Tür schon wieder halb geschlossen war.

„Verzeihen Sie. Ich bin Theo. Ich bin aus Deutschland hergereist, um meiner Freundin zu helfen, ihre Mutter zu finden." Bevor Theo ihr Informationen entlocken konnte, war es wohl nur fair, in Vorleistung zu gehen.

„Und diese Freundin, wieso ist die nicht bei Ihnen?"

Darauf musste er etwas Überzeugendes antworten, wenn er wollte, dass sie weiter offen zu ihm war.

„Für Penelope ist das ein sehr schwieriges Thema, da ihre eigene Mutter nicht mit ihr darüber spricht. Sie hat schon viel durchgemacht deswegen. Ich wollte ihr dieses Gespräch abnehmen." Theo hoffte, dass sie sich damit zufriedengeben würde. Auf das, was Brianna Marsh als Nächstes sagte, war er allerdings nicht im Geringsten vorbereitet.

„Lügner."

„Was…?"

„Was wollen Sie wirklich? Und erzählen Sie mir nicht nochmal so einen Scheiß wie eben."

Dass Brianna Marsh ein Schimpfwort wie *crap* verwendete, erstaunte ihn beinahe ebenso sehr wie die Leichtigkeit, mit der sie seine Lüge (*naja, Notlüge,* sagte er sich) durchschaute.

„Ich suche tatsächlich für meine Freundin nach Antworten", verteidigte er sich. Noch bevor er weitersprechen konnte, unterbrach sie ihn.

„Penelope weiß nichts davon, dass Sie hier sind, oder?"

„Wie kommen Sie darauf?"

„Weil sie gestern hier war."

Theo glaubte, sich verhört zu haben. Penelope war hier gewesen, nur einen Tag vor ihm? Das hieß, sie besaß schon alle Informationen, die eigentlich *er* ihr hatte geben wollen? Aber vielleicht hatte Brianna Marsh ja gar nicht so viel erzählt. Sie erschien Theo nicht wie jemand, der gerne etwas preisgab, zumal wenn es sich um so etwas Brisantes handelte, wie das, was Theo herausgefunden hatte. Wenn er es geschickt anstellte, konnte er aber womöglich herausfinden, *wieviel* sie Penelope gesagt hatte.

„Sie haben recht." Theo gab sich Mühe, ein zerknirschtes Gesicht zu machen. „Penelope weiß nicht, dass ich hier bin. Ich mache mir Sorgen, weil sie einfach abgehauen ist, um ihrer Vergangenheit nachzujagen. Daher bin ich ihr hinterhergereist." Brianna Marsh sah nicht so aus, als würde diese Offenbarung sie beeindrucken. Ihr Gesichtsausdruck hatte sich nicht verändert; er spürte kein Entgegenkommen von ihrer Seite.

„Wie hat sie denn reagiert, als Sie ihr von dem Mutter-Kind-Heim erzählt haben, in dem Sie einmal gearbeitet haben?" Es war ein Schuss ins Blaue, und vielleicht hatte er damit zu schnell zu viel von seinem Wissen preisgegeben, aber manchmal war ein Überraschungsangriff die beste Methode, um das Gegenüber aus der Reserve zu locken.

Keine Antwort. Einzig ihr Griff um die Teetasse schien sich zu verkrampfen; die Knöchel ihrer gichtigen Finger traten weiß hervor. Einige Momente herrschte Stille, nur unterbrochen durch das gleichmäßige Ticken der Standuhr aus dem Flur.

„Das Thema hat nichts mit der Angelegenheit Ihrer Freundin zu tun", sagte sie schließlich.

Oh, ich glaube aber doch, wollte Theo sagen. Er hatte die Puzzleteile zwar noch nicht ganz zusammengebracht, aber es *musste* einfach ein Zusammenhang bestehen. Doch wenn er zu sehr nachbohrte, würde sie sich noch mehr verschließen als ohnehin schon. Er musste sich mehr auf das konzentrieren, was sie Penelope erzählt hatte.

„Wenn das nichts miteinander zu tun hat, macht es Ihnen doch sicher nichts aus, mir zu sagen, was Sie auch Penelope gesagt haben?" Es kostete Theo Mühe, freundlich und gelassen zu bleiben.

„Fragen Sie sie doch selbst. Wenn Sie wirklich Ihre Freundin ist, dann werden Sie ja wohl in Kontakt miteinander stehen, oder? Ich habe Ihnen nichts mehr zu sagen."

„Na schön." Theo gab sich einlenkend, aber er war noch nicht fertig. „Eine Sache gibt es aber noch. Danach werde ich Sie nicht weiter belästigen, versprochen." Diese Aussicht schien sie etwas zu besänftigen; er sah, wie ihre Schultern sich entspannten.

„Haben Sie Penelope von Dunfanaghy erzählt?"

Die Stille in der Küche war ohrenbetäubend.

„Wenn Sie das alles schon so genau wissen, warum kommen Sie überhaupt noch zu mir?"

Während Theo dachte, dass ihre Antwort ihm Bestätigung genug war, antwortete er „Weil ich noch ein paar offene Fragen habe, die nur Sie mir beantworten können." Er hatte eigentlich vor, es dabei bewenden zu lassen. Er wusste, dass Penelope mit einem Tag Vorsprung auf dem Weg nach Dunfanaghy war. Es sollte ihm wichtiger sein, sie dort rechtzeitig zu erwischen und mit ihr gemeinsam die Unterlagen von Felicitas Brink zu entschlüsseln.

Doch der Journalist in ihm gewann. Wenn er recherchierte, dann bis zum Schluss. Kurz überlegte er, ob sich die Geschichte für eine deutsche Zeitung eignen würde. Ein großer Aufmacher auf Seite 3, das wäre doch genau das Richtige für seine mittelmäßige Auftragslage und seinen Geldbeutel. Aber es ging hier um Penelope, nicht um seine Karriere. Er konnte sich zudem lebhaft vorstellen, wie ihre Reaktion ausfallen würde, sollte er diese Geschichte für einen Zeitungsartikel ausschlachten. Nein, er würde nur ihr zuliebe weiter bei Brianna Marsh nachbohren.

Aus seiner ledernden Aktentasche zog er die beiden Geburtsurkunden hervor und legte sie vor sich auf den Küchentisch, so dass Brianna Marsh sie lesen konnte.

„Was wissen Sie über diese Namen?"

Den Blick auf die Straße vor sich gerichtet, steuerte Felicitas Brink ihr Auto durch die beginnende Dämmerung. Sie war froh über den breiten, erleuchteten Motorway M1, der aus Dublin hinausführte. Als sie das letzte Mal hier gewesen war, gab es auf der Strecke noch eine Nationalstraße, die den Namen eigentlich nicht verdiente. Auch wenn sie damals Überlandbus gefahren war, hatte sie nicht vergessen, wie übel ihr bei dem Blick aus dem Fenster geworden war. Es gab nichts zu sehen außer dem fadenscheinigen Randstreifen und einer pechschwarze Finsternis, die nur sporadisch von einsamen, mies beleuchteten Gehöften unterbrochen wurde. Trotz der heute besseren Straßenverhältnisse hatte sie sich entschlossen, den weiten Weg zu ihrem Ziel nicht mehr an diesem Abend zurückzulegen. Noch am Flughafen hatte sie online eine Unterkunft gebucht und den Weg ins Navi eingegeben. Bis Ardee war es keine Stunde Fahrt.

Felicitas zwang sich, bis zu ihrer Unterkunft keine Gedanken zu wälzen. Solange noch ein Rest Helligkeit übrig war, konnte sie zumindest aus dem Fenster die irische Landschaft vorbeiziehen sehen. Ein Nachteil des Motorways war, dass er nicht viel Landschaft zuließ. Man kam schnell voran, doch es war ähnlich, wie auf einer deutschen Autobahn dahinzufahren. Effizient, aber langweilig. Kurz vor Ardee verließ sie zwar den M1, aber was nun an vielleicht interessanteren Ausblicken möglich gewesen wäre, wurde von der Dunkelheit verschluckt. Auf den letzten Kilometern musste Felicitas sich ganz auf die Straße konzentrieren und hatte keinen Kopf mehr für ungebetene Gedanken.

An ihrer Unterkunft angekommen, stellte sie ihr Auto auf dem Parkplatz ab, griff nach ihrem Gepäck auf dem Beifahrersitz und öffnete die Tür.

Es riecht wie damals, war ihr erster Gedanke. Sie zwang sich, aufkommende Erinnerungen zu unterdrücken, doch sie waren schwer abzuschütteln. Dass es noch so roch wie früher, hätte sie nicht verwundern sollen. Hier war sie auf dem Land; das B&B sah zwar modern aus, doch der Geruch nach Torf kam auch nicht von dort, sondern von einem älteren Nebengebäude.

Nicht alles hatte sich also hier geändert. Mochten die Motorways auch ein Zeichen für den Aufschwung sein, den der Celtic Tiger in den letzten 20 Jahren hingelegt hatte – auf dem irischen Land stand noch die Zeit still, zumindest wenn man nach den Heizgewohnheiten seiner Bewohner ging.

Felicitas betrat das B&B und checkte an dem modernen Schalter ein. Auf den ersten Blick wirkte das Haus wie eine der typischen Unterkünfte, die man nur nahm, weil man auf der Durchreise war und nicht, weil man hier verweilen wollte. Der Angestellte, der ihr trotz halbherzigem Protest die Reisetasche bis zu ihrem Zimmer trug, besaß eine eigentümliche Mischung aus professioneller Freundlichkeit und diesem Quäntchen irischen Charakters, der den simplen Austausch zwischen Gastgeber und Reisendem zu etwas Besonderem machte. Felicitas war nicht darauf gefasst, dass sie der Akzent aus der Fassung bringen würde. Sie hätte eigentlich durch die Durchsagen im Flugzeug schon gewarnt sein müssen, aber eine blecherne Stimme aus der Konserve war eben doch nicht dasselbe wie ein Mensch aus Fleisch und Blut.

Sie bedankte sich bei ihm, schloss die Zimmertür und sah sich in Ruhe um. Die neumodisch-neutrale Einrichtung ließ eigentlich keine nostalgischen Erinnerungen zu – und brachte dennoch bei Felicitas eine innere Bildergalerie zum Laufen. Sie sah Hostels und B&Bs, in denen sie damals auf ihrer Reise genächtigt hatte. Früher, als sie sich mit viel Enthusiasmus, aber kaum Geld in der Tasche, auf den Weg nach Irland gemacht hatte. Mit dem wenigen Ersparten hatte sie auch nicht vor der verwahrlostesten Unterkunft Halt gemacht, Hauptsache sie hatte ein Dach über dem Kopf. Sie erinnerte sich an Gemeinschaftsküchen in Jugendherbergen, deren Kochutensilien eine jahrzehntelange Fettpatina überzogen hatte. An B&Bs auf dem Land, wo hinter der Wand des Schlafraums der Stall mit den Schafen angrenzte. An mit Autoleichen verzierte städtische Hinterhöfe, die man durchqueren musste, wenn man spätabends zur Hintertür in die Unterkunft gelangen wollte. Und an die überquellende Gastfreundlichkeit, Neugier und Offenheit, die aus jeder noch so vernachlässigten Unterkunft einen Hort der Wärme und des Willkommens gemacht hatten.

Und auch jetzt und hier, in dieser Unterkunft, in der nichts an früher erinnerte, gab es Utensilien, die es wohl noch in hundert Jahren in jeder irischen Herberge geben würde: Wasserkocher, Porzellantassen und schwarzen Tee. Als Zugeständnis an andere Trinkgewohnheiten standen hier immerhin auch grüner Tee und Kräutertee zur Auswahl. Und natürlich der obligatorische scheußliche Instantkaffee. Sie besah sich den Wasserkocher von innen – tadellos sauber, keiner von den uralten Dingern, bei denen man Kalkreste im Tee oder gar einen Kurzschluss befürchten musste – und füllte ihn mit Wasser aus der daneben stehenden Flasche. Das Leitungswasser war wohl noch immer zu ungenießbar, um sich einen guten Tee zu machen. Während der Kräutertee zog, nahm sie eine Blitzdusche und trank den Tee dann, im Pyjama auf dem Sessel sitzend, in kleinen Schlucken.

Die Reisetasche stand noch unangetastet auf dem Stuhl und schien Felicitas anzustarren. Mit der kleinen inneren Pause war es vorbei. Seufzend stand sie auf, stellte die halbleere Teetasse auf dem Tischchen ab und öffnete die Tasche. Aus einem Seitenfach mit Reißverschluss zog sie eine Din A4 Plastikhülle hervor und kehrte damit zu ihrem Sessel zurück. Langsam öffnete sie die Hülle, schloss dann die Augen und atmete ein. Den Geruch nach vergilbtem Papier. Nach dem Staub alter Klassenzimmer. Nach noch älteren Gemäuern, Moder, Einsamkeit, Verzweiflung.

Das war natürlich Unsinn. All diese Dinge roch Felicitas nur, weil sie wusste, was in dem Brief stand. Sie hatte sozusagen einen ganzen Kontext zur Verfügung; ihre Fantasie kreierte einfach eine Geruchswelt um den Brief herum, die längst nicht mehr vorhanden war. Dennoch ließ sie sich auf die Geruchs- und Gedankenwelt ein, in die sie der Brief entführte. Sie wusste, die Erinnerungen würden ihr wieder einen Stich versetzen, sie aber nicht so voller Bitterkeit zurücklassen wie damals. Und vor allem würde sie sich wieder daran erinnern, warum sie so verzweifelt versucht hatte, ein Geheimnis vor ihrer Tochter zu bewahren. Warum es ihr nur darum gegangen war, Penelope vor belastendem Wissen zu schützen.

Du hast deiner eigenen Tochter dieses Wissen versagt, genau wie deine Eltern es dir damals vorenthalten haben. Kannst du das noch vor dir selbst rechtfertigen?

Wenn Felicitas ehrlich mit sich war, lautete ihre Antwort *nein*. Es tat gut, endlich auszusprechen, was sie eigentlich schon lange wusste. Sie hatte es gewusst, noch bevor sie selbst ins Flugzeug gestiegen war. Eigentlich hatte das Eingeständnis bereits viel früher in irgendeinem Winkel ihres Bewusstseins gelauert, darauf gewartet, an die Oberfläche zu gelangen.

Felicitas strich mit zitternden Fingern über das altersmüde Papier. Sie schlug die eng beschriebenen Seiten nicht auf. Nicht nur, weil sie den Inhalt Wort für Wort auswendig konnte. Sie musste ihre fahrigen Gedanken ordnen, ruhig und klar und unbeeinflusst von den Gefühlen, die sie mit der Lektüre des Briefs verband.

Penelope zu kontaktieren, wie sie es nach ihrer Ankunft vorgehabt hatte, war schiefgegangen. Statt ihrer Tochter war ein rotzfrecher junger Mann ans Handy gegangen. Sie hatte sich schrecklich darüber geärgert, dass ihr der Name Dunfanaghy herausgerutscht war. Jetzt sah sie ihren Fauxpas mit anderen Augen. Zwar hatte dieser Casper behauptet, er und Penelope stünden nicht mehr in Kontakt, aber vielleicht sagte er ihr ja nicht die Wahrheit. Wenn er also doch noch Kontakt zu ihr hatte, würde er ihr den Ortsnamen verraten. Was sie anfangs mit allen Mitteln hatte verhindern wollen, würde ihr jetzt vielleicht sogar in die Karten spielen. Sie und Penelope würden sich in Dunfanaghy treffen. Sie wäre diejenige, aus deren Mund Penelope alles erfahren würde. So, wie es von Anfang an hätte sein sollen. Mutter und Tochter. Ohne den Umweg über Theo.

Theo. Ihn hätte Felicitas beinahe vergessen. Noch so eine fehlgeschlagene Kontaktaufnahme. Wieso nur hatte sie ihn auf eine Mission geschickt, die zum Scheitern verurteilt war? Was hatte sie sich dabei gedacht, ihm Dokumente mitzugeben, die ihrer Tochter vermutlich nur mehr Rätsel aufgeben würden? Oder, noch schlimmer, mithilfe derer Penelope irgendwelche Halbwahrheiten zusammenstückeln würde. Theo war eine Unbekannte in ihrer Rechnung – dadurch, dass sie ihn nicht erreichte, konnte sie nicht wissen, ob er schon auf dem Weg nach Dunfanaghy war und Penelope womöglich früher antreffen würde.

Aber diese Gedankenspiele helfen jetzt nicht weiter. Konzentrier dich auf das, was du beeinflussen kannst.

Es war spät, doch Felicitas war viel zu unruhig, um ins Bett zu gehen. Der Flug, die Fahrt im Dunkeln, ihre unzähligen Gedanken, Erinnerungen, Eindrücke auf dem Weg hierher ließen sie in einem merkwürdigen

Zustand aus übermüdet und nervös zurück. Sie erwog kurz, ihren Roman hervorzukramen, ein paar Seiten zu lesen und zu hoffen, dass sie mit den tanzenden Buchstaben vor ihren schwer werdenden Augen einschlafen würde. Doch sie wusste jetzt schon, dass Lesen ihr nicht den Schlaf bringen würde. Sie schaltete den Fernseher ein und zappte unschlüssig durch die Kanäle. Alberne Spielshows, schlechte TV-Serien, Werbung. Der gleiche Mist wie zu Hause. Sie fand eine Talkshow, in der die Gäste zwar nichts Interessantes zu erzählen hatten, doch die irische Sprachmelodie des ergrauten Talkmasters hatte eine beruhigende Wirkung. Beinahe klang er wie...

„Hello. Du bist Felicitas?"

Ihr Blick, eben noch aus dem Fenster des Klassenzimmers in den schuleigenen Garten gerichtet, geht in Richtung der Stimme und der näher kommenden Schritte. Zum ersten Mal sieht sie ihn: Kräftige untersetzte Statur, sandfarbene Haare, die über den Hemdkragen fallen, federnder Gang, offener Blick, als er vor ihr stehenbleibt. Sie registriert ein kleines Grübchen im Kinn, das nur zum Vorschein kommt, wenn er lächelt. Und er lächelt viel, das wird sie in den nächsten Wochen herausfinden.

Er hat ihren Namen anders ausgesprochen, als sie es von zu Hause gewohnt ist. Weicher, melodiöser. Sie fühlt sich beinahe wie eine andere Person. Warum auch nicht? denkt sie. Hier kennt mich doch niemand. Ich kann sein, wer ich möchte. Niemand hat vorgefasste Erwartungen, wie ich zu sein habe. *Spröde. Kühl. Unnahbar. Unsicher. Verletzlich. Labels, die manchmal passten, manchmal nicht. Vielleicht ließen sie sich hier abstreifen, wie ein Kleid, dass sie schon zu lange getragen hatte und das doch nicht passte. Warum nicht hier, mit dem fremden jungen Mann, ein neues Kleid überstreifen?*

Sie mag sein Lächeln; es entspringt den Augen, nicht dem Mund. Graugrüne Augen, die bereit scheinen, Förmlichkeiten im Nu hinter sich zu lassen und Vertrautheit mit dem Gegenüber, mit ihr, herzustellen.

„Ich bin Tygh. Eleanor meinte, du brauchst Hilfe mit einem Brief?"

Felicitas schreckte auf. Wie lange hatte sie geschlafen? Der Fernseher lief noch; sie selbst lag in merkwürdig verdrehter Haltung auf ihrem Bett, im Pyjama, aber ohne Decke. Sie fror. Ein Gang ins Bad, dann den Fernseher abschalten und hoffen, dass der Schlaf wieder kommen würde.

War es Schlaf? Es fühlte sich wie Schlafwandeln an, und als könne sie sich selbst beobachten, in dem Wissen, dass sie nur Abbilder der Wirklichkeit sah. Sie sah sich selbst das Haus ihrer Eltern abschreiten, Zimmer für Zimmer. Die Küche: Hier saß sie, als ernsthafte bezopfte Vierjährige und verzierte akkurat die Weihnachtsplätzchen, die sie mit ihrer Mutter gebacken hatte. Das Wohnzimmer: Dort stand sie, ein Schulmädchen, das gerade erst lesen gelernt hatte, und staunte über das riesige Bücherregal, das ihr eine unerschöpfliche Quelle fremder Welten versprach. Das Arbeitszimmer: Heiligtum des Vaters, in das sie sich nur auf Zehenspitzen hineingetraut hatte, so viel Unnahbarkeit strahlten der Raum und der Vater aus. Ihr Schlafzimmer: Nächtelanges heimliches Lesen von Liebesromanen, von denen die Eltern nichts wissen durften, *eine Tochter aus gutem Hause liest keinen Schund*. Verstohlene Küsse unter der Bettdecke mit ihrer ersten Liebe Frank, immer horchend, wann das Haustürschloss die Rückkehr der Eltern aus dem Theater verriet.

Und schließlich der Dachboden. Der Dachbodenfund, der alles verändert hatte.

Felicitas erwachte aus ihrem Halbschlaf, zitternd. Sie tastete sich im Dunkeln zu ihrer Reisetasche, kramte mit klammen Fingern darin herum und zog schließlich einen einäugigen Teddy hervor. Ihn nahm sie an sich, kroch wieder ins Bett und bedeckte sich und Teddy mit der wärmenden Decke.

Es dauerte lange, bis sie einschlief.

Oren sah Penelope aus den Augenwinkeln an, während er seinen Pickup gen Norden steuerte.

Ihr Blick war starr geradeaus durch die Windschutzscheibe auf die Straße gerichtet, aber Oren hatte nicht den Eindruck, dass sie irgendetwas von dem aufnahm, was sie sah. Penelope war sonst immer so neugierig auf alles, was vor dem Fenster vorbeizog. Was Oren schon gar nicht mehr wahrnahm, konnte sie begeistern. Das wilde Durcheinander bunt angestrichener Häuser in den Ortschaften. Die ständig wechselnden Himmelsstimmungen des irischen Wetters. Von riesigen Vogelschwärmen belagerte, in der Sonne glitzernde Seen. Behäbige Hausboote, die zu mehreren am Ufer des Shannon herum dümpelten wie eine Gruppe Kaffeeklatsch haltender beleibter Damen. Besonders die bei Regen düsteren Torfmoore schienen es ihr angetan zu haben; oft starrte sie dann lange aus dem Fenster in die Landschaft, ohne das Wort an Oren zu richten.

Normalerweise hatte Oren überhaupt nichts gegen Schweigen. Er beurteilte Menschen danach, wie gut er mit ihnen schweigen konnte. Da gab es das unbehagliche Schweigen mit Menschen, die es gewohnt waren, jede noch so kleine Stille mit Worten zu füllen. Das gelangweilte Müdigkeit ausstrahlende Schweigen seiner Studenten bei der Frühvorlesung, das er ihnen nicht einmal hatte verübeln können. Am liebsten hätte er die Vorlesung über selbst geschwiegen. Und dann das trotzige Schweigen, die Strafe durch Nichtbeachtung. Niemand hatte es so gut beherrscht wie seine Exfrau Margaret. Er hatte es verstanden; es war ihre Art, mit der Familientragödie umzugehen, die sie letztendlich entzweit und zu Fremden gemacht hatte. Irgendwann war dieses bestrafende Schweigen selbst Oren zu viel geworden, und er hatte es vorgezogen, allein zu leben. Mit sich zu schweigen, eine Wohltat war das, höchstens an den Papagei oder die Katze richtete er ab und zu ein paar Worte, die auch als Selbstgespräch hätten durchgehen können.

Mit Penelope war Schweigen etwas, das er bei wenigen Menschen bisher gefunden hatte. Ein Schweigen, das den Luxus erlaubte, nicht durch Belanglosigkeiten unterbrochen werden zu müssen – und gleichzeitig ein behagliches, freundschaftliches Schweigen. *Companionable silence* beschrieb es am ehesten. Bei Matilda hatte er dieses Schweigen ganz ähnlich empfunden – auch wenn sie gerne redete und ihn aus der Reserve zu locken verstand, schien sie instinktiv zu wissen, wann er die Stille vorzog.

Heute jedoch war Penelopes Schweigen ein anderes. Es war nicht das Schweigen von jemandem, der entspannt seinen Gedanken nachhing und trotzdem präsent und offen für sein Gegenüber war. Penelope hatte nicht mehr den Mund aufgemacht, seit sie darüber gesprochen hatten, was möglicherweise der Auslöser für ihre Blackouts war. Er hatte sie nicht drängen wollen, mehr darüber zu sprechen, was diese Vermutung für sie bedeutete. Oder was Cass ihr bedeutete. Entweder wollte sie sich nicht dazu äußern, oder erst dann, wenn sie ihre eigenen Gedanken sortiert hatte. Oren kam es jedoch so vor, als wäre das, was sie tat, nicht Gedanken sortieren, sondern Grübeln.

Es würde nichts bringen, wenn er sie jetzt auf das Naheliegende anspräche und versuchte, gemeinsam mit ihr die neuen Informationen zu verarbeiten. Penelope brauchte etwas, das sie ablenkte und aus der Grübelei riss.

„Ich brauch 'ne Pause", sagte er gemächlich in die Stille hinein.

Penelope wandte den Kopf zu ihm. Ihre Augen wirkten noch nicht fokussiert; sie blickten wie durch ihn hindurch. Irgendwie schien sie aber doch das Gehörte aufgenommen zu haben, denn sie antwortete, wenn auch hölzern, beinahe abweisend.

„Ist dein Auto und deine Entscheidung."

„Da es mein Auto ist, entscheide ich jetzt, dass du fährst."

Jetzt hatte Oren ihre Aufmerksamkeit. „Wieso jetzt auf einmal?"

„Vielleicht möchte ich zur Abwechslung mal nicht Chauffeur spielen", sagte Oren. Er versuchte es klingen zu lassen, als täte sie ihm einen Gefallen damit, das Fahren zu übernehmen.

Natürlich durchschaute sie ihn. Sah ihn abschätzig aus grünen Augen an. Immerhin steckte ein Funken mehr Präsenz in ihrem Blick als vorher. Sogar ein kleines Grinsen zeigte sich auf ihren Lippen.

„Na schön. Aber keine Kommentare zu meinen Fahrkünsten, damit das klar ist."

„Das hängt davon ab, ob Kommentare nötig sind." Oren sah wieder geradeaus auf die Straße, entdeckte einen kleinen Parkplatz mit Tankstelle voraus und steuerte ihn an. Noch bevor er direkt neben der Zapfsäule zum Stehen gekommen war, hatte Penelope bereits die Tür geöffnet. „Diesel, richtig?", fragte sie, während sie sich den Zapfhähnen zuwandte.

Natürlich wechselten sie sich mit den Tankkosten ab, doch Oren tankte meist selbst, so wie er am liebsten selbst fuhr. Zugegeben war er etwas eigen mit seinem Pickup, den er schon über dreißig Jahre besaß und an dessen Steuer er so gut wie nie jemand anderen ließ. Martha durfte gelegentlich fahren, wenn ihr uralter Corsa im Winter mal wieder nicht ansprang und sie dringende Besorgungen zu erledigen hatte. Und Matilda war einmal gefahren, damals, an dem denkwürdigen Abend vor zehn Jahren, als er sie in Lisdoonvarna kennenlernte. Gerade frisch geschieden, war der Heiratsmarkt in Lisdoonvarna das allerletzte, was Oren im Sinn hatte. Aber ein Freund hatte ihn eingeladen, bei ihm zu übernachten und „sich gemeinsam die Frauen schön zu trinken".

An Frauen, schön oder nicht, hatte Oren an jenem Abend kein Interesse, nur am Trinken. Dann betrat Matilda den Pub, und er fragte sich, wie viele Pints er wohl schon getrunken haben musste, so strahlend war sie ihm erschienen. Seine Avancen hatte sie lachend abgelehnt, war aber dennoch bei ihnen sitzen geblieben und hatte ihn und seinen Freund am Ende des Abends schließlich nach Hause gefahren. Oren war damals noch viel zu sehr mit sich und seiner gescheiterten Ehe beschäftigt, um mehr zu tun als hin und wieder wehmütig an die Begegnung mit Matilda zu denken. Sie jedoch hatte über seinen Freund – ein gemeinsamer Bekannter, wie sich herausstellte – den Kontakt zu ihm gesucht. Seitdem waren sie Freunde. Mehr als das, eigentlich. Es war schön gewesen, sie jetzt für ein paar Tage um sich zu haben. Nächstes Mal würde er nicht wieder so viel Zeit verstreichen lassen, bevor er sich meldete.

„Du musst schon aussteigen, wenn ich fahren soll."

Penelopes Stimme riss ihn aus seinen Gedanken. Sie hatte längst bezahlt und stand jetzt auf der Fahrerseite des Pickups, zwei dampfende Kaffeebecher in den Händen. Oren stieg aus, streckte und dehnte sich etwas umständlich und nahm dann seinen Kaffee entgegen. Auf der Beifahrerseite verstaute er seine langen Beine und versteckte seine neugierigen Blicke so gut es ging hinter dem Becher. Er musste einfach zusehen, wie sie auf seinem Sitz Platz nahm, hier einen Hebel zog, dort den Rückspiegel verstellte, den Rückwärtsgang suchte und fand. Sie war vertieft in das, was sie tat; ihr Gesichtsausdruck nicht länger abwesend, sondern konzentriert. Oren sah es mit Erleichterung.

Die ersten Meter, aus der Tankstelle heraus und auf die Straße, fühlten sich noch holprig an. Der alte Pickup gab mehrmals kratzige Geräusche von sich, wenn Penelope die Gänge falsch einlegte. Beinahe, als beschwerte er sich über seine neue Fahrerin. Doch nach wenigen Minuten schnurrte der Motor ohne Störungen dahin. Penelope sah auf die Straße, ihre eben noch hochgezogenen Schultern wieder entspannt; hin und wieder griff sie nach dem Kaffeebecher in der Halterung und nahm ein paar Schlucke. *Wie sie da sitzt, hinter dem Steuer, als wäre es ihr angestammter Platz,* dachte Oren.

„Kannst dich wieder entspannen", sagte Penelope.

„Ich *bin* entspannt", verteidigte sich Oren. Er fügte hinzu, „Seit du den Gangsalat hinter dir gelassen hast."

„Genau solche Kommentare wollte ich eigentlich nicht." Penelope sah streng zu ihm herüber, zumindest solange, bis sie den Blick wieder auf die Straße richtete. Das kleine Grinsen auf ihren Lippen war Oren dennoch nicht entgangen.

„Wie hat denn Cass deine Fahrkünste kommentiert?" Penelope hatte einmal nebenbei bemerkt, dass sie den Mercedes hatte fahren dürfen.

„Das ist kein besonders subtiler Themenwechsel, weißt du." Penelopes Hand verkrampfte sich kurz am Schalthebel, das Herunterschalten in den dritten Gang geriet zu hektisch, und der Pickup reagierte mit einem gereizten Knarren des Getriebes. Sie entspannte das Handgelenk, ließ den Gang hineingleiten und nahm sich einen Schluck Kaffee. Ließ sich viel Zeit für den nächsten Satz.

„Mein Fahrstil war nicht Gesprächsthema", sagte sie dann.

„Damit lädst du mich geradezu ein, dich zu fragen, worüber ihr sonst gesprochen habt."

Penelopes Blick geriet wieder ins Abwesende. Ihre linke Hand war locker um den Schaltknüppel gelegt, die Augen auf die Straße gerichtet, und dennoch war ihr ganzer Fokus nach innen geraten. Oren musste lange auf die nächste Antwort warten, so als würde sie erst all die Themen sortieren müssen, über die sie mit Cass gesprochen hatte.

„Über seine Großmutter, die ihn aufgezogen hat. Woher er den Mercedes hat. Und woher er so viel über Anu weiß.“

„Das ist ein gutes Stichwort.“ Oren war nicht daran gelegen, in Dingen herumzustochern, die Cass und Penelope im Vertrauen besprochen hatten. Aber eines musste er doch wissen –

„Was hast du dir davon versprochen, diese keltische Stätte zu besuchen?“ Oren selbst war pragmatisch veranlagt. Lösungen für Probleme jeglicher Art hatte er noch nie in der Religion gesucht. Religionen waren für ihn eher Probleme als Lösungen, wenn er sich in der Welt so umschaute. Und dennoch konnte er zumindest nachvollziehen, dass Penelope selbst abwegige Versuche startete, um bei ihrer Suche weiterzukommen.

Penelope sah weiter auf die Straße, wo der Verkehr inzwischen dichter geworden war. Ihr Profil erschien Oren abweisend. Als hätte sie seine Gedanken gelesen. Sie schwieg so lange, dass Oren schon gar nicht mehr mit einer Antwort rechnete.

„Ich weiß es nicht, ehrlich gesagt.“ Ihre Stimme war leise, kaum zu hören über dem Motorengeräusch. „Ich habe nach irgendeiner Verbindung gesucht. Irgendetwas, das mir sagt, wieso mir *Anu* vertraut ist, wieso ich den Namen für meinen eigenen gehalten habe. Wir sind bisher nicht weitergekommen, Oren, verstehst du? Ich weiß, wir suchen auch noch nicht lange, aber ich war verzweifelt. Dann lerne ich Cass kennen, der etwas über die Göttin Anu weiß, und das kam mir wie ein Zeichen vor. Wie eine Gelegenheit, die ich einfach ergreifen *musste*!" Verzweiflung war aus ihrer Stimme herauszuhören.

Natürlich hatte Oren schon von Quinn erfahren, dass Penelope sich kurz nach ihrem Erwachen im Krankenhaus für Anu gehalten hatte. Natürlich war er dabei gewesen, als sein Freund Padraigh in dem Pub in Loughrea über keltische Gottheiten und *keener* gesprochen hatte. Ihm war auch Penelopes nachdenkliches Gesicht dabei nicht entgangen. Vielleicht hatte sie Padraighs halbgaren Theorien mehr Beachtung geschenkt, als er vermutet hatte. Ihm fiel wieder ein, dass sie an dem Abend auch einen ihrer Blackouts gehabt hatte. Vielleicht war sie daher besonders empfänglich gewesen? Vielleicht hatte sie noch lange nach dem Abend darüber nachgedacht, ohne dass Oren davon wusste?

„Das verstehe ich. Du hast gedacht, dass es eine Verbindung gibt, und wolltest der Spur nachgehen."

„Das hat sich aber neulich ganz anders angehört." Oren wusste, worauf sie anspielte – an dem Abend, als sie ihm und Matilda eröffnet hatte, dass sie mit Cass nach Kerry fahren würde, hatte er nicht gerade damit hinterm Berg gehalten, was er von der Idee hielt.

„Vielleicht wollte ich einfach nur nicht, dass du mit einer dahergelaufenen Pubbekanntschaft losziehst."

„Eifersüchtig?"

Oren fühlte sich ertappt und schnaubte statt einer Antwort in seinen Kaffeebecher. Immerhin, das Gespräch schien Penelope auf andere Gedanken gebracht zu haben. Sie entspannte sich mehr und mehr hinter dem Lenkrad des Pickups, ihre Gesichtszüge wurden weich, sie blinzelte gegen das Licht einzelner Sonnenstrahlen zwischen den Wolken. Oren fiel es schwer, wieder auf das Thema ihrer Suche zurückzukommen, jetzt, wo er sie so fröhlich sah. Zu seinem Erstaunen war es jedoch Penelope, die nach längerer Redepause unvermittelt damit anfing.

„Glaubst du, wir finden in Dunfanaghy, was wir suchen?" Ihr Blick huschte von der Straße zu ihm herüber.

„Denke schon." Oren wusste selbst, dass seine Antwort sehr vage klang, und fügte hinzu: „Wenn Brianna Marshs Informationen etwas taugen, dann ist das die beste Spur, die wir haben. Aber …"

„Du glaubst, sie hat uns noch etwas verheimlicht."

„Das war ziemlich offensichtlich." Oren sah wieder Brianna vor sich, wie sie sich bei jeder Frage, die ihr zu nahekam, in sich zurückzog, bis ihr Gesicht nur noch aus einem verkniffenen Mund und gerunzelten Augenbrauen zu bestehen schien.

„Sie kann ihre Geheimnisse gerne für sich behalten, wenn sie für uns sowieso nicht wichtig sind", sagte Penelope.

Genau das bezweifelte Oren. Er hätte gerne noch weiter nach dem Brief gefragt, den dieser Tygh offenbar für Penelopes Mutter übersetzt hatte. Es musste ein wichtiger Brief sein – immerhin war es naheliegend, dass die Mutter deswegen Irisch hatte lernen wollen. Oren hatte jedoch mit einem Blick erkannt, dass noch mehr Fragen überhaupt nichts gebracht hätten. Er konnte nur hoffen, dass sie in Dunfanaghy am richtigen Ort waren und dort mehr herausbekommen würden. Dunfanaghy war nicht groß; jemand namens Tygh, der zumindest früher eine Töpferei mit Café besessen hatte, war dort bestimmt bekannt. *Wenn* es sich um diese Töpferei handelte.

Aber etwas sagte Oren, dass sie auf der richtigen Spur waren.

Irischer Sprühregen legte sich wie ein Schleier über Tyghs Mütze, seinen grauen Bart, seine Hände, die nach dem Türknauf griffen. *Bloody Irish weather*, dachte er. *Der Regen hätte sich noch zwei Minuten Zeit lassen können.* Er betrat den Pub und schüttelte sich, bevor er auf seinem angestammten Hocker an der Theke Platz nahm. Die altehrwürdige Holzvertäfelung an den Wänden und die mit dunkelgrünem Leder bezogenen Stühle würdigte er keines Blickes. Schließlich war der Pub sein zweites Wohnzimmer.

„*Hello*, Aidan."

„Wie immer?"

Das war eine rhetorische Frage. Jeder im Ort wusste, Guinness war für Tygh, was für andere die *cuppa* war, die Tasse Tee für jede Tageszeit und jede Lebenslage. Tygh war ein Gelegenheitstrinker mit Methode. Ein Pint machte die schmerzhafte Arthrose im linken Knie erträglicher; zwei Pints waren das Maß für Wortscharmützel mit seinen *mates*; drei Pints, und er streute zunehmend *bloody* und *bollocks* in seine Sätze ein. Dann wusste er, es war Zeit aufzuhören.

Heute war ein Zwei-Pint-Tag, auch wenn keine Gesprächspartner anwesend waren. Tygh war sowieso nicht nach Philosophieren zumute. Aber seine Arthrose, die bei Regen stets schlimmer wurde, erforderte eine höhere Dosis. Er nahm einen bedächtigen Schluck aus dem Glas, das der Barkeeper ihm wortlos hingestellt hatte.

„Schlechtes Geschäft heute?"

Aidan brummte etwas Unbestimmtes in sich hinein, seine linke Hand unbehaglich in den dunklen Bart gekrallt. *Kein Wunder*, dachte Tygh, *dass so wenig Leute hier sind, wenn der Barkeeper so aufgeschlossen ist wie eine frische Auster aus Kinsale.* Er versuchte es dennoch weiter.

„Wie geht's deinem Vater?"

„Er soll sich noch schonen. Solange musst du mit mir vorlieb nehmen."

„Soll mir recht sein. Wer braucht schon ein nettes Gespräch, wenn er ins Pub geht."

Aidan quittierte seine ironische Bemerkung mit Schweigen. Das Gespräch war schneller versickert als die Regentropfen in Tyghs Bart. Minutenlang war nichts zu hören außer dem leisen Schmatzen von Aidans Putzlappen auf dem ohnehin schon makellosen Tresen und Tyghs genüssliches Schlürfen.

Unvermittelt nahm Aidan den Gesprächsfaden wieder auf.

„Dad sagt, es ist Zeit, dass ich den Pub übernehme."

„Ach, ist das schon beschlossene Sache?"

„Nicht von meiner Seite."

„Hast du ihm das gesagt?"

„Er hört mir doch sowieso nicht zu", war Aidans ausweichende Antwort.

Vermutlich hat der alte Finn ihn einfach ignoriert, dachte Tygh. *Weil er unbedingt will, dass sein Pub in Familienbesitz bleibt.* Dass Aidan nicht zum Gastwirt taugte, sah doch sogar der blinde Opa Darren von nebenan. Aidans Leidenschaften lagen ganz woanders. *Away with the fairies*, hatte seine Deidre zu ihm immer gesagt, als sie noch lebte. Aidan hatte nur seine Musik im Kopf.

Bevor Tygh das Thema weiter vertiefen konnte, hatte Aidan sich umgewandt und war Richtung Kellertreppe gegangen.

„Ich muss was an der Zapfanlage kontrollieren. Dauert nicht lange."

Tygh sah sich kurz um, als müsse er sich vergewissern, dass er wirklich der einzige Gast im Raum war, dann trank er aus und stellte sich hinter die Theke. Sollte jetzt jemand kommen, würde er ihn mit Small Talk versorgen, bis Aidan sich wieder um die Getränke kümmern konnte.

Er säuberte sein Glas an der Spülanlage und überlegte, ob er sich selbst ein zweites *Pint* zapfen sollte. Schließlich hatte er Finn oft genug dabei zugesehen. Aber vermutlich ließ er es besser bleiben, zumal wenn Aidan sich unten an der Anlage zu schaffen machte. Er bückte sich angestrengt zum Kühlschrank hinunter, öffnete die Tür und griff nach der erstbesten kühlen Flasche, die er greifen konnte. *Bulmers? Dieses Mädchengebräu?* Aber immerhin war Alkohol drin. Wenn er es schon so eilig hatte mit dem Trinken, wollte er jetzt nicht wählerisch sein.

Als Tygh sich mit einem leichten Stöhnen wieder aufrichtete, stand eine junge Frau vor ihm. Vor Schreck hätte er beinahe die Flasche fallen lassen, die ihm, durch das Kondenswasser glitschig geworden, aus den Fingern zu gleiten drohte.

„Hello ... können Sie mir vielleicht weiterhelfen?"

Tygh antwortete nicht. Er war kurzzeitig verstummt. Die Frau war so unversehens im Pub erschienen, als hätte ein heftiger Windstoß sie herein geweht. Ihr halb offener Mantel und die wirren braunen Haare unterstrichen diesen Eindruck. Tygh sah hellgrüne Augen fragend auf sich gerichtet und spürte ein eigenartiges Kratzen im hintersten Winkel seines Gedächtnisses. Das Gefühl verschwand auch nicht, als die Frau weiterredete. Ihr Englisch war tadellos, mit leichtem Akzent, den er schon einmal gehört zu haben glaubte.

„Ich bin auf der Suche nach Finn McNamara."

Mein alter Freund Finn. Was will sie wohl von ihm? Die Frau war Tygh sympathisch. Aber vielleicht schadete es trotzdem nichts, sich erst einmal dumm zu stellen. Bestimmt würde sich alles klären, wenn Aidan zurück war.

„Ní thuigim", antwortete er. *Ich verstehe nicht.* Das würde sie hoffentlich erst einmal bremsen.

Zu seiner Verblüffung blitzte Verstehen in ihren Augen auf. Sie lächelte ihn vage an, bevor sie weitersprach.

"Labhraím Gaelge." *Ich spreche Irisch.*

Damit hatte Tygh nicht gerechnet. Ihm fehlten für einen Moment die Worte. Doch wer seine Muttersprache sprach, konnte seinem alten Freund doch nichts Böses wollen. Außerdem hatte sie den Blick einer Träumerin. Sie würde Finn sicherlich auch gefallen, was immer sie von ihm wollte.

Er machte Anstalten, ihr zu antworten, als er hinter sich Aidans Schritte hörte.

"Aidan", – er hatte wieder ins Englische gewechselt – "die Lady möchte mit deinem Vater sprechen. Kannst du ihr weiterhelfen?"

"—"

"Aidan?"

Er blickte von Aidan zu der Frau und wieder zurück. Beide schienen sich in einer Art Schockstarre zu befinden. Sie sahen sich an, ohne ein Wort zu sprechen.

Liebe auf den ersten Blick? dachte Tygh. Aber irgendetwas sagte ihm, dass es nicht so war. Wieder kratzte es im hintersten Winkel seines Gedächtnisses. Etwas wie Panik stieg in ihm hoch. Mit einem Seitenblick auf die junge Frau dachte er, *ich will es eigentlich gar nicht so genau wissen*. Er knallte die Flasche Bulmers auf den Tresen und verließ den Pub und die junge Frau, deren Anblick ihn so merkwürdig aufgewühlt hatte.

„Anu?" Aidan hatte sich wieder gefangen, auch wenn ihm nicht klar war, woher er auf einmal diesen Namen hatte. Die Frau starrte ihn immer noch fassungslos an. Hilfesuchend sah er sich nach Tygh um, doch der hatte sich bereits wortlos und türenschlagend aus dem Staub gemacht. Von ihm konnte er keine Hilfe erwarten.

„Wir kennen uns, nicht wahr?", tastete Aidan sich weiter. Keine Antwort. Dann fiel ihm ein, dass er vorhin, auf der Kellertreppe, Tygh hatte Irisch reden hören. Das kam nur selten vor, und nur dann, wenn Tygh sich mit einem seiner alten Freunde traf. Doch hier war ja niemand. Nur die junge Frau.

Es kam auf einen Versuch an.

„Tá aithne agat orm?"

„Tá a fhios agam", anwortete sie. *Ja, ich kenne dich.*

Er nahm sich Zeit, sie zu betrachten. Die torfbraunen Haarsträhnen, die meergrünen Augen, der verträumte Blick. Der Name *Anu*, der so plötzlich aufgetaucht war. Er hatte mal eine Anu gekannt. War sie nicht seine Schwester gewesen? Für ein paar vergessene Sommer lang … War sie es, die jetzt vor ihm stand, wie eine Erscheinung aus einer anderen Zeit?

Die Frau öffnete ihren Mund, und Aidan erstarrte.

„Óho óho óho mo leana
Óho mo leana agus codail go fóill… "

Er sah sie mit einem Mal vor sich, im Garten des Pubs. Das kleine Mädchen, das den Feen ein Schlaflied vorgesungen hatte. *Anu.*

Aber das kann doch nicht sein ….

Die Frau verstummte. Ihr Blick schien sich zu verändern, als hätte jemand einen durchsichtigen Schleier von ihren Augen gezogen und sie damit aus einem tiefen Schlaf geweckt. Sie sah ihn einen Moment an, und Aidan erschien es, als wäre das plötzliche Erkennen aus ihren Augen verschwunden. Ihr Gesichtsausdruck wechselte ins Panische, bevor sie auf dem Absatz kehrtmachte und Richtung Ausgang flüchtete.

Aidan hatte sich nicht von der Stelle gerührt. Sie war es. Da war er sich ganz sicher. Zumindest bis zu dem Augenblick, als ihre Augen plötzlich einen anderen Glanz anzunehmen schienen. Kurz bevor sie geflüchtet war.

Ihr war, als wäre sie Anu, und auch wieder nicht. *Wie ist das möglich?*

Draußen regnete es noch immer. Der leichte Sprühregen hatte sich in einen noch feineren *drizzle* verwandelt, der einem unmerklich unter den Mantelkragen kroch, wo er sich dann feuchtkalt um den Hals legte. Dazu wehte ein böiger Wind vom Atlantik, der jeden Gedanken an einen Regenschirm im Keim erstickte.

Tygh zog seinen Mantel fester um sich. Nach dem eigenartigen Vorfall mit der jungen Frau im Pub hatte er nur noch daran gedacht, möglichst schnell von dort wegzukommen, und stand jetzt etwas verloren auf der Straße.

In Gedanken versunken, schlug er automatisch den Weg zum Friedhof ein. Er wusste, was das hieß. Obwohl er das Grab seiner Frau auch sonst regelmäßig besuchte, war ihm schon früher aufgefallen, dass er vor allem dann seinen Weg dorthin fand, wenn etwas seine Gedanken beschäftigte. So wie jetzt.

Wer ist die Frau? Irgendwas hat sie an sich, das mir bekannt vorkommt.

Das war natürlich Unsinn. Tygh hatte sie noch nie hier im Ort gesehen. Und auch wenn er in jungen Jahren viel gereist war – sie war zu jung, um ihm irgendwo anders damals schon begegnet zu sein. Es musste also eine andere Verbindung geben. Sie wollte ihm nur nicht einfallen.

Tygh betrat den Friedhof, noch immer in Gedanken. Sonst hatte er immer einen Blick für die morbide Schönheit der Anlage. Er nahm mit Vorliebe den längeren Weg, der mit keltischen Hochkreuzen und altehrwürdigen Bäumen gesäumt war. Auch heute schlugen seine Füße diesen Weg ein. Den Kopf gegen den Nieselregen eingezogen, schenkte er seiner Umgebung jedoch keine Beachtung. Vor Deirdres Grab blieb er stehen. Er schaute auf den Blumenstrauß, den zwei Wochen irisches Schmuddelwetter in ein klägliches Büschel verwandelt hatten, und beschloss, beim nächsten Mal wieder ihre Lieblingsblumen mitzubringen.

Deirdre, mon chroì. Wie sehr ich dich vermisse. Er sprach es nicht aus. Er sprach überhaupt nie laut mit seiner Frau. Die anderen Verstorbenen ging es schließlich nichts an, was er und Deirdre zu bereden hatten. Und auch wenn der alte Tygh auf Konventionen und die Meinung anderer Leute nichts gab, so wäre er sich doch komisch vorgekommen, auf dem Friedhof mit sich selbst zu sprechen. *Mad as a hatter*, alter Spinner, würden die anderen im Dorf über ihn sagen. *Hatte schon das ein oder andere Guiness zuviel.*

Heute hätte ich dich gut gebrauchen können, fuhr er fort. *Du hättest mir sicher gleich sagen können, woher ich die junge Frau kenne. Oder an wen sie mich erinnert. Aidan hat sie gleich erkannt, weiß du. Hat ein Gesicht gemacht, als hätte er einen Geist gesehen. Vielleicht sollte ich Aidan einfach fragen, was meinst du?*

Aber schließlich hatte es einen Grund, warum er den Pub so überstürzt verlassen hatte. Etwas hatte die Frau in ihm berührt, das er nicht in Worte fassen konnte oder wollte. Er war einer Erinnerung auf der Spur. Und doch schreckte er vor ihr zurück. Sein Unterbewusstsein schien schon zu wissen, wo die Verbindung lag, er aber scheute noch davor zurück, es an sich heranzulassen.

Hilf mir, es auszusprechen. Bitte.

Stille umgab ihn. Er atmete tief ein, schloss für einen Moment die Augen.

Sie erinnert mich an sie. *Damals, weißt du.*

Anders als sonst bekam er dieses Mal keine Antwort. Deirdre schwieg. Ihm war bewusst, dass sie allen Grund dazu hatte, gerade jetzt zu schweigen. Tygh sah ein, dass das Zwiegespräch mit einer Toten ihm nicht weiterhelfen würde. Er wusste, mit wem er als nächstes sprechen musste, um eine Last loszuwerden, die schon Jahrzehnte auf ihm ruhte.

310

„Lässt du dich auch mal wieder blicken."

Finn McNamara hatte die Tür seiner Wohnung geöffnet. Er wirkte blass und schien sich noch nicht wieder ganz von seiner schweren Grippe erholt zu haben, die ihn seit drei Wochen vom Tresen des *McNamara's* fernhielt. Seine Knurrigkeit aber hatte offenbar nicht gelitten. Tygh ignorierte Finns wenig einladende Begrüßung.

Er war in Versuchung gewesen, sich mit einem weiteren Pint die Kehle zu befeuchten, bevor er Finn aufsuchte. Das hätte ihm sicherlich die Zunge gelockert und seine Nervosität gemindert. Er hatte aber Sorge, dass er im Pub wieder auf die Frau stoßen würde. Und für das, was er seinem Freund zu erzählen hatte, war noch mehr Alkohol unklug.

Hast wohl wieder zu viel gesoffen, würde Finn sagen. Und Tygh würde es ihm nicht einmal verübeln. Er würde seine eigene Geschichte auch nicht glauben.

„Wie geht's dir, alter Junge?" Sie standen in Finns geräumiger Wohnküche. Der uralte Wasserkocher blubberte bereits vor sich hin für die obligatorische Tasse Tee. Tygh sah sich um und registrierte den Grad an Vernachlässigung, den wochenlange Krankheit mit sich brachte, wenn man allein lebte. Bestimmt war Finn zu stolz, sich auch noch von Aidan in der Wohnung helfen zu lassen.

„Wie soll's mir schon gehen." Finn hatte Tygh den Rücken zugekehrt und goss das Teewasser mit zu viel Schwung auf die losen braunen Blätter in den angestoßenen Tassen. Das kochend heiße Wasser schoss über den Tassenrand und tropfte auf seine Finger.

„*For fuck's sake*." Der Fluch kam von Herzen.

Tygh schwieg und wartete ab, bis sein Freund sich beruhigt, seine Hände unter kaltes Wasser gehalten, dem Tee einen Schuss Milch hinzugefügt und ihm schließlich eine Tasse gereicht hatte.

Finn schien die Förmlichkeit des „guten" Wohnzimmers für unnötig zu halten und setzte sich an den abgenutzten Küchentisch. Tygh nahm auf der Bank ihm gegenüber Platz. Er tat für ein paar Augenblicke so, als wären die dunklen Ringe auf dem alten Eichenholz von Generationen feuchter Teetassen interessanter als alles andere. Schweigen war schon immer ein wichtiger Bestandteil ihrer Freundschaft gewesen. Finn musste man Zeit lassen. Schließlich wurde Tyghs Geduld belohnt.

„Macht seine Sache ganz gut, der Junge.“

„Aidan?“

„Wer sonst. Ich war gestern mal unten im Pub. Steht noch alles.“ Aus Finns Mund klang es wie das höchste Lob, das er vergeben konnte.

Schade nur, dass du das deinem Sohn nicht selbst sagst, dachte Tygh, sprach es aber nicht aus. Stattdessen fragte er, „Kümmert er sich auch um dich?“

„Er versucht's zumindest.“ Zum ersten Mal zeigte sich die Andeutung eines Lächelns auf Finns Gesicht. „Aber ich komm schon allein zurecht. Bin ich die letzten 15 Jahre ja auch?“

Zurechtgekommen vielleicht. Aber warst du seit Ruths Tod jemals wieder richtig glücklich? Auch das sagte Tygh nicht laut. Er wollte Finn nicht mit unliebsamen Fragen konfrontieren, die ohnehin zu nichts führen würden.

„15 Jahre ist das schon wieder her …“, sagte er wie nebenher, während er an der heißen Flüssigkeit nippte. „Wie die Zeit vergeht …“

„Was willst du, Tygh?“

„Darf ich nicht einmal nach meinem alten Freund sehen?“ Tygh sah gespielt gekränkt über den Rand seiner Tasse.

„Du schaffst es doch sonst nie hier her. Bleibst immer im Pub hängen.“

„Beschwer dich nicht. Ohne mich hättest du schon längst schließen müssen.“

Sie grinsten einander an.

„Und, sagst du mir jetzt, was los ist?" Finn sah ihn prüfend an.

Tyghs sorgfältig zurechtgelegte Einleitung hatte sich mit dem heißen Dampf aus der Teetasse verflüchtigt. Er sagte das Erstbeste, was ihm einfiel, und was ihn hoffentlich irgendwie zu seinem heiklen Thema bringen würde.

„Ich war gestern an Deirdres Grab", begann er.

„Wirst auf deine alten Tage noch sentimental, hm?"

„Ich besuche sie oft. Ich rede nur nicht darüber", sagte Tygh.

„Und warum jetzt?"

„Ich hab vorhin eine Frau im Pub unten getroffen, Finn."

„Was hat das mit Deirdre … Oh warte." Finn zwinkerte ihm zu, aller Missmut schien kurzzeitig vergessen. „Du magst sie? Und jetzt brauchst du Deirdres Segen?"

„Ich wünschte, es wäre so einfach, alter Freund." Tygh seufzte, trank ein paar Schlucke seines Tees und stützte den Kopf in die Hände.

„Wo liegt das Problem? Ist sie zu jung? Könnte sie deine Tochter sein?" Finn war jetzt in Fahrt gekommen, hatte sich an der Idee festgebissen. „Hast du schon mit ihr gesprochen?"

„Ja, habe ich." Tygh sah in seine Teetasse, dann Finn direkt in die Augen, bevor er aussprach, was er bleischwer mit sich herumtrug.

„Und ich glaube, sie ist meine Tochter."

Wo könnte sie hingelaufen sein, fragte sich Aidan. Nachdem die junge Frau das *McNamaras* fluchtartig verlassen hatte, war er eine gefühlte Ewigkeit bewegungslos hinter dem Tresen stehengeblieben, ein halb abgetrocknetes Bierglas und ein Geschirrtuch vergessen in der rechten Hand haltend. Er stand so lange dort, bis er daran zu zweifeln begann, die Frau wirklich gesehen zu haben. Vielleicht hatte ihm seine Vorstellungskraft einen Streich gespielt? Vielleicht hatte er sich eingebildet, sie sähe Anu ähnlich? Anu, an die zu denken er jahrelang verdrängt hatte, so lange, bis die Erinnerung an sie verblasst war. Gut möglich, dass er jetzt eine Ähnlichkeit sah, wo keine war.

Aber warum singt diese Frau dann plötzlich ein Kinderlied, dass ich von früher kenne? Warum verhält sich Tygh so, als hätte er einen Geist gesehen? So schnell habe ich ihn noch nie aus dem Pub laufen sehen. Woher kommt dieses Gefühl, dass es Anu sein muss, wenn ich sie doch nie als Erwachsene gesehen habe?

Wer die Frau wirklich war, würde er jedenfalls nicht herausfinden, indem er hier stehenblieb und immer die gleichen Gedankengänge aufpolierte, wie das Glas in seiner Hand.

Ich muss ihr nachgehen und mit ihr sprechen. Was immer dabei herauskommt, es ist besser, Gewissheit zu haben, als mich mit Spekulationen verrückt zu machen.

Aidan sah sich um. Seit Tygh gegangen war, hatten keine weiteren Gäste den Pub betreten. Das würde wohl auch in der nächsten Stunde so bleiben. Entschlossen stellte er das blitzblanke Glas ins Regal zurück, verließ den Pub und hing das „Closed"-Schild an die Tür. Aufs Geratewohl schlug er den Weg Richtung Zentrum ein. Irgendwo würde die Frau übernachten müssen, und die meisten Unterkünfte befanden sich entlang der Hauptstraße des kleinen Ortes.

Als Aidan in die Hauptstraße einbog, sah er, dass seine Intuition ihn nicht betrogen hatte. In einiger Entfernung sah er sie. Er konnte von weitem nicht erkennen, ob sie immer noch so aufgebracht war wie zu dem Zeitpunkt, als sie aus dem Pub gestürmt war, aber zumindest schien sie ihren Schritt verlangsamt zu haben. Er würde sie bald einholen und in Ruhe mit ihr sprechen können. Vielleicht würde er sie auf eine Tasse Tee ins *Mug 'n Muffins* einladen. Schwarztee und ein vor Schokolade triefender, noch warmer Brownie hatten bisher noch jedes Gemüt beruhigt.

Bevor Aidan seinen Schritt beschleunigen und seinen Plan umsetzen konnte, musste er jedoch mit ansehen, wie ihm jemand zuvorkam. Ein Mann hatte Anu angesprochen. Wo war der jetzt auf einmal hergekommen? Aidan ging ein paar Schritte weiter, entschlossen, sich nicht von seinem Vorhaben abbringen zu lassen, als er plötzlich innehielt.

Der Mann war sein Vater.

Was hatte Finn nach mehrwöchiger Grippe jetzt auf einmal nach draußen getrieben? Aidans Vater war kein Mann, der einfach aus Spaß spazieren ging. Er musste schon einen bestimmten Grund haben. Wenn er wieder Lust auf Gesellschaft verspürte, nachdem er so lange bettlägerig gewesen war, hätte er ja einfach ins Pub gehen können. Dann fiel Aidan ein, dass er selbst ja den Pub vorhin geschlossen hatte, also auch keine Gesellschaft da wäre. Vermutlich würde er sich nachher von Finn wieder was anhören dürfen, „entgangene Geschäfte" oder etwas in der Richtung.

Finn war auch kein Mensch, der junge Frauen einfach so auf der Straße ansprach. Obwohl er im Pub für jeden ein freundliches Wort übrig hatte und, im Gegensatz zu Aidan, Spaß am Smalltalk mit seinen Kunden hatte, war es etwas ganz anderes für ihn, außerhalb des Pubs mit Fremden ins Gespräch zu kommen.

Aber vielleicht ist diese Frau ja keine Fremde für ihn?

Es gab nur einen Weg, das herauszufinden. Er würde zu ihnen gehen, sie ansprechen und klären, woher sie sich kannten oder ob dies eine Zufallsbegegnung war. Doch etwas hielt Aidan davon ab. Nicht nur, dass Finn sich wundern würde, warum er nicht hinter der Theke stand, und ihm dann Vorhaltungen machen, das Gespräch in völlig andere Bahnen lenken würde. Darauf konnte er gut verzichten. Er hatte auch das unbestimmte Gefühl, dass er das Gespräch nicht stören dürfte. Was immer es war, worüber die Frau mit seinem Vater sprach, er würde es später herausfinden, wenn es wichtig war. Wenn er ehrlich mit sich selbst war, wollte er Anu jedoch allein sprechen. So verschreckt, wie sie vorhin davongelaufen war, wäre sie vielleicht damit überfordert, wenn er jetzt gleich wieder auftauchte und Fragen stellte, im Beisein seines Vaters.

So stand Aidan unschlüssig herum, bis ihm die Entscheidung aus der Hand genommen wurde. Sein Vater verabschiedete sich und ging weiter die Straße hinunter, bis er in einiger Entfernung in eine Nebenstraße abbog.

Aidan setzte sich in Bewegung. Die Frau stand noch immer am gleichen Fleck, den Blick starr geradeaus gerichtet, aber so, als würde sie nicht wirklich etwas sehen. Erst als Aidan bis auf wenige

Schritte herangetreten war, sah sie sich über ihre Schulter um und nahm ihn wahr.

„Dia dhuit", hörte er sich sagen. Es klang wie eine Frage.

Sie antwortete nicht gleich, sondern schien durch ihn hindurchzublicken, als wäre sie in Gedanken woanders. Dann sah sie ihn unvermittelt an. Ihr Ausdruck war derselbe wie der, mit dem sie Aidan im Pub angesehen hatte.

„Hallo, Aidan", antwortete sie auf Irisch.

Aidan konnte den Blick nicht von ihr abwenden. Etwas hatte sie an sich, dass ihn an einer tief im Inneren vergrabenen Stelle traf.

Schwester, dachte er, sagte es aber nicht laut. Es klang irgendwie richtig, auch wenn ihm nicht klar war wieso. Was sollte er ihr jetzt sagen, das sich nicht völlig verrückt anhören würde?

„Anu?", versuchte er es zögerlich.

„Ja... nein … ich weiß nicht. Eigentlich heiße ich Penelope." Es klang, als wäre sie sich ihres eigenen Namens nicht sicher. Der Name *Penelope* kam Aidan vage bekannt vor, aber für den Moment konnte er sich keine weiteren Gedanken darum machen. Doch der Name *Anu* war ein Bindeglied zwischen ihnen, dessen war er sich ganz sicher.

„Du bist nicht zum ersten Mal hier", tastete er sich weiter.

„Das versuche ich herauszufinden."

„Worüber hast du mit meinem Vater gesprochen?"

Anu antworte nicht gleich. Sie sah auf ihre Fußspitzen, die Hände in den Taschen ihres Parkas vergraben. Vom Wind verwehte Haarsträhnen verdeckten ihre Augen, so dass es unmöglich war zu ahnen, was sie dachte. Aidan konnte sie nur anstarren. Es schien ihr unendlich schwer zu fallen, eine Antwort zu finden. Als wäre das, was sie zu sagen hatte, so groß und schwer, dass sie die Worte einzeln hochheben musste, so viel Gewicht hatten sie.

Dann purzelten die Worte plötzlich aus ihr heraus, polterten auf den Boden und türmten sich zwischen ihnen auf.

„Finn weiß vielleicht etwas über meinen Vater."

Aidan sah, wie sich Anu die Haare aus dem Gesicht strich. Eine vernarbte Stelle über ihrem linken Ohr wurde sichtbar, die von einem Wirbel nachwachsender Haare nur notdürftig verdeckt wurde. Die vernarbte Stelle war nichts, was er mit Anu verband – doch über ihrer Augenbraue gab es eine weitere, winzige Narbe, kaum sichtbar, bei deren Anblick er sofort dachte, *ich weiß, wo sie die herhat.* Tausend Fragen brannten in ihm. Er hatte die Vermutung, dass sie viele nicht würde beantworten können. Dass sie selbst auf der Suche nach ebendiesen Antworten war. Vielleicht würden sie einander helfen können.

„Lass uns einen Tee trinken gehen ... Anu", sagte er.

„Und wohin gehen wir?"

Anu hatte sich bei Aidan untergehakt, während sie die Straße entlang Richtung Ortszentrum gingen. Es war eine so selbstverständliche Geste, als hätten sie sich gestern erst gesehen. *Schwester*, dachte Aidan zum wiederholten Male, und fühlte sich, als wäre er einer Lösung um das Rätsel Anu gleichzeitig ganz nah und doch unerreichbar fern. *Schwester*, das konnte doch nicht sein. Seine Mutter hatte nach ihm keine Kinder mehr bekommen können. Doch wieso kehrte er dann immer wieder zu diesem Wort zurück?

Anu stupste ihn leicht in die Seite, mit einer Vertrautheit, die ihn erneut aus der Bahn warf. Verspätet fiel ihm ein, dass er noch nicht auf ihre Frage geantwortet hatte.

„Ins Mug 'n Muffins", sagte er. Es war eines seiner Lieblingscafés, auch wenn es seit dem Tod von Tyghs Frau Deirdre nicht mehr dasselbe war. Früher war er ständig bei Deirdre im Laden gewesen, hatte ihr beim Töpfern zugesehen oder beim Backen geholfen. Ab und zu erlaubte Tygh ihm sogar, in einer Ecke des Cafés die Gitarre zupfen, während er selbst hinter der Theke stand und die Gäste mit Smalltalk und Kuchen versorgte.

Etwas wehmütig dachte Aidan gelegentlich daran zurück. Aber er mochte die beiden jungen Frauen, die das Café übernommen hatten. Tygh hatte es nach Deirdres Tod noch eine Weile weitergeführt, ohne die Töpferei, doch er war nicht mehr mit demselben Enthusiasmus bei der Sache, und auch Aidan durfte immer weniger Gitarre in seinem Café spielen, so als könne Tygh die Musik nicht länger ertragen. Eines Tages hatte er einfach beschlossen, das Café aufzugeben und ansonsten von seinem kargen Ersparten zu leben. Es hatte lange gedauert, bis er überhaupt wieder Gesellschaft in Finns Pub suchte, von dem Café sprach er jedoch nie wieder. Das Mug 'n Muffins war noch eine Weile geschlossen und hinterließ ein Gefühl von Leere bei Aidan, wann immer er daran vorbeikam. Dann waren eines Tages Saoirse und Nola in den Ort hereingeschneit wie eine frische Brise. Sie hatten das Mug 'n Muffins in Sturm erobert, buken himmlische Lemon Pies und Carrot Cakes und eröffneten sogar wieder die Töpferei, die zu einem Marktplatz für Künstler aus ganz Donegal wurde.

Penelopes Blick streifte ihn von der Seite. „Das Café gehört Tygh?" Er hörte die Anspannung in ihrer Stimme. Sie klang wie jemand, der kurz davor war, die letzten Puzzleteilchen zusammenzufügen.

„Früher einmal gehörte es Tygh und seiner Frau Deirdre." Inzwischen waren sie beim Café angekommen. Im Erdgeschoss mussten sie den Laden durchqueren, um zur Treppe in den ersten Stock zu gelangen. Anus Blick streifte die liebevoll getöpferten Gegenstände mit einem Seitenblick; sie schien jedoch noch das eben Gehörte zu verarbeiten. Langsam erklommen sie die Treppe und betraten das kleine Café. Es war eigentlich zu jeder Tageszeit gut besucht, heute jedoch hatten sie Glück und bekamen einen ruhigen Tisch in der Ecke.

„Ich kann den Schokobrownie empfehlen", sagte Aidan. „Den magst du doch so gerne."

Sie sah ihn an, mit tausend Fragezeichen im Gesicht. „Das stimmt", sagte sie dann leise. „Und einen Schwarztee. Mit Milch."

Aidan ging kopfschüttelnd an die Theke und bestellte. Für Anu den Schokobrownie, für sich den Lemon Pie und für sie beide eine Kanne Schwarztee. Saoirse lächelte ihm zu, während sie die Kuchen aus der Theke nahm und auf Tellern anrichtete.

„Eine Freundin von dir?"

Sie sagte es nicht unfreundlich, sondern lediglich in einem Tonfall milder Neugier. Aidan hatte bei seinen letzten Cafébesuchen den Eindruck gewonnen, dass Saoirse insgeheim an ihm interessiert war. Zumindest, wenn er danach ging, dass sie es meist so einrichtete, ihn bedienen zu können, und er auf seinem letzten Cappuccino ein Kakaoherz auf dem Milchschaum vorgefunden hatte. Vielleicht bildete er sich das aber auch nur ein. Aidan gestand sich selbst ein, dass er für derartige *love vibes*, unverhohlen oder nicht, meist viel zu abwesend war. Daher war er auch jetzt nicht sicher, ob es sich bei Saoirses Frage um reine Neugier oder um das Abchecken einer Rivalin ging.

„Alte Bekannte" erschien ihm eine unverfängliche Antwort, und er lächelte vage zurück, während er zahlte und das Tablett mit den Köstlichkeiten entgegennahm. Er mochte Saoirse, ihr kehliges Lachen, wann immer ihre Kollegin einen Witz machte, den Schwung ihrer erdbeerblonden Haare, die Sommersprossen auf der Nase. Das alles glitt jedoch heute an ihm ab, während er noch dachte, *Anu ist wohl alles andere als eine alte Bekannte*.

Zurück am Tisch verteilte er Teller und Tassen und goss den Tee ein. Anu gab einen Schluck Milch hinzu, machte jedoch keine Anstalten, zu trinken oder von dem Brownie zu probieren. Sie saß einfach nur da, die Hände um die warme Tasse gelegt. Ihre Augen wandern im Raum umher, als würden sie nach etwas Erkennbarem suchen, etwas, das eine Erinnerung auslösen würde.

„Bhí mé anseo roimhe seolch." *Ich war früher schon einmal hier.*

Es klang beinahe wie eine Frage. „Dass ich jetzt Irisch spreche, sagt mir, die Umgebung muss etwas mit früher zu tun haben. Doch ich kann mich nicht an diesen Raum erinnern. Nicht.... so." Sie griff zur Gabel und schob sich automatisch ein Stück Brownie in den Mund. Für einen Augenblick war die Verwirrung in ihrem Gesicht einem genießerischen Ausdruck gewichen. „Köstlich!" Das Wort kämpfte sich durch die Browniereste in ihrem Mund nach draußen. Aidan musste unwillkürlich an ein kleines Mädchen denken, deren Mutter es immer dafür gerügt hatte, mit vollem Mund zu sprechen. Wann war das gewesen?

Aidan kehrte zu Anus Bemerkung zurück. „Das Café existiert schon seit einigen Jahren", sagte er, „doch es wurde in den späten Achtzigern neu gestaltet. Früher war die Töpferei im oberen Stockwerk. Deirdre fand irgendwann, dass es fürs Geschäft einträglicher ist, wenn die Cafégäste unten erstmal durch den Laden gehen müssen."

Anu schloss kurz die Augen, als versuchte sie sich den Raum vorzustellen, wie er früher einmal war.

„Waren wir zusammen hier?", fragte sie schließlich.

„Ich weiß es nicht", gestand Aidan. Wenn es um Anu ging, besaß er überhaupt keine Gewissheiten. Er trank einen Schluck Tee und wandte sich dem frisch gebackenen Lemon Pie zu. Eine Weile aßen sie schweigend; Aidan fühlte sich, als wäre noch längst nicht alles gesagt. Aber für den Moment genoss er einfach das Zusammensein, ohne Fragen und

Unsicherheiten. Kuchenessen und Tee trinken, nur genießen und nicht nachdenken.

„Kann ich euch noch was bringen?", unterbrach Saoirses fröhliche Stimme das Schweigen.

Anu blickte auf ihre leere Tasse.

„Te eile, le do thoil", sagte sie dann. *Noch einen Tee, bitte.*

„Ar ndóigh." *Natürlich.* Saoirses Antwort kam, ohne zu zögern. Sie nickte Anu freundlich zu und wandte sich dem nächsten Gast zu, nicht ohne allerdings Aidan im Weggehen noch beinahe unmerklich zuzuzwinkern.

„Taitníonn sí leat." *Sie mag dich.* stellte Anu fest. Die irischen Worte gingen ihr jetzt leichter von den Lippen als noch vorhin auf der Straße. Beinahe, als wäre sie mit jeder Minute mehr in ihrem Element. Aidan fühlte mehr, als er wusste, dass ihrer beider Verbindung in der Vergangenheit liegen musste. Vielleicht würde all das Wissen über die Art ihrer Beziehung mit der Zeit kommen, je länger sie beisammen waren. Er spürte regelrecht, wie ein Detail genau jetzt zutage trat.

„Deine Narbe", sagte er unvermittelt.

„Was meinst du?" Sie sah ihn erstaunt an, griff mit den Fingern in ihre Haare, bis die Operationsnarbe unter den kurzen Haaren über ihrem Ohr sichtbar wurde.

„Die andere." Aidan berührte schüchtern die kleine Narbe über ihren Augenbrauen, zog seine Hand schnell zurück. „Du bist als kleines Kind im Pub gestolpert und mit der Stirn an eine Tischkante gestoßen. Dr. Murphy musste dich nähen."

Sie sah ihn nur an, sprachlos, und hinter ihrer Stirn schienen zahllose Gedanken vorbeizufliegen. Er wollte weitersprechen, wurde jedoch unterbrochen.

„Aidan."

Im selben Moment, als Saoirse mit einer frisch gefüllten Kanne Tee an ihren Tisch herantrat, war noch eine andere Person hinzugekommen.

„Tygh."

Neben sich hörte Aidan, wie Anu scharf die Luft einzog. Sie hatte ihre eben frisch gefüllte Teetasse mit einem lauten Klirren abgestellt. Die Teepfütze, die sich auf der Untertasse gebildet hatte, schien sie nicht einmal zu bemerken. Aidan sah, wie ihre Hände zitterten.

„*Du* bist Tygh?", fragte sie. Ungläubigkeit lag in ihrer Stimme. *Natürlich*, dachte Aidan, *die beiden sind sich ja vorhin im Pub schon das erste Mal begegnet. Aber das allein bringt sie doch nicht so aus der Fassung? Und wieso klingt sie so, als würde sie ihn kennen, oder zumindest seinen Namen schon gehört haben?*

Auf das, was Anu als nächstes sagte, war Aidan nicht vorbereitet.

„Hast du meine Mutter gekannt?" Sie hatte wieder ins Englische gewechselt. Aidan sah, dass ihre

Hände aufgehört hatten zu zittern und ihr Gesichtsausdruck kühler geworden war.

Tygh, der zuerst keine Anstalten gemacht hatte, sich zu setzen, zog einen Stuhl an den Tisch heran und ließ sich schwer darauf fallen. Sein Gesicht war fahl, selbst seine Augen hatten jegliche Farbe und Lebendigkeit verloren.

„Du weißt es also schon."

„Ich weiß gar nichts, Tygh. Alles, was ich habe, sind Fragen, Vermutungen und noch mehr Fragen. Wirst du sie mir beantworten?"

„Ich glaube, deine Mutter sollte sie dir beantworten, Penelope."

Bei dem Namen sah sie ihn scharf an. Aidan sah die unausgesprochene Frage in ihren Augen. Woher kannte Tygh ihren Namen? Sie schien die Frage hinunterzuschlucken, als würde sie sich der Antwort nicht stellen wollen. Stattdessen sagte sie nur „Meine Mutter ist aber nicht hier."

„Sie wird herkommen", sagte Tygh. Es klang merkwürdig tonlos.

„Wann?"

„Morgen."

Aidan hatte dem Gespräch fassungslos zugehört. Woher wusste Tygh, wann *Penelopes* Mutter kommen würde? Standen sie in Kontakt? Kannte er sie von früher, so wie Aidan Anu von früher kannte? Wie hing das alles zusammen?

Von Tygh würden sie jedoch keine Antworten bekommen. Tygh sah aus, als wäre schon das wenige, das er gesagt hatte, zu viel für ihn. Er schien nicht zu wissen, wohin er schauen sollte, und hielt den Blick beharrlich auf die Tischplatte gesenkt. Aidan entging nicht, dass er hin und wieder verstohlen zu Penelope schielte. Aber er sagte kein Wort mehr.

Es war Saoirse, die schließlich das unbehagliche Schweigen durchbrach.

„Was kann ich dir bringen?" Sie sah Tygh direkt an, der wie aus einer Trance zu erwachen schien.

Dann schob er den Stuhl mit einer so heftigen Bewegung zurück, dass dieser mit einem kleinen Knall an der Wand anschlug, und verschwand ebenso unvermittelt, wie er gekommen war.

Er hinterließ eine ohrenbetäubende Stille am Tisch. Aidan spürte Penelopes eiskalte Finger, die sich in seine Hand geschoben hatten. Der Druck ihrer Hand war wie ein stummer Hilferuf. Er konnte nichts weiter tun als ihre Finger zu umschließen und die Stille auszuhalten.

„Hier bist du."

Aidan sah auf; er war so in Gedanken versunken gewesen, dass er nicht gehört hatte, wie eine weitere Person an den Tisch getreten war. Ein älterer Mann, groß gewachsen, blitzblaue Augen, ein Ehrfurcht gebietender Bart. Bei dem Blick, den er Penelope zuwarf, fiel Aidan unwillkürlich das Wort *beschützen* ein. Die Stille, die bis eben noch am Tisch geherrscht hatte, schien plötzlich etwas von ihrer durchdringenden Kraft verloren zu haben.

Penelope schien es ähnlich zu gehen. Ihre Hand löste sich aus der seinen; ihre Schultern entspannten sich. Aidan entging jedoch nicht, dass die Gefasstheit nur oberflächlich war.

„Aidan, das ist Oren. Oren, Aidan." Sie machte eine etwas hilflose Geste. Stockte kurz, bevor sie weitersprach. Als wüsste sie nicht recht, wie sie viele sperrige Details in ein paar dürre Sätze verpacken sollte.

„Oren hat mich bei der Suche nach dem Pub McNamara unterstützt. Ohne ihn wäre ich nicht hier."

Oren schwieg, doch sein Gesicht sprach Bände. *Nun übertreib mal nicht.*

Kein Mann vieler Worte, dachte Aidan. *Ist mir sympathisch.*

Nun öffnete Oren doch den Mund. „Das ist das Café, von dem Brianna gesprochen hat?"

Aidan wusste nicht, wer Brianna war, fühlte sich jedoch bemüßigt, etwas zu sagen.

„Das Café gehörte bis vor ein paar Jahren Deirdre und Tygh O'Connor."

Er sah den Blick zwischen den beiden, als hätte seine Aussage nur etwas bestätigt, was sie schon wussten. Aidan fügte hinzu „Tygh war übrigens hier. Er ist Ihnen bestimmt eben vor dem Café begegnet."

„Hat mich fast über den Haufen gerannt", brummte Oren. Er kramte umständlich in der Innentasche seines Parkas und zog einen

Briefumschlag hervor. „Und das hier hat er auch noch verloren."

Penelope griff mit zitternden Fingern nach dem Umschlag. Ihr Gesicht hatte sich schlagartig verdunkelt, wie verschütteter Schwarztee. Der Brief drohte ihr beinahe aus den zitternden Fingern zu gleiten.

„Das ist die Handschrift meiner Mutter", sagte sie tonlos.

Zwei Stunden war es jetzt her, dass Theo sich von Brianna Marsh verabschiedet hatte. Zwei Stunden, und er hätte nicht zu sagen gewusst, wie er sich auf den Verkehr hatte konzentrieren können. Wie er unbewusst immer der säuselnden Stimme aus dem Navi gefolgt war, ohne wirklich etwas aufzunehmen. Wie automatisiert war er einfach gefahren, immer weiter, hatte die Ortschaften an sich vorüberziehen lassen, ohne einen Blick dafür zu haben. Ballindine, Knock, Charlestown, Curry, Longhill, Cranmore verschmolzen zu einem einzigen Ortsbild, einer Aneinanderreihung bunt gestrichener Häuser, Post Offices, SPAR-Märkte und Pubs. Erst in Sligo war Theo wie aus einer Trance erwacht.

Ich sollte eine Pause machen, dachte er. Wem nützte es, wenn er wie gehetzt gen Norden fuhr, den Kopf zu voll und die Sinne nicht beim Straßenverkehr. Er kehrte Sligos Stadtleben den Rücken und fuhr noch ein Stückchen weiter, nach

Bandoran. Ein kleines Küstenstädtchen, herausgeputzt für Touristen, das direkt auf seinem Weg lag. Hier würde er sich am Strand die Beine vertreten und den Kopf klarbekommen. Als er sein Auto verließ, packte ihn sofort eine Windböe und trieb ihn energisch in Richtung Meer. Der Wind hatte sein Gutes: Er blies so laut, dass Theo seine aufgewühlten Gedanken beinahe nicht mehr hören konnte. Ein paar Schritte später jagte ihn jedoch ein unerwarteter Wolkenbruch in eines der Strandcafés, die wie an einer Perlenkette aufgereiht um die Aufmerksamkeit der Gäste buhlten.

Mechanisch bestellte er eine Kanne Tee. Erst als dieser dampfend vor ihm stand und er einen vorsichtigen Schluck genommen hatte, fiel ihm auf, wie hungrig er war. Kaum wusste er noch, wann er zuletzt etwas gegessen hatte. Brianna Marsh jedenfalls hatte ihm nichts angeboten, auch wenn er lange genug bei ihr gewesen war. Er bestellte noch ein paar Scones zu seinem Tee.

Die knusprigen Scones mit der cremigen Clotted Cream fühlten sich tröstlich in seinem Mund an. Er konzentrierte sich auf die sahnige Süße, die sich in ihm ausbreitete, die warme Bitterkeit des Schwarztees, das einlullende Gemurmel der wenigen anderen Gäste.

„Dass ich dich hier treffe, Theo."

Die Stimme war so vertraut, dass Theo sich zunächst gar nicht fragte, wieso sie nicht an diesen

Ort gehörte. Zuletzt hatte er sie in Galway gehört, vor wenigen Tagen. Vor einer Ewigkeit, so kam es ihm vor.

„Rose." Er blickte in ihre eisblauen Augen, meinte darin seine eigene Wiedersehensfreude gespiegelt zu sehen. „Was tust du hier?" Wie sehr er sich wünschte, die Uhr zurückdrehen zu können, bis zu dem Tag, bevor ihm das Wissen über Penelopes Mutter aufgebürdet wurde. Bis zu dem Abend, an dem ihn Rose aus seinem Selbstmitleids-Guinness herausgeholt hatte.

„Freunde besuchen." Sie warf dem vorbeieilenden Kellner nachlässig ihre Kaffeebestellung zu und nahm dann ihm gegenüber Platz, so selbstverständlich, als wäre sie nicht vor ein paar Tagen sang- und klanglos verschwunden. Theo konnte es ihr nicht einmal verübeln, dass er offenbar nur ein netter Zeitvertreib für sie gewesen war. *Sie war doch auch nicht mehr als das, oder nicht*, sagte er sich. *Kein Grund für verletzten Stolz.*

Sie schwieg, bis der Kaffee auf dem Tisch stand, bevor sie das Gespräch eröffnete. Nippte in kleinen Schlucken an dem Heißgetränk, als hätte sie alle Zeit der Welt.

„Erzähl' mal." Sie sah ihn erwartungsvoll an. „Was hast du über deine Freundin rausgefunden?"

„Sie ist nicht mehr meine Freundin", sagte Theo.

Rose zuckte mit den Schultern, als wäre das nur eine Nebensächlichkeit. „Aber sie ist dir wichtig. Du wolltest etwas über ihre Vergangenheit erfahren und sie damit zurückgewinnen."

Theo nickte. Das fasste es ziemlich gut zusammen. Er hatte eigentlich gar nicht vorgehabt, Rose von alledem zu erzählen, aber sie hatte so eine Art, ihm Dinge zu entlocken. Vor ein paar Tagen, bei ihrem Kennenlernen, war ihm das schon aufgefallen. Und jetzt wieder. Ihr Blick war nicht neugierig, sondern anteilnehmend.

„Und?" Sie hatte die Tasse wieder abgestellt und schenkte ihm ihre volle Aufmerksamkeit.

Wo sollte er anfangen? Er hatte doch selbst noch kaum das Gehörte verarbeitet. Vielleicht würde es ihm aber helfen, mit Rose darüber zu sprechen. Als eine Art externes Gedanken-Sortieren.

„Ich bin über einen Kontakt hier in Irland an Informationen über Poppys Mutter gekommen." Er führte nicht näher aus, wie er an diesen Kontakt gekommen war. An das Thema Brianna Marsh und alles, was hinter dem Offensichtlichen lag, wollte er nicht rühren. Er war noch nicht bereit dafür. Beinahe konnte er Brianna jetzt verstehen, warum sie ihm gegenüber so verschlossen gewesen war.

Rose fragte zum Glück nicht weiter nach der Kontaktperson. Sie ermunterte ihn mit einem Blick, weiterzusprechen.

„Felicitas Brink wurde adoptiert."

„Und das ist das große Geheimnis, von dem sie ihrer Tochter nie erzählt hat? Adoption ist doch nichts Außergewöhnliches mehr."

„Die Geschichte geht ja noch weiter."

„Ich bin ganz Ohr." Sie beugte sich leicht vor, so dass ihr die roten Haare halb ins Gesicht fielen und Theo ein Hauch ihres Lavendelshampoos streifte. Für einen Moment war da dieses Bild in seinem Kopf, wie sie ihn gemächlich küsste, während er sich von dem Duft nach Lavendel in ihrem Haar und dem Geschmack nach Guinness auf ihren Lippen angenehm verwirren ließ.

Guinness und Lavendel, das war Rose. Sie hatte ihn für kurze Zeit dazu gebracht, Penelopes Duft zu vergessen. Aber er war noch da, eine Erinnerung. Kann man sich an Gerüche erinnern, sie abspeichern und sich vergegenwärtigen, ohne dass der Geruchssinn beteiligt ist? Theo überlegte flüchtig, woran er bei Penelope dachte: Etwas mit Wald und Regen. Am liebsten hatte er ihren Duft immer gemocht, wenn sie lange draußen gewesen war. Andere schwärmten vom Geruch des Regens auf sommerheißer Erde. Das Englische hatte sogar einen Namen dafür: Petrichor. Theo vermisste einen Namen für den Duft von Penelopes regenfeuchten Haaren.

„Theo?" Er blickte verwirrt auf, unsicher wie lange er in Gedanken versunken gewesen war. Das Café, Rose ... er war wieder in der Gegenwart. Was war ihre Frage gewesen? Sie zog eine Augenbraue hoch. Theo beeilte sich zu antworten.

„Felicitas Brink ist in einem Kinderheim hier in Irland aufgewachsen." Er war sich bewusst, dass auch das nicht unbedingt etwas war, dass Mütter ihren Kindern verschwiegen. Wie sollte er es Rose dann erklären?

„Die … Umstände, in denen sie dort aufwuchs und wie sie dann adoptiert wurde, waren …. schwierig." Er versuchte, es vage zu halten. „Ich glaube, sie hat sich einfach geschämt, es ihrer Tochter zu erzählen."

„Aber da ist noch etwas anderes, richtig?"

Theo wich ihrem wissenden Blick aus. Er sah auf seinen Teller herunter, nahm die Kuchengabel in die Hand und schob mechanisch die letzten Krümel seines Scones zusammen. Verbarg sein Gesicht hinter ein paar Schlucken Tee. Der Tee war inzwischen fast kalt geworden. Er hatte vergessen, den Teebeutel herauszunehmen; die letzten Schlucke hinterließen einen bitteren Nachgeschmack. Bitter, wie das Gefühl, das ihn beschlichen hatte, als er von den näheren Umständen der Adoption erfahren hatte.

„Hör zu, Theo." Ungeduldig strich sie sich ein paar Haarsträhnen hinters Ohr. Ihr kühler Blick bohrte sich in seine Augen. „Es ist deine Entscheidung, was du mir erzählen willst und was nicht. Aber wenn es dir jetzt schon so schwerfällt, mir gegenüber, wie willst du es dann Penelope erzählen?"

„Ich … Es ist etwas Unfassbares, dass ich jetzt einfach noch nicht artikulieren kann, verstehst du?"

Theo kratzte sich am Kinn, hob die Tasse, nur um festzustellen, dass diese bis auf ein paar Teeblätter leer war und stellte sie wieder ab. „Ich fahre heute noch weiter nach Dunfanaghy. Bis dahin habe ich Zeit zu überlegen, was ich ihr sagen will." Es klang selbst in seinem Ohren wenig überzeugend.

Rose musterte ihn für ein paar Augenblicke. Dann stand sie unvermittelt auf. Sie kramte aus ihrer Gesäßtasche einen zerknitterten Schein und legte ihn auf den Tisch. „Für den Kaffee. Rest kannst du behalten."

„Rose …", Sie hatte sich beinahe schon abgewandt, als Theo aufstand und sie sachte am Ärmel ihrer Jeansjacke zurückhielt. „Ich wollte dich nicht verärgern."

„Hast du nicht." Als sie sich wieder direkt zu ihm herumdrehte, war nichts von dem kühlen Blick geblieben. Ihre Augen schimmerten feucht.

„Weißt du, warum ich vor drei Tagen verschwunden bin?" Theo konnte nur den Kopf schütteln. Zum einen, weil er es wirklich nicht wusste, und zum anderen, weil ihn der abrupte Themenwechsel überraschte. Solche gedanklichen Hakenschläge kannte er sonst nur von Penelope.

„Mir wurde es zu eng mit dir. Und es war klar, du bist wegen Penelope hier. In dem Szenario habe ich keinen Platz." Beinahe trotzig sah sie ihn an.

„Ich mag dich sehr, Rose, weißt du", sagte Theo etwas unbeholfen. „Aber…"

„Schlechtes Timing." Sie schien sich wieder gefangen zu haben, der kurze innige Moment war vorüber. Sie machte einen Schritt auf Theo zu und umarmte ihn. Beinahe brüsk kam es ihm vor, doch noch bevor sie sich wieder aus seinen Armen löste, gab sie ihm einen Kuss auf die Wange. Er spürte ihre Lippen an seinem Ohr „Versau es nicht."

Dann drehte sie sich um und verließ das Café.

Penelope starrte auf das Stück Papier in ihrer Hand. Es gab keinen Zweifel, es war keine optische Täuschung, keine Reaktion ihres überreizten Gehirns. Was sie in dem Brief sah, war die Handschrift ihrer Mutter. Sie fühlte sich unsicher, zittrig, wie in einem Wachtraum. Nein, wie nach einem ihrer Blackouts, die sie doch jetzt schon hinter sich geglaubt hatte.

Mit einem Mal erschien ihr der Raum zu klein, als würde er ihre Gedanken einschließen, sie nicht ruhig werden lassen, sondern nur immer panischer.

„Ich möchte gehen", sagte sie leise.

Aidan stand auf und bezahlte direkt am Tresen, während Oren sie Richtung Ausgang begleitete. Er hatte ihr den Brief abgenommen und in einer seiner großen Jackentaschen versenkt. Sofort konnte sie freier atmen, so als hätte der Anblick des Briefs allein schon eine bedrückende Wirkung auf sie ausgeübt.

Draußen blies ein leichter Wind, der die Schäfchenwolken vor sich hertrieb und den Geruch nach Meer herantrug. Penelope wandte sich automatisch in Richtung des Wassers. Wenige Schritte nur, dann stand sie am Kai. Hier in der geschützten kleinen Bucht gab es keine wuchtige Brandung; die verspielten Wellen stießen mit einem leisen Platschen an die Kaimauer und zogen sich schmatzend wieder zurück. Das Geräusch lullte sie ein, blendete für gnädige Augenblicke das Geschehen aus. Oren und Aidan waren in respektvollem Abstand zu ihr stehengeblieben und unterhielten sich leise.

Sie schloss die Augen und sah sich selbst wie von oben herab am Kai stehen. Noch während sie sich fragte, warum gerade dieses Bild vor ihrem inneren Auge auftauchte, erkannte sie, dass nicht sie selbst es war, die sie dort sah. Die Frau hatte eine ähnliche Statur wie sie, dieselben braunen Haare; sie trug einen Parka, den Penelope selbst tragen würde. Doch sie stand wie erstarrt dort und hatte die Hände vors Gesicht geschlagen. Sie schien zu weinen.

Es war ihre Mutter.

Warum sah sie ihre Mutter dort stehen, genau an dem Ort, wo sie selbst jetzt stand? Wieso konnte sie etwas sehen, das sie nicht selbst erlebt hatte? Nur dadurch, dass sie sich an einem Ort befand, den sie offenbar von früher kannte?

Noch immer hielt sie die Augen fest geschlossen, so als erhoffte sie sich, Antworten zu bekommen, indem sie das innere Bild festhielt. Doch ihre Mutter schwieg beharrlich. Dann, plötzlich, änderte sich das Bild. Neben ihrer Mutter tauchte ein kleines Mädchen auf: lange braune Haare unter einer viel zu großen Kappe, grüner Wollpullover, in der Hand einen abgegriffenen Teddy. Jetzt war es das Mädchen, das weinte, während die Mutter gefasst schien.

„Penelope, wir können hier nicht bleiben. Versteh das doch." Sie sprach Deutsch.

Das Mädchen blickte aus tränenverschleierten Augen zu seiner Mutter. Doch Penelope kam es vor, als würde sie sie direkt anschauen, als sie sagte, mit Trotz in der Stimme:

„Ba mhaith liom fanacht." Ich will aber bleiben! Das Mädchen schlug die Hand seiner Mutter weg. Der Griff um Teddy wurde fester, während sie sich herumdrehte und wegrannte. So ungestüm war ihre Flucht, dass ihr beinahe die Schirmmütze mit dem Schriftzug des *McNamara's* vom Kopf geflogen wäre.

Eine Hand legte sich auf ihre Schulter, und Penelope zuckte zusammen. Aidan stand hinter ihr.

„Chart go leor?" Alles in Ordnung?

Ihr fehlten die Worte. Sie konnte nur denken, *meine Mutter wollte weg von hier. Warum? Und warum habe ich all die Jahre keine Erinnerung daran gehabt?*

Noch immer fehlten Puzzleteilchen in dem großen Gesamtbild. Was Penelope bis jetzt unbedingt hatte herausfinden wollen, machte ihr auf einmal große Angst.

Aidan stand noch immer hinter ihr, schweigend, die Hand auf ihrer Schulter. War er eines der fehlenden Teilchen? Es *musste* so sein. Warum sonst fühlte es sich wie Nachhausekommen an, wenn er in ihrer Nähe war?

Sie drehte sich zu ihm herum. Er legte seine Arme um sie und ließ sie weinen.

„Buonasera.“

Das italienische *Guten Abend*, vorgetragen mit englisch-irischem Akzent, entlockte Penelope ein Schmunzeln. Sie ließ den Blick von ihrer Sitzecke am Fenster durch den Gastraum schweifen. Das hier war nicht das McNamara's. Nach allem, was sich in den letzten Stunden abgespielt hatte, brauchte Penelope einen Ort, der keine Erinnerungen wachrief. Diese Pizzeria schien der richtige Ort dafür zu sein. Mit italienischem Flair und gleichzeitig modern eingerichtet, erinnerte nichts darin an ein typisches Irish Pub.

Oren und sie gaben die Bestellung auf – Holzofenpizzen und zwei Viertel Chianti – und hingen dann schweigend ihren Gedanken nach. Sie ließ die letzten Stunden Revue passieren. Die Bilder, die sie am Kai stehend überfallen hatten. Aidans tröstliche Arme. Oren, der ein paar Augenblicke Abstand gehalten hatte, bevor er sich ihnen näherte.

„Möchtest du wissen, was in dem Brief steht?",
hatte er gefragt.

„Du hast ihn gelesen?" Sie hatte sich
inzwischen aus Aidans Armen gelöst und war auf
Oren zugetreten.

„Nur überflogen. Deine Mutter hat auf Irisch
geschrieben." Er übergab ihr den Brief.

Sie hatte auf die Seiten gestarrt, die Buchstaben
noch verschwommen hinter dem Schleier ihrer
feuchten Augen. „Sag mir nur das Nötigste." Sie
wollte es von ihm hören; egal welche
Ungeheuerlichkeit dort drin stand, sie brauchte Orens
warme, feste, sachliche Stimme. Nur dann würde sie
ansatzweise verkraften, was auch immer über sie
hereinbrechen würde.

Oren räusperte sich, schien nicht recht zu wissen,
wo er anfangen sollte. Er sah ihr in die Augen,
ungewöhnlich gefühlvoll, dann sprach er es aus.

„Nach dem, was deine Mutter schreibt, ist Tygh
tatsächlich dein Vater." Sein Blick lag weiter auf ihrem,
schien zu forschen, was er ihr noch zumuten konnte.
„Und es war ihre Entscheidung, ihn und Irland damals
zu verlassen."

Warum? Sie hatte die naheliegende Frage nicht
ausgesprochen. Worte in einem Brief würden ihr
diese Frage nicht beantworten können. Morgen…
morgen würde sie ihre Mutter sehen. Wie würde sie
nach alledem ein Gespräch mit ihr anfangen?

Penelope wurde aus ihren Gedanken gerissen, als
die duftende Pizzen auf den Tisch gestellt wurden.

Das surreale Gefühl, das sie vorhin beschlichen hatte, verschwand angesichts des warmen Essens und Orens stiller, aber teilnahmsvoller Gesellschaft. Sie aßen schweigend.

Oren hatte gar nicht erst versucht, Worte zu finden, um ihr den Umgang mit dem Gehörten leichter zu machen. Er schien zu wissen, dass sie Zeit für sich brauchte.

„Ich bin in unserer Unterkunft", hatte er gesagt. Er hatte ihr nur flüchtig die Hand auf den Arm gelegt, bevor er gegangen war – als wüsste er, dass eine Umarmung ihre mühsam gewonnene Fassade der Gleichmut niederreißen würde. So wie zuvor bei Aidan.

Aidan hatte einfach dagestanden, abwartend. Als Oren sich verabschiedet hatte, war er auf sie zugekommen. „Möchtest du Spazierengehen? Wir müssen nicht reden." Sie nickte.

Er führte sie zum Killahoey Beach, auf dem nur wenige Spaziergänger die milde Maisonne genossen. Die See lag ungewöhnlich ruhig da, wie ein Spiegel. Sie gingen dicht an der Wasserlinie entlang. Eine Zeitlang schweigend, bis Aidan doch zu sprechen begann.

„Du wusstest es schon, nicht wahr?" Er brauchte nicht hinzuzufügen, was er meinte.

Penelope überlegte, ob sie sich auf das Gespräch einlassen wollte. Dann entschied sie sich dafür.

„Nach allem, was wir herausgefunden hatten ... ja, ich glaube, ich ahnte es zumindest."

„Welche Fragen hast du an deine Mutter?" Die Frage überraschte sie. Aber Aidan hatte recht. Egal, wie aufwühlend alles für sie war, egal was sie ihrer Mutter morgen am liebsten an den Kopf werfen wollte, all das musste warten. Sie hatte Fragen, und sie würde Antworten bekommen.

Es fiel ihr schwer, diese Fragen zu artikulieren. Aber sie musste es versuchen.

„Warum hat sie die Affäre mit Tygh angefangen? Warum kam sie überhaupt nach Irland? Wusste ihr Verlobter", – sie vermied es, Frank *Stiefvater* zu nennen, es kam ihr zu absurd vor – „von der Affäre? Und warum hat sie Irland wieder verlassen?"

„Vielleicht ...", Aidan zögerte, dann sprach er es doch aus. „Vielleicht ahnte Tyghs Frau Deirdre etwas von der Affäre. Vielleicht hat sie ihn vor eine Entscheidung gestellt. Aber das sind nur Vermutungen." Sein Gesicht verdunkelte sich, er blieb stehen. Penelope war ebenfalls stehengeblieben. Plötzlicher Schmerz stand in seinen Augen.

„Ich erinnere mich wieder."

„Woran?" Sie sah ihn gespannt an.

„Wie ihr uns damals verlassen habt. Du bist in einen Bus gestiegen und nie zurückgekehrt."

Penelope war wie erstarrt. Wie tief musste diese Erinnerung bei ihr verschüttet sein? Wieso konnte sich Aidan daran erinnern, sie selbst aber nicht? Ihr fiel wieder die Szene am Kai ein. War das eine echte

Erinnerung oder eingebildet? Egal, was es bedeutete, hier, an diesem Ort, wurde alles Verschüttete unter Schmerzen wieder zutage befördert.

Aidan ging ein paar schweigsame Schritte neben ihr her, die Hände in den Taschen seiner Jeans vergraben.

„Bleibst du eine Weile hier?", fragte er dann. Wieder überraschte sie seine Frage. Sie wusste es nicht. Bis jetzt hatte sie nie darüber nachgedacht, wie es weitergehen sollte, wenn sie tatsächlich etwas über ihre Vergangenheit herausfände. Wie hätte sie auch vorher wissen sollen, was sie erwartete? Wen sie auf ihrer Reise kennenlernen würde? Wie leicht oder schwer es ihr fallen würde, Irland wieder zu verlassen?

Sie musste plötzlich an Cass denken. Cass, der noch immer ihr Handy hatte. Cass, den sie nicht erreichen konnte. Mit dem sie so gerne über all das geredet hätte. Wenn sie einen Grund hatte, noch länger zu bleiben, dann war es der Gedanke, Cass wiederzusehen. Ihm alles zu erzählen.

„An wen denkst du?" Aidans Gesicht war wieder lebhafter geworden, beinahe vergnügt. „Du hattest schon früher so ein verträumtes Gesicht, wenn du an die Feen im Garten gedacht hast." Er schien selbst erstaunt, dass ihm ein solches Detail über sie einfiel.

Penelope musste lachen. Cass war doch wohl nicht ganz dasselbe wie eine Fee im Garten der McNamaras.

„Das erzähle ich dir irgendwann. Und zu deiner anderen Frage: Ich denke drüber nach."

„Noch ein Glas Wein?" Der Kellner holte Penelope wieder in die Gegenwart zurück. Sie hatte, in Gedanken, die Pizza schon beinahe ganz aufgegessen. Eine Schande eigentlich, dem köstlichen Essen nicht ihre volle Aufmerksamkeit zu widmen.

„Nein danke."

„Aber zweimal Espresso und ein Tiramisu mit zwei Löffeln", beeilte sich Oren zu sagen, bevor der Kellner wieder verschwand.

Als das Dessert kam, löffelten sie beide. Penelope bemerkte, dass Oren ihr den Löwenanteil überließ, sagte aber nichts. Er würde es ohnehin abstreiten. Nachdem sie vorhin die Pizza wie nebenher gegessen hatte, nahm sie sich jetzt die Zeit für den bewussten Genuss. Der saftige Schmelz des Löffelbiskuits. Die schwere Cremigkeit der Mascarpone, gepaart mit der Bittersüße des Espressos. Sie genoss es, dass keiner dieser Sinneseindrücke zu Flashbacks in ihre irische Vergangenheit führte. Der Duft einer frisch gebackenen Pizza, die gerade vorbeigetragen wurde. Die wohltuende Holzofenwärme in dem kleinen Speiseraum. Oren, der einfach *da* war und sie erdete.

Doch der Moment hielt nicht lange an.

„Du denkst schon wieder zu viel", sagte Oren.

„Ist das so offensichtlich?"

„Für mich schon." Oren machte ein untypisch selbstzufriedenes Gesicht, über das sie beinahe lachen musste. Dann wurde sie wieder ernst.

„Ich musste gerade an meinen Vater denken."

„Frank." Für Oren schien es gar keinen Zweifel zu geben, wen sie meinte. „Was ist mit ihm?"

„Er ist nicht mehr da, weißt du? Ich würde ihn so gerne fragen, ob er wusste, dass ich nicht sein Kind bin."

„Hat er dich denn jemals so behandelt, als wärst du es nicht?"

Ohne zu zögern antwortete sie „Nein."

„Das ist es doch, was zählt."

„Ich weiß. Und trotzdem. Hätte ich als Kind mitbekommen müssen, dass etwas nicht stimmt? Und wie konnte ich vergessen, dass ich einmal hier gelebt habe? Und ..."

Oren machte ein Gesicht, als wollte er sagen, *lass gut sein, Mädchen,* schwieg aber und ließ sie ausreden.

„...Was wollte meine Mutter in Irland?"

Alles hängt von einer Antwort auf diese Frage ab, dachte sie.

„Lass uns gehen." Oren hatte mal wieder den richtigen Augenblick abgepasst, sie aus ihrer Grübelei zu locken. Er bezahlte für sie beide; dann traten sie aus dem warmen Gastraum hinaus in die meeresfrische Abendluft. In der dunkelblauen Dämmerung des Abendhimmels machten sie sich auf den kurzen Weg in das nahegelegene B&B.

„Oren …“, Als sie vor Penelopes Zimmertür standen und sich verabschiedeten, suchte sie nach Worten für das, was sie unbedingt loswerden wollte.

„Danke für alles. Ohne dich… wäre ich gar nicht bis hierhergekommen.“ Sie wollte noch etwas hinzufügen, doch Oren kam ihr zuvor. Er machte eine wegwerfende Handbewegung.

„Bedank dich bei Quinn, dem ich noch einen Gefallen schuldig war. Außerdem…“, seine Mundwinkel zuckten, „…hat es mir einen guten Grund geliefert, Matilda wiederzusehen.“

„Und dafür hast du mich gebraucht?“ Sie sah ihm an, dass wohl ein Fünkchen Wahrheit in der dahin geworfenen Bemerkung lag. „Nächstes Mal keine Vorwände mehr, Oren. Für so einen Quatsch bist du – “

„– zu alt, ich weiß. Danke, dass du mich daran erinnerst.“ Er gähnte. „Der alte Mann braucht jetzt dringend Schlaf.“

Sie sah ihm nach, wie er in seinem Zimmer verschwand, dankbar für das leichte Geplänkel, in das er sie hineingezogen hatte. Trotzdem bezweifelte sie, dass der Schlaf in dieser Nacht so leicht kommen würde.

„Fuck!" Sein Fluch kam von Herzen.

Schon seit einer Stunde war offensichtlich, dass der Mercedes Probleme hatte. In seiner Hast, die lange Strecke in den Norden so schnell wie möglich zurückzulegen, hatte Cass es vorgezogen, nicht auf den ruckelnden Motor und die nachlassende Leistung seiner alten Dame zu reagieren. Als sich die Probleme nicht länger ignorieren ließen, hatte er es mit gutem Zureden versucht, so als würde er ein lahmendes Pferd noch zu den letzten Metern bis zum rettenden Stall überreden können. Es war nichts zu machen. Mit qualmendem Auspuff schaffte er es gerade noch in das winzige Örtchen Castlegarran, mitten im Nirgendwo. Dieses Nirgendwo besaß dankenswerterweise auch eine in die Jahre gekommene Autowerkstatt, auf dessen Gelände der Mercedes seinen letzten röchelnden Atemzug tat, bevor der Motor erstarb.

Auch wenn das Gelände so wie das Innere der Werkstatt eine wüste Ansammlung alter Ersatzteile war, die jeden Autobastler und -sammler in Verzückung hätte geraten lassen – und deren Chaos wohl nur der Besitzer selbst überblickte – so schien es doch gerade *dieses* eine Teil, das der alte Mercedes benötigte, nicht zu geben.

„Sorry, mate." Die junge Frau, die eine gefühlte Ewigkeit unter der Motorhaube verschwunden war, tauchte wieder auf und machte eine entschuldigende Handbewegung. Cass schaute fasziniert auf ihre Hände – ihre korallenrot lackierten Nägel standen im merkwürdigen Kontrast zu den frischen Ölflecken auf ihren schlanken Fingern. Ungeduldig wischte sie die Flecken an ihrer Jeans ab, bevor sie weitersprach.

„Die Zündkerzen sind am Arsch. Dauert sicher zwei Tage, Ersatz zu besorgen."

Auch das noch. Cass unterdrückte einen weiteren Fluch und ließ seinen Blick über das Sammelsurium auf dem Hof schweifen, als erwartete er, die gesuchten Ersatzteile wie von Zauberhand gleich auf dem nächsten Stapel zu finden.

No luck.

Mit resigniertem Gesichtsausdruck folgte er der Mechanikerin ins Innere der Werkstatt. Sie machte ein paar Anrufe, schmeichelte hier, forderte dort Gefallen ein, und legte schließlich mit zufriedener Miene wieder auf.

„Ersatzteil kommt morgen."

„Grand." Das hieß, er hing bis morgen in diesem Kaff fest. Cass fühlte sich so niedergeschlagen, dass er für den Moment nicht mehr als eine einsilbige Antwort herausbekam. Sie verabredeten sich für den nächsten Tag – Marie, die Mechanikerin, würde das Ersatzteil bis mittags eingebaut haben – und er trat vom Hof auf die Hauptstraße von Castlegarran.

Was jetzt?

Er sah die wenigen vorbeieilenden Passanten wie durch einen Schleier. Wann immer sich zwei Personen auf der Straße begegneten und für ein Schwätzchen anhielten – je kleiner das Dorf, desto mehr Tratsch schien es zu geben – sah Cass, wie sich die verschiedenen Farben ihrer Aura zu mischen schienen. Das tiefdunkle Blau einer verhärmten Mittsechzigerin mit gebücktem Gang, die von einem jungen Mann mit sonnengelber Fröhlichkeit angehalten und in ein Gespräch gezogen wurde; so lange, bis sein Gelb sich einen Weg in ihr Dunkelblau bahnen konnte. Das ganz und gar unpassende leuchtende Orange einer in Schwarz gekleideten jungen Frau mit dem Flair einer leidenden Emo-Jüngerin. Das Himmelblau von Marie, die kurz nach ihm das Werkstattgelände verlassen hatte und deren Aura wie eine Fahne hinter ihren energischen Schritten zu wehen schien. Sie war schon ein paar Meter an ihm vorbeigegangen, als sie anhielt und sich nach ihm umdrehte.

„Es gibt ein nettes Café die Straße runter", ihre Hand deutete vage die Straße entlang, „und für die Übernachtung kann ich das Mountainview B&B empfehlen."

„Cheers", sagte er, doch sie war längst weitergegangen.

Cass sah ihr nach. Für einen Augenblick war er versucht, Marie nachzugehen, sie in ein Gespräch zu verwickeln, ihr zu zeigen, dass er sonst nicht der wortkarge, spröde Sonderling war. Dass er redegewandt, zugänglich, charmant sein konnte. Dass er gerne den Tag mit ihr verbringen würde, denn was gab es sonst hier für ihn zu tun außer Zeit totzuschlagen?

Nicht heute.

Cass seufzte. Sonst genoss er den Austausch mit seinen Mitmenschen, das Hin und Her eines schlagfertigen Dialoges, das Garn der Geschichten, dass sich um zwei Menschen spann, die einander viel zu erzählen hatten. Das Farbenspiel einer Aura, die sein Gegenüber umgab und die ihm mehr erzählte, als es der Mensch selber zu sagen vermocht hätte. Nicht mit Worten, doch mit einem ganz eindeutigen Gefühl: Ob er diesen Menschen mochte oder nicht. Ob ein spontanes Vertrauen entstehen konnte oder nicht. Maries vorüberwehendes Himmelblau war zwar schön anzusehen, hatte aber nicht zu ihm gesprochen.

Er ging die Straße entlang in Richtung des Cafés, das Marie ihm empfohlen hatte. Vor dem Eingang blieb er stehen und sah durch die Fenster hinein in eine Puppenstube mit gemütlich gedeckten Tischen, schwatzenden Gäste und dampfenden Teetassen. *Das würde Poppy gefallen*, dachte er. Er ließ ihren Namen in seinem Kopf nachklingen, das Gelb und Lila ihrer Aura vor seinem inneren Auge aufleuchten. Es schien ihn einzuhüllen, in eine andere Zeit zu führen, gerade erst ein paar Tage her, doch schon so weit weg…

„Oi, kommen Sie rein, oder was?"

Ein älterer Herr, Regenschirm am Arm, griesgrämig graue Spießeraura, hatte soeben das Café verlassen und schien sich an Cass' unentschlossenem Gesichtsausdruck zu stören. Cass schüttelte nur den Kopf und ging weiter.

Nicht einmal für den Smalltalk einer Teebestellung sah er sich in der Lage. Er wollte allein sein. Allein, so wie auf den letzten Kilometern, die er hinterm Lenkrad seines Wagens verbracht hatte. Allein mit seinen Gedanken an Penelope, mit seinen Zweifeln und Fragen. Ob es *echt* war, was er ihr gegenüber fühlte. Ob sie ebenso empfand. Wie es denn sein konnte, dass man jemanden, den man gerade erst kennengelernt hatte, schon als langjährigen und vertrauen Freund ansehen konnte. Warum er das Gefühl hatte, es gab nichts Wichtigeres, als den langen Weg auf sich zu nehmen, in der Hoffnung, Anu wiederzusehen.

Er zog Penelopes Handy aus seiner Jackentasche und blickte auf das tote Display. Seit zwei Stunden war der Akku leer. Kurz überlegte er, ob er hier in dem kleinen Ort ein passendes Ladegerät würde kaufen können. Aber was würde das nützen? Aktiv jemanden damit anrufen würde er ohne ihre PIN ohnehin nicht können. Geschweige denn diesen Oren erreichen, wenn der denn überhaupt noch bei Penelope war. Bei seinem Zwischenstopp in Lisdoonvarna hatte er niemanden angetroffen. Obwohl er sich noch an das Haus erinnerte, vor dem er Poppy an jenem Morgen abgeholt hatte, hatte dort auf sein Klingeln niemand aufgemacht. Nein – Cass musste sich einfach weiter auf sein Bauchgefühl verlassen, dass es richtig war, was er tat – sich nämlich auf den Weg nach Dunfanaghy zu machen, obwohl er nur den Hinweis von Penelopes Mutter hatte.

Hör auf dein Bauchgefühl, Casper. Es wird dich nicht im Stich lassen, hörte er Nan sagen. Sie hatte ihn zu der Fahrt ermutigt, hatte Zweifel gar nicht erst zugelassen. Erst in der Stille seiner eintönigen Autofahrt, und noch deutlicher hier, gestrandet im Nirgendwo, brachen sich die Ungewissheiten wieder Bahn.

Bewegung, er brauchte Bewegung. Ein Schaufensterbummel die Hauptstraße entlang würde nicht viel bringen, zumal es wenig sehenswerte Schaufenster in Castlegarran gab. Außerdem machte ihn Bummeln nervös. Er fühlte sich von den Schaufenstern beobachtet. Was er brauchte, war

Ruhe, Weite, Platz für lange Schritte, große Gedanken, schweifende Blicke.

Kurzerhand bog Cass in eine Nebenstraße ab, die nach wenigen Metern in wildes Hinterland führte. Die Straße wurde zum Forstweg, der Forstweg zum grasbewachsenen Pfad. Der Pfad wand sich noch ein paar Meter den nächsten Hügel hinauf, bevor auch er im Gras versickerte. Cass hatte keine Augen für den Weg, er ließ sich tragen, ging und ging, bis der nächste Hügel erklommen war, die nächste Senke wartete, der nächste Hügel noch mehr Aussicht, mehr Himmel, mehr Raum verhieß.

Er wusste eigentlich gar nicht, wohin sein Unterbewusstsein ihn trug, bis er auf einem Berg stand, der alle umliegenden Hügel überragte. Das Dorf war gerade noch zu sehen, winzige Punkte, eine vage Erinnerung. Hier oben fand er, was er suchte. Ein Déjà Vu, eine direkte Verbindung zu dem Hügel, den er erst vor drei Tagen mit Penelope hinaufgegangen war, auf der Suche nach einer Antwort der Göttin Anu. Hier oben gab es keine Cairns, nichts, das an eine mythische Stätte aus alten Tagen erinnerte. Dennoch fühlte Cass etwas, das seinen Horizont überstieg, etwas, das er ganz genauso gefühlt hatte, als er auf den *Paps of Anu* gestanden und mit Poppy das alte Ritual durchgeführt hatte.

Eine Art Verbundenheit. Zu Anu, zur Natur, zu allem. Eine Art innerer Stille, die ihm, der immer alles in seiner Umwelt ungefiltert aufnahm, eine wohltuende Leere schenkte. Das, was Cass jetzt hier, auf diesem Berg fühlte, war nur ein Echo jenes Gefühls, das ihn vor drei Tagen ergriffen hatte. Aber es war da.

Cass öffnete die Augen und ließ die ersten Sinneseindrücke in sein leeres Innerstes fließen. Langsam, langsam nahm er einzelne Dinge wahr, sie prasselten nicht ungestüm wie sonst auf ihn ein, sondern ließen sich Zeit, von ihm erkundet zu werden.

Die leisen Regentropfen, die sich durch die Haare bis auf seine Kopfhaut schlichen. Der Wind, der die Kapuze seines Parkas aufblähte. Einzelne Kiesel im feuchten Lehm, die sich durch die dünnen Sohlen seiner Sneaker bohrten. Das Kreischen einer einzelnen Möwe, das ihn verwundert aufblicken ließ, war der Ort doch recht weit vom Meer entfernt. Schließlich, nach ein paar kräftigen Windböen, die Sonne. Warm auf seinem Gesicht. Er zog den Parka aus, legte sich auf die noch feuchten Grasbüschel und schaute in den Himmel. Er sog das unendliche Blau in sich auf und versuchte, an Nichts zu denken. Dennoch formten sich Worte, eine unausgesprochene Bitte, hinter seinen geschlossenen Augen.

Bitte, sprich mit mir.

Gheobhaidh tú mé. Ein leises Wispern, fast hätte er es überhört.

Du wirst mich finden.

Cass lächelte. Es war ihre Stimme.

„Hier bist du also."

Tygh riss seinen Blick von Deirdres Grab los und blickte sich um. Finn stand hinter ihm, mit undurchdringlichem Gesicht. Er konnte es seinem Freund nicht verübeln, dass er hier aufkreuzte. Schließlich hatte er dessen Wohnung ziemlich überstürzt verlassen, nachdem er ihm von seinem Verdacht erzählt hatte. Er hatte es einfach nicht ertragen, sich Finns bohrenden Fragen zu stellen, und wusste doch, dass er nicht ewig würde ausweichen können.

Nicht jetzt, dachte Tygh. Schon zum zweiten Mal an diesem Tag war er hierhergekommen, um – ja, was eigentlich? Seine Gedanken zu ordnen? Deirdre zu gestehen, was er ihr zu Lebzeiten schon hätte sagen sollen? Vergebung von einer Toten zu erlangen? Oder um sich einzureden, die junge Frau hätte nichts mit ihm zu tun außer ein paar zufällig gemeinsamen Genen?

Über das Stadium bist du doch längst hinaus.

Nach dem Besuch bei Finn war sein erster Impuls gewesen, sich mit einem Guinness zu beruhigen. Vielleicht könnte er Aidan unauffällig befragen, ob er etwas mehr über die junge Frau wusste, die so plötzlich im Pub erschienen war. Aidan auszuhorchen, würde sich als nicht so leicht erweisen, denn eine unauffällige Annäherung an das heikle Thema über unverbindlichen Small Talk war mit ihm so gut wie unmöglich. Er würde sich höchstens noch mehr zurückziehen. Entweder würde Aidan ehrlich auf eine direkte Frage antworten oder nichts sagen.

Die Idee, Aidan im Pub auszufragen, verwarf Tygh in dem Moment, als er den Brief aus seinem Briefkasten fischte. Er hatte sich eigentlich zu Hause nur eine Tasse Tee und ein Sandwich machen wollen, jedoch war aller Hunger vergessen, als er sah, von wem der Brief kam.

Das teure Briefpapier. Die schnörkellose, resolute Handschrift. Dunkelblaue Tinte, die an den Rändern der Buchstaben etwas ausfranste, sobald sie auf das dicke Papier traf. Er sah den silbernen Füllfederhalter vor sich, der von der schlanken, perfekt manikürten Hand geführt worden war. Sah das Gesicht der Absenderin. Es war lange her, dass er sie gesehen hatte. Wie würde sie wohl jetzt aussehen?

Bevor er den Brief öffnete, hatte er sich eine Tasse Tee gemacht. Er hätte gerne etwas Stärkeres getrunken. Doch Alkohol war zu Hause für ihn tabu; wenn er zum Trinken das Haus nicht mehr würde verlassen müssen, wäre das sein Abstieg. Guinness bedeutete für ihn Ausgehen, Pub, Geselligkeit und Sorglosigkeit; das vertrug sich schlecht mit dem Bild des einsamen Trinkers in den eigenen vier Wänden. Jetzt musste also der Earl Grey reichen. Er ließ ihn extra lang ziehen und gab einen halben Löffel Zucker hinzu. Dann setzte er sich schwerfällig auf den Sessel im Wohnzimmer und las den Brief.

Was er las, hatte ihn in seinen Vermutungen bestätigt. *Sie*, die Frau, der er vorhin begegnet war, war seine Tochter. Der Gedanke ließ ihn nicht zur Ruhe kommen. Er hatte seine Wohnung verlassen, war ziellos im Ort herumgelaufen, bis er aus der Ferne sie und Aidan ins Mug 'n Muffins hatte gehen sehen. Aus einem Impuls heraus war er ihnen gefolgt, aber was hatte er sich eigentlich von der Begegnung erhofft? Er hatte nicht gewusst, was er sagen sollte, und das Café wie ein Feigling verlassen. Den Brief hatte er fallenlassen wie einen Gegenstand, den bei sich zu tragen Unglück bedeutete. Immer lief er vor allem davon.

Und jetzt tauchte sein Freund hier auf. Weglaufen war zwecklos.

„Was willst du, Finn?" Für Drumherumreden fehlte Tygh die Energie.

„Dass du mir verdammt noch mal die Wahrheit erzählst."

„Worüber?" Tygh starrte auf die vom Regen halb ertränkten Vergissmeinnicht auf Deidres Grab.

„Über das, was damals geschehen ist."

Wo soll ich anfangen, dachte Tygh. Er schwieg beharrlich. Das, was er eigentlich Deirdre hatte sagen wollen, war nicht für Finns Ohren bestimmt. Es laut auszusprechen würde dem Ganzen eine Realität verpassen, der er sich noch nicht gewachsen fühlte.

Er merkte, dass Finns Blick immer noch auf ihm ruhte. Eine paar Momente der Stille verstrichen.

„Wieso bekommst du Post von ihr? Jetzt, nach all den Jahren?"

Tygh hob den Kopf und sah seinen Freund das erste Mal richtig an. *Woher weiß er von dem Brief?*

Er beantwortete sich die Frage selbst. Dunfanaghy besaß kein Postamt, so dass die gesammelte Post zuerst im Pub landete. Meistens sortierte Aidan sie, bevor der Briefträger sie weiterverteilte. Stammgäste holten sich ihre Post meist selbst ab, aber Tygh hatte den Posteingang wohl gerade verpasst, als er aus dem Pub gestürmt war.

„Glaubst du, ich erkenne ihre Handschrift nicht mehr?", fragte Finn, noch bevor Tygh seinen Gedankengang zu Ende geführt hatte.

Tygh wollte fragen, wieso Finn den Brief überhaupt zu Gesicht bekommen hatte, wo doch momentan Aidan die Hauptarbeit erledigte. Aber darum ging es nicht. Es hätte nur gewirkt wie ein Versuch, Zeit zu schinden. Sich um eine Antwort zu drücken.

„Die Frau, von der ich dir erzählt habe..." Er fand nicht den Mut, weiterzusprechen. Das musste er auch nicht.

„Ich habe Penelope eben getroffen, Tygh. Sie sieht ihrer Mutter ähnlich."

„Dann weißt du ja schon alles, was es zu wissen gibt." Tygh wollte sich abwenden.

„Ich will es aber von dir hören, verdammt noch mal! Mach wenigstens jetzt dein Maul auf, wenn du es damals schon nicht konntest."

„Du weißt warum." Jetzt rechtfertigte er sich doch.

„Ja, ich weiß warum. Weil du ein Feigling bist. Lieber hältst du deine Frau und deinen besten Freund zum Narren, damit du gut dastehst."

Das ist ungerecht, wollte Tygh sagen, doch natürlich steckte ein Körnchen Wahrheit in dem, was Finn ihm vor die Füße kippte wie eine Ladung Schafsmist.

„Es ist nicht feige, wenn man den Menschen, den man liebt, nicht verletzen will."

„Das hättest du dir vor deiner Affäre überlegen können."

Da. Finn hatte es ausgesprochen. Vielmehr *ausgespuckt*. Verächtlich. Und er war noch nicht fertig.

„Weißt du, jeder hier im Ort hat dich um Deirdre beneidet. Sie hatte nur Augen für dich. Ihr wart glücklich. Du hattest das Café, sie die Töpferei. Habt ein gutes Leben geführt. Und dann wirfst du das alles weg, weil du in deinem Aushilfsjob ein Mädchen aufgabelst. Und ausgerechnet in Deidres Zustand? Schämst du dich nicht?" Es war eine für Finn ungewöhnlich lange und heftige Rede.

Tyghs Gesicht verschloss sich. Hatte Finn damals etwas geahnt? *Nein*, dachte er, *sonst hätte er mir damals schon seine Meinung dazu gesagt*. Finn war niemand, der damit hinterm Berg hielt. Oder vielleicht hatte Finn einen Verdacht gehabt, es aber Deirdre zuliebe vorgezogen zu schweigen, in der Hoffnung, Tygh selbst würde reinen Tisch machen.

Er hätte Finn erzählen können, wie verfahren ihm die Situation damals erschienen war. Wie unglücklich ihn Deidres fortschreitende Erkrankung gemacht hatte. Wie sehr er es hasste, dass seine geliebte Frau immer mehr zu verblassen schien und er nichts dagegen tun konnte. Wie er verzweifelt einen Ausweg gesucht hatte, aus der Rolle als Pfleger seiner eigenen Frau.

Und wie ihm Felicitas Brink als ebendieser Ausweg erschienen war, als er sie in der Sprachschule kennenlernte. Deirdre selbst hatte ihn ermutigt, den Sommerjob als Aushilfslehrer wahrzunehmen – sie schien zu spüren, dass er einen Tapetenwechsel nötig hatte. Und er würde Geld verdienen und damit die Verluste der geschlossenen Töpferei etwas ausgleichen.

Das Gefühl der Befreiung, als er sich auf den Weg nach Inishmór machte und seine Frau in den Händen eines Krankenpflegers zurückließ, wollte sich nicht einstellen. Er fühlte sich wie ein Verräter, dass er sie allein gelassen hatte. Erst Felicitas Brink schaffte es, seine unbeschwerte Seite wieder nach außen zu kehren. Ihr geheimnisvoller Brief und die Geschichte dahinter faszinierte ihn, ebenso wie sie selbst. Er hatte nicht vorgehabt, sie mit nach Dunfanaghy zu bringen. Es hatte sich einfach so ergeben. Felicitas schien nicht recht zu wissen, was sie als nächstes machen sollte, nur nach Deutschland zurückkehren wollte sie nicht sofort. Tygh hatte ihr, einer Eingebung folgend, erzählt, dass sein Freund Finn jemanden für die Buchhaltung seines Pubs suchte. Sie hatte sofort zugesagt, unter der Bedingung, dass sie sich regelmäßig sahen und sie weiter bei ihm Irisch lernen konnte.

Diese regelmäßigen Treffen waren ihm zum Verhängnis geworden. Er verliebte sich. Selbst jetzt nach all den Jahren kochten die widerstreitenden Gefühle in ihm hoch – das schlechte Gewissen gegenüber Deirdre, die Freude, mit Felicitas zusammen sein zu können, der Stress, den ihre Heimlichtuerei zur Belastung für jede Begegnung, jede Freundschaft, jede Äußerung gemacht hatte. Er hatte Deirdre nicht weniger geliebt. Er war nicht weniger am Boden zerstört, als sie schließlich gestorben war. Am Ende hatte er nichts halten können, alles war ihm durch die Finger geronnen.

Tygh verzichtete darauf, Finn von seinen Gefühlen zu erzählen, sich gar zu rechtfertigen oder zu entschuldigen, dass er ihn damals belogen hatte. Vielleicht würde irgendwann der richtige Zeitpunkt für dieses Gespräch kommen. Aber nicht heute.

„Das ist das erste Mal seit über dreißig Jahren, dass ich von ihr höre. Du erinnerst dich, als ihr Verlobter damals auf einmal hier auftauchte? Ein paar Wochen später war Schluss mit uns."

„Warum ist sie dann nicht gleich nach Deutschland zurückgekehrt zu ihm?"

Tygh zuckte mit den Schultern. Es war damals alles so kompliziert gewesen. Der Brief erklärte vieles, was ihm damals verborgen geblieben war. Doch er konnte und wollte seinem Freund nichts erzählen, bevor er nicht selbst seine Gedanken geordnet hatte.

Schließlich entschied er sich doch, zumindest etwas zu sagen.

„Felicitas ist auf dem Weg hierher."

Der Wind trieb ihr Tränen in die Augen, verschleierte für einen Moment die Sicht. Ein paar Freudentränen waren wohl auch dabei.

Mit allen Sinnen nahm sie die Eindrücke des Augenblicks in sich auf – die sanft an den Strand wogenden Wellen, den Geschmack von Salz auf den Lippen, Hufegetrommel auf nassem Sand, schaukelnder Rhythmus, so vertraut und doch jedes Mal wieder aufregend – und ließ ihre Gedanken still werden. War glücklich, dass sie den Moment genießen konnte. Sie schickte ein stummes Dankeschön an Aidan.

Er war es, der sie gleich morgens auf dem Festnetz des B&B angerufen hatte. Penelope saß gerade beim Frühstück, den Magen wie zugeschnürt. Sie zwang sich dazu, wenigstens ein paar Löffeln Porridge zu essen und fragte sich dabei, wie sie die Ungewissheit überstehen sollte, bis ihre Mutter auftauchen würde. Als sie gestern am Strand eine Gruppe Reiter gesehen hatten, war sie so verzückt gewesen, dass sie einen Moment alles andere vergaß, *oh ein Strandritt, das wäre so schön, hab ich ewig nicht mehr gemacht*, hatte sie leise gesagt, und Aidan stellte kurzerhand den Kontakt zum örtlichen Reitstall her.

Und hier war sie nun, inmitten einer freundlichen kleinen Gruppe Pferdeverrückter, auf dem Rücken eines spritzigen Irish Hunters, und genoss den Galopp am menschenleeren Strand. Die Gespräche mit ihren Mitreitern und dem Reitführer drehten sich umso harmlose Dinge wie das launische irische Wetter, das beste Fischrestaurant der Gegend, oder in welchem Pub der nächste Live-Gig gespielt wurde … und um Pferde.

Während die Pferde am Ende des Strands schnaubend und tänzelnd wieder in den Schritt fielen und sich die Gruppe den Sandwegen zwischen den Dünen zuwandte, fragte sich Penelope, wann sie das letzte Mal so im Moment gelebt hatte. Die Antwort formte sich mit traumwandlerischer Sicherheit: Als sie Cass kennengelernt und mit ihm nach Kerry gefahren war. Sicher, auch dort hatten sich die Gespräche um ihre Suche gedreht, auch dort hatte sie Zweifel gehabt, wie es weitergehen würde. Aber in ihrem Beisammensein mit Cass … war alles so leicht erschienen. Es war ihr währenddessen gar nicht so bewusst geworden, und auch dann noch nicht, als sie sich am Busbahnhof von Ennis verabschiedet hatten. Aber alles, was danach passierte, hatte eine

Schwermut, die sie in seiner Gegenwart nicht empfunden hatte.

Denk nicht drüber nach. Du sitzt auf dem Pferd, du verbringst eine wundervolle Zeit am Strand. Bleib hier.

Der Reitführer reichte ihr sein Handy, als sie wieder am Reitstall angekommen waren und gerade die Pferde absattelten. Es war Aidan. Penelope löste den Sattelgurt und nahm das Handy entgegen, während sie ihrem Pferd noch eine Karotte zusteckte. Bei dem Gedanken, was sein Anruf bedeutete, fühlte sie sofort einen Kloß im Hals.

Statt einer Begrüßung sagte er: „Sie ist hier."

Sie brauchte nicht zu fragen, wen er meinte. Doch woher –?

Aidan schien zu wissen, was sie nicht aussprach. „Sie kam vorhin ins Pub. Einfach so reinspaziert. Selbst wenn Finn sie nicht gleich erkannt hätte, mir war sofort klar, dass sie es ist."

Sie brachte kaum den nächsten Satz heraus, schluckte und schluckte, hatte Mühe, Tränen zu unterdrücken.

„Hast du mit ihr gesprochen?"

„Nein. Ich habe nur mitbekommen, dass sie Finn nach Tygh gefragt hat. Dann bin ich gleich raus, um dich zu erreichen."

Penelope fühlte die Tragweite dessen, was Aidan ihr sagte, wie eine Welle über sich hereinbrechen. *Tygh.* Ihre Mutter wollte mit ihm sprechen. Ja natürlich, sie hatte ihm ja auch einen Brief geschrieben. Wusste sie überhaupt, dass sie, Penelope, auch hier war? Nun, wenn nicht, würde sie es jedenfalls von Tygh erfahren. Was hatten die beiden zu bereden? Und wieso war sie von alledem ausgeschlossen? *War* sie ausgeschlossen?

Sie lehnte sich für einen Moment an ihr Pferd, das, genüsslich seine Haferration kauend, angebunden neben ihr stand. Der Geruch nach Pferdeschweiß, das Geräusch mahlender Zähne, das warme Fell unter ihren Fingern, gaben ihr Halt.

„Penelope?"

Natürlich. Aidan war ja noch immer am anderen Ende der Leitung.

„Gib mir noch ein bisschen Zeit …." Sie wusste nicht recht, wie sie fortfahren sollte.

„Ich warte im Pub auf dich."

„Danke, Aidan." Sie beendete das Gespräch und reichte das Handy an den Reitführer zurück. Verdrängte vorerst alle Gedanken daran, wie sie ihrer Mutter gegenübertreten sollte, und versorgte ihr Pferd. Sie ließ sich absichtlich Zeit, das Sattelzeug aufzuräumen, ein letztes Mal über das glänzende schwarze Fell zu bürsten, die Hufe zu kontrollieren und den Futtereimer zu säubern. Sie trödelte noch ein bisschen auf dem Weg zur Koppel, auf die die Pferde nach dem Ausritt entlassen wurden, und betrachtete die Pferde beim Wälzen in einer staubigen Mulde der Weide, beim Kabbeln und schließlich beim Fressen. Beinahe hatte sie vergessen, welche Ruhe grasende Pferde stets auf sie ausübten.

Nur mühsam riss sie sich los und ging die wenigen Meter zum Stall zurück, wo sie sich von den anderen verabschiedete, die freundliche Einladung nach einem After-Ride-Pint ausschlug und in den Pickup kletterte. Oren hatte ihn ihr heute früh ohne viele Worte überlassen, nachdem sie ihm von dem geplanten Ausritt erzählt hatte.

Während sie den Pickup die wenigen Kilometer bis in den Ort steuerte, versuchte sie an nichts zu denken. Es war das erste Mal, dass sie ohne Oren fuhr; dennoch fühlte sie sich nicht fremd allein hinter dem Lenkrad, sondern im Gegenteil beinahe schon zu Hause. Oren würde sicher etwas dazu sagen, dass sie dem typischen Geruch im Inneren des Pickups noch eine dezente Pferdenote hinzugefügt hatte, dachte sie. Sie fand problemlos einen Parkplatz direkt vor dem B&B, ließ sich von der freundlichen Gastgeberin in Small Talk verwickeln, während sie ihren Zimmerschlüssel abholte, und erklomm dann betont langsam die Stufen zu ihrem Zimmer.

Ein Zettel war mit Tesafilm an ihre Tür geklebt.

Bin am Strand. Wo finde ich dich später? Gruß, Oren. Dahinter hatte er eine nicht ganz gerade Linie mit dem Kugelschreiber gezogen, wo sie wohl antworten sollte. *Der gute alte Zettel, Kommunikation ist also auch ohne Handy möglich*. Während sie das dachte, hatte sie Orens Stimme im Ohr.

Im Bad zog sie sich aus und stellte sich unter die heiße Dusche. Es kam nicht infrage, dass sie ihrer Mutter in „miefiger" Reitkleidung entgegentrat. So würde sie gar nicht erst ernst genommen werden, das Gespräch schon mit einem Nachteil beginnen. *Vielleicht*, dachte sie, während sie sich gründlich einseifte, *will ich aber auch nur noch ein bisschen Zeit schinden*.

Sie nahm sich nach dem Duschen noch etwas mehr Zeit, indem sie ihren Reisetasche nach Kleidung durchforstete, die sie die letzten Tage nach ganz unten befördert hatte – aus dem einfachen Grund, dass sie am liebsten leger und bequem auf Reisen gekleidet war. Jetzt kramte sie den Wollrock wieder hervor, den sie auch am ersten Tag in Dublin getragen hatte, dazu einen schmalen dunkelgrünen Rollkragenpullover. Am Schluss, nachdem sie ihre Haare gründlich gebürstet und zu einem aufgeräumten Pferdeschwanz gebunden hatte, zog sie sich ihre halbhohen schwarzen Stiefel an, die schick und doch bequem waren.

Kritisch betrachtete sie sich im Spiegel, versuchte sich mit den Augen von Felicitas Brink zu sehen. Durch ihren strengen Pferdeschwanz war die Operationsnarbe unter dem Büschel nachwachsender Haare unverkennbar. Es gab ihr eine verletzliche Note. Sie drehte prüfend den Kopf zur Seite. Zwang sich, die hässliche Stelle genau zu betrachten. Sonst kämmte sie ihre langen Haare immer so, dass sie die Narbe verdeckten und sie nicht mit ihr konfrontiert wurde. Aber diese Narbe, die Geschichte dazu, und all das, was dadurch ausgelöst wurde, war jetzt für immer ein Teil von ihr, den sie nicht länger verstecken wollte. Ebenso wie die kleine Narbe über der Augenbraue, deren wahre Herkunft ihr erst durch Aidan klar geworden war. Es war ihre Entscheidung, ob sie mit diesen Narben eine Verletzlichkeit offenbarte, oder aber Kampfgeist.

Als könnte man das so einfach selbst entscheiden, dachte sie. Aber sie fühlte sich in diesem Moment stark, und mit diesem Gefühl würde sie in die Konfrontation gehen.

Penelope schloss die Zimmertür, kramte ihren Kugelschreiber aus der Handtasche und kritzelte auf Orens Zettel BIN IM PUB. Ihre Handschrift wirkte zittrig, stellte sie fest, als sie den Zettel an Orens Tür befestigte.

Kurz überlegte sie, ob sie ihn bei dem Gespräch dabeihaben wollte. Oder Aidan. Einerseits war es etwas nur zwischen ihr und ihrer Mutter. Andererseits hatte Oren ihr bei allem in den letzten Tagen beigestanden, und Aidan war ganz offensichtlich ein wichtiger Teil aus ihrer Kindheit. Vielleicht war sie es ihnen nicht schuldig. Aber zu wissen, dass sie da waren, würde ihr Stärke geben.

Mit festen Schritten legte sie den kurzen Weg bis ins Pub zurück. Sie merkte selbst, wie sie auf den letzten Metern immer langsamer wurde. Schließlich stand sie vor der Eingangstür, die wie immer unverschlossen war, auch wenn der Pub offiziell an diesem Vormittag noch gar nicht geöffnet hatte. Sie spürte, wie sie förmlich immer kleiner geworden war, je mehr sie sich der Tür näherte. Sie straffte ihre Schultern und versuchte, ihren Gedanken nur eine Richtung zu geben: vorwärts.

Sie stieß die Tür auf.

Nach dem hellen Sonnenlicht des klaren Morgenhimmels brauchte sie einen Moment, sich an das schummrige Licht des Gastraums zu gewöhnen. Aus dem dunklen Hintergrund trat eine Gestalt auf sie zu. Es war Aidan.

„Sie ist noch nicht zurück."

„Oh?" Es nahm ihr den Wind aus den Segeln. Als hätte sie mit großer Anstrengung eine innere Spannung aufrechterhalten, die jetzt kein Ziel mehr hatte. Aber was hatte sie erwartet? Ihre Mutter war vermutlich noch bei Tygh.

Sie überlegte kurz, ob sie ihrer Mutter nachgehen sollte. Aber nein. Sie würde das Gespräch zu ihren Bedingungen führen. Dazu gehörte nicht, sie in Tyghs Wohnung aufzusuchen. Tygh war eine ganz andere Baustelle, über die nachzudenken sie sich bisher verboten hatte. Auch wenn alles zusammenhing — erst musste sie mit ihrer Mutter sprechen. Allein.

Doch jetzt hier einfach sitzen und warten? Das war nicht viel besser. Wer weiß, wann ihre Mutter wiederkäme. Bis dahin wäre sie vielleicht so nervös, dass sie das Gespräch aus der Hand geben würde.

Aidan schien zu wissen, in welchem Dilemma sie steckte.

„Komm“, sagte er. „Ich hab im Keller was gefunden, das dürfte dich interessieren.“

Sie folgte ihm die steilen Stufen hinab, vorbei an dem Raum mit der Zapfanlage bis zu einem noch kleineren Raum, eher ein Verschlag, der vollgestopft mit Kisten war. Wer sollte hier etwas wiederfinden? Aber vielleicht war das auch gar nicht das Ziel, dachte Penelope; wenn man hier etwas deponierte, sollte es wohl vergessen werden.

Aidan zog scheinbar wahllos eine der Kisten hervor und nahm den von feinen Altersrissen durchzogenen Pappdeckel ab. Als er sich wieder zu Penelope herumdrehte, hielt er ein Buch in der Hand.

„Erkennst du es wieder?“

Seine Stimme klang wie von weit her, dabei stand er direkt vor ihr. Seine Hand ruhte leicht auf ihrem Arm. Die Geste war viel vertrauter als die kurze Zeit vermuten ließ, die seit ihrem Wiedersehen vergangen war. Sie konnte es nicht in Worte fassen, aber es war, als würde diese kleine Berührung sie um 30 Jahre zurückversetzen, auch wenn sie kein klares Bild vor Augen hatte. Seine Hand war wie ein Anker, ohne den Penelope hilflos fortgetrieben wäre.

Zögernd nahm sie das Buch entgegen. Es war im Inneren der Kiste unberührt vom Staub geblieben, besaß aber die typischen Spuren häufigen Gebrauchs und verströmte einen alten, heimeligen Geruch. Wie Verfall und Trost in einem. Es musste früher einmal oft die Hände genommen worden sein. In Kinderhände, dem Einband nach zu schließen. Oder vielleicht auch in die Hände von Erwachsenen, die ihren Kindern etwas vorlasen?

Sie schlug das Buch auf. Wie von Zauberhand fielen die Seiten fast in der Mitte des Buches auseinander, und Penelope starrte ihr Spiegelbild an. Ihr wurde einen Moment schwarz vor Augen.

Als sie wieder klar sehen konnte, erkannte sie, dass sie zwar nicht ihr Spiegelbild vor sich hatte, die aufgeschlagene Seite jedoch eine Person zeigte, die ihr geradezu unheimlich ähnlich sah. Zumindest ihr als Kind. Dunkle, wilde lange Haare, übergroße grüne Augen, sehr ernster Gesichtsausdruck. Sie besaß zu Hause, in Deutschland, so gut wie keine Bilder von sich als Kind, aber an ein Foto erinnerte sie sich ganz genau, weil sie es als Teenager so oft betrachtet hatte: Es zeigte Penelope als kleines Mädchen im Arm ihrer lachenden Mutter. Sie hatte nie gefragt, wo es aufgenommen worden war, und sich auch nie darüber gewundert, dass es von ihr fast keine Kinderfotos, geschweige denn ganze Alben gab. Jetzt fiel ihr auch wieder ein, dass sie ihre Mutter einmal nach Kinderfotos gefragt, aber keine richtige Antwort bekommen hatte. So als hätte es sie bis zum Alter von 4, 5 Jahren gar nicht gegeben.

Ein Geistermädchen.

Jetzt starrte ihr aus den Seiten des alten Kinderbuches ein Mädchen entgegen, das aussah wie sie.

„Das bist du", sagte Aidan „Anu."

Penelope zuckte zusammen, abrupt aus ihren Gedanken gerissen. Sie sah ihn einen Moment verwirrt an.

„Conas is féidir é seo a dhéanamh?" *Wie ist das möglich?*

Aidan sah sie an, mit demselben Blick wie an dem Tag, als sie in sein Pub hinein geweht worden war. Penelope hatte sich zurückgezogen; an ihre Stelle war Anu getreten. Sie nahm sich selbst überdeutlich wahr, hörte ihre eigene Stimme, die die Frage auf Irisch formulierte. Das war kein Blackout. Sie würde sich an diese Szene später ganz genau erinnern. Sie war Anu, jetzt in diesem Augenblick. Und sie wusste auch, was diesen Moment hervorgerufen hatte. Das Kinderbuch, das sie in den Händen hielt. Die Antwort auf die Frage, wer sie war, schlummerte kurz unter der Oberfläche ihres Bewusstseins.

Aidans Antwort kam langsam und bedächtig. Vielleicht, weil er erst nach den irischen Vokabeln suchen musste. Vielleicht war er sich aber auch der Bedeutung seiner Worte bewusst.

„Ich habe dich als Kind so genannt. Weil du der Göttin Anu aus dem Buch so ähnlich warst, das uns mein Vater öfter vorgelesen hat. Und sicher auch ...“, sie hörte ein leises Lachen in seiner Stimme, „ ... weil dein richtiger Name für mich als Kind so schwer auszusprechen war.“

„Hat uns Tygh auch damals vorgelesen?“ Sie musste wissen, ob es früher schon so etwas wie eine Vater-Tochter-Beziehung gab.

„Vielleicht. Er war damals nicht ganz so oft im Pub bei uns, weil er das Café noch führte. Möglich wäre es, ich weiß es nicht. Ich weiß nur, dass wir zusammen als Kinder hier gewohnt haben. Und dass du irgendwann weg warst. Du und deine Mutter.“

Sie dachte über seine Worte nach. Es passte zu dem, was sie sich selbst zusammengereimt hatte, zu den Bildern von ihr und ihrer Mutter am Kai. Aber –

„Wieso kann ich mich dann nicht daran erinnern?“

„Vielleicht war eure Abreise so traumatisch, dass du deine Jahre in Irland vergessen hast und dich jetzt erst wieder langsam erinnerst?“ Aidans Antwortversuche waren eher wie Fragen formuliert. Und so war es ja auch: Eine Antwort warf nur wieder weitere Fragen auf. Fragen, die nur eine Person beantworten konnte – Penelopes Mutter.

Sie griff nach Aidans Hand und zog ihn Richtung Treppe, hinauf in den Gastraum.

Ich muss mit meiner Mutter sprechen.

„Penelope ist hier?“

Ihr erster Gedanke war, *schlaues Mädchen*. Sie hätte stolz auf ihre Tochter sein können. Nichts anderes hätte sie auch von ihr erwartet, wenn sie ehrlich war. Deswegen hatte sie ja auch unbedingt verhindern wollen, dass Penelope nach Irland reiste. Penelope, so verträumt sie oft war, konnte sich in Dinge verbeißen, die ihr wichtig erschienen. Und hier ging es nicht um Recherche für einen Übersetzungsauftrag. Hier ging es um etwas Persönliches.

Oder hatte dieser junge Mann etwas damit zu tun, der an das Handy ihrer Tochter gegangen war und dessen Unverfrorenheit sie so auf die Palme gebracht hatte? Sie hatte sich dermaßen geärgert, dass sie nicht mehr klar denken konnte und ihr der Name *Dunfanaghy* herausgerutscht war.

Vielleicht hatte er sie angelogen und doch noch Kontakt zu Penelope, hatte ihr von Dunfanaghy erzählt. Aber das war reine

Spekulation. Keine Spekulation war, dass Tygh – dem sie jetzt gegenüberstand und der etwas kleinlaut auf sie wirkte – Penelope bereits begegnet war und ihr offenbar auch schon erzählt hatte, dass sie auftauchen würde.

Felicitas fühlte sich im Nachteil. Penelope schien schon einiges zu wissen, es würde für sie schwer werden, die Informationen zu beeinflussen, die nur sie ihr geben konnte.

„Schau mich nicht so an, Feli." Tygh hatte seine kleinlaute Miene durch so etwas wie stillen Trotz ersetzt. „Sie ist einfach hier aufgetaucht, keine zwei Tage, bevor dein Brief ankam. Du hast mir nur das bestätigt, was ich schon ahnte."

„Was hast du ihr alles erzählt, Tygh?" Sie war nicht gewillt, ihm entgegenzukommen oder sich Rechtfertigungen anzuhören. Sicher hatte ihn Penelopes plötzliches Erscheinen überrumpelt. Sicher hätte sie ihn vorwarnen können, sie *hatte* ihm ja geschrieben – und wie hätte sie wissen können, dass ihr Brief zu spät kam? Die Entscheidungen, die sie damals getroffen hatte, waren ihr so endgültig vorgekommen. Es erschien ihr beinahe absurd, jedenfalls aber absolut unvorhersehbar, dass ihre Tochter dreißig Jahre später, ausgelöst durch eine Hirnblutung, Zugang zu ihrer verschütteten Kindheit erlangen würde.

Alles Wenn und Aber, Wäre und Hätte nützte ihr jetzt nichts. Es galt, an das Praktische und

Naheliegende zu denken. Wie würde sie Penelope gegenübertreten, was würde sie ihr sagen?

„Ich habe ihr gar nichts gesagt, nur dass du kommst und ihr das besser unter euch klärt."

Typisch Tygh, dachte sie, sich so leicht aus der Affäre ziehen. Das hatte er damals schon gut gekonnt. Vielleicht war es nicht ganz fair, die Verantwortung auf ihn abzuwälzen, gestand sie sich ein, vor allem wenn sie ihre eigene unrühmliche Rolle dabei bedachte. Aus Zorn darüber, dass Tygh sich nicht von seiner Frau trennen wollte, hatte sie ihn lange im Unklaren darüber gelassen, dass sie schwanger war. Dann war auch noch Frank auf der Bildfläche erschienen, und sie hatte seine Anwesenheit Tygh gegenüber ausgespielt.

Ganz zu schweigen davon, dass sie hatte sich überhaupt erst auf eine Affäre eingelassen hatte – sie, die ihre eigenen Moralvorstellungen immer über allem erhaben gewähnt hatte. Sie hatte stets das schlechte Gewissen Frank gegenüber verdrängt und hatte sich mit Haut und Haar auf etwas Neues, Aufregendes eingelassen, etwas, das nichts mit der pflichtbewussten, braven Tochter aus gutem Hause zu tun hatte.

Über das damals Vorgefallene zu sinnieren, brachte sie jetzt aber keinen Schritt weiter. Sie strich sich eine unfolgsame Haarsträhne hinters Ohr und sah Tygh dann scharf an.

„Da ist noch etwas anderes, oder?“ Schon damals hatte sie seine Gesichtsausdrücke, seine Stimmungen, gut deuten können. Tygh wich ihrem Blick aus.

„Penelope hat den Brief.“

Auch das noch. Sie fragte nicht, wie es dazu gekommen war. Wenn Tygh wollte, dass sie mit ihrer Tochter alles unter sich klärte, hatte er eigentlich keinen Grund, ihr den Brief zuzustecken. Aber es würde ihm ähnlich sehen, wenn er es einfach verschusselt hätte.

„Ist Theo hier?“, fragte sie stattdessen. *Mit ihm habe ich auch noch ein Hühnchen zu rupfen.*

Auf seinen verwirrten Gesichtsausdruck hin fügte sie ungeduldig hinzu „Etwa in Penelopes Alter, groß, schwarze Haare…?“ Er schüttelte den Kopf.

Was hatte Theo nur davon abgehalten, wie ausgemacht geradewegs hierherzufahren, um vor Penelope da zu sein? Sie anzurufen, wenn sie nach ein paar Tagen nicht auftauchte? Sie mit Informationshäppchen zu füttern, wenn sie hier war?

Sie wusste selbst, wie das klang. Manipulativ. Und sie wusste auch, dass es nun an ihr lag. Wenn Theo nicht hier war, musste sie allein ihrer Tochter mit Erklärungen gegenübertreten.

„Was wirst du jetzt tun?“

Beinahe hätte sie Tygh vergessen, der ihr noch immer gegenüberstand, mit hängenden Schultern. *Alt ist er geworden*, dachte sie. Bei genauem Hinsehen erkannte sie noch immer, was sie damals so angezogen hatte. Er besaß noch dieselbe widerspenstige Stirnlocke, die ihm jetzt ergraut in die Schläfen fiel. Sein Kinngrübchen hatte sich nicht verändert, ebenso wenig sein zurückhaltendes Lächeln, wenn er verlegen war. Das Lächeln, das sie auch in ihrer Tochter hin und wieder gesehen hatte. Der Tygh, dem sie jetzt, nach 30 Jahren, wieder begegnete, strahlte jedoch eine Schwermut aus, die sie von damals nicht kannte. Beinahe bedauerte sie, den Grund dafür nicht selbst miterlebt zu haben, nicht an seinem Leben teilgehabt zu haben, das ihn bis hierher geführt hatte, zu dem ergrauten Haarschopf, dem müden Mund, den runzligen Wangen.

Einmal noch hatte er ihr geschrieben, Jahre nachdem sie nach Deutschland zurückgekehrt und mit Frank ihr Leben weitergeführt hatte. Darin hatte er ihr ohne viele Worte vom Tod seiner Frau geschrieben. Aus den dürren Zeilen sprach die Wucht seiner Trauer umso stärker. Und sie, die mit ihm ganze Nächte voller lebhafter Gespräche hatte führen können, blieb stumm. Hatte nicht gewusst, was sie zu seinem Trost hätte sagen können, und war ihm eine Antwort schuldig geblieben.

Vielleicht würde es eine Zeit geben, über all das zu sprechen.

Aber nicht jetzt.

„Ich gehe zu ihr. Weißt du, wo...?"

„Das Seaside B&B", beendete er ihren Satz. Ihre Gedanken lesen, ihre Sätze vervollständigen, das hatte er schon damals gut gekonnt. Er fügte hinzu. „Glaube ich zumindest. Ich habe ihren Bekannten dort schon hineingehen sehen."

Bekannten? Theo schien es ja nicht zu sein. Wenn das dieser unhöfliche junge Mann war, nun gut, mit dem würde sie fertig werden. Sie hatte nicht vor, ihn an dem Gespräch teilhaben zu lassen.

„Feli."

Sie war eben dabei, sich den Mantel wieder zuzuknöpfen, den sie gar nicht erst ausgezogen hatte. Ihre Hände hielten inne, ihre Gedanken legten eine Vollbremsung hin, als sie den Kosenamen hörte.

„Wirst du ihr alles erzählen? Wirklich *alles*?"

Wenn einer wusste, was dieses *alles* war, dann war es Tygh. Schließlich war er es, der ihr damals den Brief übersetzt hatte, den Brief, der ihr alles bedeutete, der zu dieser langen Kette von Verwicklungen und Geheimnissen geführt hatte. War es nicht besser, diese Kette ein für alle Mal zu zerschlagen? Egal, wie es sie bei alledem aussehen lassen würde?

„Sie erfährt das, was sie wissen muss."

Ihre Hände, mit dem letzten Knopf des Mantels beschäftigt, hatten leicht zu zittern begonnen. Sie zwang sich, ruhig zu atmen und der Knopf schlüpfte wie von selbst durch das Loch.

Alles unter Kontrolle.

Eigentlich hatte Felicitas sich nur mit einem kurzen Nicken verabschieden wollen. Sie stand immer noch direkt an Tyghs Wohnungstür, auf dem Sprung, keine Zeit zu verschwenden. Aber irgendetwas brachte sie dazu, ein paar Schritte in den Raum zu machen. Sie umarmte Tygh gerade nur so kurz, dass er es später vielleicht für Einbildung halten würde.

Es tut mir leid, Tygh, dachte sie, während sie seine Wohnung verließ und leise die Tür hinter sich schloss.

BIN IM PUB

Eben nicht, dachte Oren, während er den Zettel von seiner Zimmertür pflückte. Offenbar hatte er sie verpasst, als er vor nicht einmal zehn Minuten aufs Geratewohl dort vorbeigeschaut hatte. Irgendetwas hatte Penelopes Pläne geändert.

Sie wird ihre Gründe haben. Oren glaubte nicht, dass sie ihn mit Absicht in die Irre geführt hatte. Wenn sie nicht wollte, dass er auftauchte, hätte sie ihm den Zettel nicht hinterlassen.

Hat bestimmt mit diesem Tygh zu tun. Komischer Auftritt vorhin im Café. Und das mit dem Brief... mehr als Schusseligkeit. Er wollte, *dass Penelope ihn bekommt. Erspart ihm ein unangenehmes Gespräch.*

Vielleicht war das auch nur eine Unterstellung. Aber unterstellt oder nicht, Penelope litt darunter – auf diesem Wege zu erfahren, dass sie einen Vater hatte, der ihr ein Leben lang verschwiegen worden war. Welche Mutter tat so etwas? Und warum?

Das waren Fragen, die nur Penelopes Mutter würde beantworten können. Oren wusste, es war Penelope allein, die dieses Gespräch führen musste. Aber er hatte nicht übel Lust, sich einzumischen, sollte ihre Mutter sie mit ausweichenden Antworten abzuspeisen versuchen. Bei dem Gedanken daran schüttelte er langsam den Kopf - wann hatte er sich das letzte Mal für jemanden so verantwortlich gefühlt?

Er wusste natürlich genau wann. Doch die Bilder, die dabei entstanden, ließ er selten zu. Das totenblasse Gesicht, viel zu klein auf dem riesigen Kissen. Die rissigen Lippen, die er unzählige Male mit Wasser benetzt, mit Vaseline eingecremt hatte. Das Fliegengewicht des hageren Körpers, wann immer er sein Mädchen aus dem Bett gehoben und ins Bad getragen hatte. Der gelassene Blick aus ihren Augen.

Nora. Keine zwölf Jahre alt. Eine beschissene Krankheit namens Leukämie. Keine Fürsorge der Welt, die das Unvermeidliche hätte ändern können. Die Trauer, die ihn irgendwann aus den Klauen gelassen, ausgespuckt hatte, Jahre später. In einem Zustand, der ihm ein Überleben gerade so ermöglichte, den seine Frau aber nicht mehr ausgehalten hatte.

Hier ging es nicht um Leben und Tod. Es war zunächst nicht einmal um Fürsorge gegangen, Penelope gegenüber. Es ging einfach um einen Gefallen für einen alten Freund. Darum, dass ihn ihre Geschichte fasziniert hatte und er sich insgeheim nach Jahren willkommener Ereignislosigkeit nach etwas Aufregung sehnte. Darum, dass ihm seine selbstgenügsamen Gespräche mit Papagei Delilah nicht mehr reichten.

Vielleicht würde er Penelope eines Tages all das erzählen. Aber nicht jetzt, wo sie mittendrin in ihrer eigenen verworrenen Geschichte steckte.

Ein Blick auf die Uhr sagte ihm, dass er wohl gut zehn Minuten, in Gedanken versunken, mitten in seinem Zimmer gestanden hatte. Höchste Zeit, nach Penelope zu sehen.

Sein Handy klingelte. Er hätte es nicht aufladen sollen, dann würde es ihn jetzt in Ruhe lassen. Er schaut dennoch aufs Display. Es war Quinn.

„Alter Freund", sagte er statt einer Begrüßung.

„Alles in Ordnung, Oren?" Er hörte Quinns besorgten Unterton.

„Es muss nicht gleich was passiert sein, bloß weil ich freundlich bin", knurrte er.

„Ganz der Alte." Quinn lachte. Dann wurde er wieder ernst. „Ist Penelope bei dir? Ich erreiche sie nicht."

„Hat ihr Handy verloren." Es war ihm zu mühsam, die genauen Umstände zu erklären.

Als es am anderen Ende der Leitung still blieb, fügte er hinzu „Und ja, sie ist hier."

„Kann ich sie sprechen?"

„Gerade jetzt ist es schlecht."

Ein Seufzer sagte ihm mehr als Worte, dass seine dürren Antworten selbst Quinns Geduld strapazierten.

„Sie spricht gerade mit ihrer Mutter. Denke ich. Mehr kann ich jetzt nicht sagen."

„Mehr *willst* du nicht sagen." Es klang resigniert. „Ich wollte nur hören, dass es ihr gutgeht, Oren."

Er wusste nicht recht, was er darauf antworten sollte. Nein, *gut* ging es ihr eben nicht. Wo sollte er aber überhaupt anfangen, wenn er Quinn erklären wollte, was alles vorgefallen war? Sein Freund würde sich vorerst mit dürren Fakten zufriedengeben müssen.

„Wir haben den Pub aus Penelopes Kindheit wiedergefunden, in Dunfanaghy."

Aus dem hörbar eingezogenen Atem hörte er, dass weitere Fragen auf dem Weg waren. Er würgte sie ab.

„Penelope wird dir alles erzählen. Wenn sie so weit ist."

Stille. Wieder einmal schien er es fertiggebracht zu haben, einen Freund vor den Kopf zu stoßen mit seiner Un-Art zu kommunizieren. Er wollte noch etwas hinzufügen, um seinen brüske Antwort abzumildern, etwas wie *Ich sag ihr, dass du angerufen hast, sie freut sich sicher,* oder etwas ähnlich Belangloses, das zumindest der Form genügte. Doch das war gar nicht nötig.

„Du magst sie, nicht wahr?" Oren hätte schwören können, dass Quinn dabei lächelte.

„Ja", sagte er nur. „Nora wäre jetzt im selben Alter." Er schluckte um den dumpfen Schmerz herum, den ihr Name immer noch hervorrief. Dann, um sich davon abzulenken: „Und du?"

Eine ehemalige Studentin von mir braucht deine Hilfe. Das waren Quinns Worte gewesen, als er ihn von ein paar Monaten angerufen hatte. Er hatte Oren von Penelopes Hirnblutung, ihren Blackouts und ihren unerklärlichen Irischkenntnissen erzählt. Das, was er nicht sagte, las Oren zwischen den Zeilen, fragte aber nicht weiter. Er hatte auch jetzt nicht vor, Quinn über die Art seiner Beziehung zu Penelope auszuhorchen. Quinn würde nur erzählen, was er für richtig hielt.

„Wir ... standen uns nahe. Eine Zeitlang."

Oren schwieg dazu. Er dachte flüchtig an früher, als sie ein paar Semester zusammen in Dublin studiert hatten, und der jüngere Quinn immer derjenige mit unglückseligen Liebschaften gewesen war. Kein Hallodri, einfach jemand, dessen Beziehungen stets früher oder später an ihrer Kompliziertheit zerbrachen. Ein Professor und seine Studentin, daraus sprach eine Menge Kompliziertheit. Dahingehend schien er sich also nicht geändert zu haben.

Geht dich nichts an, Oren. Er ärgerte sich fast ein bisschen, überhaupt gefragt zu haben.

Quinn schien keine Antwort zu erwarten. Oren konnte förmlich hören, wie Quinn die Stille zwischen ihnen sich ausdehnen ließ. Für jemanden, der so gerne und viel sprach, konnte er erstaunlich gut mit Gesprächspausen umgehen. Etwas, das Oren immer an ihm gemocht hatte.

„Also …“

„Du musst nach Penelope sehen, richtig.“ Es war keine Frage.

„Ja.“ Es erschien ihm nun doch unhöflich, dieses eine Wort so stehenzulassen, und er schob noch ein *Danke* hinterher. Es klang unbeholfen. Oren musste sich eingestehen, dass er mit seinen Gedanken bei Penelope war. Quinn schien es ihm nicht übelzunehmen. Sie beendeten das Telefonat. Oren warf das Handy aufs Bett – keine weiteren Ablenkungen dieses Mal! – und verließ mit großen Schritten das Zimmer.

Sein erster Impuls war, es noch einmal im Pub zu versuchen. Vielleicht war Penelope inzwischen dorthin zurückgekehrt, wo auch immer sie in der Zwischenzeit gewesen war.

Womit er nicht gerechnet hatte, war das Bild, das sich ihm bot, als er in die Straße des *McNamara’s* einbog und sein Blick auf den Vorgarten des Pubs fiel, keine zwanzig Meter entfernt.

„Was machst *du* denn hier??!"

Penelope war mit wehenden Fahnen aus dem Pub gestürmt. Sie würde ihre Mutter *jetzt* zur Rede stellen. Entweder hier oder bei Tygh. Aidan hatte ihr gerade noch Tyghs Adresse zurufen können, nur zwei Straßen weiter, bevor sie die Eingangstür hinter sich zuschlug, den Vorgarten durchquerte und auf die Straße trat.

Dort machte sie eine Vollbremsung. Und traute ihren Augen nicht. Auf der anderen Straßenseite hatte soeben ein auffällig pinkfarbener Nissan Micra angehalten. Während sie sich flüchtig fragte, wer ein solches Auto fuhr, hatte sich der Fahrer herausgeschält. Schlaksig, schwarze Haare, blaue Augen – nicht die Person, die man sich automatisch als Besitzer dieses Autos vorstellte. Der Groschen fiel erst, als ihr Blick bei den weißgelb gemusterten Sneakers des Fahrers hängenblieb. Die *sie* ihm einmal geschenkt hatte.

„*Theo*??"

Für einen kurzen, verzweifelten Augenblick wähnte sie sich in einem weiteren Blackout. Blickte sich gar kurz nach dem Ginsterbusch um, dessen volle Blüten ihren unschuldigen Duft verströmten und an dem sie eben vorbeigerauscht war. Aber nein. Sie hörte sich doch selbst sprechen, völlig klar und im Moment. Sie sprach Deutsch mit Theo. Und was sollte Theo auch mit ihrer irischen Welt zu tun haben? Gar nichts. Dass er dennoch jetzt hier stand, in Fleisch und Blut, als wäre er ein selbstverständlicher Teil von alledem hier, machte sie wütend. Was hatte Theo hier verloren? Woher wusste er, dass sie hier war?

Durch den Schleier ihrer Emotionen sah sie es ganz klar.

„*Sie* hat dich geschickt, nicht wahr?"

„Poppy, hör mir doch erstmal zu." Wie hatte er nur so schnell die Straße überquert? Er stand jetzt nicht einmal einen Meter von ihr entfernt. Sah sie beschwörend an, bewegte sich jedoch nicht näher.

„Nein, *du* hörst mir zu. Ich weiß nicht, was ihr zwei für ein Spiel treibt, und warum du jetzt auch noch hier auftauchst." Sie hatte ihre Stimme erhoben. „Das ist eine Sache zwischen ihr und mir."

Sie erwartete, dass er sie unterbrechen, dass er irgendeine lahme Entschuldigung vorbringen würde, warum er jetzt den Handlanger von Felicitas Brink gab. Sie wollte es nicht hören.

„Sie wird dir nicht alles sagen, weißt du." Sie sah, dass er Mühe hatte, still zu stehen. Er trat von einem Fuß auf den anderen, spielte mit dem Autoschlüssel in seiner rechten Hand. Sein Blick aber wich ihrem nicht aus.

„Was meinst du?" Gegen ihren Willen ging sie doch auf ihn ein.

Er stellte eine Gegenfrage. „Was hast du selbst schon herausgefunden?"

Sie presste ihre Lippen zusammen, nicht bereit, ihm entgegenzukommen. Sie fühlte, wie ihre Energie in eine Richtung gelenkt wurde, die sie nicht wollte. Sie hatte all ihre Kraft zusammengenommen, sich ihrer Mutter zu stellen, und jetzt stand sie Theo gegenüber.

Aber … vielleicht konnte sie auch einen Vorteil dadurch gewinnen, dass sie etwas von Theo erfuhr. Es würde ihr vielleicht die Oberhand geben, wenn sie ihrer Mutter gegenübertrat. Sie musste es nur geschickt für sich nutzen. Etwas verwundert nahm sie zur Kenntnis, dass dies Gedankengänge waren, wie sie von ihrer Mutter hätten stammen können.

Das war eben nicht zu ändern. Sie musste sich eine gewisse Härte geben, wenn sie das hier heil überstehen wollte. Einen Zusammenbruch wie gestern am Kai würde es nicht noch einmal geben.

„Ich habe die ersten Lebensjahre hier in diesem Ort verbracht", sagte sie. Sie sah ihn forschend an. „Aber das wusstest du schon, richtig?" Sein Blick machte jede Antwort unnötig. „Und wusstest du auch, dass Frank nicht mein richtiger Vater ist? Dass ich einen irischen Vater habe?"

„Ja. Aber Poppy, das ist noch längst nicht alles, was sie dir verschwiegen hat." Sie sah, dass er den zweiten Satz hastig hinterher schob, so als wolle er von der Tatsache ablenken, dass er in all das eingeweiht gewesen war. Er kramte in seiner ledernen Aktentasche herum, hielt aber inne, als sie weitersprach.

„Warum, Theo? Warum hat sie dir etwas erzählt, was sie mir jahrelang verheimlicht hat? Warum solltest du jetzt als strahlender Ritter hier auftauchen, der mir das große Geheimnis verkündet? Und wieso verbündest du dich mit ihr, anstatt damit zu mir zu kommen?" Die Sätze purzelten ungebremst aus ihr heraus.

Theo war einen weiteren kleinen Schritt auf sie zugetreten. Er berührte sie noch immer nicht, machte nur eine hilflose Geste mit seiner rechten Hand, die sie noch nie an ihm gesehen hatte. Er, der große, selbstbewusste Theo, schien nach Worten zu suchen.

„Ich *wollte* dich erreichen, Poppy. Ich gebe zu, dass ich gehofft habe, dich zurückzugewinnen, indem ich dir als erster Informationen von deiner Mutter weitergebe. Aber …"

Penelope unterbrach ihn. „Du hast dich also von ihr manipulieren lassen." Sein Blick verfinsterte sich. Er stritt es nicht ab.

„Aber von dem Moment an, als ich wusste, worum es wirklich ging, habe ich dich versucht zu erreichen. Das musst du mir glauben.“

„Das würde ich gerne, aber da ich mein Handy verloren habe, lässt sich das schlecht überprüfen.“ Sie spürte selbst, wie sie den herablassenden Ton ihrer Mutter angenommen hatte. Es war wie eine Barriere, hinter der sie ihre Emotionen verstecken konnte.

Das Gespräch schien in einer Sackgasse zu münden. Penelope stand vor ihm, mit hängenden Schultern, als wäre sie kurzzeitig jeder Energie beraubt worden. Für einen schwachen Moment lang hätte sie sich am liebsten Theo in die Arme geworfen. Er schien es an ihrem Blick zu spüren, denn jetzt streckte er die Hand nach ihr aus, um sie ihr in einer vertrauten Geste auf den Unterarm zu legen.

„Hier bist du also.“ Die Stimme war ruhig, kühl. „Hast ganz schön schnell die Seiten gewechselt.“

Penelope zuckte zusammen. Sie war so versunken gewesen, in das Gespräch, die Nähe zu Theo, ihre flackernden Gedanken, dass sie ihre Mutter nicht hatte kommen hören. Jetzt stand sie, sehr aufrecht, keine zehn Schritte hinter ihnen, direkt in ihrem Blickfeld. Sie trug einen dunkelblauen Hosenanzug, cremefarbene Bluse und darüber einen Wollmantel. Ihr sorgfältig frisiertes Haar war längst durch den atlantischen Wind in Unordnung gebracht worden. Davon abgesehen wirkte ihr Auftritt wie immer perfekt; *alles unter Kontrolle*, schien er zu sagen.

Penelope glaubte ihr nicht. Dieses winzige Flattern in den kühlen Augen, kurz bevor sie wieder ihre undurchdringliche Miene aufgesetzt hatte. Ihre unschlüssige Körperhaltung, als wisse sie nicht recht, wen sie zuerst konfrontieren sollte.

Penelope sah, wie ihre Mutter den Mund öffnete und war für einen Moment verunsichert. Sie wusste, jetzt würde ihr das Gespräch entgleiten. Womit sie nicht gerechnet hatte war, dass ihr Theo so schnell zur Seite springen würde.

„Ich stand schon immer auf Poppys Seite", sagte er ruhig. „Und im Übrigen hat sie das meiste schon selbst herausgefunden."

Den Moment der Stille, in dem ihre Mutter das Gehörte aufnahm, nutzte Penelope.

„Danke, Theo. Aber jetzt ist es ein bisschen zu spät, sich auf meine Seite zu schlagen. Es sei denn, das war alles so geplant." Sie hasste sich selbst in dem Moment, in dem sie es aussprach. Aber sie sah überall Manipulation: Vonseiten ihrer Mutter, die ihr selbst jetzt noch Informationen vorenthalten wollte, von Theo, der das Szenario nur ausnutzte, um ihr gegenüber gut dazustehen ….

Sie schloss die Augen, rief sich ins Gedächtnis, wem sie vertraute, wer in den letzten Tagen bei ihr gewesen war, ihr geholfen hatte. Da war Oren. Unerschütterlicher Oren, der auf seine eigenwillige Art immer zu ihr gehalten hatte. Allein, dass sie ihn eben aus den Augenwinkeln gesehen hatte, wie er ins Pub ging und dabei unmerklich den Kopf nach ihr drehte, beruhigte sie. Dann Matilda, die ohne viel Aufhebens einfach für sie da gewesen war, sich für sie in Nachforschungen vergraben hatte, und ohne deren Pragmatismus sie schon früher das Handtuch geworfen hätte. Quinn, mit dem sie schon lange nur noch eine flüchtige Freundschaft verband, und der ihr dennoch ohne zu zögern geholfen hatte, sie als Erster darin bestärkt hatte, in Irland nach Antworten zu suchen, und den Kontakt zu Oren hergestellt hatte. Aidan, ihr Bindeglied zur verschütteten Kindheit, der ihr so nahestand wie ein Bruder.

Schließlich Cass. Die merkwürdigste Begegnung überhaupt. Die Ernsthaftigkeit, mit der er ihr zugehört hatte, die Bereitwilligkeit, mit der er sich mit ihr auf die Suche nach Anu gemacht hatte. Einfach so, nach nur einem gemeinsamen Abend im Pub, hatte er alles für sie stehen und liegen lassen und war etwas nachgejagt, das andere nur als Hirngespinst bezeichnet hätten.

Wenn Cass nur hier wäre.

„Gib mir die Unterlagen, Theo.“

Während Penelope ihren Gedanken nachgehangen hatte, war ihre Mutter neben Theo getreten, und hatte die Hand ausgestreckt.

„*Sie* wollten doch, dass ich ihr die Informationen gebe. Woher plötzlich der Sinneswandel?“ Theos Stimme hatte einen eisigen Unterton angenommen.

„Ich habe einen Fehler gemacht", entgegnete ihre Mutter. „Ich wollte um jeden Preis von meiner Tochter fern halten, was mich selbst beinahe kaputt gemacht hätte. Aber jetzt bin ich hier, um mit dir zu sprechen." Sie hatte sich Penelope zugewandt, sah sie beschwörend an. „Bitte."

Theo, der zu wissen schien, dass er das Gespräch würde aus der Hand geben müssen, griff in seine Aktentasche, holte ein schmales Bündel Papiere heraus, und gab es Penelope.

„Frag sie, was es mit den Geburtsurkunden auf sich hat. Und frag sie nach Brianna Marsh."

Da war so eine plötzliche Taubheit auf Felicitas' Lippen. Ihr Gesicht war wie eingefroren. Sie wusste, es war ihr anzusehen, wie geschockt sie war. Nicht etwa, weil Penelope schon über Tygh Bescheid wusste. In dem Moment, als ihre Tochter nach Irland aufbrach, war es beinahe unvermeidlich gewesen, dass sie etwas finden würde. Insgeheim hatte sich Felicitas schon darauf vorbereitet. Ja, beinahe hatte sie gehofft, dass sie nicht diejenige sein müsste, die alles erklären müsste. Im Endeffekt war es egal, dass Penelope es nicht von Theo erfahren hatte – es war eigentlich sogar besser, dass sie selbst darauf gekommen war.

Aber jetzt das … *Brianna Marsh*. Felicitas hatte gehofft, diesen Namen nie wieder hören zu müssen. Er stand für so vieles, das sie vergessen wollte und doch nie konnte. Der Ursprung von allem, ihrer Suche nach Wahrheiten, dem tiefen Schmerz, von ihren Eltern hintergangen worden zu sein, ihrer irischen Vergangenheit, die viel weiter zurückreichte als bis zu dem Tag, an dem sie erstmals den Fuß auf die grüne Insel gesetzt hatte.

Wenn sie damals geahnt hätte, wohin sie ihre Suche führen würde, was sie ans Licht zerren würde, hätte sie wohl auf dem Absatz kehrt gemacht und den nächsten Flieger nach Hause bestiegen. Nach Hause, zu ihrem Verlobten Frank, der nicht verstanden hatte, warum sie so plötzlich in ein fremdes Land aufbrach, mit nichts als einem Brief in der Hand. Zu ihrem Psychologiestudium, das ihre Eltern für brotlos hielten, ihr aber trotzdem finanzierten. Zu ihren Eltern … nein, zu denen hätte sie nicht zurückkehren können, nicht einmal dann, wenn sie das wohlgehütete Geheimnis nicht gelüftet hätte. Zu viel war kaputt gegangen zwischen ihnen.

Aber hier stand sie nun. Durch Theos Spürsinn wurde sie jetzt mit dem Punkt ihrer Vergangenheit konfrontiert, den sie bis zuletzt hatte verheimlichen wollen. Hatte sie wirklich geglaubt, die beiden Dinge trennen zu können?

„Du warst bei Brianna Marsh?" Erstaunt stellte sie fest, dass nicht sie selbst es war, die die Frage an Theo richtete, sondern Penelope. „Hat sie dir auch von Tygh und der Sprachschule erzählt, wo meine Mutter war?" Felicitas schloss kurz die Augen. Penelope war also auch schon bei Brianna Marsh gewesen. Gab es noch irgendetwas, das sie nicht wusste?

Theo, der sich eigentlich bereits abgewandt hatte, nachdem er Penelope die Papiere gegeben hatte, blieb kurz stehen.

„Das hat sie. Und noch einiges anderes. Aber das soll dir deine Mutter selbst sagen."

Felicitas sah ihm nach, wie er langsam davonging, den Blick gesenkt. Er zwängte sich in seinen Kleinwagen und fuhr mit quietschenden Reifen davon. Sie musste ihm widerwillig Respekt zollen – instinktiv schien er zu wissen, dass es nicht an ihm war, etwas so Tiefgreifendes zu erzählen.

Penelope stand immer noch da, die Dokumente an sich gedrückt, die Schultern hängend, der Blick schwer. Ihre anfängliche Wut schien verraucht.

„Was werde ich in den Dokumenten finden?" Die Frage war so leise gestellt, so tonlos, dass der auffrischende Wind die Worte beinahe ungehört davontrug.

Felicitas löste sich aus ihrer Erstarrung, fand ihre Worte wieder. „Nicht hier. Lass uns reingehen." Sie folgte Penelope die wenigen Meter durch den Vorgarten des Pubs, darauf bedacht, ihr nicht zu nahe zu kommen. Sie betraten den Gastraum und setzten sich an einen der leeren Tische. Es war kalt; fröstelnd ließ sie sich nieder und beschloss, ihren wärmenden Mantel anzubehalten.

Im Hintergrund, am Tresen, sah sie zwei Männer, einen älteren großgewachsenen Rübezahl, und einen junger dunkelhaarigen Mann, bei dessen Anblick sie einen Stich verspürte. Das musste Aidan sein. Er und

Penelope waren früher unzertrennlich gewesen. Jetzt winkte er schüchtern zu Penelope herüber, die ihm kurz zunickte, bevor sie sich wieder auf die Dokumente konzentrierte.

„Soll ich ...?" Sie wusste selbst nicht recht, was eigentlich genau. Ihrer Tochter die Dokumente erklären?

„Lass mich", sagte Penelope. Es war klar, dass sie vorerst keine Erklärungen wollte. Sie schaute sich eine Seite nach der anderen an. Die Adoptionserklärung von Frank, die ihr bestätigte, dass Tygh der Vater war. Das Foto, auf dem sie selbst zusammen mit Frank am Kai von Dunfanaghy zu sehen war. Penelope, die bis jetzt geschwiegen hatte, sah auf.

„Mein Vater war hier?" Wie sie das sagte, *mein Vater*. Aber natürlich, adoptiert oder nicht – Frank war zeitlebens ihr Vater gewesen und würde niemals etwas anderes sein als das.

„Frank war hier, ja. Zweimal. Einmal, vor Deiner Geburt. Und dann noch ein zweites Mal. Da warst du vier Jahre alt."

„Und du bist mit ihm zurückgegangen?" Sie sprach gefasst, doch Felicitas sah, wie die Knöchel ihrer Hand weiß hervortraten, als sie das Foto in den Händen hielt.

„Nicht sofort, etwas später erst. Als es mit Tygh und mir ... endgültig zu Ende war. Frank ... er wollte mich zurückhaben, trotz allem, was vorgefallen war. Ich hätte es mir nie verziehen, wenn ich diese Chance nicht ergriffen hätte."

Es kam lange keine Antwort. Felicitas konnte nur spekulieren, was ihre Tochter dachte. Ihre überkorrekte Mutter hatte eine Affäre, das war vermutlich für sie absolut unvorstellbar. Nicht nur war Frank nicht ihr leiblicher Vater, er hatte sogar davon gewusst, sie adoptiert, ihr aber nie davon erzählt. Penelope musste annehmen, dass es ihrer Mutter wichtiger gewesen war, eine makellose Fassade aufrechtzuerhalten, als ihr von dem irischen Vater zu erzählen und somit ihre Affäre offenbaren zu müssen.

„Erklär mir das hier." Penelope hatte inzwischen das Foto aus der Hand gelegt und schob zwei offiziell aussehende Dokumente herüber.

Felicitas spürte, wie sie blass wurde. Es konnte einfach nicht sein. Es konnte nicht sein, dass sie Theo ausgerechnet die Geburtsurkunden mitgegeben hatte. War es ein Versehen gewesen? War es eine unbewusste Handlung gewesen, der unausgesprochene Wunsch, dass ihre eigene Vergangenheit doch ans Licht kommen sollte, ihre eigenen Taten damit klarer würden?

Sie nahm die Dokumente in die Hand, mit klammen Fingern. Sie hatte sie solange nicht in den Händen gehalten, dass sie beinahe deren Existenz vergessen hatte. Vergessen *wollte*, korrigierte sie sich. So erklärte sich wohl auch, dass sie sie vor der Übergabe an Theo nicht aussortiert hatte. Und wie

Theo, der journalistische Spürhund, auf Brianna Marsh gekommen war.

„Das sind Geburtsurkunden."

„Das sehe ich." Penelopes Stimme war ruhig. Sie hatte die irische Geburtsurkunde in die Hand genommen. „Es ist dein Geburtsjahr." Dann machte sie eine kurze Pause, schien zu überlegen. „Aber wer ist Ciara Cahill?" Sie sprach es mehr zu sich selbst. Sah auf die zweite Geburtsurkunde. Dann sah sie ihre Mutter direkt an, zum allerersten Mal.

„Du bist das, nicht wahr? *Du* bist Ciara Cahill."

Das war er also. Der Augenblick, in dem ihre Tochter aussprach, was sie nie hätte erfahren sollen. Ein Wissen, das sie nie hätte belasten dürfen, so wie es sie selbst belastet hatte. Sie hatte so viel dafür getan, dass nichts von alledem ans Licht kam. Wenn sie nicht darüber redete, wäre es am Ende vielleicht einfach nicht passiert.

Zu spät, viel zu spät, erkannte sie, dass dieses Verhalten ganz genauso war wie das ihrer Eltern. *Adoptiveltern*, korrigierte sie sich. Auf ihre Art liebevolle, aber vor allem stets tadellose und korrekte Menschen, die es Felicitas an nichts hatten fehlen lassen. Für die ein Kind zur heilen Familie dazugehörte, eine Adoption hingegen ein Makel war, den man verbergen musste. Zumal, wenn die leibliche Mutter gezwungen worden war, ihr Kind zur Adoption freizugeben.

Der Dachboden ihrer Eltern. Was hatte Felicitas damals dazu getrieben, dort hinaufzugehen? Sie erinnerte sich zurück – es war die Suche nach Fotoalben, von denen im Haus kein einziges existierte. Bei einem Wasserschaden zerstört, hatte ihre Mutter ihr einmal erzählt. Irgendwas an ihrem Tonfall hatte Felicitas stutzen lassen. Jahre später, mit Anfang zwanzig, mitten im Studium, verlobt mit ihrer jungen Liebe namens Frank, auf dem Sprung ins Erwachsenenleben in einer eigenen Wohnung, waren ihr die Fotoalben wieder eingefallen. Einer Eingebung folgend, war sie eines Abends auf den Dachboden gestiegen, als ihre Eltern außer Haus waren. Hatte die schwere ausziehbare Leiter mit einem Stock aus der Decke gezogen und war die steilen, knarrenden Stufen hinaufgeklettert.

Sie fand: Ein Set alter Tennisschläger – wann hatte sie ihre Eltern jemals Tennis spielen sehen? Eine Kleiderstange mit sorgfältig in Kleidersäcken verstauten Kostümen und Anzügen. Ein Holzschaukelpferd, das sie heiß und innig geliebt hatte, und das eines Tages einfach nicht mehr in ihrem Zimmer gestanden hatte, weil die Eltern sie für zu alt für ein Kinderspielzeug befunden hatten. Jede Menge Kartons, einer verstaubter als der andere. Darin alte Rechnungen, Unterlagen längst gekündigter Versicherungen, uralte Mietverträge. Ein kleiner Karton nur mit Brillengestellen.

Schließlich, fast versteckt hinter einem Haufen schweinslederner Reisetaschen: Eine Kiste mit Fotos.

Keine Alben, sondern einzelne Schwarzweißfotos. Felicitas zog mit schwitzigen Fingern an den Fotos, die von Alter, Schmutz und sich ablösender Farbe leicht zusammenklebten. Schließlich fiel ihr ein Foto in den Schoß. Es zeigte ein junges Paar mit einem Baby im Arm. Die junge Mutter strahlte nicht, es war eher ein verhaltenes Lächeln, so als könnte sie das Wunder in ihrem Arm noch nicht recht glauben. Daneben der Vater, gerade, korrekt, die Aufregung nur an der Art abzulesen, mit der er seinen Arm um die Schulter seiner Frau gelegt hatte. In seiner anderen Hand hielt er eine kleine Reisetasche, aus der ein kleiner Stoffteddy nur gerade eben herausschaute.

Die junge Familie stand vor einem eigentümlichen Gebäude, grau und düster unter den tiefliegenden Wolken war es, von hohen Mauern umgeben, davor eine dürre Grasfläche. Das Gebäude strahlte Härte und Entbehren aus, selbst für Felicitas, die gar nicht wusste, was sie vor sich sah. Sie sah in die jungen Gesichter, und trotz der fast zwanzig Jahre, die seitdem vergangen waren, erkannte sie ihre Eltern. Dann musste *sie* es sein, die dort auf dem Arm gehalten wurde, oder? Doch wo befand sich dieser düstere Ort?

Ein Griff in den Karton brachte ein weiteres Rätsel zum Vorschein. Eine Geburtsurkunde, ausgestellt auf eine gewisse Ciara Cahill.

„Ciara Cahill." Sie stolperte über die ungewohnten Laute. Wer war Ciara Cahill, und wieso besaßen ihre Eltern eine Geburtsurkunde von ihr?

Das Geburtsjahr war identisch mit ihrem. Hatte sie etwa eine Zwillingsschwester, die bei der Geburt verstorben war? Das passte aber nicht zu dem merkwürdigen Namen. Und ihre Eltern hätten ihr das doch bestimmt nicht verschwiegen. Felicitas sah von der Geburtsurkunde auf, blickte sich auf dem dunklen Dachboden um, als läge die Antwort in einem der alten Gegenstände, die hier seit Jahren vor sich hin staubten. Sah wieder auf das Foto, und folgte gedanklich dem ersten Impuls, den sie verspürt hatte, als sie die Familie auf dem Bild erblickt hatte. Dass *sie* selbst es war, die auf dem Bild zu sehen war. Doch was bedeutete das? Dass sie gar nicht Felicitas hieß, sondern Ciara? Sie versuchte sich zu erinnern, ob sie ihre Geburtsurkunde schon einmal gesehen hatte. Ihr Vater besaß in seinem Arbeitszimmer – das sie normalerweise nicht betreten durfte – einen Aktenordner voller Urkunden. Dort musste auch ihre eigene Geburtsurkunde sein. Sie hoffe, sie dort zu finden, endgültiger Beweis ihrer Identität. Aber jetzt war sie hier oben und zerbrach sich den Kopf über die geheimnisvolle Ciara.

Noch etwas fand sich in dem Karton, das Papier dünn und vergilbt, beinahe traute sie sich nicht, es in die Hand zu nehmen.

Es war der Brief, der alles verändern sollte.

Der Brief, der sie überhaupt erst nach Irland geführt hatte.

Der Brief, den sie jetzt aus ihrer Handtasche zog und neben die Geburtsurkunden auf den Tisch legte.

Sie sah, wie Penelope mit zitternden Fingern danach griff. Das vergilbte Papier vorsichtig entfaltete und auf die Buchstaben starrte.

„Kannst du ihn lesen?"

Ihre Tochter hatte kurz die Augen geschlossen, fuhr mit den Fingern über die dünnen Seiten des Briefs, hielt sie schließlich direkt vor ihr Gesicht und atmete tief ein.

„Is feidir liom." *Ja, kann ich.*

Meine liebste Ciara!

Dies ist der allererste Brief, den ich allein schreibe, und der mir nicht von den Schwestern diktiert wird. Es fühlt sich komisch an, wenn mir keiner sagt, was ich schreiben soll. Ich weiß nicht, ob ich gut bin im Briefe schreiben. Aber Dir zuliebe muss ich es versuchen.

Mir war lange nicht klar, warum ich überhaupt lesen und schreiben lernen soll. Wozu, als Tochter eines Bauern? Zum Stallausmisten und Schafe füttern? 'Bücher setzen dir nur Flausen in den Kopf', hat mein Vater immer zu mir gesagt. Er hielt es für Zeitverschwendung, mich in die Schule zu schicken. Weil ich dann als Arbeitskraft auf dem Hof fehlte. Bildung war unnötiger Luxus. Bildung brachte kein Essen auf den Tisch. Und: 'Ein gebildetes Mädchen findet schneller einen Mann', sagte meine Mutter. Das immerhin war für meinen Vater einleuchtend.

Ich war nicht gut in der Schule, aber Lesen und Schreiben lernte ich. Vielleicht nur, um Dir einmal diesen Brief schreiben zu können. Damals konnte ich das natürlich nicht wissen. Lesen bedeutete zunächst, den engen Grenzen meiner Welt für ein paar Stunden zu entfliehen. In unserer Schule gab es eine kleine Bibliothek, in der ich mich nach der Schule oft aufhielt. Wenn ich dann viel zu spät heimkam, gab es meist Schelte.

Und es gab Timothy. Er war eine Klasse über mir und fast jeden Nachmittag in der Bibliothek. Ein stiller Junge mit goldenem Haar und braunen Augen. Ich glaube, er half mir nur beim Lesenlernen, weil ich ihn störte. Er ertrug es nicht, mich in verkrampfter Haltung über einem Buch zu sehen, meinen Zeigefinger unter jedem einzelnen Wort, die Silben laut mit den Lippen formend. So wirst du nie Freude am Lesen haben, waren seine ersten Worte zu mir. Vielleicht fühlte er sich auch gar nicht gestört von mir, sondern hatte Mitleid. Und er hatte Recht. Ich war so beschäftigt, aus Buchstabensalat Wörter zu formen, dass sie jede Bedeutung für mich verloren. Mit Timothy lernte ich, den Rhythmus der Worte zu erfassen, und mit dem Rhythmus den Sinn dahinter. Wir lasen uns gegenseitig unsere Lieblingsgeschichten vor. Und Timothy lehrte mich das stille Lesen. Am Ende des Schuljahres war ich Klassenbeste im Lesen und Aufsätze schreiben. Und Timothy wurde mein bester Freund.

Auch als mein Vater mich nach der Primary School zu Hause behielt, hielten wir Kontakt. Zwischen Schafe hüten, Wäsche waschen und meiner Mutter beim Kochen zur Hand gehen stahl ich mir Stunden, die wir zusammen mit Lesen verbrachten. Dazwischen erzählte er mir von seinen Plänen, in der Stadt zu studieren, um der Enge des Dorflebens zu entfliehen. Er sah mich dabei manchmal so an, wenn er das sagte. Ihn zu fragen, ob er mich mitnähme, machte mir jedoch ebenso große Angst wie die Vorstellung, ohne ihn zu sein.

Timothy beendete die Schule mit Bestnoten. Er half auf dem Hof meines Vaters aus, um etwas Geld für die Stadt beiseitezulegen. Für mich war es wie eine Galgenfrist. Ich sah ihn jetzt viel häufiger, aber die Zeit mit ihm war endlich. Ich schmiedete wilde Pläne. Wollte mit ihm durchbrennen, wusste aber tief im Innern, dass ich sie nicht ausführen, ja nicht einmal Timothy gegenüber erwähnen würde. Ich würde ihn nicht an seinem Traum hindern, ihm keine Last sein. Er wusste ja nicht einmal, dass ich ihn liebte!

Eines Abends, beim gemeinsamen Lesen auf dem alten Heuboden, sagte Timothy mir, dass er auf einer Abendschule in Dublin angenommen worden war. Sie sollte ihn für die Universität vorbereiten. Tagsüber würde er als Zeitungsausträger arbeiten. Er hatte alles sorgfältig geplant. Wenn er mich dabeihaben wollte, so erwähnte er es nicht. Und mein Mund war verschlossen. Ich konnte ihn nicht bei mir halten, hier, im Dorf, das zu eng für ihn geworden war. Und ich *konnte nicht einfach mit ihm verschwinden, ein unverheiratetes Mädchen, das für sich selbst sorgen musste. Das Wort Heirat fiel nie zwischen uns.*

Ich tat das Einzige, was mir einfiel, um Timothy wenigstens für diesen einen Moment für mich zu haben. Ich küsste ihn. Es war als Abschiedskuss gedacht. Ein Moment der Innigkeit, an den ich mich in Zeiten der Einsamkeit würde erinnern können.

Nach dieser einen Nacht hatte ich jedoch viel mehr, an das ich mich erinnern konnte. Tränenfeuchte Küsse. Der Duft nach Heu und Schweiß. Weiche Haarsträhnen, die meine Wangen kitzelten. Kratziges Stroh auf meiner nackten Haut. Timothys Stimme, die ganz anders klang als beim Vorlesen, tiefer und rauer. Das Geräusch seiner Stiefel, als er die Leiter vom Heuboden herabstieg, nachdem er mich ein letztes Mal geküsst hatte.

Ich sollte ihn nie wiedersehen.

Das war noch nicht alles, was mir diese Nacht an Erinnerungen zurückgelassen hat. Die allerwichtigste Erinnerung bist Du, Ciara. Ohne Timothy gäbe es Dich nicht. Dass sage ich mir, wenn ich ihn wieder einmal verfluche, weil er aus meinem Leben verschwand.

Mein Vater wollte mich verprügeln, als er von meiner Schwangerschaft erfuhr. 'Du bringst Schande über unsere Familie, Niamh', sagte meine Mutter, die Vater nur mit Mühe davon abhalten konnte, seine Hand gegen mich zu erheben. 'Und dein feiner Timothy macht sich aus dem Staub, anstatt das einzig Richtige zu tun', fügte sie hinzu.

Timothy hatte sich nicht aus dem Staub gemacht, wie ich erst später erfuhr. Sein Vater fand wohl, er würde sich 'die Flausen', schneller aus dem Kopf schlagen, wenn er ihn nach Amerika zu seinem Onkel schickte. Gott weiß, wie Timothys Vater das von uns überhaupt mitbekommen hatte. Jedenfalls schickte er ihn fort, und ich habe nie wieder von ihm gehört.

Mich schickte mein Vater nach Tuam.

Ich hatte zuvor nur gerüchteweise von den Mutter-Kind-Heimen gehört. Nun war ich eine von denen, die in Schande davongeschickt wurden. Meine Mutter behielt mich noch eine Weile auf dem Hof; ich durfte aber nur noch im Haus arbeiten, wo die Nachbarn meinen wachsenden Bauch nicht sehen würden. Als ich im siebten Monat mit Dir schwanger war, packte mich mein Vater eines sehr frühen Morgens in seinen Viehtransporter. Ich wusste, dass er an dem Tag Schafe auf dem Viehmarkt in Tuam kaufen wollte. Was ich nicht wusste war, dass mein Vater mich an dem Tag nicht wieder mit nach Hause nehmen würde.

Zwischen meiner Ankunft in dem Heim und diesem Brief liegen dreizehn Monate. Es waren die schlimmsten und zugleich schönsten in meinem Leben. Die schlimmsten, weil wir Mädchen jeden Tag zu hören bekamen, dass wir für unser schändliches Verhalten Abbitte leisten müssten. Abbitte, das war so ein Wort, das ich vorher nicht kannte. Ich verbinde es noch heute mit dem Schrubben schmutziger Böden, auf den Knien rutschend. Mit dem Waschen der zahllosen Schwesterntrachten und Stoffwindeln. Mit den Schlägen der Oberschwester, wenn ich wieder einmal ein paar Minuten mehr Zeit an Deinem Kinderbett verbringen wollte. Mit dem Klagen der Mütter, deren Babys gestorben waren. Mit dem Wort Schande, das mich vom Elternhaus ins Heim und bis hinein in meine Träume verfolgte.

Aber es gab auch die schönen Momente. Die Zeit mit Dir.

Von dem Tag an, als Du geboren wurdest, schien alles andere unwichtig zu werden. Die Mühsal der täglichen Arbeiten im Heim. Die kargen Mahlzeiten, von denen ich immer noch etwas für meine Freundin Elisa abzwackte. Die Schelte der Schwestern, wenn der Boden nicht sauber genug, das Tischgebet nicht innig genug, die Kopfhaltung nicht demütig genug gewesen war. Ich sah nur noch Dich, meine Gedanken galten Deinem Wohlergehen. Wenn ich Dich schlafend in Deinem Bettchen liegen sah, schwand mein Groll auf Timothy, und ich empfand Dankbarkeit für das Geschenk, das er mir gemacht hatte.

Die ersten Monate mit Dir waren wie ein Traum, der mich die schlechten Tage im Heim ertragen ließ. Ich merkte fast zu spät, dass ich aus diesem Traum erwachen und handeln musste. Es fing damit an, dass Elisa ihr Baby verlor, den kleinen Adam. Es war nicht das erste Mal, dass ich den plötzlichen Tod eines Babys mitbekam. Elisa erzählte mir, dass die Schwestern sie nicht mehr zu Adam gelassen hatten, um sich nach seinem Tod von ihm zu verabschieden. Es gab kein offizielles Begräbnis. Schwester Anne zeigte Elisa den kleinen Kinderfriedhof mit den einfachen Holzkreuzen im Garten. Als Elisa wissen wollte, warum keine frisch aufgeworfene Erde an der Grabstelle zu sehen war, bekam sie eine schallende Ohrfeige.

Ich weiß nicht, was hinter unserem Rücken mit den toten Babys geschah. Ich weiß nur, dass es kaum offizielle Begräbnisse für die toten Babys gab. Und dass alle Mädchen, die ihre Babys verloren hatten, herumliefen wie Geister. Ich wollte nicht enden wie sie.

Ich sah Dich jeden Tag stärker werden, der kargen Nahrung und den feuchten Schlafsälen zum Trotz. Wie Monate zuvor mit Timothy hegte ich Fluchtfantasien. Ich würde Dich einfach des Nachts aus dem Bettchen nehmen und mit Dir verschwinden. Meine Mutter würde mich doch nicht auf der Straße sitzen lassen? Doch sie wusste ja nicht, wie schlecht es mir und den anderen hier ging. Die Schwestern diktierten uns regelmäßig Briefe an unsere Familien. Darin stand, wie gut für uns gesorgt wurde. Wie Gebet, harte Arbeit und Demut uns zu ehrbaren Frauen erzog. Wie prächtig sich unsere Babys unter der Fürsorge der gottesfürchtigen Schwestern entwickelten. Wie würde dieses Bild mit dem einer Ausreißerin zusammenpassen?

Eines Tages kam Schwester Brianna auf mich zu und erzählte mir, dass ein Ehepaar zu Besuch im Heim gewesen war. Das Ehepaar hatte Interesse an Dir gezeigt und wollte Dich adoptieren. Ich stand unter Schock. Nie im Leben würde ich Dich hergeben. Doch ich wurde nicht gefragt. Das Ehepaar kam schon am nächsten Morgen, um Dich mitzunehmen. Mich zwang man, Adoptionspapiere zu unterschreiben. Es wurde mir untersagt, jemals Kontakt zu Dir aufzunehmen. Wie hätte ich das auch tun sollen? Von dem Ehepaar, das dich am nächsten Tag mitnahm, erfuhr ich nicht einmal den Namen. Die Bindung zwischen Dir und mir würde auf immer verloren sein, und ich musste machtlos mit ansehen, wie mir mein Kind weggenommen wurde.

Obwohl ich tief im Innern weiß, dass Dich ein besseres Leben erwartet, kann ich mich nicht damit abfinden, dass Du nie von mir wissen wirst. Daher versuche ich es auf diesem Wege, mit einem heimlichen Brief, den Du hoffentlich irgendwann wirst lesen können.

Es ist ein gefährlicher Plan. Und ich brauche Schwester Brianna dafür; sie ist eine der wenigen mitfühlenden Schwestern hier. Sie wird Dich aus dem Schlafsaal holen und den Adoptiveltern übergeben, zusammen mit einer kleinen Tasche

Deiner Habseligkeiten: Ein paar Strampelanzüge und Windeln für die Reise. Eine alte Rassel, mit der Du stundenlang spielen konntest. Dein abgegriffener Stoffteddy, dem ein Auge fehlt.

Und dieser Brief.

Diesen Brief überhaupt zu schreiben, und ihn dann auch noch an der schwesterlichen Zensur vorbei aus dem Heim zu schmuggeln, stellt hier ein schweres Vergehen dar. Es ist mir egal. Ich will, dass Du diesen Brief eines Tages zu lesen bekommst. Schwester Brianna wird den Brief in der Reisetasche verstecken. Mehr kann sie mir nicht versprechen. Es muss reichen.

Wenn Du nicht mehr hier bist, hält mich auch nichts mehr. Nicht in diesem Heim, nicht einmal in meinem Leben. Was kann ich hier schon lernen? Wie schändlich mein Verhalten ist? Dass ich mein Leben lang für einen 'schwachen Moment' büßen muss? Dass Du ein Fehler bist? Und was kann mein Leben draußen mir noch an Freude bieten, jetzt, wo Du weg bist?

Wenn Du fort bist, werde auch ich fortgehen. Für immer.

Bitte verzeih mir.

In Liebe Deine Mutter.

PS: Schwester Brianna hat mir verraten, dass Deine Adoptiveltern Dich Felicitas nennen wollen. Ich wünsche mir, dass Dir der Name Glück bringen wird.

Die letzten Zeilen verschwammen vor Penelopes Augen. Sie legte den Brief auf den Tisch und wischte die Tränen aus dem Gesicht. Umsonst, es kamen immer neue.

„Du bist ein Heimkind, Mama?" Wann hatte sie ihre Mutter zuletzt *Mama* genannt? Sie wusste es nicht, es musste lange her sein, sie wusste auch nicht, was sie jetzt dazu bewegt hatte. Vielleicht war es eine unbewusste Bestätigung, um was es hier ging: Um Mütter und Töchter. Was sie einander manchmal antaten, was sie einander erzählten oder verschwiegen oder glaubten, verschweigen zu müssen. Um starke Bande, die auf die Probe gestellt wurden. Um Geschichte, die sich nicht wiederholen sollte und doch genau deshalb wiederholte.

Durch den Tränenschleier sah sie verschwommen das Gesicht ihrer Mutter. Sie hörte die erstickten Emotionen in ihrer Stimme.

„Ja, ich war ein Heimkind. Meine Adoptiveltern haben mir nie davon erzählt.“

So wie du mir nie von meinem irischen Vater und meiner Kindheit in Irland erzählt hast, dachte Penelope. Sie schluckte den Satz hinunter und wartete, bis ihre Mutter fortfuhr.

„Ich habe den Brief und ein paar Dokumente gefunden und konnte mir Teile zusammenreimen. Als ich meine Adoptiveltern damit konfrontierte, bekam ich keine Antworten. Antworten habe ich erst gefunden, als ich nach Irland gereist bin.“

Jetzt musste Penelope doch einhaken.

„Tygh hat dir diesen Brief übersetzt?“ Sie merkte, wie der Tränenfluss langsam versiegte und es guttat, Fragen zu stellen, einfach zu sprechen. Ihrer Mutter schien es ähnlich zu gehen; ihre Stimme wirkte gefasst, als sie weitersprach.

„Ich lernte Tygh in der Sprachschule kennen, in der auch Brianna Marsh unterrichtete. Ich habe dort einen Sprachkurs besucht und Tygh übersetzte mir den Brief. Als der Name *Brianna* in dem Brief auftauchte, hat er sie natürlich direkt darauf angesprochen.“

Mein Gott, dachte Penelope. Wie unwahrscheinlich war es, dass ihre Mutter in der Sprachschule auf die Frau traf, die einst Schwester in diesem schrecklichen Heim gewesen war? Andererseits – sagte man nicht, man trifft sich immer zweimal im Leben?

„Zuerst wollte Brianna nicht darüber sprechen, und schon gar nicht vor mir. Tygh erzählte mir, dass sie die Vergangenheit am liebsten tief vergraben gelassen hätte. Sie war mir gegenüber sehr abweisend.“

„So habe ich sie auch erlebt.“ Penelope dachte an den Tag zurück, an dem sie und Oren an Briannas Schweigen abgeprallt waren. Theo war offenbar mit seiner Hartnäckigkeit weiter gekommen. Theo … angesichts dessen, was sie gerade über ihre Mutter erfuhr, erschien es ihr beinahe nebensächlich, dass er sich von ihr hatte einspannen lassen.

Ihre Mutter sah auf die Tischplatte; ihre manikürten Nägel folgten den kleinen Furchen in dem verwitterten Holz. Es war, als nähme sie Anlauf für das, was sie jetzt sagen wollte.

„Tygh hat sie schließlich dazu gebracht, mir mehr über meine Mutter zu erzählen. Vieles steht ja schon in dem Brief. Sie wurde von ihrer Familie verstoßen und ins Heim gesteckt. Das war in Irland damals an der Tagesordnung. Für die Heimbetreiber waren diese Frauen nichts als billige Arbeitskräfte. Das allein war schon schlimm genug.“ Ihre Stimme versickerte, sie musste ein paarmal tief durchatmen.

So habe ich sie noch nie gesehen, dachte Penelope. Verletzlich war ein Wort, das nicht zu ihrer Mutter zu passen schien. Und doch saß sie ihr jetzt gegenüber, mit aufgelösten Haaren und flackernden Augen.

„Cup of tea?"

Penelope blickte auf. Oren war mit zwei dampfenden Tassen an den Tisch getreten. Sie wusste sofort, es war keine Neugier, die ihn dazu gebracht hatte. Es war seine Art, nach ihr zu sehen.

„Danke Oren." Sie schaffte es kaum, ihm zuzulächeln, aber als er die Tassen abstellte, berührte sie für einen Augenblick seinen Arm. *Danke, dass du nach mir siehst.*

Ihre Mutter schien die Verschnaufpause genutzt zu haben, um sich wieder zu sammeln.

„Damals erzählte uns Brianna von den Zuständen in dem Heim in Tuam, dass die Babys meist unterernährt waren, wie viele von ihnen krank wurden und starben. Andere wurden, meist unrechtmäßig, über Adoptionsagenturen an reiche Ehepaare vermittelt. Ihre leiblichen Mütter durften nach der Adoption nie wieder Kontakt aufnehmen. Ohne den Brief, den meine Mutter damals mit Briannas Hilfe hat herausschmuggeln lassen, hätte ich nie von meiner Vergangenheit erfahren."

„Lebte deine Mutter damals noch, als du in Irland warst?", fragte Penelope. Sie versuchte sich vorzustellen, wie ein Treffen zwischen ihnen wohl ausgesehen hätte, und ob ihre Mutter dabei mit den gleichen widerstreitenden Gefühlen zu kämpfen gehabt hatte wie sie selbst bei der Begegnung mit Tygh.

Felicitas schwieg lange, trank einen Schluck Tee, tupfte sich mit einem blütenweißen Taschentuch die Augen. Es dauerte, bis sie Penelope schließlich ansah und antwortete.

„Nein. Sie… Niamh… nahm sich das Leben, kurz nachdem sie mich weggeben musste. In ihrem Brief an mich deutete sie das schon an. Es war Brianna, die Niamh eines Morgens tot im Schlafsaal fand, drei Wochen, nachdem meine Adoptiveltern mich mitnahmen. Brianna verließ daraufhin das Heim und trat aus dem Schwesternorden aus. Sie konnte es nicht mehr mit ihrem Gewissen vereinbaren, Teil der schrecklichen Zustände dort zu sein."

Was war schlimmer für ihre Mutter gewesen, fragte sich Penelope – zu erfahren, dass ihr die leibliche Mutter jahrelang verschwiegen worden war, oder nicht einmal mehr die Möglichkeit zu haben, sie persönlich kennenzulernen? Erfahren zu müssen, dass ihre Mutter Selbstmord begangen hatte?

„Deine Adoptiveltern wussten von dem Selbstmord?"

„Ja. Meine Adoptiveltern hielten den Kontakt zu Brianna. Über sie wollten sie Niamh etwas Geld zukommen lassen, Unterstützung für einen Neuanfang. Aber dazu kam es nicht mehr. Von Brianna erfuhren Sie von Niamhs Selbstmord. Doch wie alles andere verschwiegen sie mir auch das."

Darauf lief alles hinaus, dachte Penelope benommen. Schweigen, Verschweigen, wo Reden nötig gewesen wäre. Über all das zu sprechen hätte den Schmerz nicht verhindert. Es wäre aber auch ein Zeichen des Vertrauens zwischen Eltern und Tochter gewesen, die gemeinsame Familiengeschichte miteinander zu teilen.

Penelope sah ihre Mutter an. Ihr Gesicht war immer noch so verschlossen. Keine Erleichterung stand darin, nach allem, was sie hatte loswerden können.

„Da ist noch etwas anderes, nicht?" Etwas wie Vorahnung beschlich sie wie eine kalte Hand im Nacken. Sie legte ihre Hände wärmesuchend um die Teetasse. Trank einen kleinen Schluck und fühlte die wohltuende Bitterkeit des Schwarztees auf der Zunge.

„Niamhs Selbstmord war nicht einmal das Allerschlimmste, weißt du." Felicitas wischte sich Tränen aus den Augen. „Das Schlimmste waren die systematisch vertuschten Zustände in den Heimen, besonders in dem in Tuam, wo Niamh war. So viele Kinder starben dort an Krankheit und Unterernährung. Sie haben die Babys dort vergraben, in Massengräbern. Das kam erst letztes Jahr bei einer Ausgrabung auf dem Gelände heraus. Keine ordentliche Beerdigung, keine Kreuze mit Namen, keine Verzeichnisse. Nichts. Die Babys wurden einfach vergessen."

Penelope saß einfach nur da und wusste nicht, was eine angemessene Reaktion für diese Enthüllung war. Sie konnte nicht einmal mehr wütend auf ihrer Mutter sein; ja, sie musste sich sogar fragen, ob sie an ihrer Stelle nicht genau dasselbe getan hätte. Ihre Mutter hatte Glück gehabt, dass sie adoptiert worden war. Doch wie viele Babys gab es, deren Schicksal für immer mit ihnen vergraben worden war? Wie viele Kinder, inzwischen erwachsen, gab es, die nie wissen würden, wer ihre leiblichen Eltern waren, weil die Mütter mit der Adoptionsvereinbarung jedes Recht auf Kontakt verwirkt hatten? Und nicht nur das, Felicitas Hoffnung, ihrer leiblichen Mutter doch noch zu begegnen, wurde zunichte gemacht, als sie von Niamhs Selbstmord erfuhr.

Sie fragte sich, was von ihrer Wut auf ihre Mutter noch übrig war. Ob sie die Verflechtungen überhaupt sauber trennen konnte – Felicitas' eigene Vergangenheit, das Geheimnis um ihre Kindheit in Dunfanaghy, Tygh, die Tatsache, dass Frank sie adoptiert hatte …

Von alledem hätte sie nie erfahren, wenn sie nicht im Krankenhaus nach ihrer Hirnblutung den Kapriolen ihres Sprachzentrums ausgeliefert gewesen wäre.

Jetzt fiel ihr auch wieder ein, worüber sie sich mit ihrer Mutter gestritten hatte, kurz bevor sie zusammengebrochen und ins Krankenhaus eingeliefert worden war. „Du wolltest mir den

Brief nicht geben, den Frank mir vor seinem Tod geschrieben hatte."

Ihre Mutter seufzte. Offenbar war das noch ein Detail, das sie lieber im Dunkeln belassen hätte.

„Ich fürchtete, dass Frank dir darin alles erzählt hätte. Er wollte immer, dass wir dir die Wahrheit sagen."

„Und warum hast du es dann nicht getan?" Die Antwort auf diese Frage wusste Penelope eigentlich schon. Aber einmal, ein einziges Mal nur, wollte sie die Antwort von ihrer Mutter hören. Wollte ein Eingeständnis, dass die unfehlbare Felicitas Brink einen Fehler begangen hatte, als sie ihrer Tochter alles vorenthielt. Ihr damit nicht nur einen Teil ihrer Geschichte und Identität nahm, sondern auch die Entscheidung, wie sie mit dem Wissen umging.

„Ich wollte dich schützen, Penelope. Nichts sonst. Das musst du mir glauben."

„Und es kam dir sicher auch gelegen, deine Affäre nicht beichten zu müssen." Penelope musste es wenigstens einmal aussprechen. Einmal in den Raum stellen, dass ihre Mutter nicht nur uneigennützige Motive gehabt hatte. „Dachtest du wirklich, ich würde dich dafür verurteilen? Du bist auch nur ein Mensch hinter deiner perfekten Fassade." Sie wollte es eigentlich dabei belassen, fügte aber noch hinzu „Es hätte mir viel bedeutet, wenn du einmal nicht so perfekt gewesen wärst, weißt du."

Es gab eigentlich nichts mehr zu sagen. Doch ihre Mutter schien noch nicht ganz fertig zu sein.

„Hier", sagte sie und öffnete ihre Handtasche. Penelope erwartete weitere Dokumente. Weitere Offenbarungen, die sie noch mehr aus dem Gleichgewicht bringen würden. Es war nichts dergleichen.

Wieso hat sie Teddy dabei?

„Er gehörte meiner Mutter. Sie hat ihn damals im Heim meinen Adoptiveltern mitgegeben. Ich wollte, dass du weißt, woher er stammt."

Teddy, ihr bester Freund aus Kindheitstagen. Ihre Mutter hatte ihr stets gesagt, dass sie ihn selbst als Kind geschenkt bekommen hatte, nicht aber, dass er eigentlich aus Irland stammte und ein Zeitzeuge aus dem Heim war. Also hatte sie immer einen Gefährten aus ihrer irischen Vergangenheit an ihrer Seite gehabt, ohne es zu wissen …

„Danke", sagte sie, weil alle Worte, die ihr einfielen, zu verworren gewesen wären. Sie nahm Teddy an sich, drückte ihre Nase hinein. Sein Geruch war immer mit Zuhause für sie verbunden gewesen. Jetzt wusste sie nicht mehr, was sie empfand.

Penelope stützte die Hände auf den Tisch, erhob sich schwerfällig. Sie hatte eigentlich gehofft, sich nach der Aussprache leicht zu fühlen, nicht mehr erdrückt von der nagenden Ungewissheit. Leicht in dem Wissen, wer sie war, woher sie kam. Doch dieses Wissen zog an ihr, schwer wie ein Stein.

Damit hat meine Mutter recht behalten, als sie mich schützen wollte, dachte sie bitter.

Sie konnte ihre Gegenwart nicht mehr ertragen, verließ den Tisch und ging langsam auf den Ausgang zu.

„Penelope." Oren kam hinter ihr her. Sie konnte nur den Kopf schütteln. Sie wollte allein sein, hätte auch nicht gewusst, was sagen, wo anfangen, wie erklären.

Sie bewegte sich wie in Trance, öffnete die Eingangstür und trat nach draußen.

Strömender Regen empfing sie.

Wird auch verdammt nochmal Zeit, dachte Cass.

Er steuerte seinen Mercedes, der nach der gestrigen Zwangspause wieder wie ein Kätzchen schnurrte, durch die Straßen Dunfanaghys. Auf den letzten Kilometern hatte sich das irische Wetter von seiner scheußlichsten Seite gezeigt. Strippenregen war in Graupelschauer übergegangen, der unablässig auf die Windschutzscheibe trommelte. Vom Atlantik her zogen feine Nebelschwaden herein und trübten die Sicht, so dass er teilweise nicht schneller als vierzig fahren konnte.

Als Cass endlich in dem kleinen Küstenstädtchen angekommen war, fiel ihm auf, dass er sich darüber hinaus noch nichts überlegt hatte. Er wäre am liebsten im nächsten B&B verschwunden und hätte seinen überreizten Sinnen ein paar Stunden Ruhe vor der Außenwelt gegönnt. Aber zuerst musste er Poppy finden.

12 Uhr, sagte die Uhr. Wo hielt man sich um die Mittagszeit hier auf, wenn es Hunde und Katzen regnete, einem der Strandspaziergang sprichwörtlich verhagelt wurde und man niemanden kannte? Wo bekam man Informationen her, wo hielten sich Einheimische auf, von denen man vielleicht etwas in Erfahrung bringen konnte?

Ein Pub, was sonst.

Er rollte die Straße weiter hinunter, sah schemenhaft ein paar Gestalten die Straße entlang eilen, die auf der Suche nach einem trockenen Plätzchen waren. Er folgte ihnen langsam und sah schließlich rechter Hand ein Pub. Er beugte sich hinüber zur Beifahrerseite, um das Fenster herunterzukurbeln. Durch den dichten Regenschleier sah der den Schriftzug über der Eingangstür.

McNamara's.

Er tätschelte das Steuer seiner alten Dame. Bestimmt hatte sie ihn direkt vor die Türe des Pubs geführt, der für Penelope eine Bedeutung hatte.

Was er als nächstes sah, ließ ihn allerdings an seinem sowieso schon fragilen Gemütszustand zweifeln.

Zuerst sah er nur ihre Aura. Die sonnengelben Flecken waren kaum zu erkennen in dem dunklen Lila. Und doch erkannte er sie sofort. Ihre Schritte waren langsam, die Schultern hochgezogen wie zum Schutz gegen Regen und Schmerz.

Cass trommelte mit den Fingern auf das Lenkrad seines Wagens, bevor er sich wieder beruhigte. Er atmete tief durch, dann beugte er sich noch einmal zum Beifahrersitz hinüber und öffnete die Tür. Sie klemmte, wie üblich, und er fluchte, während er sich in halb liegender Stellung dagegenstemmte. Schließlich öffnete sich die Tür mit einem unüberhörbaren Quietschen.

Poppy hatte inzwischen vor seinem Wagen Halt gemacht. Ihr Pferdeschwanz befand sich in Auflösung; vom Regen durchnässte Haarsträhnen verklebten ihr Gesicht. Dennoch konnte er direkt in ihre grünen Augen sehen, und was er sah, neben dem Schmerz, war Verwirrung. Verwirrung und … Freude?

Er hoffte es.

Ihm, der sonst immer so wortgewandt war, fehlten die Worte. Was sollte er zur Begrüßung sagen?

Er tat das nächstbeste, das ihm einfiel, öffnete das Handschuhfach und zog Penelopes Handy hervor.

„Das hast du vergessen, Poppy."

Sie trat an die offene Tür, beugte sich hinunter, setzte sich, nass wie sie war, auf den Beifahrersitz und zog die Tür zu. Im Nu beschlugen die Fenster, fielen dicke Tropfen aus ihren Haaren auf den Sitz. Ihre rechte Hand hatte sie um einen einäugigen Stoffteddy gekrallt.

Er musste unwillkürlich an den Regenguss auf den Paps of Anu denken, als sie unter seinem Poncho gekauert hatten. Wie gerne hätte er ihr jetzt einen Keks angeboten, sie mit Fragen bestürmt. Doch er saß nur da, bewegungslos, und starrte sie an. Er spürte, sie war randvoll mit Geschichten, viele davon traurig. Jetzt war noch nicht die Zeit für Fragen.

Sie berührte seinen Arm. In ihrem Gesicht mischten sich die Regentropfen mit Tränen.

„Ta me Anu", sagte sie.

Tygh sah Penelope schon von weitem, als er aus seinem klapprigen Ford ausstieg und um die Ecke bog. Er registrierte den asphaltierten Innenhof des Reitstalls, die massiven Anbindehaken, die großzügigen Auslaufbereiche der Pferdeboxen. Alles sah ein wenig anders aus, als er es in Erinnerung hatte. Aber wann war er das letzte Mal hier gewesen? Vor über 30 Jahren. Da konnte einem das Gedächtnis schonmal im Stich lassen.

Und ich hab mir ja auch alle Mühe gegeben, die Erinnerung verblassen zu lassen.

Gerade war eine kleine Gruppe Reiter auf den Hof gekommen. Zwischen dem Schnauben der Pferde, dem Klappern der Steigbügel, dem fröhlichen Gelächter der Reiter hatte er nur Augen für sie.

Penelope war soeben von ihrem Pferd gestiegen, einem rabenschwarzen Riesen, den sie liebevoll tätschelte, bevor sie ihn festband und ihm den Sattel abnahm. Die Satteldecke hängte sie sorgfältig über den Ständer, dann holte sie den bereitgestellten Futtereimer und sah ihrem Pferd beim Fressen zu. Ihr Blick war ganz bei dem, was sie tat.

Meine Tochter.

Beinahe tat es Tygh leid, dass er Penelope hier aufspürte. Ohne Aidan hätte er nicht einmal gewusst, dass sie regelmäßig Ausreiten ging. Geschweige denn, dass sie Pferde mochte. Aber was wusste er schon von ihr? Jahrzehnte an gemeinsamen Erlebnissen waren ihm entgangen. Ihm war schmerzlich bewusst, dass sich das nicht so einfach aufholen ließ. Aber vielleicht würde sie ihm gegenüber in dieser Umgebung offener begegnen als bei seinen bisherigen Annäherungsversuchen.

„Penelope.“

Er war in kurzer Distanz stehengeblieben, damit sie sich nicht von ihm überrumpelt fühlte – und auch weil ihm die Hufe des mächtigen Rappen Respekt einflößten. Sie drehte sich zu ihm herum; ihr eben noch gelöster Gesichtsausdruck verschloss sich. Sie zupfte an dem Zaumzeug in ihrer Hand herum.

„Was willst du hier?“ Es klang hilflos.

„Mit dir sprechen.“ Tygh wusste, das klang etwas dürftig. In ihrer Gegenwart spürte er nichts von dem Redefluss, der sonst so mühelos über ihn kam. Er musste sich jedes Wort erarbeiten.

Ein junger Mann blieb bei Penelope stehen. „Ich räum das Sattelzeug weg, dann kannst du dich um deinen Besuch kümmern."

„Danke, Michael." Tygh hatte das Gefühl, sie hätte das Gespräch eigentlich gerne noch hinausgezögert. Sie band das Pferd los, das inzwischen fertig gefressen hatte, und führte es in Richtung einer der umliegenden Koppeln. Ihr kurzer Schulterblick Richtung Tygh besagte *'Kommst du?'*

Er beeilte sich, ihr zu folgen.

An der Koppel angekommen, bedeutete sie ihm, das hölzerne Eingangstor zu öffnen. Er fummelte ungeschickt an dem ungewohnten Verschluss herum, während der Rappe daneben stand und nervös mit den Hufen scharrte. Die Furcht vor dem großen Tier schien seine Finger zu verknoten. Nach quälenden Momenten gelang es ihm, das Tor zu öffnen. Er brachte schnell einen Sicherheitsabstand zwischen sich und das Pferd, das auf die Koppel galoppierte, sobald Penelope Strick und Halfter gelöst hatte.

Sie machte keine Anstalten, zum Reitstall zurückzukehren, sondern blieb an den Zaun gelehnt und sah den Pferden zu. So wie sie dort stand, wirkte sie entspannt und glücklich. Und dann war der Gesprächseinstieg eigentlich ganz leicht.

„Man sieht dir an, dass du Pferde liebst."

Sie schaute weiter geradeaus auf die Wiese. „Schon seit ich ein Kind bin. Aber ich habe das Reiten erst hier wiederentdeckt.“

„Die Pferdeliebe hast du wohl von deiner Mutter“, sagte er. Er hoffte, sie würde es nicht für eine allzu plumpe Gesprächsüberleitung halten.

„Meine Mutter ist früher geritten? Das hat sie mir nie erzählt.“ Tygh sah, wie sich ihre Hände um den Zaunpfosten verkrampften.

Sie hat dir wohl so einiges verschwiegen, dachte er, behielt den Gedanken jedoch für sich. Vor seinem inneren Auge entstand ein lange verdrängtes Bild, und er musste nichts weiter tun, als es Penelope zu schildern.

„Deine Mutter hat mich damals überredet, sie auf einem Ausritt zu begleiten. Ihr zuliebe bin ich mitgekommen, obwohl ich vorher noch nie auf einem Pferd gesessen hatte. Wir haben wohl ein ungleiches Paar abgegeben – ich nervös auf dem bravsten Pony des Reitstalls, sie neben mir, schön und selbstsicher, auf einem großen Schimmel. Wäre ich nicht schon verliebt gewesen, in dem Moment wäre es um mich geschehen.“

„Und danach seid ihr öfters zusammen geritten?“ Ihre Frage war unverfänglich, wohl absichtlich so gestellt, dass er ebenso leicht antworten konnte.

„Leider nein. Beim zweiten Ausritt bin ich vom Pferd gefallen und habe dabei noch einen Tritt abbekommen. Danach wollte ich nie mehr aufs Pferd steigen, auch wenn mich Feli mit einer Engelsgeduld wieder zum Reiten zurückbringen wollte."

Wie leicht es auf einmal war, mit Penelope zu sprechen! Tygh war sich bewusst, dass es vorerst nicht mehr als ein Herantasten an das eigentliche Thema war. *Aber auf dem Weg dorthin lernen wir uns hoffentlich besser kennen.*

Penelope hatte ihren Blick jetzt von der Koppel weg und zu ihm gewandt. Ihre Hände, die sich eben noch an der obersten Zaunlatte festgehalten hatten, hingen locker herab. Sie runzelte leicht die Stirn.

„Das klingt, als wäre sie früher ganz anders gewesen."

Tygh wählte seine nächsten Worte mit Bedacht.

„Sie hat sich auch damals schon verändert, weißt du. Als sie zu mir in die Sprachschule kam, mit diesem Brief, da war sie noch das naive Mädchen aus behütetem Elternhaus. Aber als sie dann von der Adoption erfuhr, die ihr jahrelang verschwiegen worden war ... danach war sie nicht mehr dieselbe."

„Wollte sie deshalb nicht mehr nach Deutschland zurück?", fragte Penelope. *Genau diese Frage habe ich ihr damals gestellt*, dachte Tygh in einem Anflug von Déjà Vu.

„Es war ein so großer Vertrauensbruch für sie, dass sie sich nicht vorstellen konnte, ihre

Adoptiveltern so schnell wiederzusehen." In dem Moment, als Tygh sich der bitteren Ironie der Situation bewusst wurde, sprach Penelope es laut aus.

„Und doch hat sie sich mir gegenüber genauso verhalten." Sie wandte den Blick von ihm ab und schien nur mühsam ihre Fassung zu bewahren.

Er schwieg, was hätte er auch sagen können? Was immer die Beweggründe für Felicitas' Schweigen gewesen waren, er wusste es nicht. Hatte sie unbewusst die Haltung ihrer Adoptiveltern übernommen, dass eine perfekte Fassade alles bedeutete? Sah sie ihre Affäre in Irland als einen so großen Makel an, dass sie lieber jahrelang eine Lüge aufrechterhielt? Hatte sie Penelope nicht mit dem Wissen um ihre eigene Vergangenheit belasten wollen?

Er wusste nicht, wie viel Zeit vergangen war, in der sie wohl ebenso wie er den Gedanken nachhing. Er war dankbar, als sie schließlich das Wort ergriff.

„Wie ging es dann weiter mit euch?"

„Brianna erzählte uns, dass Felis Mutter sich sehr bald nach der erzwungenen Adoption das Leben nahm. Das weißt du ja schon. Es hat Feli sehr getroffen, auch wenn sie Niamh ja selbst nicht gekannt hatte. Sie wollte unbedingt Irisch lernen, um ihre leibliche Mutter nicht in Vergessenheit geraten zu lassen. Den ganzen Sommer über besuchte sie die Irishkurse auf Inishmór. Danach gingen wir zusammen nach Dunfanaghy, und sie half Finn bei der

Buchhaltung seines Pubs. Es war klar, dass ... wir mehr Zeit miteinander verbringen wollten.“

Zeit miteinander verbringen. So lapidar, wie er es ausdrückte, war es natürlich nicht gewesen. Er hätte so viele Jahre später kaum zu sagen gewusst, wo ihre Freundschaft aufhörte, und wo die Liebesbeziehung begann. Ganz genau wusste er aber noch, wann er sie das erste Mal geküsst hatte: Eines Abends an einem der Steilfelsen auf Inishmór, kurz nachdem sie vom Tod ihrer leiblichen Mutter erfahren hatte. Doch erst viel später – Felicitas lebte in der Wohnung über Finns Pub, machte die Buchhaltung, er selbst kümmerte sich um die kranke Deirdre und das immer schlechter laufende Café – hatten sie eine weitere Grenze überschritten.

Penelope räusperte sich. „Lässt du mich an deinen Gedanken teilhaben?“ Es klang nicht unfreundlich. Gerade deshalb fiel es ihm schwer, weiterzusprechen. Es ging ihm nicht darum, vor seiner Tochter gut dazustehen. Sie wusste ja schon von der Beziehung, und dass er zu dem Zeitpunkt verheiratet gewesen war. Es ging ihm auch nicht um eine Rechtfertigung. Wem nützte es, wenn er ihr seine Gefühle schilderte, sein schlechtes Gewissen und sein Pflichtgefühl gegenüber Deirdre, seine Unfähigkeit, die Sache mit Felicitas zu beenden? Doch in eine Sache konnte er vielleicht etwas Licht bringen.

„Was hat dir deine Mutter über ihre Schwangerschaft erzählt?", fragte er vorsichtig.

„Willst du erstmal abchecken, was ich schon weiß? Keine Sorge, Tygh, auf eine Enthüllung mehr oder weniger kommt es jetzt auch nicht an." Ihre Stimme schien um ein paar Grad abgekühlt zu sein, und Tygh begriff, er hatte seine Frage unglücklich gestellt.

„Ich bin mir nur nicht sicher, ob sie dir das nicht lieber selbst erzählen sollte, das ist alles."

Ihr Blick war noch immer abweisend. Sie hatte sich wieder der Wiese zugewandt, auf der jetzt eines der Pferde, wohl in der Hoffnung auf eine Leckerei, an den Zaun getrabt kam. Sie strich dem Braunen gedankenverloren über den Kopf, so lange, bis ihr Stirnrunzeln sich wieder geglättet hatte.

„Was auch immer *das* ist, jetzt hast du schon davon angefangen."

„Weißt du …", tastete er sich vor, „ … wir waren erst kurz zusammen, Feli und ich. Es war die erste Phase des Verliebtseins, die so schön hätte sein können. Aber da war natürlich noch Deirdre, die Heimlichtuerei, mein schlechtes Gewissen, der stockkatholische Ort, in dem jeder von jedem alles wusste. Ich erspare dir die Details, und ich will auch nicht selbstmitleidig klingen. Jedenfalls tauchte genau zu dem Zeitpunkt Frank auf."

Penelope unterbrach ihn.

„Meine Mutter hat mir erzählt, dass Frank das erste Mal vor meiner Geburt hier war. Aber ich dachte, meine Mutter wäre zu dem Zeitpunkt schon schwanger gewesen." Sie schwieg kurz, und Tygh konnte förmlich die Gedankengänge hinter ihrer Stirn nachverfolgen. Könnte es sein, dass Frank doch ihr Vater war? Aber das war natürlich Unsinn. Schließlich hatte sie doch den Brief gesehen, den er nicht ganz unabsichtlich vor dem Café verschusselt hatte. Und die Adoptionserklärung.

„Deine Mutter war nicht mit Frank zusammen, als er hier war." Das wollte er trotzdem klarstellen. „Aber das wusste ich damals nicht. Ich hatte Feli kurz zuvor gesagt, dass ich Deirdre nicht verlassen würde. Dann tauchte ihr Verlobter auf, mit dem sie sehr vertraut umging. Obwohl sie es nie offen sagte, ging ich einfach davon aus, dass sie jetzt wieder zusammen waren, weil ich mich nicht für sie entschieden hatte."

Er hätte den letzten Satz gerne zurückgenommen. Es klang nach billigem Drama, nicht nach dem, was er damals tatsächlich empfunden hatte. Aber das war jetzt nicht mehr zu ändern. Er sprach schnell weiter.

„Jedenfalls hat Feli mir erst spät erzählt, dass sie schwanger ist. Sie wollte ihr Kind hier in Irland, in der Heimat ihrer eigenen Mutter, aufwachsen sehen, sagte sie. Zu dem Zeitpunkt dachte ich noch, Frank wäre der Vater. Ich *wollte*, dass es so war. Es hätte alles einfacher gemacht."

Tygh wartete lange darauf, dass seine Tochter etwas sagte. Irgendetwas. *Warum hast du meine Mutter nicht direkt gefragt, ob ich dein Kind sein könnte? Sie daran gehindert, nach Deutschland zurückzukehren?* Aber es kamen keine Vorwürfe von Penelope, nur Schweigen. Es fiel ihm unendlich schwer, die Stille nicht mit Worten zu füllen. Aber er musste es aushalten, musste ihr Zeit geben.

„Lass uns zurückgehen", sagte Penelope unvermittelt. Sie nahm das Halfter vom Zaunpfahl und ging dann mit großen Schritten den Weg zum Stall zurück. Tygh blieb nichts anderes übrig, als ihr zu folgen.

Er brach das Schweigen erst, als sie die Sattelkammer betraten und Penelope ihm den Rücken zukehrte, um das Halfter aufzuhängen. „Weißt du, als im Raum stand, dass Feli mit dir nach Deutschland zurückkehrt, stellte ich sie endlich zur Rede. Sie gab zu, dass nur ich der Vater sein konnte. Trotzdem konnte ich sie nicht zum Bleiben bewegen. Feli hat keine Zukunft mit mir hier gesehen. Frank ist dann noch einmal gekommen, um sie zurückzugewinnen. Sie teilte mir mit, dass er dich adoptieren und sie zusammen wieder nach Deutschland gehen würden."

Adoption. Keine Ungeheuerlichkeit, derer man sich hätte schämen müssen. Und dennoch war sie totgeschwiegen worden – erst von Felis Adoptiveltern, dann von Feli selbst. Und alles hatte seinen Anfang genommen in einer Liebe, die im Irland der 50er Jahre nicht sein durfte.

Es gab eigentlich nichts mehr zu sagen, dachte Tygh, während er sich noch wunderte, dass er auf einmal so verschwommen sah. Dann spürte er eine Berührung an seinem Unterarm.

„Danke, dass du so offen zu mir bist, Tygh.“

„Für *Dad* ist es wohl noch zu früh“, überspielte er seine Rührung mit einem lahmen Scherz. Noch während er sich fragte, ob er mit der Bemerkung übers Ziel hinausgeschossen war, hörte er sie auflachen. „Fürs Erste bleib ich lieber bei Tygh.“

Eine kurze Pause entstand.

„Kann ich dich mit zurücknehmen?“, fragte Tygh schließlich.

„Danke, aber ich bin mit Orens Pickup hier.“

Vielleicht täuschte er sich, aber er hatte den Eindruck, sie war ganz froh, einer gemeinsamen Autofahrt zu entgehen. Er hatte den ersten Schritt gemacht, sie hatten ein offenes Gespräch führen können – jetzt sah er ihr an, dass es für diesen Tag genug war. Sie band sich ihre Haare zu einem nachlässigen Knoten, und er bemerkte zum ersten Mal die Operationsnarbe über ihrem Ohr. Es verlieh ihr einen verletzlichen Ausdruck. *Aber Verletzungen hat nicht nur sie davongetragen*, dachte er.

Sie waren inzwischen aus der Sattelkammer wieder auf den Innenhof getreten. Es hatte leicht zu regnen begonnen. Tygh wusste nicht recht, wie er sich verabschieden sollte. Noch bevor er sich zwischen einer Umarmung und einem kumpelhaften Schulterklopfen entscheiden konnte – beides erschien ihm irgendwie unpassend – hörte er ein lautes Scheppern aus dem Stall, gefolgt von Hufetrommeln, das sich schnell der offenen Stalltür näherte. Im nächsten Augenblick kam ein rundliches Pony aus dem Eingang geschossen, direkt auf Penelope zu.

Tygh sah nur noch seine Tochter, und wie er sie aus der Gefahrenzone bringen konnte. Er ergriff ihre Hand und zog sie so hastig aus dem Weg, dass sie beinahe auf dem regennassen Asphalt ausgerutscht wären. Das Pony macht eine Vollbremsung und kam direkt vor Tygh zum Stehen. Er griff nach dem herabhängenden Strick, bevor ihm einfiel, dass er ja eigentlich Angst vor Pferden hatte. Erleichtert gab er das Pony an den Jungen weiter, der aus dem Stall aufgetaucht war und sich wortreich entschuldigte.

„Du kannst jetzt wieder loslassen."

Verdutzt sah Tygh, dass seine andere Hand immer noch Penelopes Unterarm umfasst hielt. Etwas verlegen ließ er los. Das Pony stand inzwischen lammfromm an einem der Anbindehaken und ließ sich die Hufe auskratzen. Tygh kam sich beinahe etwas albern vor.

„Jack hätte mich bestimmt nicht umgerannt", sagte Penelope. „Aber trotzdem ... danke."

In dem einfachen *danke* steckte noch mehr, das Tygh nicht so leicht entziffern konnte.

„Tja…“, sagte er leichthin, „ich hab eben keine Ahnung von Pferden.“

„Das lässt sich ja ändern“, entgegnete sie. Für ihn klang es wie *Vielleicht magst du mal wieder vorbeischauen*.

Zusammen legten sie die wenigen Meter zum Parkplatz zurück. Wieder fand Tygh es schwierig, sich zu verabschieden. Doch seine Tochter machte es ihm leicht.

„Bis bald“, sagte sie einfach, lächelte ihm zu und bestieg dann Orens Pickup.

Tygh sah ihr noch nach, als der Wagen längst um die nächste Ecke gebogen und verschwunden war.

Der Pub war so voll wie seit langem nicht mehr.

Penelope schloss die Eingangstür hinter sich und blieb stehen. Das Gewirr aus Stimmen, Gläserklirren, Gelächter und *Slanté*-Rufen drang an ihr Ohr wie eine lange vergessen geglaubte Melodie. Eine Melodie, die sie als Kind oft gehört hatte.

Es würde mich nicht wundern, wenn ich jetzt Irisch spreche, dachte sie flüchtig. *Als wenn ich den Duft nach Ginster einatme. Oder das irische Schlaflied höre.* Der Gedanke daran ängstigte sie nicht mehr. Anu war jetzt ein Teil von ihr, den sie nicht unterdrücken wollte, vor dem sie keine Furcht hatte. Er hatte sie erst zu alldem geführt, wonach sie gesucht hatte. Und zu den Menschen, die sie nun als ihre Freunde betrachtete. Oren, Matilda, Aidan. Cass.

Wo war Cass überhaupt?

Seit dem Tag vor zwei Wochen, als sie patschnass und todtraurig in sein Auto gekrochen war, hatten sie sich nicht so häufig gesehen, wie Penelope es sich insgeheim wünschte. Es gab einfach so vieles ....

Gespräche mit ihrer Mutter, die fast jedes Mal in Tränen endeten. Wohltuend wortkarge Spaziergänge mit Oren am Strand. Weitere Annäherungsversuche mit Tygh. Telefonate mit Theo, in denen sie zusehends zu freundschaftlicher Vertrautheit zurückfanden. Zuhören, wie Aidan auf seiner Gitarre spielte, wenn sie genug von schwierigen Gesprächen hatte. Ausritte am Strand, wenn sie den Kopf von allem Schmerz freipusten wollte.

Cass war bei alledem sehr zurückhaltend gewesen, immer da, wenn sie das Gespräch suchte, aber nicht aufdringlich. Vor ein paar Tagen war er zu seinem Aufforstungsprojekt in Connemara zurückgekehrt, und seitdem hatte sie noch keine Nachricht von ihm erhalten. Aber dass sie von ihm hören, ihn wieder sehen würde, daran zweifelte sie nicht.

Nur gerade heute Abend hätte sie ihn gerne hier gehabt.

„Penelope.“

Ihr gegenüber stand Tygh, seine rechte Hand linkisch um das beinahe leere Glas gefasst. Als hielte er einen verletzten Vogel und wusste nicht recht, wo er Hilfe erwarten sollte. Er, der seit Jahrzehnten Stammgast im *McNamara's* war, der mit seinem besten Freund Finn mehr Zeit an der Theke als zu Hause verbracht hatte, der diesen Pub als sein Zuhause betrachtete, sah in diesem Moment aus wie ein zufällig hereingeschneiter Fremder, der sich nicht ganz wohl fühlte.

„Soll ich dir ein neues Guiness mitbringen?",
fragte Penelope.

Die Leichtigkeit, mit der sie den Pub vor wenigen
Minuten betreten hatte, war vorübergehend
verflogen. Auch wenn er jetzt längst kein Fremder
mehr für sie war – ein paar Gespräche konnten die
riesigen Lücken nicht so schnell schließen. Wo eine
Fülle an Wissen, Erinnerungen, Emotionen hätte da
sein müssen, war Leere. Bestimmt ging es Tygh
genauso. Es lag an ihnen beiden, die
unbeschriebenen Seiten zu füllen. Das würde Zeit
brauchen.

Tyghs Griff um das Glas wurde entspannter, und
sein Lächeln kam zum Vorschein. Die Andeutung
eines Lächelns, das von den Augen ausging und den
Mund nur flüchtig streifte. *Er lächelt wie ich,* dachte
sie.

„Schon die zweite schöne Frau heute, die mich
einladen will", sagte er.

Bevor Penelope fragen konnte, was er damit
meinte, sah sie ihre Mutter durch das Gewühl auf sich
zukommen. Beinahe hätte Penelope sie nicht
erkannt. In den Händen hielt sie zwei randvolle
Gläser, routiniert schlängelte sie sich durch das
Gedränge. Sie trug Jeans und Turnschuhe, dazu eine
locker fallende Bluse. Ihr Haar war geöffnet und fiel
ihr lose bis auf die Schultern.

Sie sieht zehn Jahre jünger aus, dachte Penelope
mit einem Stich. *Ich habe sie nie so gesehen*. Ihre
Mutter reichte Tygh das Guinness und sah Penelope

erst dann direkt an. Für einen Moment sah Penelope ihre kleine Gruppe wie von außen – drei Menschen, die untrennbar miteinander verbunden und doch so weit voneinander entfernt waren. Jahrzehntelanges Schweigen, zu lange gehütete Geheimnisse, Unwissenheit von der Existenz des anderen, das ergab einen zähen Mörtel für die Mauer, die zwischen ihnen stand.

Penelope wusste, dass Tygh und ihre Mutter sich vor ein paar Tagen ausgesprochen hatten. Sie war ganz bewusst nicht dabei gewesen, da es eine Sache zwischen ihren Eltern war. Ihre Eltern, wie komisch das klang! Wenn sie die beiden so sah, war es nicht ganz unmöglich, eine Beziehung zwischen ihnen zu sehen. Und wenn Penelope ganz genau hinschaute, hatte ihre Mutter weniger angespannte Schultern, wirkte ihr Mund nachgiebiger.

Nachgiebig war nicht das Wort, mit dem Penelope ihre Mutter beschreiben würde, und auch nicht die Gefühle ihr gegenüber. Es fiel ihr schwer, sie überhaupt nur anzusehen, auch wenn sie bereits etliche Gespräche geführt hatten. Dennoch brachen immer wieder Wut und Trauer in Penelope hervor. Mit der Erkenntnis leben zu müssen, dass sie ihren leiblichen Vater erst jetzt kennenlernte, war eine Sache. Tyghs Ehebruch gegenüber Deirdre ging sie nichts an, und was die Affäre ihrer Mutter bei Frank angerichtet hatte, war etwas, über das sie jetzt nicht auch noch grübeln konnte. Es ging auch nicht darum, dass Frank von alledem gewusst hatte. Sie verspürte zwar ein leises Bedauern, dass sie über all das nicht mehr mit ihm sprechen konnte, aber vielleicht war es besser, sich nicht auch noch seine Perspektive der Geschehnisse aufzubürden. Es war leichter, einem Toten zu verzeihen, dass auch er Geheimnisse vor ihr gehabt hatte.

Ihrer Mutter diesen Vertrauensbruch jedoch zu vergeben, war etwas völlig anderes. Innerhalb kürzester Zeit wurde sie mit einer Vergangenheit konfrontiert – ihrer eigenen und der ihrer Mutter – die sie umgeworfen und unter sich begraben hatte. Sie war noch längst nicht damit fertig, sich unter dem Gewicht wieder hervorzuarbeiten. Im Moment fehlte ihr Kraft für eine richtige Versöhnung. Dazu waren wohl noch viele Gespräche und viel Zeit nötig.

Zum Glück fliegt sie morgen wieder nach Hause, dachte Penelope. Es würde ihr Zeit geben, in ihrem Tempo mit den Geschehnissen klarzukommen.

Auch ein weiteres Gespräch mit Tygh konnte warten. Er und ihre Mutter hatten nur noch diesen Abend zusammen, den würde Penelope nicht stören, egal wie sie selbst gerade empfand.

„Ich lasse euch mal allein", sagte sie daher.

Sie nickte beiden zu und machte sich auf den Weg zur Theke. Sie war gerade drei Meter weit gekommen, als sie eine warme Hand auf ihrer Schulter spürte. Sie drehte sich um.

„Oren!" Alle Angespanntheit, die sie eben noch in Gegenwart ihrer Mutter empfunden hatte, verflüchtigte sich bei seinem Anblick. Die Stimmen um sie herum wurden wieder fröhlicher, die Lichter heller. So etwas brachte nur Oren fertig. Eine solche Welle von Freude durchflutete sie, dass sie ihn spontan umarmte.

„Du hast noch nichts zu trinken", stellte er fest, um seine offensichtliche Verlegenheit zu überspielen.

„Du doch auch nicht", sie lachte.

„Ich bin gerade erst zur Tür rein. Was ist deine Entschuldigung?"

„Ich wurde aufgehalten. Dabei bin ich am Verdursten."

„Und das in einem Pub. Sollte dir zu denken geben." Oren hatte wie immer keine Miene verzogen, als er das sagte, aber die Fältchen um seine Augen vertieften sich. Penelope hakte sich bei ihm unter und zog ihn Richtung Theke.

Finn war gerade dabei, ein Kilkenny's zu zapfen. Er hatte so viel zu tun wie schon lange nicht mehr und genoss offensichtlich jeden Moment.

„Donnie, wie geht's deiner Mutter?"

„Dasselbe wie immer, Nancy?"

„Wie war's gestern auf dem Viehmarkt?"

So nahm er sich für jeden seiner Gäste ein wenig Zeit und ließ sich durch nichts aus der Ruhe bringen. Doch sah man ihm an, dass er mehrere

Wochen mit einer Grippe zu kämpfen gehabt hatte. Seine Haut war blass, kleine Schweißperlen standen auf seiner Stirn. Penelope hoffte, er würde bald abgelöst werden und müsste nicht den ganzen Abend für die Horden Bier zapfen.

Sie bestellte für sich und Oren und nahm auf einem frei gewordenen Barhocker Platz. Nach den tausenden von Worten, die die letzten Tage gefallen waren – über alle Beteiligten hereingebrochen wie ein ungemütlicher, aber reinigender Platzregen – tat es gut, einmal nicht zu reden, sondern einfach nur zuzuhören. Finn und Oren kannten sich erst seit wenigen Tagen, und doch sprachen sie wie alte Freunde miteinander.

„Sag mal, Finn, wie war Penelope denn so als Kind?"

„Nur an Feen und Leprechauns interessiert. Den Kopf immer in den Wolken." Finn sagte es bedächtig, während er Orens Nebenmann ein Guinness reichte.

„Daran hat sich nicht viel geändert."

„Hey!" Nun fühlte Penelope sich doch bemüßigt, etwas zu sagen. „Es hat uns immerhin hierher geführt, oder?"

„Wenn du das sagst", erwiderte Oren, im gleichen Moment, als Finn einwarf: „Und Aidan hat sie damals den Kopf verdreht. Die zwei waren wie Pech und Schwefel."

„Anderen den Kopf verdrehen kann sie immer noch gut, ja." Während Oren das sagte, legte er Penelope kurz seinen Arm um die Schultern. Sie trank schnell einen Schluck Cider, um aufkommende Röte im Gesicht zu verstecken.

„Wo ist Aidan eigentlich?", fragte sie, um von sich abzulenken.

„Ist bestimmt noch in seinem Zimmer und redet seiner Gitarre gut zu." Das kam von Finn. Aber er sagte es nicht ohne Stolz. Aus seinem Sohn würde wohl nie ein Gastwirt werden, hatte er Penelope erst gestern anvertraut, obwohl sie das längst wusste.

„Warum hat Aidan eigentlich noch nie hier gespielt?", fragte Penelope. Sie konnte es kaum glauben.

„Hätte ihn nur vom Arbeiten abgehalten", war Finns knappe Antwort, aber es klang nicht unfreundlich.

„Musikmachen ist auch Arbeit", sagte Penelope, weil sie Finns Satz nicht so stehen lassen wollte. Sie konnte nur ahnen, wie viel Arbeit er schon in seine Musik gesteckt hatte. Erst vor kurzem hatte er ihr ein paar Folksongs vorgespielt, die er selbst geschrieben hatte. Sie hatten im Garten des Pubs zusammengesessen. Die Blüten des Ginsters verströmten ihren Kokosduft. Dort hinten, am Ende des Gartens, stand noch immer der Weißdornbusch, unter dem Penelope als kleines Mädchen Feen vermutet hatte. Aidans Stimme, der Garten, die ginstergetränkte Luft hatten sie in wenigen Augenblicken in die Vergangenheit transportiert.

Dreißig Jahre waren vergangen seit den Tagen, als sie und Aidan im Garten gespielt hatten. Seit er gesungen und sie ihm heimlich zugehört hatte. Das Gefühl der Vertrautheit zwischen ihr und Aidan war dasselbe, hatte sie mit Freude festgestellt. Noch immer war er wie ein Bruder für sie.

„Ich weiß", antwortete Finn, im Lärm fast unhörbar.

„Werde ich Aidan ausrichten." Penelope grinste. Sie sagte es leichthin, aber in den Gesprächen mit Aidan in den vergangenen Tagen war ihr nicht entgangen, dass Finn keiner war, der leicht ein Lob aussprach. Es würde nicht schaden, wenn Aidan mal jemand sagte, dass sein Vater stolz auf ihn war. Sie begegnete Finns Blick mit Gleichmut; er sah nicht wirklich finster aus, sondern tat nur so. Wie früher, als sie noch klein war und er ihr nichts abschlagen konnte. Dieses Wissen hatte sie sich nicht erst mühsam aneignen müssen, es war einfach so da. Mehr Fühlen als Wissen. Genauso war es bei Aidan.

Aidan. Wo war er denn jetzt eigentlich?

Penelope prostete den Männern zu, bevor sie sich mit ihrem nurmehr halbvollen Glas auf den Weg in Richtung der improvisierten Bühne machte. In einer halben Stunde würde es losgehen. Ein paar Einheimische würden zuerst bekannte Folksongs zum Aufwärmen spielen, dann war Aidan dran.

Penelope wusste, dass er nervös war. Er war schon unzählige Male in Pubs und auf Musikfestivals aufgetreten. Doch vor heimischem Publikum, in dem

Pub, der seinem Vater gehörte, war das etwas ganz anderes. Penelope, die während ihres Studiums gelegentlich eigene Texte auf lokalen Poetry Slams vorgetragen hatte, konnte sein Lampenfieber nachvollziehen. Wann immer Freunde von ihr anwesend waren, hatte sie das Gefühl gehabt, sich besonders anstrengen zu müssen. Bei einem dieser Slam-Auftritte hatte sie erst hinterher gesehen, dass ihre Mutter auch zugehört hatte. Penelope hatte ihr zwar vorher von ihrem Auftritt erzählt, aber nie damit gerechnet, dass sie wirklich kommen würde. Ähnlich wie Finn ging sie eher sparsam mit Lob um. Hätte Penelope vorher davon gewusst, hätte sie vor Nervosität wohl gar nicht auftreten können. Ihre Mutter hatte danach mit keinem Wort erwähnt, dass sie den Auftritt ihrer Tochter gesehen hatte. Penelope hatte nicht gewusst, worüber sie sich mehr wundern sollte: Dass ihre Mutter überhaupt gekommen war, oder dass sie ihr nie davon erzählt hatte.

Penelope fand Aidan wie so oft im Garten hinter dem Pub. Es war ein milder Abend, der weichblaue Himmel hüllte alles in frühsommerliches Insellicht. Kein Wölkchen war zu sehen. Aidan saß auf der Bank direkt an der Hauswand, auf der ihn Penelope schon als Junge oft hatte sitzen sehen, in Gedanken und Lieder versunken. Sie setzte sich neben ihn. Seine Finger schienen wie von selbst über die Saiten zu gleiten, wie auf der Suche nach einer Melodie. Mehrere Minuten hörte sie ihm einfach nur zu, sah ihn hin und wieder von der Seite an, wie er konzentriert die Stirn zusammenzog, die Augen nicht auf sein Tun gerichtet, sondern auf etwas in weiter Ferne, oder tief in seinem Innern. Den Gesichtsausdruck kannte sie von früher. Er hatte schon in Aidan innegewohnt, als dieser noch ein kleiner Junge gewesen war, der unbeholfen, aber innig Fantasielieder gesungen hatte.

„Conas tá tú?", fragte sie behutsam, als Aidan sein Spiel für einen Moment unterbrach. *Wie gehts Dir?*

„Neirbhíseach." *Nervös*.

„Dein Vater ist stolz auf dich, weißt du."

„Ist er das?" Aidans Finger griffen wie von selbst nach den Saiten und entrissen der Gitarre einen überraschenden Misston.

„Ich weiß, dass der dir das besser selbst sagen sollte." Sie sah ihn so lange an, bis er ihrem Blick nicht länger auswich.

„Cad fútsa?" *Und du?*

„Guím gach rath ort." *Ich wünsch dir viel Erfolg.*

„Go raibh maith agat, a dheirfiúr." *Danke, Schwester.*

Als er *Schwester* sagte, musste Penelope lächeln. In ihren Gesprächen der letzten Tage war dieses Wort nie über seine Lippen gekommen. Das war auch gar nicht nötig gewesen. Das Gefühl ihrer Verbundenheit war in dem Moment zurückgekehrt, als sie sich das erste Mal im Pub wieder gesehen hatten. Es war eigentlich nie ganz weggewesen. Der Schock ihrer Trennung, als ihre Mutter mit ihr nach Deutschland zurückkehrte, hatte wie eine Betäubungsspritze gewirkt, hatte jegliche Erinnerungen an Penelopes Kindheit unter einer Schicht gefühllosen Schutts verdeckt.

Dass es eine solche taube Stelle in ihrem Leben überhaupt gab, etwas, das sie bewusst nie wahrnahm, aber unbewusst immer als unerklärliche Leere empfand, wusste sie erst in dem Augenblick, als sie den Menschen wiedersah, der diese Leerstelle hinterlassen hatte.

Ich will Aidan nicht gleich wieder verlieren, dachte Penelope. In den letzten Tagen hatte eine Idee in ihrem Kopf zu reifen begonnen. Vielleicht wäre heute der richtige Zeitpunkt, es Aidan zu sagen. Sobald er seinen Auftritt hinter sich hatte. Wenn Penelope ehrlich mit sich war, gab es noch andere Gründe für ihren Plan, die sie sich bisher noch nicht eingestehen konnte.

Eins nach dem anderen.

Sie stand auf und legte Aidan ihre Hand auf die Schulter.

„Adh mór." *Viel Glück.*

Penelope ging nicht sofort wieder hinein, sondern den schmalen Pfad entlang, der seitlich am Haus verlief und auf der Vorderseite in den Eingangsbereich des Pubs mündete. Durch die geschlossene Tür drangen nur undeutlich die

Geräusche der Gäste. Hier draußen war es beinahe still.

Penelope stand unbeweglich, den Blick auf das kleine Gartentor gerichtet, das den Vorgarten des Pubs von der Straße trennte. Hier hatte sie damals auch gestanden, als kleines Mädchen. Hier hatte sie Finn durch das Gartentor treten sehen, auf dem Kopf die Schirmmütze mit dem Schriftzug *McNamara's*. Dieses Bild war es, das sie erst hierher geführt hatte. Dieses Bild stand am Anfang von allem.

„Die Schirmmütze trage ich schon lange nicht mehr", hatte Finn gesagt, als sie ihn danach fragte. „Sie müsste aber noch irgendwo sein. Weggeworfen hab ich sie auf keinen Fall."

Zum Glück hast du eine Schwäche für alte Dinge, hatte Penelope gedacht. Sonst hätten sie und Aidan niemals das alte Bilderbuch gefunden. Oder die vergilbten Fotos von ihr und ihrer Mutter, aufgenommen im Garten des Pubs. Oder den grünen abgegriffenen Nickipullover, den Aidan als kleiner Junge ständig getragen hatte. Unter dem Geruch nach Staub lag noch immer etwas Unerklärliches, das dem alten Pullover anhaftete, und das Penelope gedanklich um Jahre zurückversetzte. Wie dankbar war sie Finn, dass er all diese Stücke aufbewahrt hatte, weitere Puzzleteilchen zu ihrer Vergangenheit. Die Schirmmütze hatten sie unter den Sachen im Abstellraum nicht gefunden, aber Aidan hatte ihr versprochen, bei nächster Gelegenheit in Finns Wohnung danach zu suchen.

„Mal wieder am Träumen?“

Die vertraute Stimme riss Penelope aus ihren Gedanken. Sie sah auf die Gartenpforte, die soeben mit einem Klacken wieder ins Schloss gefallen war, und dann auf das Gesicht der sich nähernden Frau.

„Das hätte auch aus Orens Mund stammen können“, lächelte Penelope.

„Ich verbringe wohl zu viel Zeit mit ihm.“ Matilda war neben ihr zum Stehen gekommen.

„Kann man *zu* viel Zeit mit Oren verbringen?“

„Nein.“ Jetzt lächelte auch Matilda. „Es gibt solche Menschen, mit denen kann man nie zu viel Zeit verbringen.“ Als Penelope schwieg, fügte sie hinzu „Und damit meine ich nicht nur Oren.“

Penelope zog es vor, nicht darauf einzugehen, auch wenn ihr wohl bewusst war, worauf Matilda hinauswollte. „Lass uns hineingehen, Aidan fängt gleich an zu spielen“, sagte sie. Matilda ließ es auf sich beruhen und folgte ihr in den Gastraum.

Drinnen heizten die einheimischen Musiker den Gästen bereits mit ein paar schnellen Stücken ein. Die Stimmung war ausgelassen, immer mehr Gäste drängten hinein. Penelope sah auf die Uhr. Es war Zeit, sich einen guten Platz zu sichern, bis Aidan drankam.

„Geh du schon nach vorne“, rief Matilda ihr zu. Sie hatte Oren erspäht, der noch immer an der Theke saß, in aller Ruhe an seinem Pint nippte und hin und wieder ein paar Worte über das Getöse mit dem Barkeeper wechselte.

Penelope sah, dass Finn inzwischen abgelöst worden war. Jetzt, wo es so hoch herging, beruhigte es sie zu wissen, dass er den Ansturm der vom Mitsingen durstigen Kehlen nicht mehr allein würde bewältigen müssen.

Matilda hatte sich durch die Menge bis zu Oren durchgekämpft; Penelope sah, wie sie ihn auf die Wange küsste, noch bevor er ihre Anwesenheit bemerkt hatte. Sie schmunzelte über sein verdutztes Gesicht und wollte gerade ihren Blick wieder abwenden, als etwas sie innehalten ließ.

Trägt der Barkeeper etwa Finns alte Schirmmütze?

Penelope ging ein paar Schritte näher. Tatsächlich.

Aidan hat mir gar nicht gesagt, dass er sie gefunden hat, dachte sie. *Vielleicht sollte es eine Überraschung sein.*

Der Barkeeper reichte Matilda soeben ihr Guiness. Penelope konnte im Gedränge vor sich weder sein Gesicht sehen noch hören, was gesprochen wurde, aber seine Art, mit Gästen zu kommunizieren, erinnerte sie sogar aus der Ferne an Finn. *Entweder man hat diese kommunikative Ader, oder eben nicht*, dachte sie. *Für mich wäre es nichts, und für Aidan auch nicht. Aber für …*

Sie drängte sich ein paar Schritte weiter, bis sie fast vorne an der Theke war. Dann blickte sie auf die schlanken Hände des Barkeepers, die flink ein leeres Glas von der Theke lupften. Die Ärmel des schwarzen

Shirts waren hochgerutscht und enthüllten ein Blütentattoo auf dem linken Unterarm.

Penelope hob den Blick und sah in direkt in ein bernsteinfarbenes Augenpaar.

„Ich sagte doch, eines Tages hab ich meinen eigenen Pub." Cass reichte ihr unaufgefordert und mit großer Geste ein bis zum Rand gefülltes Pint. „Geht aufs Haus." Der Stolz in seinem Gesicht war unübersehbar.

„*Deinen* Pub?" Penelope brachte die Worte kaum heraus. Cass und das *McNamara's*, das war wie etwas, das gemeinsam nur in ihren Träumen vorkam. Etwas, das auf unerklärliche Weise perfekt zusammenpasste, aber nie Wirklichkeit werden würde. Und doch stand Cass hier und lächelte sein schiefes Lächeln.

„Noch nicht. Wir schauen erstmal, wie's läuft, Finn und ich."

Penelope fühlte ihr Gesicht warm werden. Sie verbarg es hinter einem viel zu großen Schluck Cider. „Du hast mir nie davon erzählt", sagte sie, als sie das Gefühl hatte, ihre Emotionen wieder unter Kontrolle zu haben.

„Du hattest doch genug mit dir selbst zu tun, love." Cass' Tonfall war leicht, doch sein Blick war ernst auf sie gerichtet, so lange, bis Penelope die Augen niederschlagen musste.

„Außerdem ….", fuhr er fort, „... sollte es eine Überraschung sein, Poppy."

Penelope merkte, wie sich ihr Gesicht vor Freude rötete. Cass würde hier sein, in Dunfanaghy. Ihr fehlten die Worte. Sie hob ihr Glas Richtung Cass, wie eine etwas hilflose Mischung aus Zuprosten und Verabschieden, wandte sich ab und ging Richtung Bühne. Ihr Herz klopfte.

In der Zwischenzeit war es richtig voll geworden, doch Penelope konnte sich noch an eine freie Stelle quetschen, von der aus sie freien Blick auf die Bühne hatte. Als sie einen weiteren Schluck aus ihrem Glas nahm, merkte sie, wie ihre Hände leicht zitterten.

Wie aufgeregt ist dann erst Aidan, dachte sie.

Als Aidan schließlich die Bühne betrat, strahlte er über das ganze Gesicht. Er wirkte entspannt, doch Penelope entging nicht, dass er sich an seiner Gitarre festhielt.

Als er zu spielen begann, griff er zunächst eine fröhliche Weise auf, die die Musiker vor ihm zuletzt gespielt hatten. Seine Version war etwas ruhiger, enthielt Tupfen von Melancholie, die immer wieder vom lebhaften Refrain aufgelöst wurden. Penelope schloss die Augen und gab sich dem Takt hin. Sie hörte die Worte des Refrains aus unzähligen Kehlen um sich herum, mal mehr, mal weniger schön, aber immer voller Inbrunst gesungen. Als der Song endete und Aidan eine ruhige Melodie anstimmte, öffnete Penelope die Augen wieder. Sie sah in Aidans konzentriertes Gesicht, sah seinen ins Innere gewandten Blick, fühlte dieselbe Verbundenheit wie zuvor, als er neben ihr auf der Gartenbank gespielt hatte. Es war eines der Lieder, die er selbst geschrieben und noch nie vor Publikum vorgetragen hatte. Kein Mitsingen und Tanzen dieses Mal, aber Penelope spürte, wie die Zuhörer in den Bann der Geschichte gezogen wurden, die Aidan mit seinem Song erzählte. Als die Musik endete, gab es ohrenbetäubenden Applaus.

Penelope konnte den Blick nicht von Aidan abwenden. Er schien mehr und mehr in seinem Element zu sein, brachte es irgendwie fertig, gleichzeitig nah beim Publikum und doch ganz bei sich zu sein.

Inmitten singender und tanzender Menschen überkam Penelope ein Moment der Traurigkeit.

Wo ist mein Platz? dachte sie. Am Ende ihrer Suche hatte sie zwar Antworten auf ihre Fragen gefunden, aber diese kratzten nur an der Oberfläche. Der darunter liegende emotionale Kern – woher sie kam und wer sie war – war noch nicht freigelegt. Sie fühlte, dass die allerletzte, allerwichtigste Antwort, noch nicht zu ihr gekommen war.

Aber bald, dachte sie. *Nicht mehr lange.*

Der nächste Song begann und riss Penelope aus ihren Gedanken. Die Tonfolge kam ihr bekannt vor, doch Aidan sang nicht dazu, und so hatte sie keinen Text, der ihrer Erinnerung auf die Sprünge helfen konnte. Dennoch konnte sie die Melodie wie von selbst mitsummen, ohne nachzudenken. Sie fühlte, wie sie in einen Sog geriet, der sie in einer anderen Zeit, einer anderen Sprache, einer anderen Identität wieder ausspucken würde.

Níl aon eagla agam. *Hab keine Angst*, sprach Anu.

Vielleicht war es wirklich die Göttin Anu gewesen, die ihre Gebete erhört und ihr die Angst genommen hatte. Die Angst vor Kontrollverlust bei jedem ihrer Blackouts. Die Angst davor, sich selbst zu verlieren. Sie hatte sich nicht verloren. Sie hatte sich gefunden. In diesem Wissen war es ganz einfach, sich auf ihre andere Seite, auf Anu, einzulassen.

Jetzt, wo sie sich der Melodie hingab, tauchte ganz selbstverständlich das Bild vor ihrem inneren Auge auf.

Ein kleines Mädchen, das in einem Garten zusammen mit einem Jungen sitzt. Er singt ihr ein Schlaflied vor.

Óho óho óho mo leana
Óho mo leana agus codail go fóill.
Óho óho óho mo leana
Óho mo leana ina chodladh gan brón.

Sie öffnete die Augen. Dort saß Aidan auf der kleinen Bühne, im Hier und Jetzt. Sein Gesichtsausdruck besaß noch immer dieselbe Verträumtheit wie damals beim Singen. Er schien ganz versunken in sein Spiel, und auch das Publikum war ruhig geworden. Dann hob er den Blick und sah sie direkt an, holte Penelope wieder zurück in die

Gegenwart. Er lächelte sie an und beendete die Melodie.

Langsam wurde sich Penelope wieder der Geräusche um sie herum bewusst, der Gesprächsfetzen der Gäste, der musik- und stimmungsgeschwängerten heißen Luft, dem Gewusel der Gäste, die mit durstig gesungenen Kehlen in Richtung Theke drängten, dem Geruch nach frisch geleerten Gläsern, nach Schweiß und Vanille.

Vanille?

Seine Hand streifte die ihre in der Menge, hielt ihre Finger für einen winzigen Moment umfasst. Doch als sie aufsah, war Cass schon weitergegangen. Er reichte Aidan ein großes Glas Wasser, nahm das Mikrofon in die Hand und verkündete eine kurze Pause. Dann kam er wieder auf sie zu. Penelope fühlte sich an den Abend erinnert, als sie Cass kennengelernt hatte. Die katzengleiche Art, mit der er sich durch die Menge bewegt hatte. Seine schlaksigen Gliedmaßen, die hochgekrempelten Hemdsärmel, das Blütentattoo. Hatte sie an dem Abend schon gewusst, dass er besonders war? Dass ihn etwas umgab, das sie mehr fühlen als sehen konnte? Etwas, dem sie sich vertrauensvoll hingeben konnte, so wie Anu? Sie konnte dieses *Etwas* nicht benennen, aber hätte sie ihm eine Farbe geben müssen...

„Green", sagte sie, als Cass dicht an sie herangetreten war. „Grün wie die irische See."

„Ich wusste nicht, dass du meine Aura sehen kannst." Seine Finger berührten wieder ihre Hand, beinahe schüchtern.

„Kann ich auch nicht."

„Dann hast du verdammt gut geraten."

Synästhetiker, dachte Penelope. Dieses Wort war im Gespräch mit Matilda gefallen, vor ein paar Tagen. Penelope hatte ihr von Cass' Fähigkeit erzählt, eine Aura um andere Menschen wahrzunehmen.

„Solche Menschen gibt es tatsächlich. Sie verarbeiten Sinneseindrücke ganz anders als wir. Synästhetiker verbinden Farben mit Wärme, Menschen mit Tönen, oder Emotionen mit Geschmäckern. Das könnte Cass' Aura-Wahrnehmung erklären."

Es erklärte vielleicht auch die Art, wie bei ihr selbst Sinneseindrücke mit dem Irischen verknüpft waren, seit sie ihre Hirnblutung erlitten hatte. Aber war es nicht eigentlich völlig egal, was es hervorgerufen hatte? War nicht viel wichtiger, dass sie keine Angst mehr hatte? Dass Anu eine Bereicherung ihrer selbst war, dass sie umgeben von Menschen war, die sie so annahmen, wie sie war? Und war es nicht viel schöner sich vorzustellen, dass Cass ihre Aura wahrnahm, weil er *sie* sah, wie sie wirklich war?

„Penny for your thoughts, love."

Penelope sah von ihren verschlungenen Händen auf in sein Gesicht. Noch wusste sie nicht, mit welchen Worten sie ihm erklären würde, dass sie plante, hier zu bleiben, in Dunfanaghy. Als Übersetzerin konnte sie schließlich arbeiten, wo sie wollte, solange sie Laptop und Internet besaß. Also warum nicht hierbleiben? Die Idee war langsam in ihr gereift, während der langen Spaziergänge mit Oren, den Nachmittagen im Pub bei Finn, den Gesprächen mit Matilda, die das Ganze wie immer pragmatisch sah.

„Probier es doch einfach aus, Penelope. Schau, wie du dich wohlfühlst, ob du hier gut arbeiten kannst, gerne die Menschen um dich hast. Es muss ja nicht für immer sein. Tu einfach, was du jetzt für richtig hältst."

Simple Worte, doch sie hatten ihr geholfen. Hier würde sie Anu, ihre andere Seite, besser kennenlernen. Hier würde sie Aidan täglich sehen. Könnte Oren und Matilda besuchen. Tygh besser kennenlernen und mit ihm Irisch sprechen. Könnte sich in den Ort, das Land, die Menschen einfühlen. Es zu einem Teil ihres Lebens werden lassen.

Und Cass. Sie könnte Cass öfters sehen. Sich in ihn verlieben.

Hatte sie das nicht schon längst?

Es war eigentlich ganz leicht. Sie zog ihn an ihren noch immer verschränkten Händen zu sich heran und küsste ihn leicht auf seine erstaunten

Lippen. Für einen Moment war es still um sie her, inmitten der feiernden Menge.

Nur ein kleiner Vorgeschmack, dachte sie, während sie der Vanille auf seinem Mund nachschmeckte.

„Tá iontas orm duit", flüsterte sie in sein Ohr. *Ich habe eine Überraschung für dich.*

————

Danksagung

Mein Dank gilt meinen Eltern, die meine Liebe zum Lesen seit Kindheit gefördert und dafür gesorgt haben, dass mein Bücherregal immer weiter anwuchs. Ich danke Elvira und ihrer Schreibgruppe für immer neue Inspirationen und wertvolles Feedback, so dass ich mein Schreiben weiterentwickeln konnte. Ganz viel von Euch steckt in diesem Roman! Herzlichen Dank an meine liebe Freundin und Lektorin Angeline, ohne die dieses Projekt in dieser Form wohl nicht zustandegekommen wäre. Ich danke allen Freunden, die mich motiviert haben, meinen Roman zuende zu schreiben und nicht in einer Schublade verstauben zu lassen.

Und nicht zuletzt Dank an Christian – Du bist immer für mich da und erträgst die Marotten einer Lese- und Schreibverrückten.

Kreuzfahrt Madeira und Kanaren – Reiseführer
ISBN Buch: 978-3-946280-26-2
ISBN E-Book: 978-3-946280-34-7 / ASIN: B01F3STFFE

Cres und Lošinj - Reiseführer
ISBN Buch: 978-3-946280-54-5
ISBN E-Book: 978-3-946280-53-8 / ASIN: B07B8NRDL2

Krk – Reiseführer
ISBN Buch: 978-3-946280-17-0
ISBN E-Book: 978-3-946280-12-5 / ASIN: B017WDI53G

Avignon - Reiseführer
ISBN Buch: 978-3-946280-49-1
ISBN E-Book: 978-3-946280-48-4 / ASIN: B074C61QS5

Radreisen – Alles, was Sie wissen müssen (Ratgeber)
Angeline Bauer und René Prümmel
ISBN Buch: 978-3-946280-62-0
ISBN E-Book: 978-3-946280-61-3 / ASIN: B0848HM8WC

Weser – Elbe – Weser-Harz-Heide -
Drei Radfernwege zu einer Radreise zusammengefasst
ISBN Buch: 978-3-946280-67-5
ISBN E-Book: 978-3-946280-66-8 / ASIN : B08RYYVDRN

Von Trennung, Tod und Trauer (Ratgeber)
ISBN Buch: 978-3-946280-32-3
ISBN E-Book: 978-3-946280-02-6 / ASIN: B015D045U2

Und vieles mehr unter www.by-arp.de